Izabelle Jardin
Zwischen zwei Welten

AF178679

Das Buch

Schlesien 1844: Die florierende Tuchfabrik ihrer Familie beschert Elise von Achenthal ein privilegiertes und sorgloses Leben. Doch als sie mitansehen muss, wie der nächtliche Ansturm verzweifelter Weber auf die Villa ihres Großvaters blutig niedergeschlagen wird, ist sie beschämt.

Die zufällige Begegnung mit der jungen Marie führt Elise in die elenden Hütten der hungernden Weber und sie begreift, zu welchem Preis der Wohlstand ihrer Familie erarbeitet wird. Sie möchte nicht länger tatenlos zusehen und findet einen Gleichgesinnten in dem ebenso faszinierenden wie geheimnisumwitterten Reformer Konrad von Radenau. Sein Rat führt Elise mitsamt ihren Eltern nach England, wo die industrielle Revolution in voller Blüte steht.

In London wird Elise von dem charismatischen Fabrikantensohn Fletcher Cunningham umworben. Es scheint sich eine Verbindung anzubahnen, die auch dem Achenthal'schen Unternehmen ausgesprochen guttun würde. In einem höchst emotionalen Moment gibt Elise Fletcher ein Versprechen. Und hofft schon im nächsten Augenblick, es niemals einlösen zu müssen.

Die Autorin

Izabelle Jardin studierte Sozial- und Politikwissenschaften in Oldenburg und Braunschweig. Sie lebt mit ihrer Familie in einem verschlafenen norddeutschen Dorf, ist Mutter zweier Söhne und verheiratet mit dem »idealen Mann«. Die vielseitigen Romane der passionierten Autorin und Pferdezüchterin sind regelmäßig auf den deutschen Bestsellerlisten zu finden. Mit ihrem bei Tinte & Feder erschienenen Roman »Funkenflug« und mit »Libellenjahre«, dem ersten Band ihrer Saga um die Familie von Warthenberg, stand sie wochenlang an der Spitze der Kindle-Charts.

IZABELLE JARDIN

Zwischen zwei Welten

DIE ACHENTHAL-SAGA

Roman

Deutsche Erstveröffentlichung bei
Tinte & Feder, Amazon Media EU S.à r.l.
38, avenue John F. Kennedy, L-1855 Luxembourg
August 2022
Copyright © der deutschsprachigen Ausgabe 2022
By Izabelle Jardin

Umschlaggestaltung: bürosüd⁰ München, www.buerosued.de
Umschlagmotiv: © enterphoto © Kerstin Bittner © Ksenia Raykova
© Mrs.Moon © Art Stocker © Christian Nastase / Shutterstock;
© Joanna Czogala / ArcAngels
Lektorat: Stefan Wendel, Lübeck
Korrektorat: Manuela Tiller/DRSVS
Gedruckt durch:
Amazon Distribution GmbH, Amazonstraße 1, 04347 Leipzig /
Canon Deutschland Business Services GmbH, Ferdinand-Jühlke-Straße 7,
99095 Erfurt /
CPI books GmbH, Birkstraße 10, 25917 Leck

ISBN 978-2-49671-108-0

www.tinte-feder.de

Die armen Weber

Im düstern Auge keine Träne,
Sie sitzen am Webstuhl und fletschen die Zähne:
Deutschland, wir weben dein Leichentuch,
Wir weben hinein den dreifachen Fluch –
Wir weben, wir weben!

Ein Fluch dem Gotte, zu dem wir gebeten
In Winterskälte und Hungersnöten;
Wir haben vergebens gehofft und geharrt,
Er hat uns geäfft und gefoppt und genarrt –
Wir weben, wir weben!

Ein Fluch dem König, dem König der Reichen,
Den unser Elend nicht konnte erweichen,
Der den letzten Groschen von uns erpresst,
Und uns wie Hunde erschießen lässt –
Wir weben, wir weben!

Ein Fluch dem falschen Vaterlande,
Wo nur gedeihen Schmach und Schande,
Wo jede Blume früh geknickt,
Wo Fäulnis und Moder den Wurm erquickt –
Wir weben, wir weben!

Das Schifflein fliegt, der Webstuhl kracht,
Wir weben emsig Tag und Nacht –
Altdeutschland, wir weben dein Leichentuch,
Wir weben hinein den dreifachen Fluch
Wir weben, wir weben!

Heinrich Heine, Juli 1844

Erster Teil

1

Schlesien, 5. Juni 1844 – Glühwürmchen

Da war das Konzert der Froschmännchen am Teich, der nur ein paar Schritte vom Haus entfernt lag. Da sirrte irgendwo im Zimmer eine Mückendame auf der Suche nach einer Mahlzeit. Einer Mahlzeit, die sie bei Elise nicht würde finden können, denn die gute Johanne hatte vor dem Zubettgehen wohlweislich eine weiße Wolke aus feiner Gaze über den Betthimmel gezogen und sorgfältig jedes noch so winzige Schlupfloch bedeckt.

»Fertig! Nun kriegen die Biester aber bestimmt keinen Tropfen von meiner Elise«, hatte sie zufrieden gesagt, ein Zwinkern herübergeworfen, war ans Fenster getreten, hatte weit die hohen Flügel geöffnet, die köstlich frische Luft hereinströmen lassen, das Lämpchen gelöscht und die Zimmertür mit einem geflüsterten Gutenachtgruß hinter sich zugezogen.

Elise hörte ihre sich entfernenden Schritte draußen auf dem Flur. Parkett, Läufer, Parkett, das leise Knarren ihrer Kammertür am Ende des Ganges. Dann war Ruhe im Haus und sie war allein.

Nicht ganz allein selbstverständlich, denn neben ihr lag lang ausgestreckt die erst gut einjährige, silbergraue Vorstehhündin

Fides. Sie war Großvaters Geschenk zu Elises sechzehntem Geburtstag gewesen. Nie wich sie von der Seite ihrer jungen Herrin, war ihr Schatten, spiegelte jede ihrer Bewegungen, war Begleiterin, war Vertraute und Beschützerin, verstand, daran gab es für Elise überhaupt keinen Zweifel, jedes Wort.

Natürlich hätte Mamá die stattliche, elegante Hündin am liebsten aus dem Schlafgemach verbannt, denn ihrer Auffassung nach gehörte nichts über Mopsgröße ins Bett einer jungen Dame. Aber Großvater hatte ein Machtwort gepoltert, und ihm widersprach man nicht. Schließlich stamme die Hündin aus seiner Zucht und gehe auf Ahnen aus dem Zwinger des Carl August von Sachsen-Weimar-Eisenach zurück, immerhin jenem, welcher den deutschen Dichterfürsten Goethe nach Weimar geholt hatte – mit diesem süffisanten Hinweis waren Mamás Einwände abgeschmettert.

So, wie er es häufig tat, bediente sich Theodor von Achenthal bei dieser Zurechtweisung seiner aus Frankreich gebürtigen Schwiegertochter eines geradezu ätzenden, französisch näselnden Tonfalls, mit dem er sie nur allzu gern foppte. Nein, nett war er wahrhaftig nicht zu ihr, hatte Elise gedacht, war ihm aber in diesem speziellen Fall überhaupt nicht gram gewesen.

Der Schlaf wollte nicht recht kommen. Schon hatte die große Standuhr unten in der Halle zur Mitternacht geschlagen, das mittsommerliche Dämmerlicht war längst verblasst; wenn sie jetzt die Augen öffnete, sah sie den silbrigen Mond über der Ecke des rechten Fensterflügels stehen.

Elise warf die leichte Seidendecke von sich. Immer noch war es viel zu warm im Raum. Sogar Johanne hatte vorhin ein wenig darüber geschimpft, dass Großvater sich weigerte, der Südfassade diese praktischen aufrollbaren Außenmarkisen zu gönnen, von denen Mamá so schwärmte, seit sie während eines ihrer Kuraufenthalte im feudalen Baden-Baden in den Genuss ihrer schützenden Wirkung gekommen war.

»Kommt gar nicht infrage, dass mein Haus, ein so herrlich klar strukturierter klassizistischer Bau, durch derartigen Firlefanz verunziert wird«, hatte Großvater gewettert und mit dem missbilligenden Hochziehen einer seiner gewaltigen grauen Augenbrauen jeden Widerspruch der seiner Auffassung nach allzu mimosenhaften Schwiegertochter abgewiesen.

Recht hatten sie eigentlich beide, dachte Elise und kicherte ein bisschen bei der Erinnerung an die Szene. Wenn Großvater dieses Gesicht machte, wurde Mamá vor seiner hünenhaften Gestalt noch kleiner, als sie es mit ihren zierlichen anderthalb Metern ohnehin schon war. Dabei stimmte es wirklich: Die Luft in den Zimmern wurde furchtbar stickig, wenn die Sonne den ganzen Tag gestrahlt hatte und man die Fenster geschlossen hielt, um die Sommerhitze gar nicht erst hereinzulassen.

Aber wer war Mamá in Großvaters Augen schon ... oder besser: Wer war sie *noch*? Seit Elise ein kleines Mädchen gewesen war, erzählte Mamá ihr bei jeder sich bietenden Gelegenheit, dass sie nicht nur »feinsten französischen Kreisen« entstamme, sondern auch zukünftige Alleinerbin eines erklecklichen Vermögens sei. Nichts, das Großvater bemüßigt hätte, ein wenig respektvoller mit ihr umzugehen. Für ihn war sie schlicht die Ehefrau seines Sohnes. Wohl erwählt, um gewisse Geschäftsbeziehungen und Zukunftspläne zu sichern, als Persönlichkeit jedoch nicht ernst zu nehmen und lediglich Mittel zum Zweck. Gab es also ihre Position her, diesem bärbeißigen Patriarchen zu widersprechen, dem nicht einmal Papá jemals ernsthaft entgegenzutreten wagte?

Nun ... in gewisser Hinsicht verstand Elise ja durchaus, dass bunte Markisen die überaus seriöse, geradezu respekteinflößende Wirkung, die der von Großvater beauftragte Baumeister damals der makellos weiß getünchten Villa gegeben hatte, womöglich gemildert hätten. Ehrfürchtig sollten die Menschen vor dieser Fassade stehen. So hatte Theodor von Achenthal es gewollt.

So hatte es Urgroßvaters alter Schulfreund am Schweidnitzer Gymnasium umgesetzt, und aus leicht erfindlichen Gründen würde hier überhaupt nichts verändert werden.

Inzwischen war nämlich der Architekt Carl Gotthard Langhans zu respektabler Bekanntheit gelangt, was Großvater nur allzu gern betonte. Dem preußischen König Friedrich Wilhelm II. hatte er das Brandenburger Tor entworfen und ihm sein Marmorpalais eingerichtet, den Dönhoffs einen Festsaal für ihr hauptstädtisches Palais erschaffen, hatte der Residenzstadt Berlin das Nationaltheater am Gendarmenmarkt gebaut.

Na also … Großvater war nicht zu Unrecht stolz auf sein Haus, fand Elise. Zumal der Architekt ein Schlesier gewesen war und mit unbestreitbar steigender Anerkennung seiner Leistungen auch gleich Großvaters enorm ausgeprägtem schlesischem Selbstbewusstsein geschmeichelt wurde.

Dieses angespannte Verhältnis zwischen Mutter und Großvater wäre etwas gewesen, worüber man sich nicht nur eine einzige schlaflose Nacht hindurch hätte Gedanken machen können. Elises schweifender Geist wollte schon ansetzen, sich über den letzten Besuch beim französischen Teil der Familie in der schönen Champagne herzumachen … wäre da nicht plötzlich Fides neben ihr so abrupt aus dem Schlaf aufgefahren, um ihr tiefstes, warnendes Knurren verlauten zu lassen.

Schon stand sie auf ihren langen Beinen, schob die Schnauze zwischen Matratze und Gazebaldachin, wühlte sich durch die entstehende Lücke, sprang ans offene Fenster.

»Was ist los, Fides?«

Wenn sie sich so benahm, gab es etwas zu beachten. Ihr Instinkt trog sie normalerweise nicht.

Elise folgte der Hündin, und im nächsten Moment standen sie Schulter an Schulter, Elise die Hände, Fides ihre Vorderpfoten auf den kühlen Marmorsims gestützt, und blickten gemeinsam die lange, eichenbestandene Auffahrt hinunter.

»Aber Fides«, lachte Elise erleichtert, »darüber musst du dich doch nicht so aufregen. Das sind doch nur Glühwürmchen! Ein wenig ungewöhnlich, ja, da hast du recht. Es sind immerhin noch fast drei Wochen bis zum Johannistag. Ich frage mich auch, was die Männchen so früh im Monat schon auf Brautschau treibt, denn eigentlich sieht man sie ja nie vor der Sommersonnenwende. Die tun dir aber nichts, du kannst ganz beruhigt sein.«

Fides fiepte leise und schaute zu ihr auf.

»Oh, sieh nur, sieh, wie wunderschön sie leuchten! Ach, es ist tragisch, dass sie verglühen und sterben, sobald sie sich der Liebe hingegeben haben, nicht?«

Die Hündin gab kurz spielerisch Laut. Etwa so, wie sie es tat, kurz bevor sie einem geworfenen Ball hinterherhetzte. Elise nahm die Reaktion als Zustimmung und kraulte die seidenweichen Schlappohren.

Glühwürmchen also. Wie sie tanzten, zuckten, flirrten, einen Reigen aufführten, wie hübsch sie die alten Bäume von unten her illuminierten! Über den Wipfeln der helle Mond am tiefblauen Sternenhimmel, in der Ferne über der Ebene die majestätische Silhouette des Eulengebirges, drunten im Park die unermüdlichen Froschherren im melodischen Vielklang.

Frieden. Schönheit. Und plötzlich die überwältigende Idee, all das sei heute Nacht nur für sie inszeniert und irgendeine Vorbestimmung habe ihr den Schlaf verwehrt, damit sie es auch ganz sicher sähe, höre, fühle.

O ja! Dieses Schauspiel wollte sie genießen. Die Nacht war ja noch jung. Schlafen? Ach, das konnte sie später. Elise lächelte dankbar, legte die Unterarme verschränkt auf den kühlen Marmor, machte es sich bequem, schaute. Und horchte in die Nacht.

Aber Moment, was waren das für merkwürdige Töne, die sich mit dem Froschkonzert unten am Teich mischten? Sie schienen direkt von den winzigen Leuchtkäferchen zu kommen. Beinahe als sängen sie ein Lied.

Elise, sei vernünftig! Glühwürmchen singen nicht.

Und warum kamen sie immer näher, direkt aufs Haus zu? Eigentlich scheuten sie doch fremdes Licht. Wollten selbst am hellsten strahlen und gewiss nicht in Konkurrenz mit den Laternen überm Portal treten, die stets die ganze Nacht durch brannten. Wollten schillern, lieben, verlöschen, sterben …

Nein, nein, nein, tatsächlich, es ließ sich nicht leugnen: Lauter und immer deutlicher wurde die Melodie. Schwermütig klang es, beinahe monoton. Eine erstaunliche Entdeckung. Das würde sie morgen allen erzählen.

Fides knurrte alarmiert. Und nun wich auf einmal auch in Elise dieses wohlbehagliche Gefühl. Mehr noch, jetzt begann sich endgültig Beklommenheit breitzumachen.

Anscheinend … wenn man genau hinhörte … das konnte doch nicht sein … aber ja doch: vielkehlig. Eine alte Moritat, deren Tonfolge Elise schon einmal irgendwo gehört hatte. Tiefe Männerstimmen. Und auch eine, nur eine, aber umso herausstechendere, helle, glockenreine. Anrührend schön, beinahe überirdisch, Engelsgesang gleich.

Nein, lieber Himmel! Das waren keine harmlosen Käferchen, die liebestrunken das Dunkel erleuchteten.

Das waren Menschen. Menschen, die Fackeln trugen.

Jetzt spürte man eine Welle, die nichts Gutes versprach, hörte man den Gleichschritt. Wie die Soldaten, wenn sie paradierten. Nicht zögerlich, nein, entschlossen! Viele vereint in einem Ziel, in einer Haltung.

Fides hielt den Kopf unter Elises leicht aufgelegter Hand schief, schien gleichfalls zu lauschen, musste jetzt unmittelbare Bedrohung wittern, bellte hysterisch auf.

Elise hörte die eigene Stimme zittern. »Wer kommt da, Fides? Was ist das für ein Zug? Was wollen sie von uns?«

14

Noch waren nur Wortfetzen zu verstehen: *Quelle aller Noth … kein Bissen Brot … Bitten … Flehn … Klagen … Satansbrut, Folterkammer … Henker … Fluch!*

Mein Gott! Elise erkannte die Zeilen. Sie sangen das Spottlied. *Das* Spottlied! Alle Welt sprach davon, überall wurde neuerdings über diese grauenvolle, vollkommen ungerechtfertigte Klage getuschelt, die man auf die Melodie von »Es steht ein Schloss in Österreich« gedichtet hatte. Schon der Text des Originals war gruselig, aber was jetzt daraus geworden war, konnte nur schockieren. Kein Zweifel, das konnten nur die Baumwollweber sein. Jene Arbeiter, denen Schlesiens berühmtester Wirtschaftszweig mit all seinen honorigen Vertretern, die man »Verleger« nannte, zuverlässig Lohn und Brot gab.

Lohn und Brot gab! Jawohl. So wie Großvater ihnen Lohn und Brot gab. Sie wusste es doch. Jeden Freitag in der Früh standen sie mit ihren Stoffballen vor dem Lager hinterm Haus. Lieferten. Wurden bezahlt. Gingen frohgemut mit frischem Garn von dannen.

In letzter Zeit war es schlimm. Die Gazetten berichteten über immer neue Aufstände. Ungerecht behandelt, ausgebeutet, geschunden fühlten sie sich. Rebellierten, protestierten. Das war doch empörend!

Gestern, nein, vorgestern waren sie bei Zwanziger in Peterswaldau gewesen. Mit Knüppeln und Steinen hatten die Hausleute sie vertrieben, die ganze Region kannte kein anderes Tagesthema. Einen hatten die Gendarmen festgesetzt, das scheußliche Schmählied kassiert. Aber das hatte es nicht besser gemacht. Am nächsten Morgen war aus dem kleinen Grüppchen ein stattlicher Zug geworden. Alle Weber der Gegend hatten sich angeschlossen. Den Inhaftierten freizupressen, höheren Lohn einzufordern. Hoch war die Welle der Wut geschlagen, als sie feststellten, dass der reiche Verleger verschwunden gewesen war.

Und dann hatten sie ihm Lager, Kontor, Fabrikeinrichtung, ja, sogar das gesamte Interieur seiner wunderschön und kostspielig ausgestatteten Villa kurz und klein geschlagen. So oft schon war Elise dort mit der Familie zu Gast gewesen. Gar nicht vorstellen mochte sie sich, was diese Leute angerichtet hatten. Johanne, Elises liebe Johanne, hatte mit der Köchin Erna gesprochen und allein ihre Andeutungen hatten Elise Schauer über den Rücken gejagt.

Klüger hatten sich wohl Fellmann und Hoferichter in Langenbielau angestellt. Bei denen waren sie auch gewesen, aber die hatten sich mit Brot und Speck und einem Silbergroschen für jeden herauskaufen können und waren am Ende ungeschoren davongekommen. Nur einer, Konrad von Radenau, jener junge Verleger, der zu Gesellschaften nie eingeladen wurde, über den die anderen aus für Elise unerfindlichen Gründen lachten, war bisher erstaunlicherweise vollkommen in Frieden gelassen worden.

Doch nun! Nun standen sie unter Elises Fenster. Mit ihren Fackeln. Mit ihrer Wut. Und schrien nach dem »Alten«.

Fides bellte, als ginge es ums Leben, Großvaters Hunde drüben bei den Pferdestallungen antworteten, auch sie offenbar in heller Erregung. Nur Elise selbst war vor Entsetzen unfähig, sich zu rühren. Die Leute schauten hoch, und noch ehe sie vom Fenster zurücktreten konnte, war sie auch schon entdeckt.

Jetzt noch feige zurückziehen?

Nein, das war nicht ihre Art, das wäre ihr auch bei aller Furcht gegen den Stolz gegangen. Direkt in die Gesichter blickte sie ihnen, und was sie sah, erschreckte sie zutiefst. Bleiche, abgezehrte Antlitze, gespenstisch dunkel gerahmte Augen, in denen kein Leuchten lag. Was sie sah, waren nicht nur Hass und blindwütige Zerstörungswut. Sondern … nein, anders konnte man es wirklich nicht ausdrücken: nackte Verzweiflung.

Elises Blick kreuzte den der einzigen Frau in diesem Elendszug. Ihre glockenhelle Stimme musste es gewesen sein, die sie gehört hatte. Sie war nicht jung, nicht alt. Braun der Rock, schwarz das Mieder, schwarz das Brusttuch über schmalen, gebeugten Schultern. Schneeweiß das Gesicht. Augen dunkel und voller Gram. Trotzdem hielt sie tapfer Elises Blick stand. Elise hingegen ihrem sehr bald nicht mehr.

Ach wo … Unsinn! Das konnte doch nicht sein, versuchte sie ihr erwachendes Gewissen zu beruhigen und fand rasch Ausflucht aus der unangenehmen Gemütslage. Natürlich! Das musste am Fackelschein liegen. Der verzerrte, verschattete, erzeugte zuckende Trugbilder.

Blicke lösten sich von ihr, Köpfe wurden gesenkt. Nur ein fataler Fehler! Hatten sie wohl doch endlich erkannt, diese dummen Menschen, dass sie hier vor Großvaters Haus ganz falsch waren. Na also!

Irrtum!

Nun sangen sie schon wieder. Sangen, was die Kehlen hergaben. Vielleicht auch, was die Herzen hergaben. Flochten gar den Namen Achenthal in ihr widerwärtiges Lied vom Blutgericht.

Fides war nicht mehr zu beruhigen. Und endlich, noch ehe Elise sich aus ihrem starren Bann lösen und laufen konnte, die anderen zu wecken, die allesamt offenbar selig den verdienten Schlaf der Gerechten schliefen, begann es im Haus zu rumoren.

2

Schlesien, Juni 1844 – Blutgericht

Eilige Schritte durch alle Flure. Knallende Türen. Vaters Stimme. Großvaters. Kein klares Wort zu verstehen. Wohl aber alarmierte Stimmung spürbar. Elise hörte Mamás Pantöffelchen heranklackern, wich einen halben Schritt vom Fenster zurück.

Draußen hatten sie fertig gesungen, waren einen Moment still geworden. Dann erhoben sich wieder die Stimmen mit dem Ruf nach dem »Alten«.

»Er soll kommen, soll uns sehen, soll uns anhören!«

»Komm heraus, Achenthal!«

»Ja, komm heraus!«

»Er ist zu feige, er wird nicht kommen.«

Wie bitte? Großvater feige?

Fides hatte ihr inzwischen längst heiseres Gebell aufgegeben und knurrte nur noch drohend. Hinter Elise flog die Zimmertür auf, Mamá stürmte herein. »*Mon dieu*, Kind, was machst du denn? Geh sofort vom Fenster weg!«

Mit einer Kraft, die gemeinhin niemand ihrer zarten Mamá zugetraut hätte, packte sie sie derart grob bei der Schulter und riss sie vom offenen Fenster weg, dass Elise über den Saum ihres

Nachthemdes stolperte, um ein Haar gefallen wäre und sich schon rücklings auf ihrem Bett liegend wiederfand.

Florentine von Achenthal schlug die Außenflügel zu, verriegelte sorgfältig die Innenfenster, zog die schweren Brokatgardinen vor, drehte sich abrupt um und stand mit glühenden Wangen, halb aufgelöstem Nachtzopf und sehr undamenhaft in die Hüfte gestemmten Fäusten direkt vor ihrer perplexen Tochter. Wie eine Kriegsgöttin nach gewonnener Schlacht, dachte Elise und war fürs Erste vor allem verwirrt.

»Was wollen sie? Warum kommen all diese Leute, Mamá?«

Da war ein Flackern in Mutters Augen, das sie kaum einzuordnen vermochte. War es Wut? War es Angst?

»Du bleibst hier sitzen, rührst dich nicht vom Fleck! Wo ist denn diese Johanne?«

Mutter rang die Hände, strich sich nervös eine lose Haarsträhne hinters Ohr. Ihr Blick schweifte unstet von Elise zur offenen Zimmertür, zurück, zu den Grazer Fenstern, die, nun fest verschlossen, nur noch eine stark gedämpfte Geräuschkulisse durchließen. Ihre Stimme überschlug sich, als sie wieder und wieder erfolglos nach Johanne brüllte.

»Es ist doch nicht zu fassen! Sie hat den Schlaf eines Murmeltiers. Du bleibst hier, Elise, ich wecke sie. Ich kann mich doch nicht um alles kümmern ... die Kleinen ...!«

Mit fliegenden Händen strich sie flüchtig über Elises Wangen, wandte sich um, entzündete Elises Nachtlicht, drehte das Flämmchen ganz klein, schimpfte währenddessen: »Muss das Hauspersonal so unzuverlässig sein? Nie da, wenn man sie braucht ...«, war schon fast wieder aus dem Raum, wiederholte ein drittes Mal ihre Anweisung, ja sitzen zu bleiben, »Hier bist du erst mal sicher, Kind!«, und warf die Tür mit einem Knall zu.

* * *

19

Fides sprang zu Elise aufs Bett, rollte sich dicht neben ihr zusammen, legte ihr die Schnauze aufs Knie. Die Hündin zitterte. Sie war der mutigste Vertreter ihrer Art, den Elise je erlebt hatte. Nichts hatte sie bisher derart aus der Fassung gebracht, immer hatte sie den Anschein erweckt, unerschütterlich zu sein. Aber nun zitterte sie wie Espenlaub.

»Ach, mein Mädchen ...«, flüsterte Elise liebevoll und streichelte sie sanft. »Hat dich der Mut verlassen? Mach dir keine Sorgen. Großvater wird es schon richten ... Diese Menschen dort unten werden schon begreifen und friedlich wieder abziehen ... Und Papá ist schließlich auch noch da. Alles wird gut. Nun beruhige dich doch.«

Es war ihr noch gar nicht aufgefallen, aber wie sie da jetzt im schwachen Licht ihrer Hand zusah, die wieder und wieder über Fides' starken Rücken strich, wurde Elise bewusst, dass nicht nur den Hund nervöse Schauer überliefen. Zwei vollkommen Verschreckte, die aneinander Halt suchten.

In der Halle schlug die Uhr zur ersten Stunde. Elise meinte, Vaters Stimme draußen zu erkennen. Sicherlich hatte Großvater ihm aufgetragen, dem Spuk ein Ende zu setzen, es gar nicht für nötig befunden, seine Nachtruhe weiter zu unterbrechen, sich längst wieder zu Bett begeben. Elise lauschte. Doch, das war Papá. Bestimmt redete er mit den Leuten. Gleich würde Ruhe einkehren.

Es war ein wenig mühsam, sich wirklich brav an Mutters Befehl zu halten. Zu gern hätte sie einen Blick durch den Gardinenspalt gewagt, aber Mamá konnte jeden Moment zurückkehren und das zu erwartende Donnerwetter, wenn sie Elise nicht mehr im Bett vorfände, galt es unbedingt zu vermeiden.

Fides' Leib hatte sich ein wenig entspannt, inzwischen waren sogar ihre Augen geschlossen. Offenbar hatte der Schlaf, wenn es auch nur ein leichter sein mochte, sie übermannt. Elise ließ sich in die Kissen gleiten. Eigentlich merkwürdig, dachte sie, dass Johanne noch immer nicht erschienen war. Hatte Vater sie schon wieder ins Bett geschickt? Eines war sie jedenfalls nicht, da musste sie Mutter wirklich vehement widersprechen: unzuverlässig! Und nie da, wenn man sie brauchte? O nein, auch das war sehr ungerecht! Mamá wusste doch, dass sie dringend ein Hörrohr benötigt hätte. Ihre »Ohren hatten nachgelassen«, so drückte Johanne selbst es immer aus. Warum kaufte Mutter ihr denn keins? Obwohl … nun ja, im Schlaf hätte wohl auch das nichts genützt … Aber nun könnte sie doch wirklich langsam kommen …

Johanne war immer da gewesen. Seit beinahe achtzehn Jahren war sie die Letzte am Abend, die Erste am Morgen. Papá hatte sie eingestellt, als Mamá kurz vor ihrer ersten Niederkunft darauf gedrängt hatte. Ungefähr vierzig Jahre alt war Johanne damals gewesen und hatte sich seither, das hätte Elise beschwören können, kein bisschen verändert. Rotwangig, drall und mütterlich war sie. Zupackend, behände, lebensbejahend und fröhlich. Fröhlich, obwohl sie damals als Amme ihren Dienst angetreten hatte, was nichts anderes bedeuten konnte, als dass sie ein eigenes Kind verloren haben musste. Aber darüber sprach sie nie und behandelte Elise von jeher wie ihr eigen Fleisch und Blut.

Jedenfalls, das ließ sich nicht übersehen, wirkte sie wie der denkbar krasseste Gegenentwurf zu Elises Mamá Florentine, die mit ihrem ebenholzfarbenen Haar, ihren feinen Zügen, den rehbraunen Augen und dem durchscheinend hellen Teint einer zarten, blassen Porzellanpuppe glich. Wie eine solche wollte sie auch behandelt werden, sehr, sehr vorsichtig. Das Kinderkriegen pflegte sie als »schier unerträgliche göttliche Prüfung ihrer Leidensfähigkeit« zu bezeichnen. Sie tat das sogar in Gesellschaft, und bei solchen Gelegenheiten hatte Elise schon als kleines Mädchen manchmal tiefes Mitleid mit ihrem lieben

Papá empfunden, dessen Gesichtsausdruck dann immer diesen schuldbewussten, geradezu zerknirschten Ausdruck annahm.

Elise hatte es erlebt. Sowohl bei Elaine, ihrer fünf Jahre jüngeren Schwester, als auch während Mutter in guter Hoffnung auf den ersehnten Stammhalter Ferdinand gewesen war. Der freche kleine Schlingel hatte unlängst seinen zehnten Geburtstag gefeiert. Eigentlich war Mamá stets bei bester Verfassung gewesen. Genau wie die Hebamme hatte ihr der Hausarzt immer wieder hocherfreut eine überraschend robuste Konstitution bestätigt, was Mamá ausgesprochen ungern hörte und schnellstens zu überspielen suchte. Übertrat nämlich Vater nach den regelmäßigen Konsultationen mit dem Arzt die Schwelle zu ihren Gemächern, fand er eine gebrechliche Leidende vor, deren Stimme lediglich noch ein kaum vernehmbarer Hauch war, deren fragile, plötzlich so erstaunlich gebeugte Gestalt zweifelsfrei dem baldigen Untergang geweiht schien.

Insgeheim hatte Elise manchmal gemutmaßt, dass Mamá heillos übertrieb. Und zwar nur, um sich in jener gesteigerten Umsicht und zärtlichen Fürsorge Papás zu aalen, die ihm das Schuldbewusstsein für die »Umstände« seiner Gattin in erhöhtem – wenn nicht völlig *über*höhtem – Maße aufgab. Ganz gewiss konnte Mamá nämlich sein, für ihr dargebrachtes »Opfer«, das »grenzenlose Leiden ihres Leibes«, mit Liebe … und, ja, mit Preziosen überschüttet zu werden.

Ein feines Gespür hatte Elise für derartige Unstimmigkeiten entwickelt, und nachdem ihr ein paarmal vor Erstaunen über Mutters abrupte Wandlungen anlässlich Papás Auftreten der Mund offen stehen geblieben war, hatte sie gelernt, ihre eigenen Schlüsse zu ziehen. Die ganze Sache funktionierte offenbar folgendermaßen: Wollte man als Dame von Stand auf Händen getragen werden, bot es sich unbedingt an, möglichst schwach und hilfsbedürftig zu wirken. Es musste etwas in den Männern sein, das ihre Instinkte insoweit ansprach, als sie sich flugs freiwillig in eine Art Beschützerrolle begaben, die ihnen überdies ausgesprochen gut gefiel. Dieses ganze weibliche und männliche Gehabe klappte jedenfalls wunderbar und schuf eine sehr harmonische Atmosphäre.

Das galt jedoch offenbar nur innerhalb einer Gesellschaftsklasse. Elises Beobachtungsgabe war es nicht entgangen, dass höhergestellte Männer mit weiblichen Untergebenen durchaus nicht vorsichtig umgingen, während hingegen in Dienstbotenkreisen zumindest ein gewisses Maß an Achtung den Frauen gleicher Schichtzugehörigkeit gegenüber zu bestehen schien.

Einzig Johanne stand quasi unangreifbar außerhalb dieses vertrackten Systems, dessen Spielregeln sich Elise, je erwachsener sie geworden war, immer vollständiger erschlossen hatten. Solche Vorwürfe, zu denen sie sich vorhin verstiegen hatte, hätte sich Mamá beispielsweise niemals erlaubt, wenn sie der alten Kinderfrau Auge in Auge gegenübergestanden hätte.

* * *

»Draußen kann die Welt einstürzen und meine Elise sitzt auf ihrem Bett und sinniert. Das ist doch wieder einmal typisch!«

Ach, endlich, da war sie!

Fides wedelte freundlich. Hatte vielleicht schon ein Weilchen gewedelt, denn sicher war ihr, im Gegensatz zu ihrer gedankenversunkenen Herrin, Johannes Eintreten nicht entgangen.

»Die Welt stürzt ein? Was geht da draußen jetzt vor, Johanne? Mamá hat mir befohlen, genau hier sitzen zu bleiben und mich nicht wegzurühren. Ich habe es nicht gewagt, noch einmal ans Fenster zu treten.«

»Dein Vater hat sie zu beruhigen versucht, aber …«

»Vater? Warum nicht Großvater?«, fuhr Elise ihr in die Rede.

Johanne druckste ein wenig.

»Nun sag schon!«

Johanne wischte sich verlegen die blitzsauberen Hände an der Schürze. Wieder und wieder. Nestelte an der Schleife, strich glatt, rollte die Enden auf, strich wieder glatt. »Dein Großvater ist nicht auffindbar, Kind.«

»Nicht auffindbar? Was? Das kann nicht sein! Und … und nun? Ist es Vater gelungen, die Leute zu beruhigen?«

Noch ehe die sich sichtlich windende Johanne etwas erwidern konnte, ging ein Zittern durchs Haus, als hätte eine mächtige Hand versucht, es aus seinen Grundfesten zu reißen. Johanne erstarrte, Fides tat etwas Ungeheuerliches: Sie kroch unters Bett und jaulte auf wie ein Welpe.

Elise schoss hoch. Vergessen alle mütterlichen Anweisungen, stürzte sie ans Fenster, riss die Vorhänge beiseite, öffnete die Flügel, lehnte sich über die Brüstung und spähte hinaus.

Dicht, ganz dicht ans Portal war die Menge vorgerückt, lodernde Fackeln beleuchteten die Szene. Fünfzehn, vielleicht zwanzig Mann führten mit vereinten Kräften etwas, das – woher plötzlich? – ein Baumstamm sein konnte, einer Ramme gleich gegen die zweiflüglige, prächtige Eingangstür.

Rums!

Und wieder zitterte das Haus.

Niemand schaute hoch, keiner gewahrte Elise, die begriff, dass hier mit freundlichen Worten, wie sie Vaters Art waren, mit diplomatischem Verhandlungsgeschick, über das er zweifellos verfügte, nichts mehr würde zu retten sein. Sie wollten ins Haus eindringen, wollten tun, was sie schon bei anderen getan hatten, wollten ihrer verzweifelten Wut keine Schranken mehr auferlegen, wollten rauben, plündern, zerstören, womöglich alles in Brand setzen, sich rächen.

Für was? Ja, mein Gott, für was eigentlich? Elise ahnte nichts.

Ein zweites Mal in dieser Nacht wurde sie vom offenen Fenster fortgerissen. Jetzt war es Johanne, deren kräftige Hände sie spürte. Aber Elise wehrte sich.

»Lass mich! Lieber sehe ich unserem Tod ins Auge, als mich noch einmal wie ein Kind ins Bett schicken zu lassen«, fauchte sie und hielt sich mit beiden Händen am Sims fest. »Hier sitzen wir sowieso in der Falle. Sobald die Tür nachgibt, sind sie im Haus, werden sie überall sein. Schnell, Johanne, hilf mir in die Kleider. Wir müssen fliehen!«

Einen Augenblick lang schaute Johanne sie zweifelnd an, wiegte den Kopf. Ein neuer Stoß erschütterte das Haus. Sie lauschte. Kamen sie schon? Dann, endlich, nickte sie und alles ging ganz schnell.

Sie waren nicht allein mit ihrer Entscheidung. Auf dem Flur kam ihnen Mamá mit Elaine und Ferdinand an der Hand entgegen.

»Oh, Gott sei Dank, da seid ihr schon … *vite, vite, mes enfants*!«, keuchte Mutter und stürmte an ihnen vorbei; Elise und Johanne hefteten sich dicht an ihre Fersen. Mutter ließ die große gewundene Treppe hinunter zur Halle rechts liegen, stieß die hinter einem schweren Lodenvorhang verborgene Kassettentür zum Treppenhaus am Ende des Flurs so heftig auf, dass sie hart zurückschlug und ihre bleiche Stirn traf. Sofort platzte die zarte Haut, rann Blut die bebenden Nasenflügel entlang. Elise sah, wie Mamá die Zunge herausstreckte und es einfach auffing. Nur ja nicht die Kleinen von den Händen lassen!

Hinab. Hinab die steinernen Stufen.

Elaine stolperte, fiel, schrie auf. »*Tais-toi*!«, verbot Mamá ihr herrisch den Mund. Johanne griff ein, nahm ihr die Kleine ab, eilte weiter.

Hinab, hinab!

Gedämpfte Geräusche im Kellergewölbe, doch spürbar das unbarmherzige Anrennen bis ins meterdicke Fundament. Vorbei am Eiskeller, an endlosen Weinregalen, Fässern, säuberlich sortiertem Eingemachtem.

Gemeinsame Kraftanstrengung, an eisernem Ring den zentnerschweren Deckel gehoben. Mamá zuerst hinein, Johanne gab die Kinder nach unten, Elise folgte als Letzte.

Vorsichtig! Drei Frauen. Verschlossen!

Johanne blieb stehen. Holte tief Luft. Zog ein Talglicht aus der Schürzentasche. Drei Hölzchen angerissen, aus zittriger Hand gefallen, verlöscht. Dann Elises schützende Hände um die winzige Lichtquelle. Nicht atmen, nicht ausblasen, glimmen, aufflammen, anbrennen. Vor der Brust getragen. Langsam gehen, schützen. Schmaler Gang, fester Lehmboden. Die schmale Wendeltreppe hinauf.

Bis zur eisernen Feuertür.

Die Hunde hatten sie bemerkt. Fides, unauffälliger Schatten die ganze Zeit, hatte Laut gegeben.

»Pscht!«, machte Elise und die Hündin zog schuldbewusst den Kopf ein.

Ein leises Quietschen des Riegels, vorsichtiges Spähen. Kein Mensch zu sehen. Nur die Hunde im reinsten Veitstanz über den unerwarteten nächtlichen Besuch. Alle Hände voll hatte Elise zu tun, sie zu beruhigen, die Pferde zu besänftigen, die schnaubend, scharrend, an ihren Anbindeketten zerrend in den Ständern standen.

Was für ein Theater, bis Frieden eingekehrt war, die Hunde lagen, die Rösser sich wieder ihren gefüllten Heuraufen zugewandt hatten!

Mamá hatte derweil Johanne mitsamt den Kindern auf die Schemel in der Sattelkammer befohlen und selbst einen Beobachtungsposten am kleinen Stallfenster eingenommen.

Konzentriert starrte sie in die Nacht, hatte beinahe ungehinderten Blick auf das, was sich vor dem Portal der schneeweißen, von Mond und zuckendem Fackelschein beleuchteten Villa abspielte.

Elise trat neben sie. »Mamá?«

»Ja, Kind?«

»Godehard ist fort.«

Ohne sich umzudrehen, die Schultern nur gezuckt: »*Diable, qui est …* wer, zum Teufel, ist Godehard, Kind?«

»Großvaters Pferd, Mamá!«

3

Schlesien, 6. Juni 1844 – Der Entschluss

Florentine von Achenthal fuhr herum, schaute Elise verständnislos an. »Du meinst, Theodor ist …?«

Verdammt, wie schwer von Begriff war sie bloß? Ja, Großvater hatte sich aus dem Staube gemacht! Hatte die ganze Familie ihrem Schicksal überlassen. Wo mochte Papá sein? Man hatte ob des kühnen Schwungs der Treppe von oben aus nicht erspähen können, ob er unten in der Halle gewesen war und ob er allein war. Nein, gewiss nicht allein … wahrscheinlich versuchte er mit der Unterstützung des Verwalters Oskar Breitscheid und einiger Männer aus der Dienerschaft die Menge am Eindringen zu hindern. Aber, da war Elise vollkommen sicher, das war es, was er tat. Er war sicherlich nicht geflohen, sah ganz bestimmt tapfer der Aufgabe ins Auge und stand nach besten Kräften seinen Mann.

Großvater jedoch … Elise begegnete dem ungläubigen Blick ihrer Mutter mit einem bestätigenden Nicken. Ihr ausgestreckter Zeigefinger wies auf das zweiflüglige Tor an der Rückseite des Stallgebäudes. Von dort aus führte der sandige Weg zwischen Koppeln und Streuobstwiesen, flankiert von akkurat in Form geschnittenen Berberitzenhecken, knorrigen Eichen und schlanken Birken bis mitten in den Wald hinein, wo die Grenze der weitläufigen Achenthal'schen Ländereien lag. Nahm man dann nicht Kurs auf die Ebene, hinter der sich die Erhebungen des Eulengebirges gegen den Horizont abzeichneten, sondern bog an der Kreuzung ab, gelangte man ins Dorf, wo sich sechsundvierzig Pachthöfe befanden, die ebenfalls dem rund eintausend Hektar großen Besitz zugehörten. Ja, und von dort aus … da stand einem dann jeder Weg offen.

Mutter zog ruckartig die Stirn in Falten. Sie hätte das nicht tun sollen, denn die kleine Wunde begann sofort wieder zu bluten. Elise nestelte nach ihrem Taschentuch, tupfte sanft Mutters Stirn, hielt ihrem Blick stand, der zwischen Unglauben und Überraschung (offenkundig vermengt mit einem Teelöffel Schmerz und einem halben Pfund Empörung) changierte, bis Mamá resigniert nickte, einen hoffnungslosen Seufzer von sich gab und sich umdrehte, um gleich wieder alle Konzentration dem schaurigen Treiben draußen zuzuwenden.

So war es! Mamá schien in gottergebene Starre verfallen, während sich der Patriarch zur Flucht entschlossen und anderen klammheimlich die Verantwortung überlassen hatte.

Dabei hatte er zuvor niemals geduldet, dass sich irgendjemand in Familienangelegenheiten, gar seine Unternehmensführung einmischte. Er hatte sich bis dato immer geweigert, Vater, seinem einzigen Sohn, einen Platz an seiner Seite einzuräumen, ihn einzuführen, in irgendeiner Weise an Entscheidungen zu beteiligen. Er hatte ihm das Wort abgeschnitten, ihn in seine Schranken gewiesen wie einen unmündigen Schulbuben, ihn bisweilen sogar vor seiner Frau und den Kindern regelrecht lächerlich gemacht, wenn Papá bei Tisch ab und zu einmal einen Vorstoß gewagt oder sich hilfreich einzubringen versucht hatte.

Stets hatte Elise nur mit halbem Ohr hingehört. Das war das Metier der Erwachsenen und ging weder Kinder noch die Heranwachsende etwas an. Natürlich verstand sie nichts vom Geschäft. Aber eines hatte sie verstanden: Da war einer, der niemals das Heft aus der Hand geben würde, der sich nicht dreinreden ließ, keinen Vorschlag, egal, wie sinnvoll er womöglich sein mochte, wie sachlich und höflich er vorgetragen wurde, auch nur einer näheren Betrachtung für würdig erachtet hätte.

Schon als sie noch ein Kind gewesen war, hatte sie die vergiftete Stimmung gespürt, sich unwohl gefühlt, manchmal Mamá noch vor dem Dessert flüsternd, bisweilen auch nur mit einem bittenden Blick ersucht, die Tafel verlassen zu dürfen, was ihr meist gewährt worden war. Elise mochte keine Disharmonien. Und sie mochte es gar nicht, wenn jemand, der sich freundlich betrug, mit harschen Worten und arroganten Gesten heruntergeputzt wurde. Nicht, wenn so etwas dem Personal passierte, und schon überhaupt nicht, wenn es ihrem geliebten, sanften Papá angetan wurde.

Sanft. Ja, das war er. Und anscheinend war er Großvater immer viel *zu sanft* gewesen, um ihm höhere, verantwortungsvollere Aufgaben als die eines quasi untätigen Sprosses aus wohlhabender Familie zuzugestehen.

Ob es heute allerdings genügen würde, den aufgebrachten, offenbar zu allem entschlossenen Leuten ausgerechnet Sanftmut entgegenzusetzen? Sie würden doch gar nicht einschätzen können, mit was für einem Charakter sie es zu tun hatten, wussten nicht, was Elise aus eigener Erfahrung wusste: dass Papá für jeden ein offenes Ohr haben würde.

Überrennen würden sie ihn. Ihn vielleicht totschlagen. Und dann das Haus erst plündern, um es hernach anzustecken!

Die Erkenntnis überlief sie wie ein eiskalter Guss. Was sollten sie tun? Für Elise allein wäre es keine große Sache gewesen, ihre Stute zu satteln und in Windeseile zu fliehen. Allmorgendlich unternahm sie ausgedehnte Ritte in die Umgebung, Fides immer vergnügt an ihrer Seite. Manchmal kam sie erst zum Mittagessen heim. Mamá? Gut und schön. Daheim in Reims hatte sie ihren eigenen Reitlehrer gehabt, der sie in den höchsten Künsten unterwiesen hatte. Elegant saß sie zu Pferd, war in der Lage, allerhand zierliche Lektionen zu präsentieren. Unbenommen. Aber Johanne? Die Geschwister? Man würde sie in der Kutsche transportieren müssen. Mehr als einen Gig hatte Elise jedoch noch nie gelenkt, fühlte sich nicht imstande, allein anzuspannen. Das war stets Sache der Stallburschen gewesen und von denen war keiner anwesend.

Mamá schien sich überhaupt keine Gedanken zu machen, wie man es Großvater nachtun und fliehen konnte. Natürlich! Niemals war sie in einer Notsituation gewesen, hatte nie Entscheidungen treffen müssen. Sie schien zu warten, bis endlich ein Mann kam, der ihr sagte, was zu tun sei, und blieb schreckensstarre Beobachterin. Wie ein Kaninchen vor der Schlange, dachte Elise und spürte so etwas wie verzweifelte Verachtung für die Unselbstständigkeit ihrer Mutter in diesen furchtbaren Stunden. Der Gedanke schoss ihr durch den Kopf, aus anderem Holz geschnitzt zu sein, denn was Vater drüben im Haus sicherlich empfand, fühlte hier, im düsteren Stall, auch Elise. Sie war bereit. Bereit, Verantwortung nicht allein für sich selbst, sondern auch für die anderen zu übernehmen.

Elise traf eine Entscheidung, wandte sich abrupt von ihrer Mutter ab und ging festen Schrittes hinüber zur vom fast völlig heruntergebrannten Kerzlein schwach erleuchteten Sattelkammer. Mit einer Handbewegung winkte sie Johanne zu sich. Ihr Blick fiel auf die Kleinen. Ferdinand schlief zusammengerollt auf einem Stapel rauer Pferdedecken, Elaine hockte mit schreckgeweiteten Augen, die Knie unters Kinn gezogen, die Arme fest darum geschlungen, neben ihm und schaukelte vor und zurück. Angst glomm in ihrem Blick auf, sobald die Kinderfrau sich erhoben und den ersten Meter vom Notlager entfernt hatte.

Elise hob den Zeigefinger an die Lippen, schickte Elaine einen eindringlichen Blick und zischte: »Bleib sitzen, sei still!«

»Johanne«, flüsterte Elise, »Großvater hat sich auf und davon gemacht. Wir müssen hier weg. Mamá ist zu nichts zu gebrauchen. Wir müssen in die Remise hinüber und sehen, welchen Wagen wir nehmen können. Du hilfst mir beim Anspannen!«

Johanne schüttelte entschieden den Kopf. »Ich bin kein Stallknecht. Wir warten, Elise, bis die Männer kommen.«

»Wir warten nicht, Johanne! Es sei denn, du willst uns alle um Kopf und Kragen bringen. Es wird kein Mann kommen. Die sind alle damit beschäftigt, die wütende Horde am Eindringen ins Haus zu hindern. Wir müssen handeln.«

»Aber Elise!«, protestierte Johanne wenig überzeugt. »Bisher haben die Weber keiner Seele etwas getan. Nur am Hab und Gut der Verleger sind sie interessiert.«

»Das mag bisher so gewesen sein. Aber willst du wirklich ausprobieren, ob da nicht längst Dämme bei den Menschen gebrochen sind, die alles möglich machen? Ich habe in ihren Gesichtern verzweifelte Entschlossenheit gepaart mit Hass und Wut gesehen. Ganz gewiss will ich es nicht drauf ankommen lassen. Nun komm schon!«

Elise fasste Johannes Hand. Warm und kräftig. Wie immer schon. Und jetzt ein entschlossener Druck. Mit wem sonst sollte man sich wohl besser in dieses Wagnis stürzen können?

Schon hatten sie die schwere Stalltür entriegelt, waren hindurchgeschlüpft.

Da hörten sie Mutters spitzen Schrei. »Sie sind im Haus!«

Elise tauschte einen Blick mit Johanne. Ein Nicken. Los!

Gemeinsam zogen sie die Torflügel der Wagenremise auf. Zuvorderst der schwere, achtsitzige Break, mit der die Familie normalerweise vollzählig zum Sonntagsgottesdienst fuhr. Direkt dahinter aber Elises Objekt der Begierde. Ein leichter, als Einspänner fahrbarer Jagdwagen. Ein einzelnes Pferd, das würde sie mit Johannes Hilfe schon anspannen, das würde sie allein chauffieren können.

Beide griffen sie zu, schoben mit vereinten Kräften, keuchend, Schweiß auf den Stirnen. Hau … ruck!

Die Kutsche kam ins Rollen, eckte einmal knirschend am Torpfosten an. Elise zerrte sie an der Deichsel in die richtige Position. Frei. Nun rollte sie. Leicht. Viel zu leicht, denn der Platz vor der Remise war etwas abschüssig.

Wo war die Bremse?

Elise wusste es nicht. Beide Frauen stemmten sich gegen die Physik.

Vergebens. Jetzt nur nicht überrollen lassen!

Gleichzeitig ließen sie los.

Der Wagen nahm Fahrt auf, suchte sich allein seinen Weg, der, Gott sei's gedankt, nur vielleicht zwanzig Meter weiter in einem mächtigen Holunderbusch endete.

Ganz egal, was galt schon ein Schaden an der Kutsche? Jetzt war der Jagdwagen frei. Hier wusste Elise, wie er zu bremsen war. Geschickt platzierte sie das Gefährt auf dem gepflasterten Vorplatz, eilte zurück in den Stall. Überlegte. Welches Pferd? Welches Geschirr?

Ruhe! Denk nach!

Was genau taten die Stallknechte beim Anspannen? Sie hatte es doch hundert Mal schon gesehen. Nur erinnern, nur erinnern!

Mamá kreischte hysterisch. Elise stampfte wütend auf, schenkte dem neuerlichen Gefühlsausbruch keine Beachtung.

Die Ruhe jetzt! Es musste gelingen.

Sie wählte die alte Rappstute Tabea. Nicht besonders schnell und temperamentvoll wie ihr eigenes Reitpferd, die junge braune Stute Amabilé, sondern erfahren, ruhig und zuverlässig. Mit ihr hatte sie einst einige Unterweisungen im Fahren von Großvater bekommen. Das würde gehen.

Johanne half. Minuten nur. »Wenn wir dich im Haus nicht mehr brauchen, wirst du doch noch Stallknecht.«

Komplizenhaftes Lachen. Zur Abfahrt bereit.

»Hol sie, Johanne!«

Elise stieg auf den Bock. Nahm die Leinen fest in die Hand.

Johanne kam nicht wieder.

Kam und kam nicht wieder.

Von drinnen drang nur das geradezu triumphale Gelächter Mutters. Warum triumphal? War sie verrückt geworden?

Und plötzlich scheute die brave Tabea.

Fides bellte wie eine Wahnsinnige.

Die Stute wollte ruckweise anziehen, wollte weg, spürte die festgestellte Bremse, stieg im Geschirr, kam nicht voran, wieherte panisch.

Elise sprang ab, nahm das Pferd beim Kopf, versuchte, es zu beruhigen. Zu beruhigen? War doch selbst nicht ruhig. Rauschend der Puls, hastig der Atem, rasend das Herz.

Dann hörte sie es. Musste es hören, weil verflucht noch mal unüberhörbar … Sei nicht dumm, Elise, sei nicht dumm!

Schüsse.

Salvenweise.

4

Schlesien, 6. Juni 1844 – Die Rettung

Johanne zur Stelle. Was wäre geworden ohne sie? »Wir müssen nicht fort, Elise, das Militär kommt zur Rettung.«

Schnell die Riemen gelöst, das panische Pferd zurück in den Stall gebracht.

Mamás fieberhaft gerötete Wangen. »Seht nur, seht! Jetzt wird dem Spuk ein Ende gesetzt.«

Widerstrebend gab sie etwas Sicht am schmalen Fensterchen preis. Sternklarer Himmel. Bald würde der Morgen grauen. Es versprach ein schöner Tag zu werden.

Uniformen, Pickelhauben, aufgepflanztes Bajonett, preußische Feueraufstellung. Erste Reihe kniend. Feuer! Laden. Vorrücken. Immer so fort.

Elise sah sie fallen. Fallen und nicht mehr aufstehen.

»Sie schießen sie tot!«, schrie sie.

»Natürlich, Kind!«

»Aber nein, das können sie doch nicht tun!«

»Aber ja, Elise! Sollen sie sie etwa ungeschoren davonkommen lassen? Was tun sie denn, diese Aufrührer? In unser Haus eindringen. In unser Leben. In unser schönes, friedliches Leben …«

Worte schwirrten in Elises Kopf. Ungeschoren davonkommen? Festnehmen sicherlich. Ruhe schaffen. Aber doch nicht erschießen! Schönes Leben. O ja, sie hatte, sie alle hatten ein wunderschönes Leben. Gesunde, rotwangige Geschwister, genug zu essen, ein prächtiges Haus, alle erdenklichen Annehmlichkeiten.

Wie hatten die Gesichter der Aufständischen ausgesehen? Elise erinnerte sich nur zu gut daran, was sie wenige Stunden zuvor gesehen hatte. Und jetzt lagen sie da. Wie viele? Bestimmt schon mehr als ein Dutzend, während längst die Schar der Protestierenden, die noch auf den Füßen waren, die noch konnten, ihr Heil in der Flucht suchten. Wer sich nicht in die Büsche schlug, wer den direkten Weg zum Rückzug einschlug, kam nicht weit. Ungefähr auf halber Strecke zum Torhaus, genauer bestimmbar war es von hier aus nicht, schien irgendwer, irgendwas sie aufzuhalten. Gendarmerie? Weitere militärische Einheiten? Rückstau bildete sich. Die gesichtslosen Pickelhauben vor dem Haus, deren Schießgewehre dort keine Ziele mehr für ihre Kugeln finden konnten, wurden per schroff gebrülltem Befehl auf dem Absatz umgewandt, zackig in Marsch gesetzt. Ein Menschenknäuel. Und eine Schraubzwinge, die dieses Knäuel offenbar ausweglos zusammenquetschte.

Elise konnte nicht mehr hinsehen. Sie schlug die Hände vors Gesicht und weinte hemmungslos.

* * *

Es waren Johannes Arme, die sie um ihre Schultern spürte. Die Stirn fest an den ausladenden Busen gedrückt, den Duft von Maiglöckchen in der Nase. Jenen Duft, der immer schon Johannes Kleidern entströmt war. Ein Parfüm, das Mutter ihr nach Elises Geburt aus Dankbarkeit geschenkt hatte, das jedes

Jahr zu Johannes Geburtstag eine Neuauflage auf dem winzigen Toilettetischchen in ihrer Kammer fand, mit dem sie stets so sparsam umging, dass es ein ganzes Jahr lang hinreichte. Und das zu ihr gehörte, solange Elise denken konnte. Sinne entzückend, die Welt erhellend, alles Böse, alles Schreckliche übertönend, Sicherheit vermittelnd.

So auch jetzt. In der festen Umarmung beruhigten sich Elises Nerven, allmählich ließ das krampfhafte Zucken in den Schultern nach, dann versiegte auch der Tränenstrom. Johanne schob ihr ein Schnupftuch zwischen die Finger und endlich hob sie den Kopf und schnäuzte sich. Elise blickte auf. Weder Mamá noch die Kinder waren noch im Raum. Fragend blickte sie Johanne an.

»Deine Mutter hat die Kleinen schon ins Haus zurückgebracht.«

»Und für mich bist ja du da!«

Johanne nickte lächelnd. »Wir sollten jetzt auch gehen. Aber nicht zur Vordertür hinaus. Das da …«, sie wies mit einer Kopfbewegung zum Portal hinüber, »das musst auch du nicht sehen.«

Elises letzter Blick zum Fensterchen hinaus war flüchtig. Die Allee war leer. Wo mochte man sie hingeschafft haben, all diese armen, elenden Gestalten?

Willig ließ sie sich führen, ließ Johannes Hand kaum los. Mamá hatte die schwere Klappe zum unterirdischen Gang offen gelassen. Anscheinend fühlte sie sich vollkommen sicher.

Hatte Elise noch eine Stunde zuvor die Kraft verspürt, ganz allein verantwortlich die Familie fortbringen, ja, retten zu können, war nun nichts mehr von all der Energie in ihr übrig geblieben. Schwach, verletzlich, unselbstständig fühlte sie sich. Die Knie weich, der Kopf wie in einer Wattewolke, der Blick noch tränentrüb.

Müde! Todmüde war sie.

Johanne bettete sie wie ein Kind. Fides drängte sich eng an ihre Kniekehlen.

Schlafen! Und später, viel später aufwachen. Aus einem Traum. All das war nicht geschehen. Konnte gar nicht geschehen sein.

* * *

Dass all das doch geschehen war, erwies sich schmerzhaft, sobald Elise zur Mittagsstunde wieder erwachte. Fides hatte sie geweckt, machte deutlich, dass sie einmal hinaus musste.

Kaum die Augen aufgeschlagen, schon war Johanne mit fröhlichem Morgengruß zur Stelle. Vielleicht nicht ganz so fröhlich wie an anderen Tagen, Elise bemerkte das sehr wohl, aber diese ungewohnte Spur von Trübsal in ihrer Stimme wusste die alte Kinderfrau bestens zu übertünchen, indem sie einfach ein wenig lauter sprach als sonst. Auf einer Hand ein Tablett balancierend, trat sie neben das Bett und stellte Elises Frühstück auf dem Nachttisch ab.

»Na, Fides, willst du dein Frauchen erst mal in Ruhe essen und baden lassen, dein Geschäftchen erledigen und danach mit mir in die Küche kommen? Bestimmt finden wir dort etwas Schönes für den guten Hund.«

Die Hündin sprang ausgelassen vor Johanne auf und ab, eilte zur Zimmertür und kratzte daran.

»Danke, Johanne!«, sagte Elise und setzte sich auf.

»Stärk dich, Kind! Bis du fertig bist, ist das Badewasser kühl genug.«

»Ist Großvater wieder da?«

Johanne hatte schon von außen zugeklinkt. Schnell. Zu schnell. Vermutlich nicht zufällig so ungewöhnlich schnell. Keine Antwort auf Elises drängendste Frage. Und also in gewisser Weise doch eine Antwort.

Sie trank vom leicht gesüßten Tee, aß ihren warmen Haferflockenbrei, den Johanne immer selbst für sie kochte. Mit Milch. Nicht mit Wasser, wie es in ärmeren Familien üblich war. Honig gab sie hinein, ein wenig Zimt und Vanille, frisch aus einer getrockneten Schote gekratzt, wie sie die Gewürzhändler aus fernen Ländern über die Ozeane brachten. Obenauf hatte sie heute vollreife Frühhimbeeren gestreut, die sie bestimmt selbst gepflückt hatte. Ein Hochgenuss, der Elises Lieblingsspeise zum Frühstück war. Je nach Jahreszeit wechselten die Früchte, im Winter gab es Backobst oder Kompott von Äpfeln, manchmal Birnen, dann wieder Mirabellen dazu. Aber immer eine Mahlzeit, die lange vorhielt, Kraft gab und jeden Morgen versüßte.

Beinahe wäre der Gaumenschmaus in der Lage gewesen, die trüben Gedanken zu vertreiben. Jene, die sich um die Frage drehten, was Großvater genau getrieben und was bezweckt hatte, als er fluchtartig das Haus verließ, anstatt sich den Menschen zu stellen, die doch gewiss nicht in böser Absicht, sondern als Hilfesuchende gekommen waren. Hätte er es nicht in der Hand gehabt, die Stimmung zu drehen? Anderen war das doch auch gelungen und ihre Familien hatten keinen Schaden genommen, kein Haus war geplündert worden.

Wäre diese entsetzliche Eskalation nicht vermeidbar gewesen? Hatte es Tote geben müssen? Nein! Elise wagte jetzt keinen Blick aus dem Fenster. Zweifellos gab es dort sowieso nichts mehr zu sehen, sonst hätte Johanne sie darauf hingewiesen.

War Elises Einschätzung letzte Nacht im Stall richtig gewesen? Oft, sehr oft hatte ihr erstes Gefühl gestimmt. So ging es ihr mit Menschen manchmal. Jemand mochte auf den ersten Blick ein unangenehmes Gefühl in ihr erregen, sich dann aber als nett und freundlich präsentieren … und irgendwann, bisweilen viel später, stellte sich dann doch heraus, wie richtig sie anfangs gelegen hatte. Andersherum war sie noch nie von irgendjemandem enttäuscht worden, der ihr auf den ersten Blick höchst sympathisch gewesen war.

War auch die gestrige Situation mit all ihren gezogenen Schlüssen, ja, sogar mit ihrem über Großvater gefällten Urteil richtig gewesen? War er stracks losgeritten, um die Preußischblauen zu alarmieren? Hatte er kein Ohr für die Arbeiter haben wollen? Immerhin waren zweifellos viele seiner eigenen Leute darunter gewesen. Menschen, die ihm, die der gesamten Familie mit ihrer Hände Arbeit einen Lebensstandard ermöglichten, der doch eigentlich die Verpflichtung implizieren musste, gut und gerecht mit ihnen zu verfahren. Wenn das so war, nun gut, dann hatte Großvater zwar mit seinem Handeln die Familie aus einer wirklich bedrohlichen Lage errettet. Aber dann war er eben auch nicht Manns genug, um seine Angelegenheiten selbst und ohne ein Verstecken hinter militärischer Übermacht zu regulieren.

So mochte Elise ihn nicht sehen. Dann hätten die Leute ja recht gehabt, indem sie ihn feige nannten. Ihr Bild von ihm, das gute siebzehn Jahre lang festen Bestand gehabt hatte, wies hässliche Risse auf. Nicht der verantwortungsvolle Patron für die, die von ihm abhängig waren?

Natürlich! In seiner Position musste er streng sein. Niemals, das kannte sie selbst auch ausgesprochen gut, hätte er Schlendrian durchgehen lassen. Aber gab es nicht Wege, die allen ein zufriedenes und gesichertes Leben ermöglichten?

Hin- und hergerissen war sie in der vergangenen Nacht gewesen. Zwischen anfänglicher Erleichterung: Oh, Großvater sei Dank, die Rettung ist gekommen. Und dem Entsetzen über den Waffengebrauch und seine grauenvollen Folgen. Nein, nein! Da stimmte etwas ganz und gar nicht.

Elise beschloss, all ihren Mut zusammenzunehmen und mit ihm darüber zu reden, sobald er wieder im Hause war.

5

Er kam nicht nach Hause. Großvater blieb nicht nur unauffindbar, es gab nicht einmal eine Nachricht von ihm.

Am Nachmittag des sechsten Juni war Elise mit Fides zu einem Spaziergang aufgebrochen, war über den weißen Kies vor dem Haus gelaufen, den der alte Gärtner Jakub wie jeden Tag glatt geharkt hatte. Fides schnupperte mal hier, mal da am Boden. Das zum Zwecke des Beeindruckens aufgestellte Fell auf dem Rücken, einer Bürste nicht unähnlich, bewies ihre Anspannung, und als Elise genauer nachschaute, was es denn da so intensiv zu untersuchen gab, erkannte sie die nur unzureichend verwischten Spuren des nächtlichen Geschehens. Da lagen nicht einfach nur etliche etwas dunklere Steinchen. Da klebte braun geronnenes Blut. Und hinter mancher dieser Verfärbungen stand wahrscheinlich eine bittere Wahrheit: Hier war nicht nur ein Mensch »nicht ungeschoren davongekommen«, wie Mamá es auszudrücken beliebt hatte, sondern hier hatte einer sein Leben gelassen!

Wofür? Dafür, dass er es gewagt hatte, Anklage zu erheben? Dass er um Hilfe gefleht, dass er gesungen, dass er sein Elend

41

in Worte gekleidet hatte? Väter vielleicht, deren Kinder, Frauen jetzt zu Hause weinten, denen nun der Ernährer fehlte? Brüder vielleicht? Um die jetzt Schwestern und Eltern trauerten? Söhne, die nie wieder den Arm einer womöglich gebrechlichen Mutter stützen würden?

Wofür? Dafür, dass ein Mädchen wie sie, ein üppiges Frühstück im Magen, frisch gebadet und frisiert, fein gekleidet, ihren edlen, gut gefütterten Hund in Ruhe ausführen konnte?

Wie sah es aus mit den Menschenrechten? Standen sie nicht gleichermaßen denen zu, die nichts besaßen? Was war deren Arbeitskraft wert? Anscheinend ja nicht genug, um wenigstens halbwegs sorgenfrei leben zu können.

Niemals zuvor waren Elise solche Überlegungen auch nur im Entferntesten in den Sinn gekommen. Natürlich hatte sie gelesen, was seit Jahren schon immer wieder in den Zeitungen zu lesen war. Schauerliche Berichte. Doch nie hatte sie so etwas den eigenen Lebensumständen, dem persönlichen Umfeld zugeordnet. Hier war das nicht so. Hier konnte das so nicht sein! Alles war, wie es war, und es war gut so gewesen. Leicht, unbeschwert, wundervoll. Jeder Tag sorglos, voller Freude, hell und licht. Und plötzlich wurde eine andere Welt sichtbar. Eine, die ihr bisher unbekannt geblieben, vielleicht wohlweislich verborgen worden war. Wo war das Helle, wo das Lichte geblieben? Bei hellem Sonnenschein blieb das Gefühl, im kaum durchschaubaren Zwielicht zu wandeln. Wie ein Schwindel. Tappend, augenreibend, suchend nach Erklärungen, nach Wahrheit, nach innerer Balance.

Um Elise drehte sich die Welt.

Übel wurde es ihr, mühsam erreichte sie mit ein paar eiligen Schritten über den kurz gemähten Rasen gerade noch das Bänkchen im Weidenschatten am Teich, versuchte, tief durchzuatmen, das rebellisch klopfende Herz zur Vernunft zu bringen, presste die Hand schützend auf die Planchette ihres nicht allzu fest geschnürten Korsetts.

Mamá wäre jetzt in selige Ohnmacht gefallen. Irgendjemand wäre sofort zur Stelle gewesen, hätte ihren Kopf sanft gebettet, vorsichtig ein Riechfläschchen unter ihre Nase gehalten und sie mit aller erdenklichen Freundlichkeit umsorgt. Elise hatte keine Übung in dieser so gern und häufig praktizierten Sitte der Damen. Was an unangenehmen Dingen auf sie einströmte, wurde mit einem kleinen Ohnmachtsanfall quittiert, und – *voilà!* – schon war man heraus aus jeder Verantwortung.

Allein … selbst wenn Elise jetzt ihrer tief empfundenen Schwäche nachgegeben hätte, es hätte überhaupt nichts genützt. Ohne Hilfe hatte sie sich vorhin schon ankleiden müssen, denn Johanne stand ausnahmsweise nicht zur Verfügung. Sie kümmerte sich auf Mutters Geheiß um die Kleinen, die, das musste Elise zugestehen, so verschreckt waren, dass sie dringend ihrer vollen Aufmerksamkeit und Zuwendung bedurften. Die zarte Elaine hatte nicht mehr aufhören können zu weinen, Ferdinand seine fröhliche Lausbubenhaftigkeit gegen völliges Verstummen eingetauscht und Elise nur aus leeren Augen angestarrt. Selbst mit der eigentlich unerschütterlichen Johanne war heute nichts anzufangen. Sie war so zugeknöpft, wie Elise es noch nicht erlebt hatte.

Im ganzen Haus war niemand bereit gewesen, ihr Zeit zu widmen. Mamá hatte sich mit der (in unangenehmen Situationen üblichen) Migräne in ihr abgedunkeltes Boudoir zurückgezogen, Papá war nicht anwesend, immerzu hatte er irgendwas irgendwo zu erledigen.

Nie zuvor hatte Elise sich so alleingelassen gefühlt, dabei hätte sie gerade jetzt dringend einen vertrauten Menschen gebraucht, um begreifen und einordnen, ihre erschütterte Gefühlswelt wieder ins Lot bringen zu können. Nur auf Fides war Verlass. Wie üblich wich sie nicht von Elises Seite. Das tat wohl. Aber was konnte man schon mit einem Hund diskutieren?

Was hätte sie mit Mamá diskutieren können? Sie hätte Elises Überlegungen unschicklich gefunden. Eine junge Dame ihres Standes verschwendete keinen Gedanken an soziale Fragen und sprach schon gar nicht über Politik. Punkt.

Papá ... ja, der würde zuhören. Warten musste sie, bis er Zeit für sie hatte.

* * *

Elises Blick glitt über die stille grünliche Wasserfläche des Teiches, der die Maße von vielleicht sechs oder sieben Tennisplätzen haben mochte, von denen es zwei am gegenüberliegenden Ufer gab. Im Schatten der mächtigen Trauerweiden flanierte es sich so wunderbar an heißen Sommertagen, an einem schmalen Holzsteg lag ein kleiner Kahn, geeignet, um gemächliche Ruderpartien auf dem vielleicht schulterhohen Gewässer zu unternehmen. Gute, harmlose Gedanken brauchte sie jetzt, zwang sich, zurückzudenken an unbekümmerte Sommergesellschaften, lachende Menschen, vergnügt Ball spielende Kinder, tollende junge Hunde, Musik und Tanz, Buffets voll erlesener Köstlichkeiten, hübsche Sonnenschirmchen und galante Kavaliere.

Es half ein bisschen. Sogar einmal lauthals auflachen konnte sie, als sie an die Szene im letzten Jahr dachte, in der Mamá sich so herrlich der Lächerlichkeit preisgegeben hatte. Man musste etwas Besonderes bieten, um sich im Kreise der Honoratioren beliebt zu machen, ein regelrechter Wettkampf tobte zwischen den Verlegergattinnen. Also hatte Mamá ein Sommerfest im Stil jener pompösen Festivitäten erdacht, für die der französische Sonnenkönig Ludwig XIV. so berühmt gewesen war.

Unglücklicherweise war ihr die alberne Eingebung zum Verhängnis geworden, unbedingt zwei putzige Lämmchen bei Fuß führen zu wollen. Um die Hände für die Honneurs freizuhaben, hatte sie die Kerlchen kurzerhand mit zum Kleid passenden apricotfarbenen Seidenbändern an ihre Handgelenke gebunden. Keine allzu gute Idee, wie sich herausstellen sollte. Die beiden ausgesprochen kreglen Böckchen hätten sich nämlich allzu gern ein fröhliches Wettrennen auf den ausgedehnten grünen Rasenflächen geliefert. Zunächst versuchten sie sich loszureißen. Mamá hielt eisern dagegen, bemühte sich um Haltung, während ihr Lächeln doch nach und nach immer angestrengter wirkte.

Dann sprangen die Kleinen ausgelassen um Mamá herum, spannen sie immer enger in die Seidenbänder ein und brachten sie schließlich zu Fall. Ehe man sichs versah, kegelte gleich darauf ein apricot-wollweißes Knäuel den sacht zum Ufer abfallenden Hang hinab. Erst im knietiefen Wasser, mitten zwischen den verschwenderisch blühenden Seerosen, fand das Schauspiel ein Ende. Die Lämmer blökten empört, Mutter schrie wie am Spieß, ihre silberne Perücke schwamm wie ein Kaffeekannenwärmer, ihr dunkles Haar unter dem höchst unkleidsamen Perückennetz glänzte nass in der Julisonne, die ganze dicke Louis-Quatorze-Schminke lief ihr über die Wangen und alles, was Beine hatte, rannte, die Gastgeberin aus ihrer misslichen Lage zu erretten.

Elise und Ferdinand hatten sich damals vor Lachen ausgeschüttet und waren froh gewesen, den zürnenden Blicken Mamás ausweichen zu können, indem sie sich eilends erboten, die pitschnassen Böckchen schleunigst in die Obhut ihrer Mütter zurückzubringen.

* * *

Ja! Nur solche Rückblicke sollten einem in den Kopf kommen, wenn man an das liebevoll angelegte und aufs Beste gepflegte Achenthal-Anwesen dachte. Wäre doch nur alles so geblieben … wäre doch zu tilgen, was gestern Nacht geschehen war!

Fides hatte derweil artig neben Elise ausgeharrt, den Kopf auf die Pfoten gelegt und gedöst. Sonst liebte sie es, im Teich zu schwimmen und die Enten im Schilf aufzustöbern.

45

Heute jedoch schien ihr der Sinn nicht nach ausgelassenen Wasserspielen zu stehen.

Eine ganze Weile hatte es ja gedauert, aber nun war es Elise mithilfe der hübschen Bilder und Erinnerungen doch gelungen, ihrem wild galoppierenden Herzen die Zügel anzulegen. Selbst der Magen hatte endlich Ruhe gegeben und die Übelkeit war verflogen. Ein wenig Bewegung würde jetzt guttun.

»Komm, Fides, lass uns ein Stückchen gehen.«

Sofort war die Hündin auf den Beinen. Und konnte es nun doch nicht lassen, hier und da zumindest ihre Pfoten im klaren Wasser zu kühlen und die Schilfregion zu durchstöbern. Elise sah, wie die stolze Schwänin Fides empört anfauchte; vermutlich war sie ihren Küken zu nahe gekommen. Fides sprang zurück, bellte, entging gerade noch dem scharfen Schnabel auf dem verteidigungsbereit vorgestreckten Schwanenhals.

Elise pfiff gellend, Fides gehorchte prompt, kam, schaute unternehmungslustig und gar nicht schuldbewusst zu ihr hoch.

»Du sollst die Schwäne in Ruhe lassen, es tut weh, wenn sie dich erwischen, du Dummerchen! Schau, da kommt auch noch der wütende Gatte der Dame«, schimpfte Elise und musste doch lachen über den schalkhaften Gesichtsausdruck ihrer Hündin. »Na, lauf schon. Aber pass auf und leg dich nicht noch mal mit den Falschen an!«

Fides trollte sich, hielt nun Abstand zu dem majestätischen Paar schneeweißer Vögel und setzte ihre Inspektion der Uferböschung fort. Um nur wenige Augenblicke später plötzlich ohrenbetäubendes Kläffen hören zu lassen.

»Was hast du denn nun schon wieder?«

Fides drehte sich nicht einmal zu ihr um, fixierte irgendetwas zwischen den Seerosenblättern und konnte sich anscheinend überhaupt nicht mehr beruhigen.

»Mein Gott, Fides! Was ist das da im Wasser?«

Braun. Und schwarz. Groß. Und tot.

6

Schlesien, Juni 1844 – Wo der Pfeffer wächst

Keinen Moment lang glaubte sie, ein Tier oder irgendein Gegenstand schwämme da im Wasser. Sofort begriff Elise, es war die Leiche einer Frau. Bäuchlings, der braune Rock ein wenig gebläht, das Mieder schwarz, triefend vor Nässe, der Kopf halb im Schilf verborgen.

Elise schrie auf.

Eine Fremde, ja. Aber doch war sie ihr nicht völlig unbekannt. Kein Zweifel, es musste sich um die Frau handeln, um jene Sängerin mit dieser engelsgleichen Stimme, deren verstörendem Blick sie vergangene Nacht begegnet war.

Starr stand sie da und fuhr herum, als sie eine behutsame Berührung auf der Schulter spürte.

»Gnädiges Fräulein, ich habe Euch schreien gehört. Geht es Euch gut? Es war ein bissl viel für eine junge Dame letzte Nacht, nicht wahr? Kann ich helfen?«

Elise schaute in Jakubs tief besorgte alte Augen. Sie schüttelte heftig den Kopf, war zu keinem Wort fähig und deutete nur auf ihren grausigen Fund.

»Ach, Jessas!«, entfuhr es dem Gärtner. Einen Wimpernschlag lang schien er zu wanken, dann traf er eine Entscheidung. Jakub stürzte nicht zum Ufer, um die Tote in Augenschein zu nehmen, womöglich den leblosen Leib zu bergen, sondern nahm Elise beim Ellenbogen, zog sie herum und führte sie weg.

Stützen musste er sie, vor den Augen tanzten weiße Lichter, der Atem ging stoßweise. Jakub murmelte leise Beruhigungen in schwer verständlichem Wasserpolnisch, wie man es in seiner alten Heimat am östlichsten Rand Oberschlesiens sprach, und bei jedem Wort drang ein Schwall von Kautabakgeruch aus seinem Mund. Diesen Geruch, den nahm sie ebenso wahr wie Fides' feuchtkalte Schnauze an ihrem Handrücken. Sonst fühlte sie nichts, ließ sich einfach willen- und gedankenlos fortbringen.

* * *

Elise hörte die Stimme, die nie wieder erklingen würde, von nun an jede Nacht. Sie scholl durch ihre Träume. Wieder und wieder dieselben Zeilen:

> *Nun denke man sich diese Noth und Elend*
> *solcher Armen*
> *zu Hause oft kein Bissen Brodt, ist das nicht zum*
> *Erbarmen?*
> *Erbarmen, ha! Ein schön Gefühl, euch*
> *Kannibalen fremde,*
> *und jedes kennt schon Euer Ziel, der Armen*
> *Haut und Hemde*
>
> *O, Euer Geld und Euer Gut, das wird dereinst*
> *vergehen*

Wie Butter an der Sonne Gluth, wie wird's dann
um Euch stehen
Wenn ihr dereinst nach dieser Zeit, nach diesem
Freudenleben
Dort, dort in jener Ewigkeit, sollt Rechenschaft
abgeben

Schweißgebadet erwachte sie dann und fand keinen Schlaf mehr. Landauf, landab schrieben die Zeitungen in diesen Tagen über die Aufstände der Weber. Früher, da hatte sie solche Nachrichten gar nicht gelesen. Hatte auch die häufigen kritischen Anmerkungen ihres Hauslehrers Wiedekind wohl gehört und gespeichert, aber kaum überdacht. Wenn er sich alle Mühe gab, sie im Fach Geschichte in eine Welt zu ziehen, die ein kritisches Auge auf politische und soziale Missstände schulen sollte, hatte Elise die Lider geschlossen, denn jedwedes Vorstellungsvermögen war ihr schlichtweg abgegangen. Das war früher gewesen. Doch jetzt stand sie mittendrin, jetzt hatte eine Welle von Ereignissen sie nicht nur benetzt, nicht nur nass gemacht, sondern war derart über ihr zusammengeschlagen, dass sie das Gefühl hatte zu ertrinken, mindestens aber ständig nach Luft ringen zu müssen.

Manch bissige Karikatur fand man in den Blättern abgebildet. Besonderen Eindruck hinterließ bei Elise eine zweiteilige Radierung. In finsteren Grautönen fielen da, die Hände hilfesuchend gen Himmel gereckt, magere Sterbende im letzten Atemzug übereinander, im Hintergrund sah man schon die Kreuze vor halb verfallenen Katen. Überschrieben das Ganze mit dem Titel »Hunger und Verzweiflung«. An Bitterkeit in ihren Augen kaum zu überbieten war der zweite Teil des Werkes: »Offizielle Abhülfe«. Exakt so, wie sie es erlebt und gesehen hatte. Pickelhauben in Reih und Glied, die Bajonette aufgepflanzt, das Ziel im starren Auge.

So musste auch sie ihr Leben verloren haben, die Sängerin. Ein einziger Stich, wohlplatziert, hatte genügt. Wahrscheinlich hatte sie noch zu fliehen versucht. Vielleicht die Schwere ihrer Verletzung gar nicht richtig eingeschätzt. Weit war sie nicht gekommen. Elise hatte die Tote vor dem Abtransport nicht mehr gesehen. Und doch ständig ihr Gesicht vor Augen.

* * *

Endlich, drei Tage nach diesen Ereignissen, fand Vater Zeit für ein Gespräch. Er war von sich aus auf sie zugekommen, sie hatte ihn nicht bitten müssen. Der Leichenfund hatte sie genauso verstummen lassen wie Ferdinand. Allein in einer Blase, nicht fähig, sich zu artikulieren, hatte sie nur noch automatisch funktioniert, mehr vegetiert denn gelebt.

Wieder einmal hatte sie beim Mittagsmahl kaum einen Bissen zu sich genommen, die besorgten Blicke Mamás und Johannes ignoriert, als Vater aufstand, seine Hand auf ihre legte und sagte: »Komm, Elise, ich möchte mit dir sprechen.«

Gesenkten Kopfes raffte sie ihre Röcke, stand auf und folgte ihm durch die Halle in Großvaters Arbeitszimmer. Völlig selbstverständlich schien Vater es in dessen noch immer andauernder Abwesenheit okkupiert zu haben. Natürlich … irgendjemand musste sich ja um die Geschäfte kümmern, war Elises Erklärung für diesen ungewöhnlichen Umstand. Normalerweise hatte Vater, genau wie der gesamte Hausstand, keinen Zutritt. Dieser Raum war allein Großvaters privates Reich. Galt es, irgendjemanden in offizieller Angelegenheit zu empfangen, fand das im Kontor drüben im Fabrikgebäude statt, aber niemals hier.

Nicht einmal abstauben durften die Stubenmädchen, und dass Großvater selbst es damit, vorsichtig ausgedrückt, nicht genau zu nehmen schien, bemerkte Elise gleich beim Betreten. Auf den raumhohen, düsteren Bücherregalen, auf jedem der spärlich vorhandenen Möbelstücke wie Rauchtischchen, Sessel und Schreibtisch lag der Staub buchstäblich fingerdick. Der mächtige Kamin war rundherum schwarz verräuchert, selbst die Pokale auf dem Sims, welche ihm während einer langen Hundezüchterkarriere verliehen worden waren, hatten längst ihren einst strahlenden Metallglanz eingebüßt.

Die Chaiselongue, auf die Papá wies, bot lediglich ein kleines Eckchen für Elises bestimmt nicht sehr breites Hinterteil, wohl aber reichlich Raum für die darauf ausgebreiteten karierten Hundedecken. Ja, Großvater war ohne seine Hunde nie denkbar gewesen. Zwei, seine erklärten Lieblinge, waren mit ihm verschwunden, die anderen heulten seither Tag und Nacht drüben beim Pferdestall und schienen ihn entsetzlich zu vermissen. Nicht, dass sie schlecht versorgt würden! Aber seine tägliche Ansprache, die sonst üblichen langen Spaziergänge mit ihrem Herrn schienen ihnen schmerzlich zu fehlen.

Fides sprang neben Elise aufs Sofa, legte ihr den Kopf in den Schoß und ließ sich kraulen. Elise musste niesen angesichts der Staubwolke, die Fides aufgewirbelt hatte.

»Papá, wenn du beabsichtigst, dich hier zukünftig öfter aufzuhalten, wirst du die Stubenmädchen hereinlassen müssen. Sonst wirst du noch lungenkrank.«

»Nanu? Meine Tochter hat ihre Stimme wiedergefunden?«, fragte er lächelnd und setzte sich ihr gegenüber in den lederbezogenen Ohrensessel. Die Ellenbogen auf die Knie gestützt, die Hände unterm Kinn gefaltet, signalisierte er seine ganze Aufmerksamkeit.

Elise blickte ihm geradeheraus in die blauen Augen, die von all seinen Kindern nur der Stammhalter Ferdinand geerbt hatte, während die Mädchen ganz nach ihrer rehäugigen, brünetten Mutter schlugen.

Sie zögerte keine Sekunde mit ihrer Antwort. »Ich habe die ganze Zeit auf eine Gelegenheit gehofft, mit dir reden zu können. Ich gestehe, das, was geschehen ist, hat mich in sprachloses Erschrecken versetzt. Aber mein Kopf hat sich ja nicht ausgeschaltet. Im Gegenteil. Noch nie habe ich mir so viele Gedanken gemacht, aber mit wem hätte ich mich denn austauschen können? Mamá kümmert das alles anscheinend gar nicht, es geht ihr nur auf die überspannten Nerven, sie will nicht gestört werden, will ihre Ruhe haben. Niemand spricht mit mir! Das ganze Haus fühlt sich nur belästigt von den Protestierenden und schweigt alles tot, was sie zu ihrem Tun veranlasst haben könnte. Selbst Johanne seufzt nur ständig und weicht mir aus. Papá, ich habe sie doch gesehen! Sie müssen gute Gründe dafür gehabt haben. Sie waren alle so elend, sahen so hungrig aus, so entsetzlich unglücklich und hoffnungslos. Das muss anders werden, es sind doch unsere Leute, da sind wir verantwortlich!«

Er unterbrach ihren Redefluss, der sich von Satz zu Satz in seiner Lautstärke, seinem anklagenden Tonfall gesteigert hatte. »Du hast recht, Elise!«, sagte er mit fester Stimme. »Ich weiß das nicht erst seit diesen unseligen Ereignissen, aber bisher hatte ich mich herauszuhalten.«

»Weißt du denn, wo Großvater abgeblieben ist?«

Er schüttelte den Kopf und murmelte: »Es wäre nicht anständig von mir, jetzt zu sagen, er möge von mir aus bleiben, wo der Pfeffer wächst, aber …«

Sie sah, wie seine Lippen schmal, die Augen unter den kräftigen Brauen eng wurden, wie er den Hals so tief in den steifen Vatermörder zog, dass die Kragenspitzen beinahe die Mundwinkel berührten.

»Aber?«, fragte Elise. »Im Grunde wäre dir genau das recht? Du bräuchtest Zeit und freie Hand, um etwas für die Menschen zu verbessern, nicht wahr?«

Vater nickte.

»Ich bitte dich, dann tu das doch, Papá!«

Er seufzte und schaute an ihr vorbei.

Elise ließ sich von der Kante der Chaiselongue rutschen, ging vor ihm auf die Knie, nahm seine Hände und flehte eindringlich: »Papá, so sprich doch mit den Verlegern, die zufriedene Arbeiter haben. Was machen die anders?«

»Sie zahlen drauf, Kind«, stöhnte Vater. »Die deutschen Fabrikanten sind nicht mehr konkurrenzfähig. England dominiert den Markt mit billiger Ware. Dort wird längst mit Maschinen gearbeitet, während unsere Leute hier immer noch mit althergebrachten Webstühlen zurechtkommen müssen. Die Produktionsmengen sind im britischen Königreich in allen Industriesparten ungleich höher als im Deutschen Bund. Dies gilt nicht nur für unser Gewerbe, sondern ebenso für die Kohle- und Eisenerzgewinnung und die Stahlproduktion. Ein englischer Hochofen schmelzt eben zehnmal so viel Roheisen wie ein deutscher. Je höher der Anteil maschineller Produktion, desto weniger Arbeiter, was die Betriebe trotz besserer Bezahlung des Einzelnen zu insgesamt geringerem Lohnaufkommen bringt. Ergo ergeben sich weitere erheblich bessere Gewinnmargen.«

Elise schwirrte der Kopf. Papá sprach wie entfesselt, ohne Pause, ohne Luft zu holen, über ihren Scheitel hinweg. Ihr blieb nichts anderes übrig, als sich zu konzentrieren und zu versuchen, ihm möglichst zu folgen.

»Da halten wir nicht mit, Elise!«, fuhr er fort. »Die Leute arbeiten hierzulande Tag und Nacht und die Fabrikanten drücken das Salär. Achenthal steht dank seines einträglichen landwirtschaftlichen Betriebes noch vergleichsweise gut da, diejenigen Verleger aber, die ausschließlich vom Tuch leben müssen, sind wirklich in einer scheußlichen Situation. Das Ganze ist ja kein neues Problem. Du kannst dich kaum erinnern, denn du warst noch zu klein, aber es ist noch nicht lange her, dass allein innerhalb Deutschlands die Vielzahl souveräner Staaten sich das Leben mit Tor-, Brücken- und Wegzöllen, Transit- und Ausfuhrzöllen gegenseitig schwer machten. 1834 entstand unter preußischer Führung der Zollverein, dem sich achtzehn deutsche Staaten anschlossen. Nur kurze Zeit später sind einige Repräsentanten des Vereins mit der Bitte um Schutzzölle auf ausländische Webereiprodukte an die Preußen herangetreten, um uns Fabrikanten und Kaufleute auf dem Exportmarkt halten zu können. Abgelehnt! Für diese praktische Form des Protektionismus ist sich Preußen, dem Schlesien ja nun einmal angehört, zu stolz. Ohne allerdings der Wahrheit ins Auge zu sehen, die da lautet: Nur eine unumstrittene Weltmacht wie das Britische Empire kann sich derartigen Luxus leisten.«

»Aber warum stellt sich Preußen denn so quer, Vater? Nur aus Stolz?«

Er schüttelte den Kopf und sein Gesichtsausdruck wurde grimmig. »Nun, Elise, Preußen vertritt zuvorderst Junkerinteressen. Landwirtschaftliche Produkte, wie sie auf den großen Gütern des Adels erwirtschaftet und über die großen Häfen exportiert werden, sind alles, woran ihnen liegt. Sie hängen noch immer feudalistischen Überzeugungen an und wollen den wirtschaftlichen Erfolg der Bourgeoisie überhaupt nicht unterstützen. Ausgerechnet England ist nämlich ein wichtiger Abnehmer von Holz, Getreide und weiteren Agrarerzeugnissen. Da möchte man den Handelspartner natürlich nicht mit Schutzzöllen auf deutsche Waren verärgern.«

Etliches vom gerade Gehörten rauschte an Elises direkter Wahrnehmung vorbei. Was aber in ihren Augen herausgestochen hatte, wandelte ihr Kopf sofort in einen Lösungsansatz um, den sie auch gleich begeistert hinausposaunte: »Aber wenn Maschinen die Lösung sind, ist es doch ganz leicht, Papá! Dann schaff doch auch so neumodisches Zeug an.«

Vater lachte bitter auf. »Mein Schatz, du hast keinerlei Vorstellung davon, welche Investitionen wir dafür tätigen müssten. Ich zermartere mir seit Tagen das Hirn, sichte die Bücher, suche nach Auswegen. Wenn es so einfach wäre …«

»Vielleicht geht nicht alles sofort, Papá. Aber was ist mit Verlegern wie beispielsweise von Radenau? Den hat dieser Elendszug doch völlig in Ruhe gelassen. Warum?«

Elise bemerkte ein Aufblitzen in Vaters blauen Augen. Er lächelte fast ein wenig versonnen. »Ich bin mit ihm im Gespräch, Elise. Wie kommst du gerade auf ihn?«

»Nun, es ist mir nicht entgangen, dass die großen alten Herren der Zunft ihn schneiden, ihn nie dabeihaben wollen. Und eben, dass seine Arbeiter anscheinend nicht murren, weil sie aus irgendwelchen mir unbekannten Gründen einfach nichts beklagen müssen. Ich habe ja Augen im Kopf und mir hat das zu denken gegeben.«

»Du denkst viel für dein Alter, Elise. Und sehr unweiblich«, sagte er, und sie hörte eine gewisse Anerkennung heraus, obwohl er seine Worte mit einem Schmunzeln garniert hatte, das ihr ohne den bemerkenswerten Tonfall das Gefühl vermittelt hätte, nicht ernst genommen zu werden.

»Ach geh! Nur weil ich jung und kein Mann bin, kann ich doch bisweilen vernünftige Schlüsse ziehen«, erwiderte sie und hatte selbstverständlich nicht – oder vielleicht doch – die Absicht, nach weiteren Komplimenten zu fischen.

Vater zwinkerte ihr zu und tätschelte ihre Hände. »Ich arbeite mich ein und hole mir Rat. Wenn du magst, halte ich dich gern auf dem Laufenden. Ich glaube, du bist alt und klug genug, um langsam ins Erwachsenenleben hineinzufinden. Aber jetzt komm, ich habe zu tun … Endlich *darf* ich etwas tun! Was glaubst du, wie erniedrigend es für einen Mann in meinem Alter ist, meine Tage vertrödeln zu müssen und alle Kraft brachliegen zu lassen. Ich bin voller Tatendrang.«

»Dann hoffe ich, dass es weit ist bis zum Pfeffer und noch weiter vom Pfeffer zurück.«

»Das, meine liebe, kleine Madame, ist unlogisch! Du bist eben doch ein Mädchen und die können bekanntlich nicht logisch denken«, foppte er sie und Elise zog einen Flunsch.

Er erhob sich, half ihr auf, streichelte behutsam ihre Wange, legte eine Hand unter ihr Kinn und hieß sie, ihn anzusehen. Einen winzigen Trotz legte sie in ihren Blick. Ertappen ließ sie sich ungern.

»Du bist schon recht, Elise! Wir sprechen wieder, ja?«

Dann ließ er sie stehen mit dem halb besänftigten, halb unzufriedenen Gefühl, viel gehört, aber nur wenige ihrer drängenden Fragen beantwortet bekommen zu haben, und eilte hinaus, ohne die Tür hinter sich zu schließen.

Sie sah ihm nach. Papás elegante Erscheinung! Kerzengerade hielt er sich, schlank, dabei groß und athletisch, das dunkelblonde Haar voll und üppig, wie es Mode war, stets untadelig gekleidet. Nichts hatte er bisher sein dürfen als ein Beau, ein von der Damenwelt bewunderter und immer rege umschwärmter Gesellschaftshahn. Dazu hatte Großvater ihn degradiert. Nur da, um passend zu heiraten und eine enorme Mitgift mitsamt Aussichten auf ein gewaltiges Erbe an Land zu ziehen, denn das Haus De Laporte hatte außer Mamá keine Nachkommen. Das war gelungen, der Plan war aufgegangen. Aber wo war Papá dabei geblieben? Natürlich, sein Lohn war ansehnlich. Mamá war schön, gebildet, manchmal wirklich entzückend. Liebenswert allemal. Und reich.

Moment! Mamá war *reich*. Wie reich, das wusste sie seit jener Frankreichreise vor zwei Jahren. Ja, konnte man da nicht …

Beinahe wäre Elise ihrem Vater hinterhergestürzt.

Da war doch die Lösung, dachte sie. Aber, überlegte sie, sie dachte ja auch, es könnte weiter sein vom Pfeffer zurück als hin.

So ließ sie es sein.

7

Frankreich, Sommer 1842 – Reiseerinnerungen

Über Jahre hatte es sich nicht ergeben, die beschwerliche, lange Reise in Mamás Heimatstadt Reims anzutreten, aber im Frühling dieses Jahres war Mutters Heimweh so übermächtig geworden, dass Papá beschlossen hatte, ihrem sehnsüchtigen Klagen nachzugeben. Die Kleinen blieben in Johannes Obhut, nur Elise durfte die Eltern begleiten.

So ging es denn mit einigen Zwischenaufenthalten in Karlsbad, Bayreuth, Würzburg, Heidelberg und Metz viele Tage durch die Lande. Teils in Postkutschen, teils mit der Eisenbahn, denn das »eherne Zeitalter« war angebrochen und ein Schienennetz von weit über zweitausend Meilen Länge überspannte inzwischen deutsche Landschaften. Das Wetter war herrlich, die Eindrücke waren überwältigend. Elise freute sich, und das bisweilen lautstark jubelnd, über manch unerwarteten Ausblick und genoss die Reise mit allen Sinnen.

Mamá, die angesichts der mondänen Bäderkultur in Karlsbad aufblühte und durchaus Freude an der herrlichen barocken Würzburger Residenz gezeigt hatte, verlor ihre gute Stimmung zusehends, je länger die Reise dauerte. Fürderhin jammerte sie ausgiebig. Über den »unerträglichen Qualm«, den die Lokomotiven ausstießen, die unzulänglich gefederten Kutschen, die mangelhaften Hygienebedingungen und das zu fette Essen in den Poststationen, die zu langsamen Pferde, angeblich unhöfliche Kutscher, unbequeme Nachtlager, ja, sogar Wanzen in einer Herberge, die sie *promptement* aus dem Bett trieben, um die Nacht sitzend auf einem Schemel zu verbringen, was ihre Laune am Folgetag geradezu unerträglich für Elise und Vater machte.

Erst mit dem Überschreiten der französischen Grenze, das Mamá mit geradezu verklärtem Gesichtsausdruck tatsächlich zu Fuß zelebrierte, schien sie plötzlich wie verwandelt, warf allen Unmut ab, wirkte wie um ein Jahrzehnt verjüngt, beinahe mädchenhaft und unbekümmert, und wandte sich an Elise mit den Worten: »Oh, Kind, endlich kann ich dir zeigen, wo deine Wurzeln liegen! Viel zu klein warst du noch beim ersten Mal, als dass du damals schon etwas hättest begreifen können.«

Überschwänglich schloss sie sie in die Arme. Wie aufgewühlt und glücklich Mamá sein musste!

Doch … »deine Wurzeln«? Elise wäre niemals auf den Gedanken gekommen, irgendwo sonst als in ihrer schlesischen Heimat verwurzelt zu sein. Nichts verband sie in ihrem Innern mit ihrem Ziel, der Champagne, jener Weinbaulandschaft im Norden Frankreichs, die für die Erzeugung des wohl teuersten und exklusivsten Getränkes berühmt war. Einmal, in der letzten Silvesternacht, hatte sie schon an Mamás Champagnerglas nippen dürfen. Es hatte gut geschmeckt. Frisch, eiskalt, mit einem perlenden Kribbeln, das Elise in die Nase gestiegen war und sie ein bisschen gelöst, ja, beinahe lustig gemacht hatte. Sie wusste, dass eine bestimmte Methode für die Herstellung des Champagners angewendet werden musste, dass sich nur Champagner nennen durfte, was in der Champagne unter diesen bestimmten Bedingungen gereift war, und dass die dortigen Winzer ein ungeheurer Stolz auf ihren edlen Trank verband.

Aber Mamás Vorfahren waren gar keine Winzer gewesen. Seit dem fünfzehnten Jahrhundert in Reims ansässig, übten sie seit Generationen eine ganz andere Profession aus. Vielleicht gut so, wie Mamá letzthin betont hatte, denn anders als die Weinbauern war Mutters Familie nicht von den Kapriolen der Natur bedroht. Der Stoff, mit dem sie arbeiteten, mit dem sie ihr Geld verdienten, war an Beständigkeit und Krisensicherheit kaum zu überbieten und behielt seinen Wert. Gold!

Über Jahrhunderte waren sie Goldschmiede gewesen. Und der Umstand, dass es gewisse Vertreter zu besonderer Kunstfertigkeit in ihrem Handwerk gebracht hatten, trug ihnen im Jahre 1654 besondere Ehre ein. Eine Geschichte, die Mutter einmal erzählt, zu der Elise jedoch bis zum Tag nach ihrem Eintreffen in Reims genauere Anschauung gefehlt hatte.

* * *

Äußerst herzlich fiel der Empfang im traditionsumwehten Familiensitz aus, den Großvater nach dem allzu frühen Tod seiner Frau Odette allein bewohnte. Elise hatte sie nicht mehr kennengelernt. Ein eigentümliches Fachwerkidyll aus dem frühen 16. Jahrhundert mit seinen Erkern und spitzen Türmchen, dem Generationen immer wieder Anbauten hinzugefügt hatten, je größer die Familie geworden war, ohne allerdings den ursprünglichen charmanten Stil zu verwässern. Großvaters Zuhause lag zwar mitten in der Stadt, bildete aber, umgeben von einer übermannshohen, verputzten Mauer und mit seinem reizend angelegten kleinen Park voller alter Bäume, blühender Büsche und Blumenrabatten, eine Oase abseits des Getümmels.

Grand-Père schien ihre Ankunft zur späten Nachmittagsstunde erahnt zu haben und öffnete das schmiedeeiserne Tor höchstpersönlich für die einfahrende Kutsche. Hemdsärmelig stand er da, unter der Brokatweste spannte sich ein beachtlicher Bauch, das Haar war nicht mehr grau wie bei der letzten Begegnung vor Jahren, sondern schon vollkommen weiß geworden.

Sofort gebot Mamá, deren blasse Wangen vor Aufregung mit einer flammenden Röte überzogen waren, dem Mann auf dem Bock zu halten, raffte ihre Röcke bis übers Knie, sprang behände aus dem Wagenschlag und flog ihrem Vater in die Arme.

Wie ein kleines Mädchen, überlegte Elise schmunzelnd und warf Vater einen bedeutungsvollen Blick zu.

»Sie ist wie ausgewechselt, wenn sie hier ist«, flüsterte Papá und zuckte ein wenig resigniert die Schultern. »Schau sie dir an! So habe ich sie kennen- und lieben gelernt. Unbeschwert, fröhlich, das Gemüt voll südlicher Sonne. Manchmal kommt sie mir daheim vor wie eine Frühlingsprimel, bei der man vergessen hat, Wasser ins Töpfchen zu gießen.«

Elise fand, es lag Wehmut, vielleicht sogar Schuldbewusstsein in seinem Ausdruck. Ob es ihm bisweilen leidtat, sie hier herausgelöst und in seine Heimat verschleppt zu haben? Verschleppt zu haben … War das nicht ein wenig zu drastisch ausgedrückt? Aber nein … wahrscheinlich kam Vater genau dieser Gedanke auch, wenn er den eklatanten Stimmungsumschwung betrachtete. Die nachdenklichen Querfalten auf seiner Stirn sprachen jedenfalls Bände.

Mamás Handbewegung bedeutete zweifellos: »Fahrt ihr nur bis vors Portal, ich gehe mit meinem Vater zu Fuß, stört uns ja nicht!«

Und auch wenn ihnen Großvater vergnügt zuwinkte, stand es außer Frage, dass die beiden diesen Moment des Wiedersehens allein genießen wollten. Schlendernd, Grand-Père den Arm fest um Mutters Schultern gelegt, sie die Wange eng an seinen kräftigen Oberarm geschmiegt, schienen sie in ein sehr persönliches Gespräch vertieft. Sie war glücklich. Das bewies Elise ein einziger Blick in ihr Gesicht, während das Gefährt an dem Vater-Tochter-Paar vorbeirollte.

Obwohl die gepflasterte Auffahrt nicht sehr lang war, die beiden Kutschenpassagiere ohne Hast ausstiegen, mussten sie doch noch ein wenig warten, ehe sich Antoine De Laporte von seiner Tochter löste und endlich Enkelin und Schwiegersohn gleichzeitig in die Arme schloss.

»*Soyez les bienvenus! Ah, ma petite … mon fils …*«

Die Nase an Grand-Pères leinene Hemdschulter gepresst, musste Elise von nun an auf das zurückgreifen, was man gemeinhin Muttersprache nannte. Natürlich war sie zweisprachig aufgewachsen. Selbstverständlich hatte der Hauslehrer sie zusätzlich im Englischen unterrichtet. Dennoch wurde zu Hause, sah man einmal von Mamás gelegentlichen Ausrufen (oder noch gelegentlicheren, dann aber kräftigen Flüchen) ab, ausschließlich Deutsch gesprochen. Es war einfach eine Umstellung, Elise brauchte den ganzen Abend, um ihre Zunge zu lösen und sich einzufinden. Man sagte der Jugend Unbefangenheit nach und es erwies sich, wie richtig das war. Nach wenigen Stunden schon gelang es ihr sogar, Papá hin und wieder mit Übersetzungen behilflich zu sein, denn sein Französisch war bestenfalls ausreichend, wenn nicht gar mangelhaft und versagte, sobald die Konversation über schlichten Austausch von Höflichkeiten und Gemeinplätzen hinausging.

Kaum hatten sie nach dem Souper und dem anschließenden kleinen Verdauungsspaziergang im zauberhaften Garten den Salon erreicht, wurde Elise liebevoll, aber bestimmt von weiteren Dolmetschertätigkeiten entbunden.

»Manon wird dir dein Zimmer zeigen, *ma petite*«, sagte Mamá, streichelte flüchtig ihre Wange, hauchte einen Kuss auf

Elises Ohr und winkte die junge Zofe heran, die wohl schon ein Weilchen im Hintergrund bereitgestanden hatte.

Na, so etwas! Kaum begannen die Gespräche interessant zu werden (just drehte sich die Unterhaltung der Männer um die katastrophale Niederlage der Briten im Anglo-Afghanischen Krieg und die brutale Enthauptung zweier englischer Diplomaten in Buchara), kaum bekam Elises Interesse für ferne Länder, das ihr weit gereister Hauslehrer jahrelang befeuert hatte, Futter, schickte man sie ins Bett wie ein kleines Mädchen. Elise zögerte einen Wimpernschlag, wollte protestieren. Mutter bemerkte es, ihre Augen verengten sich ein wenig, was erfahrungsgemäß besser nicht übersehen werden sollte, und Elise folgte, auf den Lippen ein genuscheltes »*Bonne nuit*«.

* * *

Das ihr zugewiesene Turmzimmer mit seinen vielen Fenstern entschädigte für den Groll. Sanfte Farben, weibliche Utensilien auf einer Frisierkommode mit enorm großem Spiegel, weichzeichnendes Licht, ein breites Himmelbett, mit cremefarben changierender Wildseide bespannte Wände, knöcheltiefe Teppiche, eine einladende Chaiselongue, blitzende Kristallschalen voller Früchte, verschwenderisch arrangierte Blumensträuße, ein wundervoller Ausblick in den Park. Letzte Strahlen der untergehenden Sonne breiteten ihren goldroséfarbenen Schein aus und das Wasser mehrerer Fontänen ergoss sich wie flüssiges Gold in einen hübschen Brunnen.

Manon agierte wie ein flinkes Wiesel. Packte Elises Kleider aus, half ihr aus den Knöpfstiefeln, massierte sogar kurz und äußerst wohltuend die malträtierten Füße, knüpfte mit geschickten Fingern die Korsettschnüre auf und schälte sie aus all den Schichten Stoff heraus, um sie hernach, eingewickelt in ein riesiges Badetuch, in den Nebenraum zu führen, wo eine warme, duftende Wanne darauf wartete, den Reisestaub abzuwaschen.

Währenddessen plapperte sie vergnügt. Erzählte ohne Scheu frei von der Leber weg von ihrem Liebsten namens Pierre, einem Lehrling in Grand-Pères Unternehmen, von heimlichen Treffen in den Weinbergen, vom Sommer, von der Liebe. *Oh, Mademoiselle ... l'amour!*

Elise hörte ihr fasziniert zu, warf hin und wieder eine lapidare kleine Frage in Manons Redefluss, sah ihr beim Dahintreiben zu, beim Aufgefischt- und Betrachtetwerden, lauschte den kichernd vorgebrachten Antworten, lachte mit. Dieses junge Mädchen, sicherlich kaum so alt wie Elise selbst, strahlte bei aller Diensteifrigkeit eine Offenheit, Pfiffigkeit und offenkundige Lebensfreude aus, dass sie sich bestens vorstellen konnte, sie nicht als Bedienstete, sondern lieber als neu gewonnene Freundin betrachten zu wollen. Nein, nein, so weit waren die jungen Mädchen in Elises Freundinnenkreis alle noch nicht. Ganz verschämt waren daheim die seltenen Gespräche zu diesem geheimnisumwitterten Thema, und hier war auf einmal eine, die sich schon ganz genau auskannte und keinen Hehl aus ihren Erfahrungen machte. Die bisher fest verschlossene Tür in ein unbekanntes Paradies öffnete sich einen Spaltbreit und Elise wagte einen intensiven Blick voller Neugier. Und ... oh, was sie da alles erzählte! Wie aufregend es sein musste, zum ersten Mal verliebt zu sein. All die Heimlichkeiten, die scheuen Blicke, zugesteckten Zettelchen, ersten zarten Berührungen, der wilde Herzschlag, sogar ein erster Kuss. Jawohl!

Zur Krönung ihrer Erzählungen nestelte Manon ein winziges Medaillon an schmalem Kettchen unter ihrem blütenweißen Kragen heraus, darin eine gepresste Vergissmeinnichtblüte. Natürlich von ihrem Pierre. Mein Gott, wie romantisch!

Nein, Elise hatte bisher keine solchen Erfahrungen gemacht. Viel zu behütet für ihren Geschmack hielt Mamá sie stets von gleichaltrigen Jungen fern. Dabei musste es so schön sein, begehrt zu werden wie Manon.

Elise schlief selig in dieser ersten Nacht in Reims. Aufregende Träume begleiteten sie, an die sie sich am folgenden Morgen erinnerte. Solche, die ihr leise Röte auf die Wangen zauberten, die sich ganz deutlich in ihrem Spiegelbild abzeichneten.

* * *

Die gotische Kathedrale Notre-Dame de Reims!

Elise hatte sie als Kind schon einmal an Mamás Hand besichtigt. Damals, es war ein windiger, düsterer Novembertag gewesen, hatte sie sich von der schieren Größe und Pracht der dreischiffigen Basilika nur eingeschüchtert gefühlt. Heute nahm sie Einzelheiten wahr, konnte den Anblick genießen. Bei Weitem das höchste Bauwerk der Stadt, erhob sie sich elfenbeinfarben gegen den azurblauen Sommerhimmel. Graziös, leicht, zart und doch majestätisch.

»Als wollte sie Gott zustreben«, flüsterte Elise andächtig und Mutter nickte.

»Ja, und das, obwohl die sieben einst geplanten Türme, die sie noch einmal viel höher gemacht hätten, nie gebaut worden sind.«

»Wie viele Figuren mögen es sein, die die Fassade schmücken, Mamá? Keine ist wie die andere, Frauen, Männer, so verschieden, so ausdrucksstark. Und da ... ah, das muss der berühmte lächelnde Engel von Reims sein!«

»Ja, richtig erkannt, Kind! Er ist zauberhaft, ich liebe ihn. Es sind mehr als zweitausend, ich habe es immer mal wieder versucht, aber sie nie fertig gezählt. Jede hat ihre eigene Geschichte und jeder Bildhauer hat sein Bestes gegeben. Aus Liebe zu seinem Land, aus Liebe zu Gott und seiner Kunst. Über Jahrhunderte, seit sie 1211 in Auftrag gegeben wurde und der erste Stein gelegt war, ist die Kathedrale immer das Herz Frankreichs gewesen. Nie wird irgendjemand wagen, ihr etwas anzutun.«

Sie traten ein durch den Haupteingang unter dem großen Rosettenfenster, schauten hinauf zur Jungfrau mit dem Kinde, die sie willkommen zu heißen schien. Sogleich empfanden sie die frische Kühle der uralten Mauern, ließen sich gefangen nehmen von einem Meer aus irisierenden Farben, das die Sonnenstrahlen den bunten Fenstern entlockte, wandelten unter den Säulen wie in einem märchenhaften Wald und schreckten beide ein wenig zusammen, als der Kinderchor plötzlich anhob, seine Übungsstunde zu vollziehen. Was für eine Sinfonie der jungen Stimmen, welch überwältigende Akustik!

»Ist das schön!«, hauchte Elise.

Sie bekreuzigten sich, nahmen leise in einer der Bänke Platz. Elise dachte nicht. Sie ließ sich forttragen, fühlte, sah, hörte, war wie verzaubert.

Es mochte eine halbe Stunde vergangen sein, bis Mutter ihr leicht über den Arm strich, bedeutete, dass sie wieder gehen wollte, sie buchstäblich wecken musste, obwohl all ihre Sinne ganz hier waren. Elise taumelte ein wenig, als sie sich erhob, brauchte zwei, drei Schritte, einen festen Griff an der Banklehne, ehe sie sich gelöst hatte.

Draußen im hellen Licht blieben sie stehen, sie drehte sich noch einmal um, ließ den Blick über die Fassade schweifen, prägte sich Bild und Gefühl ein. Unvergesslich. Unauslöschlich.

Zurück ging es durch die alten Gassen, wo sich unweit des De Laport'schen Hauses auch die Werkstätten und die Produktion befanden. Lange schon hatte sich Grand-Père vom alleinigen Herstellen kostbarer Schmuckstücke und edler Knöpfe verabschiedet. Das neue Herz des heutigen Unternehmens barg eine riesige Werkshalle, in der etwas weit Praktischeres hergestellt wurde als reiner Zierrat. In enormer

Menge fabrizierte man hier ganz pragmatisch Wäscheknöpfe. Wäscheknöpfe in allen möglichen Größen wurden immer und überall gebraucht. Überzogen mit schlesischer Baumwolle, exportierte sie Großvaters Unternehmen in aller Herren Länder. Nicht, dass er besonders stolz darauf gewesen wäre, aber diese wenig Kunstfertigkeit benötigende Fabrikation war schlicht und einfach ungeheuer einträglich.

Dennoch … der alten Tradition fühlte er sich verpflichtet, betrieb weiterhin die kleine Goldschmiedewerkstatt, und jetzt zeigte Mutter Elise, was im Verlauf der letzten Jahre erst entstanden war.

»Schau!«, rief sie enthusiastisch aus. »Ist es nicht wunderhübsch geworden, unser kleines Museum?«

Vorbei an einem höflich grüßenden livrierten Wächter traten sie durch eine Glastür ein, auf der in feiner Ziselierung das De-Laporte-Wappen eingraviert war, und standen inmitten einer zauberhaften Glitzerwelt voller Preziosen. Effektvoll von geschickt verborgenen Lichtquellen ausgeleuchtet, lagen sie da auf Samt in gläsernen Vitrinen und zogen den Betrachter in ihren Bann.

»Sieh es dir in Ruhe an, *ma petite*, ich hatte gestern Abend schon Gelegenheit dazu und will noch einmal zu Papá ins Büro gehen. Lass dir Zeit und genieß den Anblick.«

Mamá zwinkerte ihr zum Abschied aufmunternd zu und Elise war allein.

So dachte sie zumindest.

Langsam schritt sie von einem Glaskasten zum nächsten, betrachtete, was Generationen vor ihr geschaffen hatten. Ausgewählte Stücke, immer im Familienbesitz verblieben, manche zurückgekauft. Kleine Tafeln berichteten über verwendete Materialien oder Geschichten und Geschichtchen zu ihren Auftraggebern. Hier und da waren Vergrößerungsgläser angebracht, durch die man jedes Detail genau erkennen konnte.

Edelsteine von kristallklarer Durchsichtigkeit, Fassungen aus Gold, Silber und sogar Platin. Manche Emaille-Arbeiten, die in bestechender Schärfe Porträts zeigten, Prunkgürtel, die die Hüften von Königen hätten zieren können, Nestelspitzen, die zweifellos der schönste Schmuck opulenter Damenroben gewesen waren.

Ach, diese wundervollen Spangen! Eine ganze Vitrine war voll von ihnen. Die Augen gingen ihr über. So herrliche Exemplare, besetzt mit lupenreinen Diamanten. Ein unschätzbares Vermögen war hier ausgestellt.

Und an dieser Vitrine bemerkte Elise, dass sie durchaus nicht ganz allein war, denn ein Herr machte hüstelnd auf sich aufmerksam.

Sie sah erschrocken auf, erblickte einen Mann in weißem Leinen zu dunklem Gehrock, schaute in ein wohlgenährtes Gesicht mit kleinen, klugen Augen unter krausem, kaum gebändigtem Schopf, dessen tiefes Schwarz schon mancher Silberfaden durchzog.

»*Bonjour,* Mademoiselle, bitte verzeihen Sie, wenn ich Sie erschreckt habe«, kam freundliche Ansprache über auffallend wulstige Lippen, und er fuhr mit einer galanten Verbeugung fort: »Wenn ich mich vorstellen darf? Dumas, Alexandre Dumas. Ich reise mal wieder ein wenig durch die Lande, verbinde das Angenehme, nämlich die Champagnerverkostung, mit dem Nützlichen und betreibe ein wenig Recherchen in der berühmten Krönungsstadt unserer Könige.«

»Oh«, entfuhr es Elise beeindruckt. »Nicht etwa jener Monsieur Dumas, dessen Theaterstücke ganz Europa begeistern? Wie aufregend, Sie kennenzulernen! Und ausgerechnet in unser kleines Familienmuseum hat es Sie verschlagen? Was meinen Sie denn hier finden zu können? Oder ist es nur die Freude an den schönen Stücken, die Sie hierhertreibt?«

Er lachte ein sonores Lachen. »Viele Fragen auf einmal, *chère* Mademoiselle …«

Offenkundig begehrte er Elises Namen zu wissen.

»Ah, bitte verzeihen Sie meine Unaufmerksamkeit. Ich bin Elise von Achenthal. Meine Mamá ist … nun ja, die Tochter des Hauses De Laporte, aber wir sind derzeit nur zu Besuch bei Grand-Père und leben nicht hier, sondern in Schlesien.«

Dumas nahm Elises hingereichte Rechte, deutete einen Handkuss an und sah dann verschmitzt zu ihr auf. »So stehen wir also gerade vor der richtigen Vitrine. Sie kennen ja sicherlich die Geschichte, welche den Laportes ihren Adel eintrug, nicht wahr?«

Ohne ihre Antwort abzuwarten, drehte er sich zu dem hell erleuchteten Schaukasten um und wies auf sechs magisch glitzernde Diamantspangen. »Ursprünglich soll es sich um ein volles Dutzend dieser kostbaren Schätze gehandelt haben, die König Ludwig XIII. seiner Gemahlin, der spanischen Prinzessin Anna von Österreich, anlässlich der Hochzeit 1615 zum Geschenk machte. Ludwig, der Dauphin aus dem Hause Bourbon, ist nach dem frühen Tode seines Vaters Heinrich IV. hier in der Kathedrale von Reims kaum zehnjährig gekrönt worden, wie Ihnen vielleicht bekannt ist. Eine Kinderehe, gerade fünfzehn war er, für meinen Geschmack etwas zeitig, aber nun ja, seine Mutter, die Florentinerin Maria de Medici, wird schon noch den Daumen auf den jungen Leuten gehabt haben … Jedenfalls, um auf Ihre Familie zurückzukommen, Mademoiselle, sind diese Spangen, wie man heute noch unschwer erkennen kann, mit so großer Liebe und handwerklicher Meisterschaft gefertigt worden, dass es dem jugendlichen Herrscher zum Dank gefiel, die Familie Laporte in den niederen Adelsstand zu erheben. Wissen Sie … ich spiele mit dem Gedanken, den Schmuckstücken eine romantische Rolle in meinem nächsten Roman zu geben. Wie gefällt Ihnen die Idee, Mademoiselle von Achenthal?«

»Aber ja, unbedingt! Wie aufregend!«, rief Elise aus und war froh, ihre Unkenntnis über diesen Part der Familiengeschichte verbergen zu können. Sie hörte tatsächlich zum ersten Mal, was dahintersteckte. Nie hatte Mamá davon erzählt. Nachher würde sie sie rügen. Was für eine Schmach, von einem Wildfremden unterrichtet worden zu sein! Geschickt wand sie sich aus der Bredouille, lenkte ab, bat eindringlich, sofort nach Fertigstellung ein Exemplar des neuen Werkes bekommen zu dürfen.

Monsieur Dumas schien nicht uneitel, sonnte sich offenkundig in Elises Euphorie und sicherte ihr die signierte Übersendung einer Erstausgabe zu.

Elise strahlte ihr strahlendstes Lächeln, und er verabschiedete sich mit einem Zwinkern.

Monsieur Dumas hielt tatsächlich Wort und sandte ihr im Frühling 1844 ein Exemplar seines frisch erschienenen Romans mit dem Titel *Die drei Musketiere* zu. Gewidmet war es mit den Worten:

> *Der so ahnungslosen wie bezaubernden*
> *Nachfahrin bedeutsamer Ahnen,*
> *Elise von Achenthal!*
> *Mit den allerbesten Wünschen*
> *Ergebenst, Ihr Alexandre Dumas*
> *Im März 1844*

Elise fühlte sich auch anderthalb Jahre nach der Begegnung ertappt. Hatte er es damals also doch bemerkt! Mamá hatte leichthin abgetan, was Elise beklagte. »Ach ja, Kind, Schnee von vorgestern, nicht mehr der Rede wert …«, hatte sie nur gesagt, jede weitere Nachfrage unterbunden und Elise mit dem Finden einer Erklärung sich selbst überlassen. Womöglich war es ihr peinlich, daran erinnert zu werden, dass einer Handwerkerfamilie erst durch besondere Leistung das Adelsprädikat verliehen wurde. Na, war so etwas nicht üblich? Verdiente Soldaten aller europäischen Armeen kamen, so sie nicht sowieso schon aus Hochadelskreisen stammten, durch besondere militärische Leistungen oder Tapferkeit vor dem Feind zu Gütern, Ansehen und Titeln. Gut, besonders tapfer war es natürlich nicht gewesen, feine Diamantspangen herzustellen. Ach, sei's drum … Interessant waren Dumas' Ausführungen jedenfalls gewesen.

Atemlos folgte Elise der abenteuerlichen Romanhandlung, entdeckte entzückt, welche Bedeutung der Dichter den Preziosen aus der Werkstatt der De Laportes zugedacht hatte, und verspürte eine ganz besondere, sehr intime Verbindung zum Gelesenen. Ihr Dankesbrief an den Dichter, dessen Bekanntheitsgrad sich ständig steigerte, fiel entsprechend begeistert aus, das schön gebundene Buch stand fürderhin zuvorderst und mit aufgeschlagener Widmung in ihrem Bücherregal und durfte, das schärfte sie den Zimmermädchen ein, nur von ihr höchstpersönlich abgestaubt werden.

8

Schlesien, August 1844 – Im Wald

Ja, diese Reise nach Reims hatte neben unvergesslichen Eindrücken allerhand Erkenntnisse eingebracht. Die Abende, die sie mit Manon verbracht hatte (stets war ihr Treffpunkt der lauschige Brunnen in Grand-Pères Garten gewesen), all die Einblicke, die Manon ihr in die junge Liebe gewährt hatte … mein Gott, wie aufregend, wie geheimnisvoll! Die Erkundungen der geschichtsträchtigen Stadt in Begleitung Mamás, die gar nicht aufhören konnte zu erzählen, zu erklären. Die glanzvollen Feste, die Großvater sich nicht hatte nehmen lassen, für seine Gäste zu veranstalten. Kunst, Musik, Tanz. Dazu eine reizvolle Landschaft, die so ganz anders war als zu Hause, die Menschen, die Sprache, in der sie sich so schnell wieder daheim gefühlt hatte. Das Licht der hellen Tage, das ganz andere Klima, das mit seiner südlicheren Wärme die Lebensgeister befeuerte, vielleicht sogar für den auffallend ungezwungeneren Lebensstil verantwortlich war.

Seit dieser Reise wusste Elise auch einzuschätzen, welches ungeheure Vermögen hinter Mamás Person stand. Fast ein wenig erschreckend war es zu sehen, wie perfekt das französische zum schlesischen Unternehmen passte. Und dank Manon hatte sie jetzt eine viel konkretere und äußerst romantische Vorstellung von der Liebe und konnte dieses Mysterium trotz eigener Unerfahrenheit zumindest theoretisch beurteilen. Ob denn die große Liebe zwischen den Eltern überhaupt eine Rolle bei der Partnerwahl gespielt hatte? Oder war es, fremdbestimmt durch die Interessen der Patriarchen beider Familien, immer nur darum gegangen, Geld auf Geld zu häufen?

Vorsichtshalber schüttelte sie diesen Gedanken ab, der sich bei pragmatischer Betrachtung so penetrant aufdrängte. Sie wirkten doch glücklich! Oder gaben sie das nur vor, wenn jemand in der Nähe war? Waren Mamás Rückzüge in ihre verdunkelten Gemächer etwa gar nicht den Migräneanfällen geschuldet? Waren sie in Wahrheit Rückzüge vor Papá? Vor Großvater? Vor ihren eigenen Kindern? Vor der schlesischen Realität? So erblüht, so leicht und beinahe mädchenhaft beschwingt wie in Reims erlebte Elise ihre Mutter jedenfalls zu Hause nie.

Musste sie selbst vielleicht besser auf sie achten? Ein wenig enger an sie heranrücken? In Frankreich waren sie fast wie Schwestern gewesen. Je näher sie der deutschen Grenze auf der Rückreise kamen, desto kühler und nachdenklicher war Mutter geworden. Was da wochenlang zwischen ihnen zu keimen, zu wachsen begonnen hatte, schien schon wieder zu verdorren. Elise bemerkte die Veränderung schmerzhaft. Dennoch war es wie eine unsichtbar gezogene Linie, die sie nicht zu überschreiten wagte. Gewollt hätte sie. Vielleicht später? Vielleicht würde sich die Gelegenheit doch eines Tages ergeben, diese neue Innigkeit wiederherzustellen.

Vielleicht war diese Gelegenheit ja jetzt da? Jetzt, da Vater von einem Moment auf den anderen in verantwortliche Position geworfen war. Jetzt, wo Großvater keinen verächtlichen Blick mehr auf Mamá warf, Vater sich würde profilieren müssen, Mutter ihm zur Seite stehen könnte. Sie war nicht so dumm, wie

Großvater sie immer hinstellte. Durchaus hätte sie Papá nicht nur mit ihrer Mitgift unterstützen können. Und Unterstützung, die benötigte er jetzt. Eine Frau, die ihm den Rücken stärkte, seine Sorgen teilte, womöglich sogar eigene Ideen einbrachte, seine Entscheidungen mittrug. Vielleicht erwachte gerade dann ihr Interesse, wenn er auf ihr Geld zurückgreifen musste, um das Unternehmen und genau genommen die ganze Familie aus einer prekären Situation herauszuführen?

Seit den entsetzlichen Ereignissen in jener Juninacht wirkte Papá stets höchst angespannt. Der Juli war vergangen, ohne dass Elise gravierende Veränderungen bemerkt hätte. Gefährlich aufmucken würden die Weber so schnell nicht wieder, das war sicher, denn die Preußischblauen hatten ihre Macht deutlich genug demonstriert. Die Aufständischen hatten gekuscht, beweinten ihre Toten, ja. Aber ihr offenkundiges Problem war doch mit dem gewaltsamen Eingreifen nicht aus der Welt geschafft.

Die vielen Gewitter der letzten Wochen hatten die sichtbaren Spuren weggewaschen. Ferdinand und Elaine waren längst wieder zu ihrer kindlichen Tagesordnung zurückgekehrt, Mamá hielt sich meist in ihrem Boudoir auf, angesprochen wurde die Sache nicht mehr.

Elise allerdings konnte nicht vergessen, was sie erlebt hatte. Ein wenig mehr zahlte Vater inzwischen wohl seinen Webern, so viel hatte sie aus ihm herausbekommen. Worauf aber seine Pläne genau zusteuerten, erzählte er ihr nicht. Häufig, oft sogar bis spät in die Nacht hinein, war er außer Haus, einige Male sah sie den Einspänner dieses jungen Verlegers Konrad von Radenau fortfahren, mit dem sich Vater offenbar öfters traf. Bisweilen kam er auch geritten. Zu Tisch aber blieb von Radenau nie und Elise hatte lediglich die Silhouette eines geschmeidig und immer in Eile wirkenden nur mittelgroßen, dunkelhaarigen Mannes gesehen, der, das fiel ihr auf, nie einen Hut trug.

Je höher und glänzender der Hut, desto einflussreicher der Mann. Das betonte Mutter immer. Konrad von Radenau konnte nicht sehr einflussreich sein. Was wollte Papá in der doch besorgniserregenden Situation ausgerechnet mit ihm? Das Verhältnis schien nachgerade freundschaftlicher Natur zu sein. So, wie sich die Männer auf der Treppe verabschiedeten, einander auf die Schultern klopften, war ein anderer Schluss kaum statthaft.

»Wir sehen uns heute Abend im Gesangverein«, rief von Radenau einmal im Wegfahren. Elise hörte es durch das geöffnete Fenster und sie staunte nicht schlecht.

Im Gesangverein? Ausgerechnet Papá? Vater war so unmusikalisch, dass sogar Ferdinand beim Weihnachtssingen unterm Baum verstohlen die Augen verdrehte, wenn er die Lieder mit seinem kräftigen Bariton wieder einmal so grandios verhunzte, dass alle zusammenzuckten und nur die Liebe ihm verzeihen konnte. Dabei war Ferdinand selbst weiß Gott kein begabter Sängerknabe. Wollte Vater etwa, statt wenigstens abends etwas Zeit mit der Familie zu verbringen, seine sängerischen Fähigkeiten aufpolieren lassen? Hatte er nicht in Wirklichkeit anderes zu tun?

Elise konnte sich keinen Reim darauf machen.

* * *

Es war schon August, die Klaräpfel hingen reif und überreichlich an den Bäumen, die Köchin verarbeitete, was ging, Apfelstrudeldüfte zogen aus der Küche im Souterrain durchs ganze Haus, zum Nachtisch gab es sie als Mus, angereichert mit Rosinen und Mandeln, ausgepresst liebten die Kinder ihren Saft. Aber diese ungeheure Ernte war für einen einzigen, wenn auch kopfstarken Haushalt unmöglich zu bewältigen, weshalb Mutter anwies, die Streuobstwiese, auf der diese empfindliche, wenig haltbare Sorte vorwiegend stand, für die Arbeiter zu öffnen, die Hühner dort picken zu lassen und sogar die Arbeitspferde mit großen Mengen zu erfreuen, was zum Ärger des polnischen Stallmeisters Pjotr gewaltigen »Sraczka« bei den schweren Rössern provozierte. Mamá lachte über sein Klagen. »Das wird schon wieder. Morgen äppeln sie wieder normal, wirst schon sehen.«

Bloß nichts umkommen lassen! In dieser Hinsicht hatte sie sich gewisse typisch schlesische Grundsätze angeeignet. Sie achtete in schöner Eintracht mit Johanne sehr auf alles, was wuchs und gedieh, beide gaben darauf acht, dass im Herbst kein Vorratsregal im Keller leer blieb.

An einem dieser schönen, nicht allzu warmen Augustnachmittage, die unerträglich heißen Hundstagen folgten, in denen es geboten gewesen war, das Haus nur am frühen Morgen oder um die Abendstunden zu verlassen, beschloss nun Elise, einen Ausritt zu unternehmen. Fides' unbedingter Zustimmung konnte sie heute wieder gewiss sein, nachdem die Hündin die letzten Tage hechelnd auf den kühlen Fliesen der Halle verbracht hatte.

Also rief sie nach Johanne, die sogleich Anweisung in den Stall geben ließ und ihr ins Reitkostüm half. Das kurze, bequeme Korsett war eine Erleichterung gegen die entsetzlich steifen Festungen, die die Mode für Tag und Abend vorschrieb. Beweglich und wie befreit fühlte sie sich darin. Möglicherweise, mal ganz abgesehen von ihrer Leidenschaft für die Reiterei, ein zusätzlicher guter Grund, warum sie kaum mal einen Tag auf ihre ausgedehnten Ritte verzichtete, sofern das Wetter es zuließ.

Einer der Stallknechte hatte die schöne braune Amabilé schon gesattelt. Ihr Fell glänzte wie eine frisch aus der stacheligen Schale gepellte Kastanie. Sanft nahm sie Elise den mitgebrachten Apfel aus der Hand, zerkaute ihn genüsslich zu tropfendem Mus, schluckte zufrieden und nahm artig das hingehaltene Gebiss an.

Der Bursche hielt Elise den Steigbügel, gekonnt saß sie auf, ordnete die Falten ihres Reitrockes, ließ sich die kurze Haselgerte anreichen und ritt auch schon der späten Nachmittagssonne entgegen zum Tor hinaus.

Aus gemächlichem Schritt wurde ruhiger Trab, sobald sie den Weg zwischen den Weiden und Obstwiesen erreicht hatte, dann fiel die Stute auf ein leises Schnalzen und Anlegen des Stöckchens in erhabenen, wiegenden Galopp. Es war schon recht gewesen, ein Pferd zu wählen, das Mamás meisterlicher Reitlehrer in Frankreich ganz speziell für eine junge Dame aus-gebildet hatte. Aus bester Zucht, edel und doch zuverlässig, auf feinste Hilfen reagierend, trotz allen Feuers immer mit leichter Hand regulierbar, von freundlichem Wesen, vollkommen un-abhängig von Artgenossen in jedwedem Gelände reitbar und ungeheuer trittsicher.

Glück hatte sie mit ihren Tieren, befand Elise wieder einmal. Fides lief leichtfüßig nebenher, warf immer wieder vergnügte Blicke herauf. Im Takt der Bewegungen schlappte die rosafarbene Zunge. Die Hündin hatte ihre Freude an dem Nachmittagsausflug, an der Gelegenheit, sich richtig zu strecken.

Nicht anders erging es Amabilé, die die Nüstern weitete, hin und wieder ein zufriedenes Schnauben hören ließ. Und nicht anders erging es Elise, die den warmen Sommerwind auf den Wangen, im Nacken spürte, dem leisen Schlag der Hufe auf federndem Boden, dem Schrei des Bussards auf der Jagd nach Mäusen über den ersten Stoppelfeldern lauschte. Der Duft von frisch geerntetem Weizen hatte sich über die ganze Ebene bis hin zum erntedunstverschleierten Eulengebirge ausgebrei-tet, kündete von vollen Speichern, von köstlichem Brot und zufriedenen Mägen. Ein voll beladener Erntewagen kam ihnen entgegen, der Kutscher grüßte, zog den Hut, Elise rief ihm anerkennend »Gute Ernte!« zu, er nickte, lachte. Die Stute nahm sich selbst zurück, Sprung um Sprung langsam vorbei, dann war der Weg wieder allein für sie da.

Tief nahm sie den Zauber der friedlichen Hügellandschaft in ihr Herz auf, fühlte sich lebendig hier draußen unter freiem Himmel. Viel lebendiger, als sie es jemals in geschlossenen Räumen, mochten sie auch noch so behaglich sein, empfinden konnte.

Der Wald begrüßte sie mit seiner stillen Kühle. Schmaler Schlängelpfad zwischen Farnkraut, Preiselbeeren, Eichen, Buchen, ein paar Birken. Elise gab der Stute die Zügel lang, ließ sie selbst den Weg finden, den sie schon hundertmal gelaufen war, klopfte sanft ihren Hals. Kein Schweißtröpfchen trotz der langen Galoppade. Im Unterholz die Suhlen der Wildschweine. Keine Sorge! Ehe nicht die Dämmerung hereinbrach, würden sie sich nicht blicken lassen, das wussten sie alle drei.

Bis zum nahen Dorf wollte sie reiten, Amabilé an der natürlichen Furt unweit der Mühle, die alle als Schwemme und Tränke benutzten, trinken und die Beine kühlen lassen. Dann ein wenig schauen im Dorf, wo jetzt jeden Zaun riesige Sonnenblumen und bunte Stockrosen, vielleicht sogar schon die ersten leuchtenden Kürbisse schmückten, um hernach in leichtem Bogen auf den Heimweg zurückzukehren. In Gedanken war sie schon fast auf dem Rückweg, als die Stute plötzlich stehen blieb und zauderte, während Fides – auf dem Rücken ihre wohlbekannte Bürste – einmal kurz anschlug, die Ohren hochstellte, zudem eine Pfote hob, wie es sich für einen aufmerksamen Vorstehhund gehörte.

Sie standen da und horchten. Stimmen! Eine Männerstimme. Befehlend. Eine Frauenstimme, sehr klein, sehr bittend, sehr leise.

Elise zögerte. Sehen konnte sie trotz ihrer erhöhten Position nichts. Aber geheuer kam ihr nicht vor, was da hinter dichtem Farn vor sich ging.

Ein Schrei: »Nein! Bitte!«

Da war Fides auch schon davongestürmt, bellte schrill und unaufhörlich ganz in der Nähe. Amabilé scharrte mit den Hufen, wie es eigentlich gar nicht ihre Art war, tänzelte, wollte durch das unwegsame Bruchholz.

»Nicht! Nicht da, du wirst dir die Beine aufreißen.«

Elise nahm die Zügel wieder fest in die Hände, suchte nach einem Durchschlupf, fand ihn.

Kaum fünfzig Meter. Dann sah sie, was sich ereignete.

Zwischen Blaubeersträuchern lag ein Mädchen. Vielleicht vierzehn Jahre alt. Der grobe braune Leinenrock hochgeschlagen, die nackten Knie aufgestellt und fest zusammengepresst, die Miederbluse aufgerissen, die Arme schützend vor der Brust verschränkt. Aus einem Mundwinkel lief Blut. Über ihr ein Mann. Mit langen braunen Stiefeln, in gutem Zwirn, wie ihn die Jäger trugen, die Flinte hoch erhoben über dem Kopf.

Das Mädchen wimmerte, Fides kläffte wie irre, der Mann drehte sich kurz zu der Hündin um, legte blitzschnell an.

Elise schrie.

Er riss die Waffe hoch.

Und sie blickte in die wenige Meter entfernte Gewehrmündung.

Zwischen hilflosem Entsetzen und unbändiger Wut hob sie die Reitpeitsche. Hob sie so, dass Amabilé einen völlig ungewohnten Angriff auf sich vermutete und entsetzt vorwärtssprang.

Mit solcher Wucht tat sie das, dass der Mann einen Schritt zurückwich, über die Beine des Mädchens stolperte, die Flinte verlor und zu Boden stürzte. Knapp vor seinen Stiefelspitzen verhielt sich die Stute.

Elise schaute in blitzwütende Männeraugen.

»Auf, du Schuft!«, brüllte sie und hörte, wie ihre Stimme sich beinahe überschlug. »Auf, und nenn mir deinen Namen!«

Der Kerl tat etwas Ungeheuerliches. Er grinste. Hatte offenbar seine Fassung bereits wiedergewonnen. Die Augen frech auf Elise gerichtet, robbte er auf dem Hinterteil ein Stückchen von den Pferdehufen fort, wollte sich erheben.

»Deinen Namen!«, brüllte Elise nochmals. Spürte, dass ihr die Oberhand zu entgleiten drohte, fixierte den Delinquenten fest, so fest sie konnte, versuchte, ihn zu bannen.

Anscheinend gelang das, denn plötzlich hielt er im Aufstehen inne, sackte wieder zusammen.

Elise bemerkte, dass sein Blick an ihr vorbeiging, sah sich vorsichtig um.

Da stand das Mädchen. Die Flinte angelegt, ein Auge schon zum Zielen zugekniffen.

»Tu das nicht!«, rief Elise fassungslos. »Mach dich nicht unglücklich, mach dich nicht zum Täter. Das ist er doch nicht wert. Ich bin deine Zeugin. Wir werden ihn seinem Richter zuführen.«

Das Mädchen presste die Lippen aufeinander, schien abzuwägen.

»Bitte!«, flehte Elise. »Halt ihn in Schach. Ich werde ihn fesseln. Dann kann die Gendarmerie ihn abholen.«

Quälende Sekunden. Unmerklich fast das Nicken der Kleinen. Aufatmen!

Elise ließ sich aus dem Sattel gleiten, band Amabilés Zügel um den Stamm einer jungen Birke, ohne die Szene aus den Augen zu lassen, knüpfte Fides' Laufleine vom Vorderzwiesel und trat entschlossen auf den Mann zu. Das Mädchen bohrte ihm den Lauf seiner Waffe in die Rippen. Hätte er nur ein Mal zugefasst, wäre es ihm ein Leichtes gewesen, sie zu überwältigen. Aber sein Gesichtsausdruck offenbarte echte Furcht vor der Entschlossenheit, die sie ausstrahlte.

Elise befahl ihn rücklings an einen Baum, hieß ihn, die Hände nach hinten zu nehmen, und fixierte ihn mit geschickten Knoten. Das Mädchen senkte und sicherte die Waffe. Anscheinend wusste sie, wie man damit umging.

Das leise Geräusch gab dem Kerl frischen Auftrieb. »Das wird Euch noch leidtun, Fräulein von Achenthal«, fauchte er und wagte es auch noch, gleich hinterherzuschicken: »Zukünftig werdet Ihr nie mehr sicher sein, wenn Ihr hier im Wald unterwegs seid.«

»Sicher vor *dir*, du Dreckskerl?«, gab sie wutentbrannt zurück. »Deine Gelegenheiten, dich in unserem Wald herumzutreiben, werden sich vorläufig sehr in Grenzen halten. Dafür werde ich sorgen. Aber erzähl ruhig mehr. Jede Drohung hört meine Zeugin, jede Drohung wird dein Strafmaß erhöhen. Und die Gendarmen werden schon schnell herausbekommen, wer es ist, der sich hier vergreift. Die haben ihre Methoden.«

Still war er. Nur einmal, als Elise abschließend ihre Verschnürung kontrollierte, spuckte er aus und verfehlte sie knapp.

9

Schlesien, August 1844 – Andere Welten

Das Mädchen bückte sich, klaubte etwas auf dem Waldboden zusammen, und als Elise Amabilés Zügel losgebunden hatte, schaute sie ihr über die Schulter. Eine Handvoll erster Pfifferlinge, zwei schöne, aber nun zerbrochene Boviste, legte sie vorsichtig in ihr Körbchen, drehte sich zu Elise um, als sie sie bemerkte.

Noch immer sickerte Blut aus der geplatzten Lippe. Tränen standen in ihren Augen, eine Spur hob sich glänzend hell gegen ihre schmutzige Wange ab. Mit einem trotzigen Ausdruck wischte sie mit dem Handrücken darüber, machte es nicht besser, eher dramatischer. Dann kam sie mühsam hoch.

»Wie heißt du?«, fragte Elise.

»Marie.«

»Du warst Pilze sammeln, als der Schwerenöter dich erwischt hat?«

Sie nickte, sagte sehr leise: »Wir haben ja nichts auf dem Teller, jetzt wird es langsam Herbst, da gibt uns der Wald …«

»Deine Eltern, Marie … sie arbeiten doch?«

81

Marie zuckte die Schultern, warf einen Blick zu dem Gefesselten hinüber, der momentan reglos dasaß und vor sich hin starrte. »Wir müssen gehen.«

Das Gewehr provisorisch am Sattel befestigt, ein Stückchen durch niedergetrampelten Farn, und sie waren auf dem Weg. Elise saß nicht auf, behielt die Stute an der Hand, hätte sich als überheblich und herzlos empfunden, von oben auf die Verletzte herabzublicken. Fides sicherte die kleine Gruppe nach hinten ab.

Marie ging langsam, fiel nach und nach sogar zurück.

»Komm, Marie! Ich traue zwar meinen Knoten, die mir unser Stallmeister beigebracht hat, aber ich gestehe, in der Aufregung nicht kontrolliert zu haben, ob er womöglich ein Messer in der Hosentasche hat. Nicht, dass er uns noch nachsetzt!«

Das Mädchen seufzte, bemüht, wieder aufzuholen. Jetzt erst bemerkte Elise, dass sie hinkte, und ließ sie den Rocksaum heben.

Der rechte Knöchel war dick geschwollen, inzwischen blaurot verfärbt. Elise wollte sie aufs Pferd hieven, schob Amabilé an einen umgestürzten Baumstamm, winkte die Kleine heran. »Komm, sie trägt dich auch ganz vorsichtig.«

Erst wich Marie zurück, wollte nicht, bekundete, Angst vor dem großen Tier zu haben, es sei doch nicht mehr weit, das würde sie schon schaffen. Dann, ein paar beruhigende Worte später, gab sie Elises sanftem Druck doch nach. Schritt für Schritt entspannte sich ihr gequälter Gesichtsausdruck und es ging nun flotter voran.

»Sag, Marie, ist es zum Äußersten gekommen?«, fragte Elise so beiläufig wie möglich und sah zu ihr hinauf. Marie nickte weder, noch schüttelte sie den Kopf. Nur ein kurzer, verletzter Aufblitzer in ihren Augen bewies Elise, dass sie nicht weiter insistieren musste, um Bescheid zu wissen.

»Kennst du den Kerl, der dir das angetan hat?«

Marie schüttelte heftig den Kopf. Elise ließ es darauf beruhen, wollte jetzt nicht weiter in das Mädchen dringen, obwohl sie fast sicher war, dass dies nicht der Wahrheit entsprach. Sie ahnte, dass die Angst vor ihrem Peiniger viel zu groß war und sie Schlimmeres befürchten musste, wenn sie ihn seiner Tat bezichtigte.

Was zuerst tun? Bei den Gendarmen vorstellig werden, damit die den Kerl einsammelten? Oder zunächst dafür sorgen, dass Maries Verletzungen behandelt wurden? Es gab keinen Arzt im Dorf, den hätte man erst in der nahe liegenden Kleinstadt gefunden. Aber Marie brauchte schnell jemanden, der sie fachgerecht versorgte.

Ohne Marie an ihren abwägenden Überlegungen teilhaben zu lassen, traf sie letztlich die Entscheidung, das Mädchen bei der Hebamme abzuliefern, deren Häuschen mit geringem Umweg erreichbar lag, dann aufzusitzen, um schleunigst die Wache zu erreichen.

Glück hatte sie. Frau Kaczmarek reagierte prompt auf Elises energisches Klopfen, öffnete, schaute neugierig, was sich hinter dem Rücken ihrer Besucherin verbarg, griff nach Maries Hand, zog sie hervor und hatte auf den ersten Blick die Lage eingeschätzt.

»Schon wieder eine!«, fluchte sie, ohne dass Elise irgendetwas erklären musste.

»Wenn es Ihnen recht ist, Frau Kaczmarek, bringe ich die Sache jetzt zur Anzeige und hole Marie danach wieder ab, um sie heimzubringen.«

Kurz und hart lachte die Kaczmarek auf. »Auf der Amtsstube sitzen Männer, gnädiges Fräulein. Was glaubt Ihr, wird passieren? Dies hier …«, sie wies auf Marie, »ist nur ein Armeleutekind.«

Elise schluckte. »Aber ich habe den Kerl an einen Baum gebunden. Entweder fressen ihn die Ameisen oder sie werden ihren Hintern dorthin bemühen müssen, die Herren Gendarmen.«

Die Hebamme blickte erstaunt, murmelte: »Donnerwetter, das nenne ich mal Entschlossenheit! Aber glaubt mir, ändern wird es nichts … Es passiert alle paar Wochen wieder«, nahm Marie um die Schultern und wünschte Elise mit höchst zweifelnder Miene viel Erfolg.

»Ich erstatte natürlich die Kosten, die Ihnen entstehen. Tun Sie alles, was getan werden kann«, rief Elise noch, da waren die beiden schon hinter der Haustür verschwunden und sie sputete sich.

* * *

Ganz gemütlich hatten sie es da, die beiden Uniformträger. Saßen bei dunklem Feierabendbier aus dickwandigen Humpen, die Stube durchwehte der unverkennbare Duft von »Schlesischem Himmelreich«, einer deftig-süßen Speise aus Schweinebauch und Backobst. Offenbar hatte es das zum Mittag aus den Henkelmännern gegeben, die noch zusammen mit benutzten Tellern und Besteck auf dem breiten Schreibtisch standen. Zum Wegräumen des Geschirrs waren sie anscheinend vor lauter Betriebsamkeit noch nicht gekommen. Witze erzählten sie sich, das hatte Elise schon an der offenen Tür gehört.

Als sie eingetreten war, hatte wenigstens einer die Füße von der Tischplatte genommen, klammheimlich die Stiefel wieder angezogen, als man sie erkannte, ein wenig Haltung angenommen. Als sie die Flinte auf den Tisch legte, wurden sie munter.

»Was können wir für Euch tun, Fräulein von Achenthal?«

»Sie könnten den Jägersmann im Forst, vielleicht zehn Minuten zu Fuß den Hauptpfad hinein, festnehmen gehen.

Ich habe ihn auf frischer Tat bei einer Vergewaltigung ertappt und dort fixiert. Linksseitig, Sie werden schon sehen, wo der Farn niedergetreten ist. Ich bringe überdies, das mögen Sie bitte protokollieren, dieses Verbrechen zur Anzeige und bin bereit zu bezeugen, was vorgefallen ist. Das muss aber jetzt warten. Dazu können Sie gerne später auf Achenthal vorstellig werden. Ich habe mich jetzt um die Schwerverletzte zu kümmern.«

Es kam Bewegung in die Männer. Sie griffen nach ihren Jacken, setzten die Kopfbedeckungen auf. »Und wo ist die Geschädigte?«

»Verfügbar, wenn es notwendig wird. Sehen Sie zu, dass Sie Ihren Dienst tun! Ich erwarte Nachricht. Lassen Sie ihn nicht entkommen.«

* * *

Maries lädiertes Gesicht wirkte frisch gewaschen, sie lächelte, als Elise eintrat.

Frau Kaczmarek nahm Elise etwas beiseite, erklärte, Maries Wunden so gut es ging gereinigt und versorgt zu haben. Auf den Fuß hatte sie eine selbst hergestellte Salbe aufgetragen und ihn mit sauberen Leinenstreifen bandagiert.

»Gegen unerwünschte Folgen der Tat ...«, an dieser Stelle schaute sie Elise prüfend an, wohl um sich von ihrer Verständigkeit zu überzeugen, und fuhr nach deren kurzem Nicken fort: »... habe ich eine Spülung vorgenommen. Ganz sicher ist die Methode leider nicht, aber sie hat schon häufig verhindern können, dass sich Nachwuchs einstellte ...« Mit noch gedämpfterer Stimme flüsterte sie ergänzend dicht an Elises Ohr: »... und dass die Erinnerungen an das furchtbare Erlebnis allzu offenkundig sichtbar bleiben.«

Elise atmete scharf ein, schüttelte bestürzt den Kopf, brauchte einen Augenblick, ehe sie die praktischen Fragen stellen konnte: »Kann ich sie jetzt heimbringen? Was bin ich Ihnen schuldig?«

»Ja, nehmt sie ruhig mit. Aber Marie sollte, wenn irgend möglich, ein paar Tage lang nicht auftreten. Bitte übermittelt das der Familie. Schuldig seid Ihr mir gar nichts. Für solche Hilfestellung berechne ich grundsätzlich nichts. Wir sind alle Frauen, Fräulein von Achenthal, und müssen uns gegenseitig unterstützen und in der manchmal so brutalen Männerwelt behaupten.«

»Wird sie wieder ganz gesund?«, wollte Elise wissen.

»Körperlich sicherlich … seelisch … ich weiß es ehrlich gestanden nicht. Marie hat fünf kleinere Geschwister, der Vater vertrinkt den Lohn, sobald er ihn in die Hand bekommt. Die Großmutter ist noch da, aber sie hockt fast blind am Webstuhl. Sie hat doch kürzlich erst ihre Mutter verloren, man erzählt es sich überall, Ihr selbst sollt sie ja in Eurem Teich gefunden haben. Marie ist selbst noch fast ein Kind und muss schon den Kleinen die Mutter ersetzen, die Alte pflegen, den Hausstand in Schuss halten, den Vater immer wieder auf den rechten Pfad führen. Glaubt mir, sie hat es nicht leicht.«

Dann war Marie also die Tochter der Frau mit der engelsgleichen Stimme! Nur kurz spürte Elise, dass ihr das Blut aus den Wangen wich. Nur kurz musste sie sich am Ellenbogen der Hebamme festhalten, da explodierte schon ihr Temperament und es brach aus ihr heraus: »Verfluchte, verdammte Scheiße!« Schuldbewusst biss sie sich auf die Lippe, als sie des Gesichtsausdrucks der Hebamme zwischen Erstaunen und Belustigung gewahr wurde, und dachte: Wie Mutter! Ich wollte mich doch zusammenreißen, es ihr nicht nachzutun und immer zu fluchen wie ein Droschkenkutscher. Das habe ich wirklich von ihr.

»Pardon«, bat Elise zerknirscht.

»Schon gut, Ihr scheint das Herz am rechten Fleck zu haben«, erwiderte die Kaczmarek lächelnd und legte Elise besänftigend eine Hand auf den Unterarm. »Versucht, etwas für die Kleine zu tun, gnädiges Fräulein. Das Leben beutelt sie zu sehr.«

Elise versprach's und dankte. Dass die Hebamme eine Bezahlung ablehnte, gefiel ihr nicht. Sie hatte Verbandsmaterial, Tinkturen, ihre Arbeitszeit verwandt. Wie aber jemanden bezahlen, in dessen Schuld man sich fühlte, ohne ihn zu beleidigen? Einen winzigen Beutel mit einem kleinen Vorrat an Silbergroschen trug Elise stets am Gürtel, wenn sie das Haus verließ. Man konnte nie wissen, was einem unterwegs begegnete – und haben war besser als brauchen, sagte Johanne immer.

Sie überlegte kurz. Während Frau Kaczmarek Marie aufhalf, wähnte sie sich unbeobachtet, nestelte fünf Groschen heraus und legte sie auf den Tisch. Leise klirrten die Münzen, die Hebamme drehte sich abrupt um, schimpfte: »Ihr sollt doch nicht! Und es ist außerdem viel zu viel.«

»Für die nächste Patientin, Frau Kaczmarek. Alles kostet, was Sie bei Ihren Behandlungen benötigen. Es muss jetzt rasch ersetzt werden, was Maries Versorgung verbraucht hat. Ich will nicht, dass Sie bald jemanden wegschicken müssen, weil Sie nichts mehr dahaben, um zu helfen. Ich bin nämlich ganz Ihrer Meinung: Wir Frauen müssen zusammenhalten.«

Dafür gab es ein Nicken. So konnte sie es akzeptieren. Elise meinte sogar Erleichterung zu erkennen.

* * *

Draußen war die etwas nachlässig angebundene Amabilé inzwischen mit einem Huf in den losen Zügel getreten und hatte ihn sich derart ums Vorderbein gewickelt, dass sie nur noch in winzigen Schrittchen vorankam. Offenbar hatte die kluge Stute sich schnell mit diesem Umstand abgefunden, denn statt zu versuchen, in Panik davonzulaufen und sich wer weiß welche Verletzungen zuzuziehen, stand sie friedlich da, tat sich am dürren Gras vor dem Zaun gütlich, erwies sich mit einem leisen Blubbern dankbar, als Elise ihre selbst verschuldete Fesselung löste. Nur im Maul hatte sie sich anscheinend selbst einen Ruck gegeben, sodass eine winzige Abschürfung sichtbar war. Trotzdem nahm sie ein zweites Mal brav ihre leichte Last auf den Rücken und Marie wies Elise den Weg an den äußersten Rand des Dorfes in eine Ansiedlung, die sie noch nie betreten hatte.

Geduckt an den Schutz des Waldes standen in Reihe, dicht an dicht gedrängt, sicher an die drei Dutzend mit Holzschindeln gedeckte Behausungen. Spitze, erschreckend schadhafte, zweifellos undichte Dächer, denen Wind und Wetter eine schmutzig graue Patina verliehen hatten. Wie düster blickende Märchenzwerge mit hohen Mützen sehen sie aus, kam es Elise in den Sinn. Weit über die Brauen heruntergezogene, vorspringende Giebel, in deren tiefen Schatten kleine, trübe Augen lagen.

Marie musste ihr bestürztes Stirnrunzeln gesehen haben. »Ich wohne nicht so schön wie Ihr, Fräulein von Achenthal, ich kenne Euer Elternhaus, diese wundervolle weiße Villa«, sagte sie entschuldigend und erklärte kundig: »Zisterziensermönche haben Anfang des 18. Jahrhunderts drüben in Schömberg solche Häuser für die Leinenweber gebaut. Diese sind denen dort nachempfunden.«

»Wir haben es uns beide nicht aussuchen können, wo wir hineingeboren wurden, es hätte auch andersherum sein können«, sinnierte Elise und schaute sich genauer um. So tief hinter den Laubengängen verborgene Fensterchen? Gut, im Herbst und Winter waren die schlesischen Wetterverhältnisse bisweilen sehr rau. Da war es schon gut, die Eingänge zu schützen. Aber Licht mochte es dadrinnen wohl kaum geben. Wie konnte man unter solchen Bedingungen leben, und vor allem: arbeiten? Zumal wenn es galt, perfekte Tuche abzuliefern, denn ausschließlich für solche wurde voller Lohn ausgezahlt. Die Expedienten betrachteten die Arbeitsergebnisse ihrer Weber stets bei besten Lichtverhältnissen unter der Lupe und machten nur allzu gern Abstriche in der Bezahlung, wenn sie auch nur den kleinsten Webfehler entdeckten. Ob die überhaupt eine leise Ahnung davon hatten, unter welchen Umständen ihre Tuche entstanden?

Der kleine Schmerzlaut, mit dem die Kleine aus dem Sattel glitt, weckte Elise aus ihren Gedanken und lenkte ihre Aufmerksamkeit wieder auf Marie. Das Mädchen knickte ein wenig mit dem wehen Fuß ein, biss sich tapfer auf die Lippen, murmelte lächelnd unter Tränen: »Habt tausend Dank, Fräulein von Achenthal, Gott wird es Euch vergelten und ich werd's Euch nie vergessen.« Langsam humpelte sie den Katen zu.

»So warte doch, ich bringe dich hinein. Lass dich stützen!«

Marie zögerte, schien zu überlegen, dann schüttelte sie den Kopf, machte eine abwehrende Handbewegung und hüpfte mehr oder weniger geschickt auf einem Bein weiter.

Elises Bauchgefühl rebellierte; sie suchte und fand eine Anbindegelegenheit für Amabilé an einem Mauereckchen, sah aus dem Augenwinkel, dass schon eine Haustür aufgerissen wurde, und fand ihre keimenden Bedenken, sie allein gehen zu lassen, prompt bestätigt.

»Kommst du endlich, du Schlampe? Hast du wieder nichts gefunden? Und warst zu ungeschickt, um auf deine Füße achtzugeben? Na warte, du kannst was erleben!«, blaffte eine Männerstimme.

Marie blieb stehen, schien sich nicht weiterzutrauen. Rasch knüpfte Elise das Körbchen mit der kläglichen Pilzausbeute vom Sattel und trug es ihr hinterher.

Ein grobschlächtiger Mann auf Filzlatschen war aus dem Schatten des Vorbaus getreten. Bedrohlich die Haltung, in der er sich dem Mädchen näherte. Im Geiste sah Elise ihn schon zur Ohrfeige ausholen, hörte es schon klatschen.

Ein paar Sprünge und sie war neben den beiden. Fides, ihr dicht auf den Fersen, knurrte warnend.

Verdattert schaute der Mann, den Marie flüsternd als »mein Vater« vorstellte, auf Elise herunter. Die hielt ihm den Korb entgegen. »Ihre Tochter, mein Herr, ist beim Pilzesuchen Opfer einer Notzucht geworden. Ich habe sie gefunden und den Täter unschädlich gemacht. Marie ist schwer verletzt. Frau Kaczmarek, zu der ich sie gebracht habe, bat mich auszurichten, sie bräuchte einige Tage Schonung. Bitte gewähren Sie ihr die, damit sie bald wieder ganz gesund wird.«

Sprachlos war er, nur eine Flut von Emotionen huschte – einem kurzen, heftigen Gewitter gleich – über des Vaters Antlitz, ehe sich seine Züge endlich glätteten und er Worte fand. »Wer hat das getan?«

»Seinen Namen hat er uns aus nachvollziehbaren Gründen nicht verraten, aber derweil ich ihn im Wald fixiert und die Gendarmen auf ihn angesetzt habe, wird er wohl hoffentlich nicht auf alle Zeit unbekannt bleiben und sich der Verantwortung stellen müssen. Nun aber seien Sie so gut, tragen Sie Marie hinein. Sie müsste den Fuß hochlegen.«

Endlich erfuhr Elise den Nachnamen Maries. »Schmiedek«, so wies es, eingebrannt in ungelenker Schreibschrift, eine ovale Holztafel an der niedrigen Eingangstür aus, so stellte sich Maries Vater unter allerhand Entschuldigungen vor, nachdem ihm offenbar Elises Blick auf das Schildchen nicht entgangen war.

Schon beim Eintreten schlug ihr ein muffiger Geruch entgegen, wie er entsteht, wenn nasses Holz fault. Elise blickte nach oben und erkannte im Dämmerlicht schwarz verfärbte, von Schimmel überzogene Deckenbalken. Mächtig durchgeregnet musste es hier haben. Wie lange die wohl noch hielten? Die Dächer sollten dringend repariert werden, so viel war sicher. Noch einen regenreichen Herbst würde dieses Häuschen kaum überstehen, und vermutlich sah es in den anderen Katen auch nicht besser aus.

Auch ihre Vermutung bezüglich des dürftigen Lichteinfalls bestätigte sich sofort. Von dem winzigen, düsteren Windfang, in dem sauber aufgereiht am Boden einige Paar Holzpantinen in verschiedenen Kindergrößen standen, an schmaler Wand ein hölzernes Kreuz hing, ging rechter Hand eine offene Tür in die Küche ab. Eine steinalte Frau saß dort am Tisch, neben sich eine einfach gezimmerte Wiege, aus der leises Wimmern kam. Sehr klein musste das Baby darin noch sein, wenn es solche Laute von sich gab. Maries Vater ließ seine Tochter los, stellte der Alten das Körbchen mit der kargen Pilzausbeute vor die Nase. »Nicht viel, Mutter, aber vielleicht kannst du etwas daraus zaubern.«

So grob er auch vorhin mit Marie gesprochen hatte, so unendlich sanft klang seine Stimme jetzt. Es musste der Kummer sein, der ihn an die Flasche und in solch ungerechte Stimmungen trieb. Wahrscheinlich war er kein schlechter Mann, dachte Elise und verspürte eine seltsame Mischung aus tiefem Mitleid und Scham.

Die Angesprochene sah nicht hoch, befühlte Maries Beute, nickte, lächelte und murmelte: »Ich werde sie anbraten und in die Wassersuppe geben, ihr werdet alle zufrieden sein.«

Elise erinnerte sich, was die Hebamme gesagt hatte. Natürlich! Sie war ja fast blind. Der Tastsinn musste ihr das Augenlicht ersetzen.

Die zweite Tür, über der eine steile, schmale Stiege nach oben führte, ging in eine Werkstatt. Schon draußen hatte man das Klappern der Webstühle vernommen. Hier standen sie eng an eng, sechs an der Zahl, vier bedienten barfüßige Kinder, die zwischen fünf und vielleicht dreizehn Jahre alt sein mochten. Ein Bub in kurzen Hosen und einfachem Hemd, drei Mädchen in braunen, leinenen Hängerchen, die magere Schultern offenbarten. Kurz nur schauten sie von ihrer Arbeit auf, grüßten höflich. Wie geschickt die Kleinen sich anstellten! Die Schiffchen flogen nur so, die Garnrollen tanzten, die Webstühle knarrten in regelmäßigem Takt.

Schmiedek setzte Marie an einem leeren Webstuhl ab, bettete ihren kranken Fuß auf einem Dreibeinhocker und sofort begann sie mit der Arbeit, als sei nichts geschehen.

Elises Herz zog sich zusammen.

»Darf ich Euch etwas anbieten, Fräulein von Achenthal? Wir stehen tief in Eurer Schuld.«

»Gern einen Schluck Wasser. Falls es möglich wäre, auch einen Eimer voll für mein Pferd und meinen Hund, wenn ich darum bitten dürfte. Aber ich kann Ihre Gastfreundschaft nicht lange in Anspruch nehmen. Es wird bald dunkel. Ich habe noch ein Stück zu reiten.«

»Um Himmels willen, ja!« Er schlug sich mit der Hand vor die Stirn. »Kommt! Ich will Eure Wünsche schleunigst erfüllen.«

»Leb wohl, Marie! Und schon dich, versprich es mir! Vielleicht komme ich dich in den nächsten Tagen besuchen, wenn es erlaubt ist«, verabschiedete sich Elise und erntete ein freudiges Aufleuchten in Maries Augen.

Erfrischt traten Pferd und Reiterin den Heimweg an. Ein wenig mulmig war es Elise. Hoffentlich hatten die Gendarmen ihre Arbeit getan!

Der Platz, an dem sie den Delinquenten festgebunden hatte, schien leer zu sein, die Farne jetzt völlig niedergetrampelt. Weit und breit kein Mensch zu sehen. Gott sei Dank!

Fides, die wie so häufig neben Amabilé liegend auf die Rückkehr ihrer Herrin gewartet hatte, trödelte lustlos hinter der Stute her und schaute ein wenig vorwurfsvoll zu Elise auf. Komischer Ausflug heute, schien sie zu denken und keine rechte Lauffreude mehr zu haben.

»Nun komm, stell dich nicht an, Fides. Wir sind ja gleich daheim, dann wird dein Futternapf so gut gefüllt, dass man mit dem Inhalt ohne Weiteres eine Familie wie die Schmiedeks drei Tage lang ernähren könnte.« Die Tränen kamen ihr bei den eigenen Worten. Tränen, gemacht aus Traurigkeit und Wut.

»Verdammt noch mal – nicht fluchen … doch fluchen! Hier im Wald hört das ja niemand – was mein Hund zu einer Mahlzeit bekommt, reichte tatsächlich tagelang für diese armen Leute. Das ist nicht recht. Das kann so nicht weitergehen. Vater, du wirst mich anhören müssen. Und du, allmächtiger, gütiger Vater da oben? Warum bist du so ungerecht? Was haben sie denn getan? Du willst ein gerechter Gott sein? Warum verteilst du nicht gleichmäßiger, damit nicht die einen im Überfluss leben und die anderen kaum überleben? Was denkst du dir dabei? Ich bin höchst unzufrieden mit dir!«

Elise sprach all das laut.

So laut, so deutlich, dass es im dämmrigen Wald von jedem Stamm zurückzuhallen schien.

Und jemanden aufscheuchte, dem sie eigentlich heute nicht auch noch hatte begegnen wollen.

Eine Bache mit drei kräftigen, borstig gestreiften Frischlingen stand plötzlich mitten auf dem Pfad. Fides verkroch sich hinter Amabilés Hinterhufen, die Stute stand stocksteif.

»Ich will dir nichts. Zieh in Frieden mit deinen Kindern«, sagte Elise besänftigend und war sich sicher, die Bache musste ihre Angst riechen.

Dunkle Knopfaugen sahen sie wütend an, Amabilé wich drei Schritte zurück.

»So lass mich doch nur durch, ich will genauso heim wie du«, flehte Elise eingedenk des Wissens darum, wie gefährlich

93

eine Wildsau werden konnte, wenn sie Junge führte und sich bedroht sah.

Die Bache starrte. Und scharrte ein, zwei Mal im weichen Waldboden, dass die Erde nur so flog.

»Ich bitte dich!«, versuchte Elise es nochmals sanft.

Die Sau schnaubte unwillig.

Minuten verrannen. Die Frischlinge starrten, die Mutter starrte, Amabilés Herz fühlte Elise in schnellem Takt an der Wade, Fides rührte sich Gott sei Dank nicht. Jedes Knurren hätte den Angriff auslösen können.

Rückzug?

Aber wo dann entlang? Es gab keinen anderen Weg nach Hause, sah man einmal von der erheblich weiteren Route über die Straße ab.

Warten?

Ja. Warten.

Warten konnte unendlich wirken.

Elise wartete.

Noch einmal, eine gefühlte Ewigkeit später, täuschte die Wildsau einen Angriff vor. Noch einmal drängte die Stute schrittweise rückwärts.

Da schien die Bache ihre Überlegenheit bewiesen zu sehen. Als zuckte sie überheblich die mächtigen Schultern, als sprächen ihre Augen. »Kommt, Kinder, die lohnen die Aufregung nicht«, setzte sie die Klauen ins Unterholz, warf Elise noch einen warnenden Blick zu und alle vier trollten sich ins Gestrüpp.

Pferd, Hund und Reiterin wagten noch immer nicht, sich zu rühren. Erst als die Geräusche der abziehenden Borstenviecher verklangen, atmeten alle drei hörbar aus, kreuzten vorsichtig die Stelle, an der sie verschwunden waren. Und hatten es vom nächsten Tritt an sehr, sehr eilig.

10

Schlesien, August 1844 – Kavaliersdelikte und große Pläne

Natürlich herrschte wegen Elises später Heimkehr helle Aufregung. Wie einen verlorenen Sohn, der nach jahrelanger Abwesenheit nach Hause kam, liefen ihr Mamá und Johanne entgegen, umarmten, herzten und küssten sie. Der Stallmeister aber hob missbilligend eine Augenbraue, als er des etwas ramponierten Zustands der Stute gewahr wurde, nahm ihr das Pferd ab und sprach mit Amabilé so liebevoll und tröstend, als hätte Elise sie zu Schanden geritten.

Kaum hatte sich der erste Aufruhr gelegt, noch längst hatte Elise ihren Bericht nicht vollständig abgegeben, da fuhr auch noch die Gendarmerie vor und begehrte Fräulein von Achenthal zu sprechen. Mamá rang die Hände, wollte zunächst ernsthaft wissen, womit sie eine solch missratene Tochter verdient habe, ließ dann aber doch die Gendarmen in den Gartensalon bitten und schickte Johanne nach Vater.

Das passte Elise ausgezeichnet. Gab es ihr doch die Gelegenheit, bevor die Uniformierten überhaupt zu Wort kamen, gleich vor der versammelten Mannschaft all jener, die die ganze Sache mehr oder weniger anzugehen hatte, nicht nur ihren auf den letzten Meilen zurechtgelegten, protokollreifen Tatsachenbericht, sondern auch noch gleich all ihre unterwegs halbwegs geordneten Gedanken und Überlegungen darzulegen. Weit holte sie aus, prangerte die festgestellten gesellschaftlichen Ungerechtigkeiten an, echauffierte sich mit hochrotem Kopf über die offenbar ja weitverbreitete Chuzpe der Männer, sich einfach zu nehmen, was sie hilf- und wehrlos am Wegesrand vorfänden.

»Und?«, endete sie mit herausforderndem Blick auf die beiden Amtsträger. »Wie heißt der Kerl denn nun?«

Betreten schauten sie zu Boden, drehten ihre Hüte in den Händen.

»Sagen Sie nicht, Sie haben ihn nicht festgenommen!«

»Er war fort«, erklärte einer und hielt Elise mit einem verdächtig treuherzigen Augenaufschlag Fides' Laufleine hin.

»Fort? Sie wollen mir nicht etwa erzählen, dass er sich selbst befreit hat, oder?«

Doch, doch, so musste es wohl gewesen sein. Sie nickten eifrig.

»Das glaube ich Ihnen nicht. Sie haben ihn entkommen lassen!«

Beide schüttelten vehement die Köpfe, verwahrten sich (»Na, na … aber, aber, Fräulein von Achenthal!«) geradezu widerwärtig onkelhaft gegen den Anwurf und machten insgesamt den Eindruck, als wären sie beleidigt, wegen einer derartigen Lappalie auf den Plan gerufen worden zu sein.

Entsprechend empört wirkten gleich darauf ihre Mienen, als Elise nachlegte und konkrete Forderungen stellte.

»Wenn dem denn nicht so ist, müssen Sie ihn eben auf andere Weise ausfindig machen. Bitte bedenken Sie, er hat mir mehrfach gedroht, also wäre auch ich in Zukunft im Wald nicht mehr sicher. Immerhin haben Sie ja seine Flinte, die wird sich schon zuordnen lassen. Eine exakte Beschreibung bekommen

Sie von mir gern schriftlich dazu. Und es wird außerdem in unserem Forst kaum eine unüberschaubare Anzahl von Jägern geben, sofern der Mann kein Wilderer ist. So wirkte er auf mich allerdings nicht. Der infrage kommende Personenkreis ist demnach klein, da wird Ihr kriminalistischer Scharfsinn schon bald den Richtigen erspürt haben. Ich jedenfalls würde ihn jederzeit wiedererkennen, stellte man ihn mir gegenüber. An die Arbeit, meine Herren, lassen Sie uns zusammentragen, was notwendig ist, dann walten Sie Ihres Amtes. Ich werde nicht eher ruhen, bis der Mann seiner gerechten Strafe zugeführt ist. Glauben Sie ja nicht, dass solche Verbrechen in unserer Gegend weiterhin ungesühnt bleiben können.«

Mamá, die Elises temperamentvollen Ausbruch zunächst mit offenem Mund und entsetztem Gesicht verfolgt und lediglich ein paarmal vorwurfsvoll »Aber Elise!« gehaucht hatte, wirkte jetzt plötzlich wie eine Mitstreiterin und ließ sich, nicht ohne Genugtuung im Tonfall, zu dem Einwurf hinreißen: »Da ist es, das französische Rebellenblut! *Liberté, égalité, fraternité*! Was wir in Frankreich längst verinnerlicht haben, ist den Deutschen noch so fern ...«

Vater, der Elise bisher nicht ein einziges Mal unterbrochen, sondern ihren Ausführungen nur aufmerksam gelauscht hatte, schaltete sich ein. »Meine Tochter hat vollkommen recht. Und seien Sie gewiss, meine Unterstützung wird sie haben. Man hört genug. Anscheinend zählt aber dieses verbrecherische Verhalten gewisser Männer hier zum guten Ton und ist der Staatsgewalt keiner Mühen wert. Auch meiner Auffassung nach sollte sich das endlich ändern.«

Elise warf den Eltern dankbare Blicke zu. Es war vermutlich nicht selbstverständlich, wie sie reagierten. Wenn es stimmte, was die Kaczmarek gesagt hatte (und warum hätte sie abwegige Schauermärchen erfinden sollen?), passierte da etwas gewohnheitsmäßig, schien als Kavaliersdelikt zu gelten, das weder großartiger Erwähnung wert war noch geahndet wurde. Frauen und Mädchen unterer Gesellschaftsschichten hatten anscheinend solche Übergriffe einfach zu erdulden, wagten wahrscheinlich meist nicht einmal, diese Vorkommnisse anzuzeigen.

Höchstwahrscheinlich hätte auch Marie ihren Vater in Unkenntnis belassen, wenn Elise nicht eingegriffen hätte. Hatte sie ihr wirklich geholfen, tatsächlich einen Gefallen getan? Ganz sicher war sich Elise in diesem Moment nicht. Marie hatte mehrmals gezögert. Wie stand sie jetzt da? Befleckt? Voller Schande? Womöglich mit dem Ruf, unvorsichtig, gar leicht zu haben zu sein? Etwas Ungeheuerliches, das nie an die Öffentlichkeit drang, worüber man nie in den Zeitungen las, schien totgeschwiegen, unter den Teppich gekehrt zu werden. Elises eigenes Rechtsempfinden hatte keine Sekunde dazu geneigt, die Vorgänge nicht glasklar als Verbrechen zu erkennen. Die Gendarmen hingegen zeigten nicht mal Mitleidsregungen, geschweige denn den Willen zur Erfüllung ihrer Pflicht.

Das sollte, ja, das musste anders werden!

Elise ließ Vater heute nicht entkommen. Kaum hatten die beiden Uniformierten das Haus verlassen, zwang sie ihn förmlich, ihr unter vier Augen Gehör zu gewähren, und schickte sogar Fides ins Körbchen, die ihr selbstverständlich folgen wollte. Nein, jetzt wurde es wichtig, jetzt wollte sie sich durch nichts und niemanden ablenken lassen. Fides gehorchte sofort. Vielleicht war sie sogar ganz dankbar, nach dem aufregenden Tag nicht mehr gebraucht zu werden.

* * *

Zu zweit allein in Großvaters inzwischen ordentlich aufgeräumtem, staubfreiem Rückzugsraum, berichtete Elise in aller Ausführlichkeit, welche Zustände sie in Maries Vaterhaus angetroffen hatte.

»Sie arbeiten bis in die Nacht hinein, Papá, die Häuser bieten sowieso schlechte Lichtverhältnisse, aber ich glaube, sie werden sich zumindest alle die Augen verderben und können wohl unter diesen miserablen Bedingungen auch kaum Fehler vermeiden. Alle sind furchtbar blass und mager. Du musst dir das mal vorstellen! Die paar Pilze für die dünne Suppe waren der Großmutter schon beinahe Freudensprünge wert. Ich fühle mich entsetzlich schlecht, Papá, wenn ich darüber nachdenke, dass das die Menschen sind, die für unseren eigenen Wohlstand, für unsere Sorglosigkeit schuften müssen. Du musst etwas grundsätzlich anders machen, als Großvater es jahrzehntelang getan hat. Und ich möchte, dass Marie nicht nur die Mutter und Hausfrau ersetzt, sondern ihre eigene Zukunftsaussicht als junge Frau bekommt. Wann gehen diese Kinder zur Schule? Wann dürfen sie spielen? Hat Marie überhaupt etwas anderes gelernt, als den Webstuhl zu bedienen? Was für eine großartige Bildung habe ich selbst dagegen genossen! Warum ich und andere Kinder nicht? Kann man sich aus dieser entsetzlichen Armut befreien, wenn man niemals einen anderen Horizont zu sehen bekommt, niemals zum Denken angeregt wird? Marie ist keine dumme Person. Sie könnte sich herauswinden aus dem Elend, wenn man ihr Chancen eröffnete. Oder ist das gar nicht gewollt? Schlechter als unsere Tiere müssen sie leben. Wie viele Maries mag es da drüben im Dorf geben?«

Außer Atem hielt sie ein, und Vater seufzte schwer, griff nach ihrer Hand. »Es tut mir so leid, Kind, dass du das sehen musstest.«

Elise entzog ihm ihre Hand, fauchte: »Nicht, dass ich es gesehen habe, tut mir leid! Es erschreckt mich tief im Innern, aber damit werde ich fertig. Nicht jedoch, ohne auf Abhilfe zu sinnen. Warum zahlt ihr ihnen denn nicht mehr? Sie müssen doch über die Runden kommen können, um ein würdiges Leben zu führen. Sie sind Menschen wie du und ich. Warum können wir nicht von unseren Privilegien abgeben? Es ist schon wieder wochenlang her, dass wir ein ähnliches Gespräch geführt haben. Und heute sehe ich, dass nichts passiert ist. Du bist ständig abwesend, vertrödelst deine Abende beim Singen, aber tust nichts.«

»Singen, mein Liebling, ist nicht gleich Singen«, sagte Vater ungewöhnlich laut und deutlich. Es klang nicht nur mühsam beherrscht, sondern genauso rätselhaft wie bedeutungsschwer.

Elise runzelte die Stirn. Dann lachte sie hilflos auf. »Jaja, ich weiß. Was deine Stimmbänder da gemeinhin von sich geben, hat mit Singen wirklich wenig zu tun und bedarf dringend der Verbesserung.«

Vater schüttelte den Kopf, atmete einmal tief ein und aus, ehe er sie lange mit eindringlichem Blick anschaute, sehr genau abzuwägen schien und schließlich sagte: »Ich denke, ich kann mich auf deine Diskretion verlassen, Elise?«

Ernst und offen sah sie ihn an und nickte.

»Unser Gesangverein ist keine Vereinigung, die sich der Verfeinerung musikalischer Ausdrucksfähigkeiten ihrer Mitglieder widmet, sondern ein Zusammenschluss von Männern, die nicht nur etwas für ihre eigenen Unternehmen, sondern für ihr deutsches Vaterland bewegen wollen. Ein starkes, einiges, friedliches Deutschland ist unser Ziel und nicht dieser 1815 beim Wiener Kongress beschlossene lockere Staatenbund, genannt ›Deutscher Bund‹, mit dem Russland, Österreich und Preußen nach der Zurückdrängung Napoleons in seine eigenen Grenzen jede Bestrebung des deutschen Volkes nach einem Nationalstaat mitsamt einer Verfassung den Riegel vorgeschoben haben. Schluss mit dem Feudalismus, Schluss mit dem Flickenteppich aus zig kleinen Fürstentümern plus Preußen, dem großen, mächtigen Preußen, das – ganz unter uns gesprochen – in Wirklichkeit seine Glanzzeit längst hinter sich hat. Überall unterschiedliche Gesetzgebungen, überall verschiedene Regeln, überall Grenzen. Neben manch klugem Landesvater gibt es reichlich wirre Köpfe, unnötige Auseinandersetzungen allenthalben und kaum oder zumindest viel zu wenig Mitspracherecht des Volkes. Kräfte bündeln, zusammenstehen für ein einiges, starkes Deutschland! Das wollen wir. Unseren Gesangverein darfst du unter demselben Vorzeichen betrachten wie die zahlreichen frisch entstandenen Turnerbünde. Und selbstverständlich viele traditionelle studentische Verbindungen, die schon ewig Keimzellen für revolutionäres Gedankengut sind. Nennten wir unser Kind beim Namen, hätten wir umgehend die Obrigkeit aufgescheucht. Verbote wären zu befürchten, Mitglieder könnten verhaftet und hochnotpeinlich befragt werden. Nicht jeder hielte solch einem Verhör stand, ohne Ross und Reiter zu nennen, und brächte damit am Ende seine Mitstreiter und die gesamte gute Sache in Gefahr. In Wirklichkeit tarnen wir also mit dem harmlos wirkenden Mäntelchen eine Runde von Männern, die gesellschaftliche und politische Änderungen erreichen wollen. Es ist nicht ausgeschlossen, dass all das, was in ganz Deutschland klammheimlich geschieht – wobei übrigens ein hoher Grad von Austausch und Abstimmung zwischen den verschiedensten Organisationen stattfindet –, eines Tages zu einer Revolution führen könnte.«

Stumm und beeindruckt war Elise den väterlichen Ausführungen gefolgt. In ihrem Innern versuchten sich verschiedenste Empfindungen zu ordnen. Da war zuvorderst das Gefühl, Papá entsetzlich Unrecht getan zu haben. Da war das Gefühl unendlicher Erleichterung, nicht, wie befürchtet, ganz allein mit ihrem innerlichen Aufbegehren dazustehen.

Und ein unbändiger Stolz. Nicht auf falschem, jugendlich albernem, ungerechtfertigtem gedanklichem Wege unterwegs gewesen zu sein; unerkannt und nicht dazugehörig doch die gleichen Überlegungen wie erwachsene Männer angestellt zu haben. Erwachsene Männer, die nicht nur die Hände in den Schoß legten, um zu beten oder vielleicht ein wenig mit Gottes unergründlichen Wegen zu hadern. Sondern solche, die Einfluss hatten, etwas würden bewirken können. Und sich dieser ungewöhnlichen Tarnung bedienten. Die Notwendigkeit von Tarnung bedeutete doch, dass alle Gedanken, die Elise sich gemacht hatte, nicht ungefährlich für die Herrschenden sein konnten. Vaters Erläuterungen hatten vollkommen klargemacht, wie höchst unangenehm es ausgehen konnte, wenn man aussprach, was man dachte. Dazu kam als eindeutiger Beweis für die Furcht der Autoritäten vor dem Machtverlust die ungeheure Härte, mit der das herbeigerufene Militär offenbar angewiesen worden war, gegen die Aufständischen vorzugehen.

Vater hatte ihr Zeit gelassen, alle Informationen zu verdauen, derweil im Sessel Platz genommen und sich in aller Ruhe eine Pfeife gestopft, während Elise immer noch am gleichen Fleck stand und mit hängenden Schultern, gesenktem Kopf, die Stirn in Denkfalten gelegt, ihre Hände knetete.

Unter niedergeschlagenen Wimpern sah sie das Aufflammen des Zündhölzchens, erschnupperte den Duft aus Schwefel und Tabak, bemerkte den aufsteigenden Qualm, der sich schnell in ihre Richtung ausbreitete, einen Nebel zwischen sie beide legte. Dabei war es gar nicht mehr Nebel, der zwischen ihnen lag. Klarheit! Endlich herrschte Klarheit.

Elise hob den Kopf, lächelte in Papás Richtung und machte mit beiden Armen eine Bewegung, die den Rauch zerteilte. Drei Schritte und sie war bei ihm.

Vater erhob sich, fing ihr stürmisches Temperament mit beiden Armen auf, ließ sie ihren Kopf an seiner Brust bergen und hielt sie.

»Danke, Vater!«, sagte sie. »Ich habe mich so allein gefühlt in den vergangenen Wochen. Mit all diesen Erlebnissen, meinem Unwohlsein, meinem Entsetzen, meiner Hilflosigkeit. Ich schweige wie ein Grab, darauf kannst du dich verlassen. Ich will meinen Anteil leisten an euren Plänen, wenn du es mir erlaubst. Reite mit mir zu den Leuten. Und hilf mir zu helfen. Mamá ist doch das gewesen, was man eine sehr gute Partie nennt, nicht wahr? Können wir nicht …?«

»Pscht, Elise!«, brummte Papá. »Wir wollen keine unüberlegten Hilfestellungen für Einzelne oder nach dem Gießkannenprinzip. Davon hat niemand auf die Dauer etwas und auch ein noch so beachtliches Vermögen wäre auf diese Weise schnell zusammengeschmolzen. Wir wollen die Bedingungen aller dauerhaft verbessern und dafür braucht es weit ausgefeiltere Konzepte.«

»Aber ich will …«

Vater hielt sie eine Armesweite von sich. Sie sah trotzig zu ihm hoch und schimpfte: »Du sollst meine Sorgen nicht einfach milde weglächeln!«

»Das tue ich nicht, Elise. Natürlich werde ich dich nicht daran hindern, sondern dich dabei unterstützen, dieser Familie ganz praktisch beizustehen. Aber es ist nur *eine* Familie. Zufällig bist du auf sie und ihr Schicksal gestoßen. Es gibt aber allein in unserer direkten Verantwortung Hunderte. Gehst du jetzt hin und bringst Brot und Kartoffeln zu den einen, wird der Neid der anderen sie künftig statt des Hungers fressen. Willst du das? Und ein weiterer Punkt kommt hinzu. Die Menschen sind stolz. Schließlich arbeiten sie hart. Niemand freut sich über Almosen, niemand möchte gedemütigt werden.«

»Oh«, erwiderte Elise betroffen, »das habe ich nicht bedacht.«

»Du siehst zum ersten Mal einen Zipfel vom Elend. Unsere Baumwollweber sind noch gut dran. Was meinst du, unter welchen Verhältnissen die Leinenweber ...«

»Noch schlimmer?«

»Weit schlimmer. Und sie alle sind lediglich ein winziger Teil des gesamten Problems. Nur ... weißt du, in gewisser Weise sind mir auch die Hände gebunden. Dein Großvater mag nicht persönlich anwesend sein – und ehe du fragst: Ich weiß es genauso wenig wie du. All unsere Nachforschungen haben nichts ergeben. Es gab Spuren. Doch keine führte tatsächlich zu ihm. Wir nehmen an, er will einfach nicht gefunden werden. Aber er hält aus der Distanz die Fäden noch immer fest in der Hand. Meine finanziellen Möglichkeiten für den Betrieb sind säuberlich gedeckelt, dafür hat er gesorgt. Es ist unendlich schwierig, große Sprünge kann ich nicht machen.«

»Gut, dass du es sagst, ich habe zwar keine Ahnung vom Geschäft, aber wie das alles eigentlich geht, wo er dich doch immer von allem ferngehalten hat, habe ich mich auch schon gefragt ...«, erwiderte Elise nachdenklich.

Sie ließen sich in die Plumeaus sinken und schwiegen beide, grüblerisch, die Stirn in den Händen. Immer wieder zischelte es in Elises Kopf: »Aber Mamá!« Bis sie es erneut aussprach.

»Deine Mutter, mein Schatz, hat ein Wort mitzureden darüber, wofür ich ihr Vermögen angreife. Das ist nicht einmal ihr Recht, ich weiß, aber ich gehöre zu den Männern, die nicht gern über anderer Leute Kopf hinweg entscheiden. Schon gar nicht über den Kopf meiner Ehefrau. Ich habe sie einbezogen. Aber noch ist sie nicht ganz überzeugt. Sie will Belege, will sehen, wie meine Pläne konkret umgesetzt aussehen würden. Das ist der Grund, warum wir gemeinsam im kommenden Monat nach London reisen werden. Wir wollen uns kundig machen. Deine Mutter warf den Gedanken auf, dich als unsere Älteste mitzunehmen.«

»Oh, Papá, wie wundervoll!« Elise sprang auf, völlig aus dem Häuschen, tanzte auf ihn zu, wollte ihn umarmen, hielt aber inne.

Warum war sein Gesichtsausdruck so missmutig? Eine Reise nach England war doch fantastisch!

»Ich bin nicht sicher, Schatz, ob du dich so unvoreingenommen freuen könntest, wenn du wüsstest, was Mamá in Bezug auf dich mit dieser Reise verbindet«, knurrte er.

Elise stutzte. »Was hat sie vor?«

»Was hat wohl die Mutter einer Tochter im heiratsfähigen Alter vor? Na? Überleg!«

»Ach du lieber Himmel!«, kicherte Elise. »Sie will einen Mann für mich finden?«

»Erraten! Erschreckt dich das gar nicht?«

»Och … wenn er schön, reich, intelligent und humorvoll ist? Was spräche dagegen?«

»In England findet man überwiegend Engländer.«

»Natürlich!«

»Engländer leben mitsamt ihren Ehefrauen meist in England.«

»Oh«, machte Elise, erschloss sich doch plötzlich die unausweichliche Tragweite einer solchen Vermählung.

»Das würde bedeuten, dass du aus dem Haus kämst!«

»Und dieser Gedanke …?«

»… ist für mich sehr schwer zu ertragen, mein Schatz. Unter all meinen Kindern scheinst du mir das verständigste, und das nicht nur, weil du die Älteste bist. Dein Blick geht weit, du bist besonnen, wenn auch dein jugendliches … oder sagen wir vielleicht besser französisches Temperament als eindeutiges Erbteil deiner Mutter bisweilen mit dir durchgeht. Du hast eine kämpferische Ader, die sich jedoch nie vollkommen blind gegen die Vernunft erhebt. Dächte ich an eine Übergabe des Geschäfts in der Zukunft, erschienest du mir am geeignetsten.«

Elise fühlte sich ungeheuer geschmeichelt, lächelte vorsichtshalber aber betont bescheiden und gab zu bedenken: »Aber ich bin ein Mädchen, Papá! Mädchen sind für so etwas nicht geeignet. Die Gesellschaft akzeptiert keine Frauen in verantwortlichen Positionen.«

»Ha!«, lachte Vater. »Das ist nicht wahr. Maria Theresia regierte Österreich, Katharina das riesige Zarenreich, Victoria steht dem Britischen Empire vor, einer Weltmacht immerhin.«

»Na ja, sicher. Wenn ich aber erst mal nach England verheiratet worden bin, nütze ich dir hier überhaupt nichts mehr.«

»Das Leben wird weitergehen, Elise. Im Moment scheint es so, dass meine Generation dran ist. Immer vorausgesetzt, mein Vater bleibt bei seinem Rückzugsentschluss und überlegt es sich nicht bald anders. Doch es kommt der Tag, an dem auch ich werde weitergeben müssen. Das mag, so Gott will, noch eine lange Zeit hin sein. Dann jedoch wünschte ich dich hier.«

»Und Mamá wünscht mich möglichst flott aus dem Haus? Unter die Haube? Gut versorgt an die Seite eines wohlhabenden Briten? So bedeutet es also, dass ich bei jedem gesellschaftlichen Anlass, den wir in London wahrnehmen werden, am besten den schlesischen Dorftrampel geben soll, damit niemand auf die Idee kommt, mich freien zu wollen, und ich dir erhalten bleibe?«

Vater lachte herzlich. »Das gelänge dir gar nicht, Elise. Wir wollen die Dinge in dieser Hinsicht einfach auf uns zukommen lassen. Einverstanden?«

Sie gab ein verschmitztes Lächeln zurück, probierte eine möglichst blöde Grimasse, versuchte sich in sehr ungelenken Tanzbewegungen mit unschicklich gehobenen Röcken, gab sogar vor, sich im Kutschergruß die Nase zu schnäuzen … und räumte schließlich lachend mit gespielter Resignation ein, das nicht lange durchhalten zu können, sie sei eben einfach zu gut erzogen.

Elises kleine, alberne Einlage war schnell gemeinsam belacht und vergessen. Ein ganz anderes Thema brannte ihr nämlich noch auf den Nägeln und sie wurde wieder ernst.

»Vater, dieser Unhold aus dem Wald, der Marie Gewalt angetan hat, muss gefunden werden. Er hat mir gedroht, das Mädchen hat es gehört, frag sie, wenn du mir nicht glaubst. Es müsste ja eigentlich auch dein ureigenes Interesse sein, ihn ding-fest machen zu lassen. Sonst bin ich in unserem Wald zukünftig nicht mehr sicher. Das kannst du nicht wollen.«

Gerade eben noch hatte ausgelassene Fröhlichkeit auf Papás Zügen gelegen, jetzt hatte Elise mit ihren Worten dunkle Wolken geschickt; sein Ausdruck verfinsterte sich, sie bemerkte, wie seine Kiefer sich anspannten, das weiche, glatt rasierte Kinn hart wurde. Energisch stimmte er ihr zu: »Nein! Das darf nicht sein!«

»Ich kann ein wenig zeichnen, Papá! Ich glaube, dass Marie weiß, wer der Mann ist. Aber sie wird möglicherweise aus Angst schweigen. Ich könnte dir skizzieren, wie er aussieht. Diese Fratze ist mir nur zu gut in Erinnerung. So, wie er auf-trat, war er kein Wilderer, sondern ein Nutznießer des Waldes. Wahrscheinlich kennst du ihn, auch wenn Großvater derjenige gewesen sein wird, der ihm dieses Revier zugesprochen hat.«

»Dann marsch, an die Feder, Elise!«

»Danke, Papá. Es tut immer so gut, mit dir zu reden.«

Er nahm sie in die Arme und drückte ihr einen geräusch-vollen Kuss auf die Stirn.

11

Schlesien, August 1844 – Man muss es sich leisten können

Mamá wurde rührig.

Kaum hatte Elise ihre Begeisterung über die bevorstehende Englandreise geäußert, begann Florentine von Achenthal, sich in Vorbereitungen zu stürzen. Dazu gehörte ihrer Auffassung nach insbesondere die perfekte Ausstattung der Damen des Hauses für alle erdenklichen Anlässe.

Tagelang sah man sie in den aktuellsten französischen Modejournalen blättern, begutachten, verwerfen, hörte sie hier und da Entzückensschreie ausstoßen. Unzählige Male rief sie Elise zu sich, machte Vorschläge, hörte sich wohl Einwendungen an, beschloss am Ende dennoch allein, wie sie ihre Tochter auszustaffieren gedachte, und zitierte die in der nahen Kleinstadt ansässige Schneiderin, »Madame Wollny«, herbei. Mode hatte irgendwie französisch zu klingen, auch wenn die zwar geschickte und fleißige Schneiderin meist lediglich mit Flick- und Änderungsarbeiten, bestenfalls mit der Fertigung schlichter Alltagskleidung betraut wurde.

Hatte sich die überraschte Frau schon einen gewaltigen Auftrag ausgemalt, wurde sie enttäuscht. Mamá ließ lediglich

Elises und die eigenen Maße nehmen, entlohnte Madame zwar großzügig, aber verschwendete nicht einen einzigen Gedanken darauf, von ihr nähen zu lassen.

»*Mais non*, Madame Wollny!«, rief Mamá geradezu empört aus, als die Schneiderin hoffnungsvoll nachfragte, ob sie denn nun einen Vorschuss für die Stoffbestellung erwarten könne, und erklärte: »Selbstverständlich gehen Vorlagen und Maße an meine bevorzugte Pariser *Couturière*. Für solch komplizierte Stücke werden Ihre Fähigkeiten nicht ausreichen.«

Elise hatte es geahnt. Die beleidigte Madame trötete natürlich hernach in der ganzen Gegend herum, wie arrogant »die Achenthal« sei. »Ihre Weber hungern und die zugeheiratete Französin lässt in Paris fertigen. Was das kostet!« Wochenlang sorgte sie auf diese Weise für das Gesprächsthema Nummer eins.

Was das kostete, wollte auch Elise von ihrer Mutter wissen und musste sich setzen, als Florentine die Summe abschätzte.

»Wenn dem so ist, Mamá«, sagte Elise, als sie sich halbwegs von dem Schreck erholt hatte, »dann darfst du getrost den Auftrag für meine Kleider sofort stornieren. Die Leute haben nämlich recht. Wenn du Freude daran hast, so viel Geld für unnötigen Tand auszugeben, kann ich dich nicht hindern. Ich für mein Teil kann mich nirgends mehr sehen lassen, man wird mich anfeinden, mich hassen, mindestens hinter vorgehaltener Hand über mich lästern. Das will ich nicht ertragen. Ich habe genug gesehen, und auch du solltest doch zumindest anlässlich der gerade noch in letzter Sekunde verhinderten Erstürmung unseres Hauses zumindest einen kleinen Eindruck davon bekommen haben, wie es den Menschen geht. Schön für dich, wenn du solche Summen sozusagen aus deiner Portokasse zahlen kannst. Aber wenn du es schon tust, wäre es schlau gewesen, es nicht derart öffentlich zu machen.«

Es war außerordentlich berührend, was nun geschah. Selten hatte Elise ihre Mutter so angefasst erlebt. Sie schlug die Hände vors Gesicht, ihre Schultern zuckten. Tatsächlich, sie weinte! Elise stand eine Weile da und wusste nicht, wie sie mit der Situation umgehen sollte, die sie selbst verursacht hatte. Einerseits war sie zufrieden mit der Wirkung ihrer Rede, andererseits … nun … *das* hatte sie auch nicht bezweckt. Aufrütteln, ja! Aber sie wollte niemanden demütigen, niemanden zum Weinen bringen. Schon gar nicht ihre eigene Mutter. Leid tat sie ihr jetzt, sie wünschte sich, es anders, weniger verletzend formuliert zu haben. Aber nun war es geschehen.

Nun galt es zweierlei zu tun: trösten, dabei um Entschuldigung bitten. Und die Ernsthaftigkeit hinter ihrer Anklage dennoch nicht schmälern.

Sie kniete vor Mamá nieder, schlang ihre Arme um Mutters schmale Taille, legte den Kopf in ihren Schoß und murmelte: »Nicht weinen, nicht weinen!«

Es dauerte ein Weilchen, bis das Zucken aufhörte, Mamás Körper langsam zur Ruhe kam und Elise ihre Hand auf dem Scheitel spürte. Erst dann wagte sie aufzusehen und blickte in gerötete, tränenfeuchte Rehaugen.

»Das wollte ich nicht, Mamá! Bitte verzeih mir.«

Florentine schüttelte den Kopf. »Auch wenn du es mir nicht eben zartfühlend beigebracht hast, Elise … ich weine nicht, weil du mich verletzt hättest. Ich weine, weil ich dumm und gedankenlos über die Empfindungen anderer Menschen hinweggegangen bin und mich damit nicht nur zum Gespött fremder Leute gemacht, sondern sogar die Achtung meiner eigenen Tochter verspielt habe.«

»Aber Mamá! Meine Achtung hast du doch nicht verspielt! Es war ein Fehler, das stimmt … ein großer sogar, denn böse Nachrichten reisen unter den Leuten sehr schnell und bewirken manchmal Urteile, die kaum noch zu revidieren sind. Aber

Fehler macht jeder Mensch. Es kommt nur darauf an, sie auch wieder auszubügeln. Ich würde gern auf neue Kleider verzichten, wenn ich mit den genannten Summen etwas für diejenigen tun könnte, die nicht mal richtige Schuhe haben. Der Herbst beginnt, der Winter ist nah. Die Kinder, die ich gesehen habe, haben roh geschnitzte Holzpantinen, und du bestellst pelzbesetzte Stiefelchen für uns. Selbst der Postbote wird sich angesichts des Absenders unserer Pakete seine Gedanken machen und herumerzählen. So wird sich ein Mosaikteilchen zum anderen fügen und es entsteht ein schlimmes Bild von uns. Es ist eben nicht egal, was die Menschen von uns denken.«

Mutter nickte. Und nickte. Und nickte.

»Wir müssen achtgeben, unsere Mahlzeiten nicht so üppig ausfallen zu lassen, dass wir unsere Korsetts nicht mehr zugeschnürt bekommen. Diese Menschen haben kaum das Mehl für ihre Wassersuppen. Wie ist es mit den französischen Revolutionsideen, die du doch immer hochgehalten hast? Sind all diese Werte längst vergessen oder musstest du sie mitsamt dem Ehegelübde ablegen?«

»Nein! Mein Gott, Kind!«, rief Mutter aus. »Das ist doch gerade der Grund für unsere Reise. Hat Vater dir nichts erzählt? Wir wollen doch genau das: bessere Verhältnisse schaffen, gerechtere, menschenwürdigere Bedingungen. Aber das braucht Zeit, weißt du?«

Elise sprang ungeduldig auf und wurde sehr laut. »Zeit! Zeit! Meine Güte, Mamá, diese Menschen haben keine Zeit. Wie lange, denkst du, hat man Zeit, bis man seinen Säugling hat verhungern sehen? Es ist kein Zufall, dass die Kindersterblichkeit so hoch ist. Erinnere dich an die Geschichte von Wilhelm Krause, die im April in Langenbielau passiert ist. Da würgt der Vater sein zweijähriges Kind zu Tode, als die Mutter aus dem Haus ist, und hängt sich hernach selber auf. Wie verzweifelt muss ein Vater sein? Kindsmord, Mamá! Der ist im Zweifelsfalle nicht einmal strafbar. Du musst die kleinen Wesen einfach nur verhungern lassen. Das ist die Realität! Ich habe eins gesehen. Eines – und das weiß ich, seit ich Marie zum ersten Mal wieder besucht habe –, dessen Mutter bajonettiert wurde und in unserem ...«

An dieser Stelle überschlug sich Elises Stimme und Tränen der Wut stiegen auf. Ein paarmal musste sie schlucken, ehe ihr die Stimmbänder wieder gehorchten und sie fortfahren konnte: »Jawohl, Mamá, in unserem eigenen, wunderschönen Teich ist diese Kindsmutter ersoffen. Nur, weil sie gesungen hat. Um Aufmerksamkeit bei denen zu erregen, die verantwortlich sind. Für ihr Elend, für ihren unbändigen Hunger, ihre Hilflosigkeit. Dieses Baby hat keine Zeit mehr. Da muss gehandelt werden. Sofort! Und du bestellst Kleider für Unsummen. Du könntest dich mit deinem Geld nützlich machen. Es würde dein Vermögen kaum schmälern. Du musst mir versprechen, es dir anzuschauen. Ich habe auch schon Ideen ausgetüftelt. Willst du sie hören?«

Florentine schaute ihrer Tochter in die Augen. Sehr offen, sehr ehrlich, sehr direkt. Sie nickte.

Und dann wurde Mamá wirklich rührig.

* * *

Mit voller Absicht hatte Elise ihre Mutter über gewisse Dinge im Unklaren gelassen. Ihre drastischen Worte sollten die Wirkung nicht verfehlen und in keiner Weise durch bestimmte, frisch gewonnene Erkenntnisse verwässert werden. Erkenntnisse nämlich, die das in dramatisch grellen Farben gemalte Bild ihrer Auffassung nach viel zu sehr weichgezeichnet hätten. Eine solche Abmilderung hätte ihren Zielen entgegengestanden. Weil sie Mutter mit dem Weglassen einiger Informationen ein wenig getäuscht hatte, machte sich zwar ein leichtes Grummeln des Gewissens bemerkbar, aber sie verspürte kein wirkliches Schuldbewusstsein. Weglassen war schließlich kein Lügen. Dieser Schluss beruhigte. Wenn auch nicht vollständig.

Folgendes hatte sich ereignet: Eine Woche nach den Vorfällen um Marie hatten die Gendarmen den Täter tatsächlich dingfest machen können. Elises Zeichnung war so genau gewesen, dass Vater schnell erkannt hatte, um wen es sich bei dem Delinquenten handelte, nämlich wie vermutet um den Mann, dem Großvater die Jagderlaubnis in jenem Waldstück erteilt hatte. Elise hatte ihn, verborgen hinter einem Vorhang, durch den schmalen Spalt, den man ihr aufhielt, sofort zweifelsfrei identifizieren können und war hernach euphorisch auf einer Siegeswolke geschwebt.

Diesen Triumph nun, der unzweifelhaft auf ihr Konto ging, wollte sie schleunigst mit Marie teilen. In der Satteltasche dieses Mal allerlei Lebensmittel, machte sie sich gleich am folgenden Tag beschwingt auf den Weg. Beim ersten Krankenbesuch hatte Marie ihr erzählt, was bitterlich fehlte, und Johanne hatte all das aus der Küche organisiert, was auf Elises Zettelchen stand, und sich dabei nicht knauserig gezeigt.

Der Tag war warm und sonnig. Bestes Erntewetter. Elise hatte den angenehm kühlen Forst gerade zur Hälfte durchquert, als jemand sie in beißendem Tonfall anrief: »Ach, schönen guten Tag, verehrtes Fräulein von Achenthal. Mal wieder allein unterwegs? Ist das denn geraten?«

Das Blut schien ihr in den Adern zu stocken. Diese Stimme war ihr nur allzu bekannt. Das Herz schlug ihr bis zum Halse, Angst kroch den Nacken hinauf, Fides kläffte dazu ohrenbetäubend laut. Suchend blickte sie sich um, sah niemanden, fuhr die Hündin nervös an, ruhig zu sein.

»Hier doch, liebes, edles Fräulein von Achenthal«, kam es schmeichlerisch, so schmeichlerisch, dass die Worte wie stinkend ranziges Öl von den Blättern der Bäume zu triefen schienen. Sie schaute, suchte … und jetzt erspähte sie den festgenommen geglaubten Mann hoch droben auf dem Ansitz. Grinsend lehnte er an der Balustrade aus Birkenstämmchen und lüftete mit großer Geste den Hut zum Gruß.

Elises Gedanken rasten. Wie konnte das sein? Warum saß er nicht hinter Gittern? Der Amtsrichter hatte ihn doch gestern abführen lassen, hatte keinerlei Zweifel daran gelassen, dass Elises Aussage und Wiedererkennen ihn seiner gerechten Strafe zuführen würden.

Elise folgte ihrem ersten Impuls und jagte die arme Amabilé mit der Reitgerte vorwärts. Begleitet vom höhnischen Gelächter des Jägers galoppierte die Stute dem Dorf entgegen.

Atemlos fegte Elise die spätsommerlich stille Dorfstraße hinunter, dass es nur so staubte, bog im rechten Winkel haarscharf in den Weg zur Webersiedlung ein. Beinahe hätte es der Stute die Beine unterm Bauch weggerissen. Amabilé strauchelte, fing sich wieder, raste weiter, als sei der Teufel hinter ihnen her.

Der Teufel hatte es allerdings, wie so oft, überhaupt nicht nötig, eine Verfolgung aufzunehmen. Er konnte warten. Musste nichts tun, als die Wirkung seines Auftritts zu genießen, und konnte schlichtweg in aller Ruhe sitzen bleiben, wo er war. Wohl wissend, dass das verschreckte Opfer über kurz oder lang sowieso seinen Weg erneut kreuzen würde.

Elise war diese Tatsache sehr bewusst, und sie sann bereits auf die Möglichkeit, für den Rückweg durch das Waldstück eine Begleitung, am besten einen gestandenen Mann, aufzutreiben. Natürlich, sie hätte die Straße nehmen können. Aber dieser um etliche Meilen weitere Weg, welcher einmal halb um den Wald herum von Achenthal zum Dorf führte, barg ein ganz besonderes Problem. Mit jedem Pferd, das Achenthals Ställe beherbergten, hätte sie ihn reiten können. Nur nicht mit Amabilé. Vor beinahe zwei Jahren, als die Stute frisch aus Frankreich eingetroffen war, hatte sich ein scheußlicher Unfall auf dieser

Strecke ereignet. Damals war die Straße noch nicht wie heute mit Kopfsteinen gepflastert gewesen. Und sie führte über ein geländerloses Brücklein, das den Mühlbach überspannte. Breit genug, dass ein Zweispänner darauf fahren konnte. Aber arg in die Jahre gekommen. Elise hatte sich nichts dabei gedacht, die hölzernen Bohlen zu queren. Schließlich war sie schon Hunderte Male darübergeritten. Doch als Amabilé den hohlen Klang vernahm, den ihre Hufe verursachten, erschrak sie heftig, machte einen Satz seitwärts, kam am äußersten Rand der Brücke auf, mürbes, altes Holz gab nach, splitterte, die Stute verlor den Halt und landete mitsamt ihrer Reiterin mitten im Bach.

Abgesehen von einem Heidenschreck und durchnässten Röcken war Elise nichts geschehen. Die Stute jedoch blutete heftig aus dem Ballen eines Hinterhufes und zitterte am ganzen Leib, als sie sich aufrichtete. Mühsam kroch Elise die Böschung hinauf, in einem Hechtsprung folgte ihr Amabilé mit angstvoll geweiteten Augen und feuerrot geblähten Nüstern.

Sie standen auf der falschen Seite. Keine Seele in der Nähe. Zu Fuß war Elise damals den weiten Weg ins Dorf und durch den Wald zurück nach Hause gegangen.

Nur notdürftig konnte sie dafür die tiefe Wunde mit ihrem Seidenschal umwickeln, und daheim stellte der Stallmeister fest, dass sogar noch Splitter tief im Fleisch steckten, die es zu entfernen galt.

Wochenlang hatte die Heilung gedauert. Täglich half Elise beim Spülen der Wunde und Anlegen des neuen Verbandes, später begleitete sie die ersten, noch lahmen Schritte des Pferdes, verbrachte viel Zeit an seiner Seite, führte es vorsichtig zum Grasen an der Hand in die saftige Hauswiese, ging langsam steigernd mit ihm spazieren, bis es wieder ganz gesund war. Es hatte sich in dieser Zeit eine so tiefe, vertrauensvolle Zuneigung zwischen den beiden herausgebildet, dass Elise geglaubt hatte,

Amabilé würde ihr von nun an überallhin folgen. Das tat sie auch. Nur einen Weg, den durfte sie nie wieder einschlagen. Auch nicht, als Großvater längst eine solide steinerne Brücke anstelle der alten hatte bauen lassen. Kaum wurde Amabilé auch nur annähernd in diese Richtung gelenkt, schaltete sie auf stur, drehte auf dem Absatz um und ergriff die Flucht. Keine Hilfe, kein Führen, weder Zuckerbrot noch gute Worte brachten sie je wieder dort entlang.

Keine Option also für Elise. Vielleicht, so überlegte sie, konnte sie Maries Vater bitten …?

Das Pferd war verschwitzt, als Elise vor dem Weberhäuschen absaß. Der Duft einer frisch gekochten Fleischmahlzeit wehte ihr entgegen.

Nanu?

Mit fliegenden Fingern knüpfte sie ihren gut gefüllten Beutel vom Sattel und klopfte an. Drinnen war, wie immer, das monotone Lied klappernder Webstühle zu vernehmen.

Schnelle, leichte Schritte, und es wurde ihr von Marie aufgetan.

Merkwürdig, wie irritierend einsilbig, beinahe abweisend sich das Mädchen gab, als Elise ihr Geschenk überreichte, sich nach Maries Befinden erkundigte und um Wasser für ihr Pferd bat. Zwar dankte die Kleine artig, zog auch das Schnürchen auf, warf einen neugierigen Blick in den Jutesack. Aber sie schob die Haustür wieder halb vor Elises Nase zu, ohne sie hereinzubitten, lieferte offenbar, so sprach der huschende Schatten, den Elise im Innern erkennen konnte, das Mitbringsel in der Küche ab, kam mit einem Eimer zurück und ging wortlos, noch immer stark humpelnd, an ihrem Gast vorbei zum Brunnen.

Elise folgte ihr, die Stute am Zügel, sah ihr zu, wie sie den Eimer einhängte, darin klares Wasser schöpfte, ihn heraufzog, dem Pferd vorhielt, das gierig trank.

All das tat sie gesenkten Blickes.

»Marie«, sprach Elise sie an, »warum bist du so distanziert? Habe ich irgendetwas falsch gemacht?«

Das Gesicht seitlich abgewandt schüttelte Marie den Kopf, murmelte etwas wie: »Es tut mir leid.«

»Ich bin eigentlich gekommen, um mit dir den Triumph über das Böse zu feiern, Marie!«, sagte Elise. »Wobei sich bereits auf dem Weg herausgestellt hat, dass es offenbar gar nichts mehr zu feiern gibt.«

Marie zuckte die Achseln, schwieg, zeichnete mit ihrem nackten großen Zeh kleine Kreise in den sonnenwarmen Staub. Der Zeh war blauschwarz verfärbt, unterm Rocksaum zeigte sich der schmutzige Verband. Du musst ihn wechseln lassen, dachte Elise, wissend, dass Marie ihren Blick sah und verstand, was er bedeutete. Doch sie sprang nicht darauf an.

»Was ist passiert? Gestern hat der Richter mir diesen Kerl gegenübergestellt, der dir das angetan hat, und ich habe ihn sofort erkannt. Darauf ließ er ihn abführen und ich wähnte ihn sicher hinter Schloss und Riegel. Eben aber ist er mir frei wie ein Vogel im Wald begegnet. Sein höhnisches Lachen habe ich jetzt noch im Ohr. Geflüchtet bin ich in voller Karriere. Deshalb ist mein Pferd so durstig. Kannst du mir vielleicht eine Erklärung liefern?«

Genau beobachtete Elise, wie Marie auf ihre Eröffnung reagierte. Sie registrierte, wie sich die Schultern des Mädchens ruckartig zusammenzogen. Bemerkte, dass sie die Kiefer aufeinanderpresste, die Ader am Hals sichtbar schwoll, sah die tiefe Röte, die Maries Wangen überzog, den feinen, glitzernden Schweißfilm, der sich unterm blonden Haaransatz auf der Stirn bildete, bis sogar ein Tröpfchen über ihre Schläfe rann.

Elise musste die Antwort nicht abwarten, um zu wissen, was geschehen war. Es genügte. Was sie wahrgenommen hatte, ergab ein ebenso klares wie widerwärtiges Bild. Der Geruch nach kräftiger Fleischbrühe, die unendliche Verlegenheit des Mädchens, ihre plötzliche Sprachlosigkeit …

Man musste es sich leisten können, unbestechlich für sein Recht kämpfen zu können!

Die eigene Enttäuschung wog nichts. Die Angst vor dem Heimweg umso schwerer.

* * *

Elise drehte den leeren Wassereimer um und nutzte ihn zum Aufsitzen.

»Gräm dich nicht, Marie, ich kann dich sogar verstehen«, sagte sie, und obwohl sie es ehrlich und freundlich gemeint hatte, lagen Schärfe und Bitterkeit in den Abschiedsworten.

Einmal noch drehte sie sich halb im Sattel um. Tränen liefen über Maries elfenhaft zartes Gesicht. Tränen stiegen auch in Elises Augen auf. Aber das musste die Kleine nicht sehen. Abrupt, ohne ein weiteres Wort, wendete sie Amabilé ganz dem Heimweg zu und trabte davon.

Sie trödelte. Durchritt beinahe jedes Seitengässchen im Dorf, hielt an der Mühlbachfurt, ließ die Stute unnötig lange im Wasser stehen, vorgeblich um sie, die längst nicht mehr durstig war, nochmals trinken zu lassen. Irgendwann langweilte sich Amabilé und fing an, mit den Hufen im flachen Wasser zu scharren, ihrer Reiterin den Rocksaum nass zu spritzen, und Elise ließ sie lachend aus dem Bächlein steigen. Lachen … das löste für einen Augenblick die Anspannung. Doch lange hielt dieser Zustand nicht an.

Niemand zeigte sich, der eine geeignete Begleitung für das Stückchen durch den Wald hätte abgeben können. Wenige Alte hüteten in den Bauerngärten die Kleinen, manche winkten herüber. Frauen und Männer waren wohl noch draußen auf den Feldern bei der Ernte. In dieser Zeit ging der Arbeitstag bis zum

Anbruch der Nacht. Die Hähne krakeelten, Hühner gluckten in weichen, sandigen Kuhlen, Katzen dösten auf Fensterbänken, hier und da begrüßte ein Hund Fides am Gartenzaun, sachter Wind ließ die alten Ulmen rauschen, eine Gänsemutter führte ihre Jungen gemächlich spazieren. Die Kirchturmuhr schlug acht. Noch war Zeit, wenigstens im Hellen nach Hause zu kommen. Aber Elise hatte Angst.

Furcht traf auf Idylle und Idylle machte milde lächelnd eine wegwerfende Handbewegung. Was konnte schon passieren? Stell dich nicht so an! Noch einmal würde er es doch nicht wagen! Wahrscheinlich genügte es ihm, ihr gehörig Angst eingejagt zu haben. Ach komm, Elise, du hast ein schnelles Pferd.

Ja, sie hatte ein flinkes Pferd. Aber der Weg war von Wurzeln durchzogen und tückisch; folglich nahm man ihn in Ruhe, ließ die Hufe bedacht setzen, weil es allzu schnell zu einem Sturz kommen konnte. Vernünftig war es keinesfalls, ihn so entlangzurasen, wie sie es vorhin getan hatte.

Doch es half ja nichts. Schießen würde er schon nicht. Und käme er ihr zu nahe, war immer noch Fides da und ein schnelles Pferd. Für den Notfall.

Es war Zeit.

Komm, Fides. Komm, Amabilé. Fassen wir uns ein Herz!

Die Augen fest auf den unebenen Boden gerichtet, den Kopf zur Ablenkung tief in Gedanken, dirigierte sie ihr Pferd durch das grüne Dickicht. Noch war es ein Stück Wegs, bis sie die Stelle mit dem Hochstand wieder erreichen würde. Elises Überlegungen kreisten um das eben Erlebte. Da hatten die Gendarmen ihn also wieder auf freien Fuß gesetzt. Das konnte nur bedeuten, dass Marie abgestritten hatte, Leid durch ihn erfahren zu haben. Ihr Schweigen hatte er erkauft! Vermutlich schon vor der Gegenüberstellung. Ein Stück Wildbret, vielleicht ein wenig Schmalz, Brot, Linsen oder Grieß, Milch für das Kind. Es herrschte plötzlich keine Not mehr bei Familie

Schmiedek. Zumindest einige, wenige Tage lang. In der Not verkaufte man sein Recht. Dass Elise bei dieser Gelegenheit auch noch ziemlich dumm dastand, mochte Marie wirklich leidtun. Aber die vollen Mägen waren ihr zweifellos wichtiger gewesen als das ramponierte Ansehen ihrer Helferin. Oder hatte ihr Vater den Handel ausgeheckt und Marie war nur unter seinem Druck zur Komplizin geworden?

Einerlei. Es war, wie es war, und es war schlimm. Elise beschloss zu vermeiden, dass Mutter davon erfuhr. Was hätte es für einen Eindruck gemacht, wenn sie ihr von bitterster Armut und Hunger erzählte und sie dort volle Kochtöpfe vorfand?

Kurz kam ihr in den Sinn, dass die vollständige Geschichte womöglich noch viel eindrucksvoller war, eher den Grad der Not nochmals unterstrichen statt gemildert hätte. So empfand sie selbst es. Aber wer wusste schon, wie Mutter damit umgehen würde …

Für eine Reaktion Mutters hätte sie allerdings unbedingt die Hand ins Feuer gelegt: Aus und vorbei wäre es mit Elises so geschätzter persönlicher Freiheit gewesen. Nie und nimmer würde Mamá ihr bei voller Kenntnis der Dinge in Zukunft erlauben, unbegleitet das Haus zu verlassen. Und darauf wollte Elise es wahrhaftig nicht ankommen lassen.

Behutsam leitete sie die Stute den Pfad entlang. Fides folgte in kurzem Abstand. Näher und näher kamen sie dem Ansitz.

Plötzlich wieherte Amabilé und wandte den feinen Kopf nach hinten. Elise drehte sich angstvoll um, aber das dichte Unterholz, die Windungen des Weges, die tief hängenden Äste offenbarten nichts.

Die Stute kam zum Stehen und Elise lauschte mit angehaltenem Atem und rasendem Puls. Nein, da waren keine heranschleichenden Schritte. Das waren Hufschläge. Jäger ritten nicht. Die gingen zu Fuß. Elise atmete auf. Es war fast egal, wer da kam, Hauptsache, er war es nicht.

Er war es nicht!

Ein eleganter, großrahmiger Rappe, das Fell glänzend wie poliertes Ebenholz, den Hals zum imposanten Kragen aufgewölbt, näherte sich im exzellenten Stolztrab. Herrgott, was für eine Erscheinung!

Die Zügel der blanken Kandare hingen durch, der Reiter führte sie lediglich zwischen den Fingerspitzen. Geballte, unglaublich sanft gebändigte Kraft. Leise und doch in gewisser Art aufreizend war das Wiehern des Schwarzen. Amabilé stemmte alle viere in den Boden, hob zierlich den Schweif und rührte sich nicht mehr. Nur ihren Kopf hielt sie umgewandt und der Blick aus ihren dunklen Augen sprach verliebte Bände.

»Wir bitten um Verzeihung, meine Damen«, sprach der Reiter. Ein Reiter ohne Hut. Das Haar von derselben Farbe wie das Fell seines Pferdes.

Vorgestellt worden waren sie einander noch nicht. Aber Elise wusste, es war Konrad von Radenau, Vaters »Sangesbruder«, der nun einen formvollendeten Gruß entbot, um die Ehre bat, sie begleiten zu dürfen, und sich ein weiteres Mal für das etwas ungestüme Gebaren seines Hengstes entschuldigte.

»Herzlich gern, Herr von Radenau, nichts wäre mir lieber … Es freut mich ungemein, endlich Ihre Bekanntschaft machen zu dürfen«, strahlte Elise, über alle Maßen erfreut. Derart freiweg erfreut, dass es ihr binnen Sekunden schon unangenehm war, dem Fremden so begeistert erwidert zu haben.

Von Radenau schien ihre leichte Verlegenheit nicht zu bemerken. Höflich begann er eine Konversation, berichtete, dass ein vereinbartes Treffen mit ihrem Papá ihn nach Achenthal führe.

Er ritt weiterhin hinter ihr, vergrößerte aber den Abstand so weit, dass Amabilé nicht andauernd wieder stehen blieb, um ja den attraktiven Rappen nicht aus den Augen zu verlieren. Das gab Elise Gelegenheit, sich zu fangen, ihre entgleisten

Gesichtszüge zu entspannen, in Ruhe das langsam spürbare Abflauen der Wangenröte abzuwarten und eine Erklärung für ihren begeisterten Ausbruch zu formulieren, damit der Mann nicht einen völlig falschen Eindruck von ihr bekam.

»Es ist spät geworden, wissen Sie«, rief sie nach hinten, »und ich reite gar nicht so gern bei Einbruch der Dämmerung allein durch den Wald.«

»Das verstehe ich gut, Fräulein von Achenthal. Man hat ja gehört, was sich kürzlich hier ereignet hat. Vielleicht sollten Sie überhaupt nicht allein reiten, schließlich geschah der jüngste Übergriff auf ein junges Mädchen sogar am helllichten Tage.«

Elise spähte nach dem Ansitz, auf dessen Höhe sie sich just befanden. Er war leer.

»Ich weiß, denn ich war sozusagen dabei. Und habe mit der Hilfe meines Vaters hernach alles getan, diesen Schuft einkerkern zu lassen. Gerade eben aber musste ich feststellen, dass alle Mühen nicht gelohnt haben. Er ist wieder frei, vorhin begegnete er mir hier und sprach mich unflätig an. Freigekauft hat er sich, würde ich behaupten. Mit ein paar Almosen hat er anscheinend das Mädel bestochen, ihn zu entlasten. So weit ist es in unserer Gesellschaft gekommen. Für ein Säckchen Mehl oder ein Stück Fleisch können sich gewisse Menschen alles erlauben. Sie können sich kaum vorstellen, wie schockiert ich bin.«

»O doch, das kann ich mir sogar sehr gut vorstellen«, erwiderte von Radenau. »Und ich sage Ihnen, in mir finden Sie einen Verbündeten im Denken. Es muss etwas geschehen. Solche Übergriffe sind nur die Spitze eines Berges, der aus dem Nebel ragt und uns deshalb augenfällig wird. Unter dem Dunst aber verbirgt sich ein hart gefügter Fels aus Ungerechtigkeit und Ungleichbehandlungen. Es wird eines gerüttelten Maßes Salpeter, Holzkohle und Schwefel bedürfen, diesen Fels aufzubrechen.«

Er schien sich in Rage zu reden und Elise warf lachend ein: »Na, aber, aber, Herr von Radenau! Sie wollen doch nicht gleich sprengen!«

Einen Moment blieb er die Antwort schuldig, nur das Schnauben seines prächtigen Rosses war zu hören. Dann kamen mildere Töne.

»Ich bin wahrhaftig kein gewalttätiger Mensch. Aber manchmal … manchmal … möchte ich dreinschlagen. Die Arroganz und Borniertheit, in der Menschen mit Menschen verfahren, scheint mir bisweilen nach rüden Maßnahmen zu verlangen. Dabei bin ich nicht so verbohrt, mir darüber im Unklaren zu sein, dass Gewalt nur neue Gewalt erzeugt. Nein, Fräulein von Achenthal … solange sich andere Wege auftun, will ich sie beschreiten.«

Elise nickte. So gefiel es ihr.

Sie ließen den Wald hinter sich, der Weg wurde breiter, von Radenau schloss zu ihr auf. Da hatte sie die ganze Zeit Ansichten und Weltanschauung eines Mannes gehört, von dem sie sich kaum ein Bild hatte machen können. Jetzt erst war es möglich, einen Eindruck von seiner Gestalt zu bekommen. Merkwürdig vertraut kam er ihr schon vor, wie er da jetzt neben ihr ritt.

Mamá hätte seine Figur vielleicht »bäuerlich« genannt. Die schlanke Eleganz Vaters jedenfalls war ihm nicht gegeben. Breitschultrig, wie er war, spannte die karamellfarbene Weste ein wenig überm Kreuz, die weißen Hemdsärmel hatte er hochgekrempelt, es offenbarten sich ausgesprochen kräftige Unterarme, die den Schluss zuließen, dass er reichlich zuzupacken pflegte und sich – davon sprach die satte Bräune – häufig im Freien aufhielt. Von den schmalen Hüften abwärts steckten seine Beine in hellen, weichen Hirschledernen, statt der üblichen Stiefeletten trug er kniehohe hellbraune Stiefel mit recht derben Sohlen. Nicht geeignet fürs Parkett, wohl aber für unwegsames Gelände.

Vornehm, wie Mamá es an Männern liebte, wirkte an ihm nur zweierlei. Zum einen waren es seine Hände, die die Zügel so sanft führten, dass Elise kaum eine Einwirkung auf den stattlichen Rappen wahrnahm. Zum zweiten seine Gesichtszüge, die unbedingt den Schluss erlaubten, es mit einem tiefsinnigen, bedachten, intelligenten Menschen zu tun zu haben.

Und noch mehr fiel ihr auf: Der Blick war nicht anders als melancholisch zu bezeichnen. Was auch immer es ausgelöst haben mochte, dass dieser doch wahrhaftig gestanden wirkende Mann von – nein, anders konnte man es nicht ausdrücken – von Traurigkeit umweht schien. Es mussten tiefgreifende Geschehnisse gewesen sein, denn selbst wenn er scherzte, wich diese Aura nicht vollständig.

Zudem schien er nicht aus der Gegend gebürtig zu sein oder aber lange Zeit woanders gelebt zu haben, denn sein – wenn auch recht gewähltes – Hochdeutsch begleitete ein leichter Akzent, der ihr zwar irgendwie bekannt vorkam, den sie aber nicht recht zuzuordnen wusste. Sie hätte ihn fragen mögen, entschied aber, ihre Neugier vorläufig lieber zu bezwingen.

So, wie sie selbst ihn möglichst unauffällig zu taxieren suchte, tat er offenbar dasselbe. Beide jedoch – und Elise lächelte innerlich über diese Erkenntnis – ließen sich nicht etwa zu gegenseitigen Komplimenten hinreißen, sondern lobten lediglich des jeweils anderen Pferd in den höchsten Tönen. Eine Art von Tändelei, wie sie – das hatte Elise schon häufig beobachtet, wenn sie in Herrenbegleitung mit Mamá ausgeritten war – unter begeisterten Reitern durchaus üblich war und stets recht verstanden wurde. Uneingeweihte hingegen wären nie auf den Gedanken gekommen, dass es bei diesen Artigkeiten nicht allein um Pferdequalitäten ging.

Trotz dieses allfälligen Deckmantels spürte Elise ein ums andere Mal eine leise aufflammende Röte auf den Wangen, als beispielsweise von Radenau Amabilés entzückende Ohren oder ihre herrlich feinen Ganaschen, wiewohl auch deren bestens bemuskelte Hinterhand lobte.

Ein Kichern mühsam unterdrückend, quittierte sie lächelnd mit einer bewundernden Äußerung über den herrlich üppigen Behang und die gewaltige Schulterfreiheit seines Hengstes. Der, so hatte von Radenau inzwischen verraten, trug den Namen »Almanzor« und spanisches Blut, welches er beabsichtigte, seinen zwar soliden, aber etwas temperamentlosen Zuchtstutenlinien hinzuzufügen.

»Eine gute Wahl, Herr von Radenau!«, rief sie aus. »Wobei ich durchaus den Eindruck habe, dass meine sanfte und dennoch sprühend temperamentvolle Französin hier dem spanischen Herrn auch nicht ganz abgeneigt wäre.«

In vergnügter Übereinstimmung erreichten sie ohne Störungen Achenthal. Papá erwartete seinen Gast schon auf der Freitreppe, half Elise vom Pferd. »Habt ihr euch also schon ganz unkonventionell kennengelernt, so, so …«, schmunzelte er.

»Ja, Vater, eine angenehme Begleitung!«

»Eine entzückende Begleitung, mein lieber Arno!«, fiel von Radenau in den allgemeinen Austausch von Höflichkeiten ein.

»Ich war sehr froh, nicht allein durch den Wald zu müssen, Papá. Stell dir vor, der Kerl ist wieder frei. Aber dazu später mehr, wenn du Zeit für mich hast. Ich möchte jetzt nicht stören. Sicherlich gibt es wichtige Gründe für das Treffen der Herren.«

»Das ist ja unglaublich!«, rief Vater ärgerlich aus. »Kann man sich eigentlich auf nichts mehr verlassen? Die werde ich mir vorknöpfen. Eine, vielleicht eineinhalb Stunden Geduld, mein Kind, dann lass uns sprechen.«

Der Stallbursche nahm von Radenau den Hengst ab, besprach sich kurz mit seinem Reiter, wie er ihn verwahren solle, dann eilte er mitsamt Papá die Stufen zum Haus hinauf.

Elise brachte Amabilé selbst zurück in den Stall, ließ sich zwar beim Absatteln helfen, schlug jedoch jede weitere angebotene Hilfe aus und versorgte die Stute in aller Ruhe allein. Es war eine gute Gelegenheit, sich zu sammeln, ohne mit irgendjemandem sprechen zu müssen, und sammeln, das musste sie sich jetzt, denn die vergangenen Stunden hatten etliches in ihr in gewaltige Unordnung versetzt.

12

Schlesien – August/September 1844 – Mamás Raffinesse

Am folgenden Tag rief Mamá Elise zu sich. Mit allen erdenklichen Befürchtungen im Bauch trat sie ins mütterliche Boudoir ein. Hatte Vater dichtgehalten oder vom Freikommen des Jägers berichtet? Kam jetzt das erwartete Verbot? War nun Schluss mit ihrer Freiheit? Wie stand es jetzt um ihre Einstellung zu den armen Webern, um ihre Hilfsbereitschaft?

Umsonst gefürchtet! Elises Besorgnis schmolz dahin wie Butter in der Sonne, als sie Mutters vergnügtes Gesicht sah und deren aufgeräumter Stimmung gewahr wurde.

»Unser Gespräch neulich ist mir sehr zu Herzen gegangen, Elise«, ließ Mamá sich vernehmen, kaum dass Elise die Tür hinter sich geschlossen hatte. »Du weißt, ich bin nicht die Frau, die untätig bleibt, wenn sie über menschenunwürdige Verhältnisse in Kenntnis gesetzt wird. Also habe ich mir etwas ausgedacht, worüber ich dich unterrichten möchte. Wir werden Ferdinands elften Geburtstag nicht nur besonders groß feiern und alle Sprösslinge der wohlhabendsten Familien einladen, sondern deren finanzkräftige Eltern gleich mit dazubitten und am Abend einen Wohltätigkeitsball mit Tombola, Tanz und

127

allem Chichi veranstalten. Der Champagner soll in Strömen fließen, Grand-Père wird ihn schicken. Du wirst sehen, das öffnet die Geldbeutel, und keiner wird sich die Blöße geben, vor den anderen knauserig dazustehen. Ist das nicht eine wunderbare Idee, Schatz?«

Elises Umarmung fiel aus mehrerlei Gründen stürmisch aus, aber sie beschränkte ihre Erwiderung natürlich aufs gerade Gehörte. »Wie wunderbar, Mutter! Und … sag, was willst du anstellen mit dem gesammelten Geld?«

»Ich werde zunächst eine Suppenküche einrichten lassen. Das wird der erste Schritt sein. Johanne soll das passende Personal besorgen. In Zukunft werden zumindest unsere Weber nicht mehr mit leeren Bäuchen arbeiten müssen. Natürlich hoffe ich, dass das Beispiel Schule macht. Einige der Damen aus wohlbestellten Häusern habe ich bereits auf unsere Seite ziehen können. Andere, hartgesottene, werden wir mit der Macht der Scham, notfalls sogar Ausgrenzung überzeugen müssen. Wer mit der guten Gesellschaft verkehren will, muss eben auch bereit sein, abzugeben. Wer nicht abgibt, wird in den Ruf geraten, es nicht zu können. Und das ist die schlimmste Schmach, das will keiner. Zumindest die Damen sind da ausgesprochen krüsch. Wundere dich nicht, in den nächsten Tagen werden allerhand kostbare Spenden hier eintreffen. Vom Meißner Teeservice über Silberbesteck, Kristalllüster und -gläser bis hin zu wunderschönen Kleinmöbelstücken und verschiedenstem Schmuck ist mir bereits alles Mögliche zugesagt worden. Wir werden alles hinreißend präsentieren und ein schönes Sümmchen herausholen.«

»Du bist raffiniert, Mamá«, rief Elise bewundernd aus.

»Das sagt man den Französinnen gemeinhin nach«, erwiderte Mutter mit einem Zwinkern.

* * *

Ganz nach dem Motto »Tue Gutes und rede darüber« empfing Mamá in den folgenden Tagen mehrere Zeitungsleute, ließ ihren im Übermaß vorhandenen Charme spielen, achtete dabei darauf, dass ihre Absichten weit gestreut wurden, hielt geduldig still, wenn man ihr Abbild mal mit diesem, mal mit jenem Hintergrund in schwarze Kästen bannte, und beantwortete vielerlei Fragen, die ihr zu den Absichten ihres Wohltätigkeitsballes gestellt wurden.

Papá gefiel sehr, was sie tat, und Elise hatte das Gefühl, die beiden schon lange nicht mehr so glücklich und in einem Ziel vereint gesehen zu haben. All die Aufregung und die Vorbereitungen für das Fest schienen Mutter aus einer tiefen Lethargie geweckt und wieder an die Lebensoberfläche gespült zu haben. Sie hatte eine Aufgabe gefunden, für die sie glühte, und dieses Glühen zauberte Farbe auf ihre Wangen, beschwingte ihren Gang, schien in ihr ein neues Leuchten erweckt zu haben, das wohltuend auf ihr gesamtes Umfeld strahlte. Fast wie damals in Frankreich während des zauberhaften Ferienaufenthaltes kam sie Elise vor, und sie freute sich, sich selbst einen nicht ganz geringen Anteil an Mamás Wandlung zurechnen zu dürfen.

Geschickt wie Mutter war, initiierte sie die Grundsteinlegung für ein Kochhaus, bevor die Veranstaltung überhaupt stattgefunden hatte. Das war ihr Signal dafür, dass sie es ernst meinte und keinerlei Zweifel am Gelingen des Unterfangens hegte. Ganz hintergründig war es sicherlich auch ein Zeichen an die Weber, die um Himmels willen nicht Anstoß an dem geplanten großen Fest der Wohlhabenden nehmen sollten. Wer wusste schon, ob sie es nicht als Herausforderung, gar Erniedrigung empfinden und sich zu neuem Aufbegehren hinreißen lassen würden? Sozusagen als selbsterfüllende Prophezeiung legte Mamá den ersten Stein eigenhändig und mit feierlicher Gebärde an den vorgesehenen Platz.

Natürlich tat sie das mit reichlich Publikum und in Anwesenheit der bewährten Pressevertreter. Derselben Pressevertreter, die just von den am 31. August gefällten Urteilen über die während der Aufstände festgenommenen achtzig Mann berichtet hatten. Die Vorkommnisse, insbesondere die Erstürmung des Hauses und der Fabrik Zwanzigers, jedoch ebenso alle noch so kleinen Vergehen, und seien es nur verzweifelte Reden in der Öffentlichkeit gewesen, waren von den Richtern mit insgesamt 203 Jahren Zuchthaus, 90 Jahren Festungshaft und 350 Peitschenhieben geahndet worden. Keinerlei Einsehen von Regierungsseite war zu verzeichnen gewesen. Nicht die Verursacher des unrechten Elends, sondern allein diejenigen, die versucht hatten, sich aus purer Not dagegen aufzubäumen, machte die preußische Rechtsordnung haftbar. Wie ein Arzt, der seine ihm anvertrauten Patienten prügelte – so wirkte Preußens Justiz auf jeden, der wenigstens ein bisschen Herz im Leib hatte.

Kritische Blätter, wie etwa der *Vorwärts*, zu dessen Redakteuren auch ein gewisser Karl Marx gehörte, druckten empörte Kommentare. Das im Juli dort erschienene Weberlied Heinrich Heines war in aller Munde. Verlassen von Gott, König und Vaterland fühlten sich Heines Weber in den Strophen. Doch wies bereits sein Refrain unmissverständlich darauf hin, dass die Weber für ihre Rechte in Zukunft aufzustehen bereit sein würden.

Manch träger, wohlhabender Bürger witterte Umsturzpotenzial und Aufwiegelung durch Presse und Dichter. Den Regierenden schien diese Betrachtungsvariante eine äußerst angenehme Möglichkeit zu sein, eben jenen die Schuld für die allgemein unter dem Proletariat um sich greifende Aufbruchsbereitschaft in die Schuhe schieben und die eigenen Hände in Unschuld waschen zu können.

In Schlesien, Preußens »Perle«, derartige Zustände? Niemals! Nach königlicher Order veranlasste Untersuchungen durften einfach nicht zu entlarvenden Ergebnissen kommen. Und kamen sie doch dazu, mussten sie eben geschönt werden.

Den anwesenden Männern von der Presse war all dies natürlich bekannt und speziell die aktuellen Angriffe auf ihre Zunft hatten nicht unerheblich dazu beigetragen, dass sie Mamás Einladung besonders gern gefolgt waren.

Die Weber ließen ihre Arbeit während der Grundsteinlegung ruhen und hielten sich argwöhnisch im Hintergrund. Elise bemerkte das wohl. Sie sah sie stehen, dort im Schatten der tiefgezogenen Zwergenmützen ihrer düsteren Katen, ahnte, was sie tuscheln mochten, fürchtete, ihr Urteil über Mutter könne ungerecht ausfallen. Was bildete sich die feine Dame ein, sich als Wohltäterin aufzuspielen? So ungefähr schienen sie zu denken.

Elise fing einen scheuen Blick Maries auf, nickte ihr lächelnd zu, hoffte, eines Tages würde wieder ein Gespräch mit ihr möglich sein. Rasch schaute die Kleine weg, fühlte sich sichtlich ertappt.

Und Mamá? O nein, Mamá spielte sich nicht auf. Sie sprühte nur so von revolutionärem französischem Gedankengut. Und: Sie klang ehrlich! So ehrlich, dass sogar vereinzelter Applaus von den beobachtenden Webern herüberklang. Ihre Rede anlässlich der Feierlichkeit sollte legendär werden.

Keinen Tag lang ruhten von diesem Moment an die Bauarbeiten. Mutter hatte vorgestreckt, wartete nicht, bis sich – hoffentlich! – die Kassen für ihr Projekt von allen Seiten füllen würden. Schon während rasch Stein auf Stein gesetzt wurde, köchelte täglich unter einem provisorisch aufgestellten Witterungsschutz eine warme Mahlzeit im Kupferkessel über der einfachen Feuerstelle. Jeder, der wollte, ob Maurer, Hilfsarbeiter, Zimmermann oder Weber, durfte sich bedienen und langsam fassten die Leute Zutrauen zu Mamás Ernsthaftigkeit. Elises Idee, darüber hinaus jeden Tag einige Kannen Milch für die Kinder aus Achenthals Kuhstall herüberschaffen zu lassen, setzte Mutter um, ohne zu zögern. Was bedeuteten schon die paar weggeschenkten Liter in der Gutsbilanz? Aber was bedeuteten sie für die verhärmten Mütter, die hartgesotten geworden waren im Aushalten, im Zusehen, wenn ihnen Kind um Kind dahingesiecht und am Ende gestorben war?

* * *

Der Tag des Festes rückte heran und alles war wohl bestellt. Mamá hatte auf gutes Spätsommerwetter gehofft, denn insbesondere für die nachmittägliche Kinderveranstaltung sollten Park und Garten genutzt werden.

So nahm es nicht Wunder, dass alle im Haus die Zähne angstvoll zusammenbissen, als sich am Nachmittag des Vortages dräuende Gewitterwolken am Himmel zusammenzogen. Schwarze Wände machten den Tag zur Nacht, ein gewaltiger Sturmwind erhob sich, riss den alten Eichen in der Allee kräftige Äste, den Weiden am Teich die Blätter ab, kräuselte nicht nur die Wasseroberfläche, sondern ließ schäumende Wellen aufspritzen.

»Ob das was wird, ob das was wird?«, jammerte Johanne und Mutter erwiderte: »Nach Regen folgt Sonne, meine Liebe. Sei nicht so pessimistisch. Was wir heute erledigt haben, bleibt uns morgen erspart. Sieh es mal so. Ich bin zuversichtlich.«

Johanne wiegte zweifelnd den Kopf, aber weder sie noch sonst ein Hausbewohner wagte es, Mamás Optimismus zu dämpfen.

Es regnete. Regnete in der ganzen Gegend Sturzbäche. Wiesen wurden zu Sümpfen, Bäume stürzten auf Fahrwege, der Blitz schlug in eine mächtige, mürbe Pappel, die weithin sichtbar als Fackel gegen den rabendunklen Himmel stand, Koppelzäune wurden einfach umgeweht, Herden mussten eingefangen werden, Hausdächer warfen Ziegel. Überall waren Hilfskräfte im Einsatz gegen die Naturgewalt.

Nur Achenthal blieb vollständig verschont. Als habe es im Auge des Sturms gelegen. Der Rasen blieb trocken, bis auf eine grüne Laubschicht gab es nichts zu beseitigen, schon gar nichts zu reparieren.

»Seht ihr?«, sagte Mutter am Abend triumphierend. »Was wir vorhaben, findet Gottes Zustimmung. Nur deshalb hat er uns verschont.«

Johanne hatte keinen Zweifel daran, sprach ein Dankgebet. Papá hielt es für Zufall. Elise für Glück.

* * *

Der Tag wurde zum großen Erfolg.

Schon als Elise in der Früh erwachte, schien die Sonne vom wolkenlosen Himmel, kaum ein Lüftchen regte sich. Ein erster Blick aus dem Fenster bewies, dass die Hausleute längst dabei waren, Park und Garten vorzubereiten und zu dekorieren. Verschiedenste Spiele wurden aufgebaut, eine kleine Bühne für das Kindertheater errichtet, Schaukeln wurden in die Bäume gehängt, lange Tische und Bänke eingedeckt. Sogar eine Manege aus Sägemehl gab es, über deren Bestimmung das strahlende Geburtstagskind beim Frühstück rätselte.

Später, als am Nachmittag Scharen von Kindern eingetroffen waren, wusste Ferdinand dieses Rund längst zu nutzen. Stolz wie ein Spanier ritt er seinen bewundernden Freunden sein erstes eigenes Pony dort vor. Ein hübscher Braunschecke, den Elises Geburtstagsgeschenk, ein feines ledernes Kopfstück, wunderbar kleidete.

Noch und noch einmal galoppierte Ferdinand den Zirkel, winkte lässig allen Umstehenden zu und konnte gar nicht genug bekommen von der lebendigen elterlichen Geburtstagsgabe. Bis Elise einschritt, die erkannte, dass das Pony langsam müde wurde. Sie nahm es ihm ab, warf einen Blick zu Johanne hinüber, nickte ihr zu und diese läutete ein Glöckchen, um die Kinderschar an die Tische zu bitten, wo Unmengen verschiedener Torten und Kuchen auf sie warteten.

»Komm, Kleiner«, flüsterte Elise dem Schecken zu, »ich bringe dich jetzt auf eine Extraportion Hafer in den Stall und dann auf die Weide zu den anderen. Dein kleiner Reiter hat dich für heute genug flitzen lassen.«

Ein wenig keuchte er noch und schien dankbar für die Erlösung.

Was war das für ein Juchzen und Kreischen den ganzen Tag lang! Die aufgebauten Spielstände wurden ausgiebig genutzt, scheppernd fielen Dosen am Wurfstand, woanders waren Hufeisen um eingeschlagene Pflöcke zu platzieren, Äpfel mit den Zähnen aus Wasserbecken zu fischen, Bälle in Körbe zu werfen, in Erntesäcken eine abgesteckte Strecke zu hüpfen, als Blindekuh eine Ablösung zu finden, sogar ein Bootsrennen zu bestreiten und derlei mehr. Kleine Gewinne wurden überreicht und bejubelt, Trostpreise vergeben. Ausgetobt und glücklich lagerten die Kinder am Ende vor der Bühne und schauten dem lustigen Gauklerspiel zu.

Als der Abend sich zu senken begann, erschienen Jongleure und der Feuermann. Unter großem Ah und Oh spie er flammende Fontänen, ein Zauberer verblüffte das Publikum mit allerlei Tricks, zerschnitt sogar eine entzückende Jungfrau (von der Elise nicht glaubte, dass sie eine war, so kokett und aufreizend, wie die sich gab), während der Duft vom Gebratenem auf riesigen Rosten durch die stille, laue Luft zog.

Eine pfiffige Idee Mamás! So schuf sie einen spielend leichten Übergang vom Kindergeburtstag zur Abendveranstaltung für die Erwachsenen. Die Gaukler begeisterten die Kleinen ebenso wie die Großen, für das leibliche Wohl aller war im Park gesorgt und das jetzt glanzvoll erleuchtete Haus war nachmittags in aller Ruhe für den abendlichen Ball vorbereitet worden.

Mutters Planung sprach sowieso für ein überragendes Talent als Gastgeberin. Über das Treppenhaus konnten die Kinder auf den Dachboden gebracht werden, wo lange Reihen von Schlafmatten auf die Müden warteten. Einige der Hausmädchen hatte sie dazu abgeordnet, achtzugeben, dass dort das Abenteuer des gemeinschaftlichen Nächtigens mit rechten Dingen zuging und Ruhe herrschte, damit sich die geladenen Eltern ganz den erwachsenen Vergnügungen hingeben konnten und keine Sorgen um die Sprösslinge haben mussten.

Alles floss ineinander, jeder Ablauf war perfekt getaktet, das Personal war eingeschworen, jeder wusste, was er wann zu tun hatte.

Papá machte die Honneurs, während Mutter sich umzog und dann in umwerfender Ballrobe vor vollzählig versammelter Gästeschar eine kleine Begrüßungsansprache von der Freitreppe aus hielt, um hernach unter tosendem Applaus die ganze Gesellschaft in den wundervoll geschmückten Saal zu bitten. Nicht einer hatte kein Champagnerglas in der Hand, um auf den Abend anzustoßen, die Stimmung war prächtig.

Alle waren gekommen. Bis auf diejenigen Verleger, die tatsächlich echten Schaden am Protestmarsch der Weber genommen hatten. Mamás Vorhaben, sie prompt mit gesellschaftlichem Bann zu belegen, fand Milderung durch Johannes Einwurf, sie hätten ja jetzt »nuscht mehr«, »könnten sich nur peinlich machen«, und »bissl Zeit müsste man ihnen doch geben, sich von den Schlägen zu erholen«. Das sah Mutter ein und versprach Johanne, ihr vernichtendes Urteil noch ein wenig zu überdenken.

Elise hingegen hatte so eine Ahnung, dass Johannes Verteidigung in Wahrheit die Falschen schonte. Luise, eine Verlegertochter und Kinder- und Jugendfreundin Elises, hatte sich letztens, als sie in der Kleinstadt auf sie getroffen war, dermaßen herablassend über die armen Familien geäußert, so sehr die eigenen Unbequemlichkeiten beklagt, die sich aus deren verzweifeltem Tun ergeben hätten, dass Elise nicht glauben konnte, irgendeine Sinneswandlung könne in ihrer Familie vonstattengegangen sein. Sie sparte es sich, Mamá jetzt und hier von dieser Begegnung zu erzählen. Nichts sollte den heutigen Abend trüben.

Nun also ... die Stimmung war prächtig. Und das blieb sie. Bis in den frühen Morgen.

Da hatte Mutter längst als bezaubernde Losfee fungiert, da hatte sie mit den richtigen Männern Zugeständnisse ertanzt, hatte das Vielhundertfache ihres Einsatzes im Säckchen und keine Zweifel mehr, ihr Wohltätigkeitsprojekt auf dauerhaft sichere Füße gestellt zu haben.

Als die letzten schlafenden Kinder auf den Armen ihrer Väter hinausgetragen waren, die letzte Kutsche die lange Eichenallee hinunterrollte, der Morgen dämmerte, der erste Lichtstreif der aufgehenden Sonne über den Baumwipfeln gleißte, war Elise nach oben in ihr Zimmer gegangen. Die Füße taten ihr weh vom vielen Tanzen, der Kopf drehte sich ein wenig vom Champagner. Und von jener Begegnung dieser Nacht, die sie später bedenken wollte, weil sie sie schwindeliger gemacht hatte als jeder Walzer, jeder Tropfen perlenden Alkohols.

Weit öffnete sie die Fensterflügel, ließ die frische Morgenluft herein.

Da sah sie Mamá unten auf der Freitreppe sitzen. Ganz allein. Bis Papá dazutrat, sich neben ihr niederließ und seinen Arm um sie legte. Sie lehnte die Schläfe an seine Schulter und Elise hörte Vater sagen: »Ich liebe dich, Florentine! Du bist das Glück meines Lebens.«

Lautlos zog sich Elise zurück, drehte das Nachtlicht aus, schlüpfte unter die Decke, die Fides schon vorgewärmt hatte. Und lächelte ins Dunkel.

ZWEITER TEIL

13

Schlesien/England, September/Oktober 1844 – Abschied und Reise

Das Richtfest für das kleine, rasch errichtete Kochhäuschen in der Webersiedlung hatten sie noch vor ihrer Abreise nach England gefeiert. Dieses Mal hatte sich niemand abseits gehalten, alle Bewohner, Handwerker und Helfer waren zugegen, man prostete sich mit dunklem Bier zu, alle langten bei dem deftigen Bigos tüchtig hin, das die Küchenmädchen unter Johannes Anweisungen und strengem Blick angerichtet hatten.

Elise konnte bei dieser Gelegenheit Marie abfangen und beiseiteziehen. »Wie geht es dir, Marie? Ist dein Fuß ganz verheilt?«

Das Mädchen lupfte ihren Rock ein wenig, zeigte ihren inzwischen wieder rosigen Knöchel im Holzschuh.

»Und sonst?« Elise schaute fragend auf Maries Mitte.

Die Kleine folgte ihrem Blick, bis sie gesenkten Kopfes erstarrte.

»Ist es also doch passiert! Oje, Marie!«

Fast unmerklich nickte sie.

»Weiß er es?«

141

Noch einmal ein Nicken.

»So hoffe ich doch, es hat wenigstens genützt, dass mein Vater ihn ins Gebet genommen hat. Wenn er dich schon vermutlich nicht heiraten wird, muss er wenigstens zahlen. Oder hat er dir einen Antrag gemacht?«

Jetzt schüttelte sie heftig den Kopf. »Ich würde ihn auch nicht wollen!«

»Dafür hast du mein uneingeschränktes Verständnis. Mach dir keine allzu großen Sorgen. Das Mäulchen mehr kriegen wir schon auch noch satt. Belastet es dich sehr? Oder fühlst du dich gut?«

Endlich hob sie den Kopf wieder. »Ich habe es gehasst, als es mir immer so übel war. Inzwischen ist das besser und ich kann es nicht mehr hassen.«

»Es ist mit Gewalt und gegen deinen Willen entstanden, Marie. Aber es ist ja dein Kind und kann nichts dafür. Es wächst in deinem Leib und ist auch ein Teil von dir. Wenn es ein Bub wird, wird er unter deiner Erziehung ein feiner Kerl werden und seine Mutter bis aufs Blut verteidigen. Wird es ein Mädchen, so wird es schön und selbstbewusst werden. Wir werden alle drauf aufpassen. Ehe es groß ist, wird sich die Welt längst verändert haben, du wirst sehen.«

Elise war sich nicht sicher, dass ihre euphorisch geäußerten Prophezeiungen eintreffen würden. So schnell änderte sich die Welt nicht. Aber die werdende Mutter, die selbst fast noch ein Kind war, hing an ihren Lippen, glaubte ihr in diesem Moment wohl jedes Wort. Vielleicht nur, weil sie sich getröstet und gestärkt fühlte und es glauben wollte. Aber sie glaubte. Und nur das war jetzt wichtig.

Elise sah ihr nach, als Marie wieder zu den anderen hinüberschlenderte, eine Schüssel Essen aus der Hand ihres Vaters entgegennahm, sich mitten in die bunt gewürfelte Gemeinschaft setzte und mit Appetit Löffel um Löffel aß, ja, geradezu in sich hineinschaufelte. Elise lächelte. Nein, übel war's ihr offenkundig nicht mehr. Man musste nur ein wenig ein Auge auf sie halten. Dann würde sie es schon schaffen.

* * *

Ende September trat Elise mit Mamá und Papá die Reise nach England an. Begleitet wurde die Familie von Friederike Wilhelmine Auguste Gräfin von Bresow. Jawohl, sie stammte aus dem pommerschen Seitenzweig der bekannten märkischen Familie, hatte als junge Frau nach Schlesien geheiratet und nach dem Tode ihres angetrauten Gottlieb Kullakowski zu ihrem geliebten Mädchennamen zurückgefunden. Elise wusste nicht einmal, ob dieser Namensänderung ein offizieller Akt zugrunde lag. »Ich habe es drei Jahrzehnte lang ausgehalten. Aber wer möchte schon noch mit einem derart albern klingenden Namen angeredet werden, wenn der einzige Grund, diese Lächerlichkeit zu ertragen, inzwischen anderthalb Meter unter der Erde liegt?«, sollte sie gesagt haben und Elise hatte amüsiert vollstes Verständnis empfunden. Jedenfalls kannte sie diese Freundin Mamás nur als Gräfin von Bresow und wusste: Wagte es mal jemand, sie immer noch Kullakowski zu nennen, wünschte sich derjenige schnell, sich nicht vertan zu haben.

Die Gräfin war resolut, sie war groß, hager, alt und grau. Sie hielt sich stocksteif (was allerdings pure Äußerlichkeit war) und trug eine stolze Adlernase zwischen zwei ausgesprochen wachen, wasserblauen Augen. Überdies verfügte sie über einen Witz und eine geistige Beweglichkeit, die ihresgleichen suchten.

Gottlieb Kullakowski hatte ihr ein Vermögen hinterlassen, das sich mit ihrer eigenen, ohnehin nicht geringen Finanzkraft zu einem sehr gemütlichen Ruhekissen aufsummierte. Neben einem ausgedehnten Gutsbesitz, der direkt an den Achenthal'schen grenzte, betrieb sie eine Leinenweberei, welche sie wegen der höheren Ertragsmöglichkeiten im Begriff war, auf die Baumwollverarbeitung umzustellen, und war Herrin über zahlreiche Köpfe.

Papá hatte Andeutungen gemacht. Elise ahnte, dass auch sie »sang«. Und anscheinend die einzige Frau im geheimen Kreis der Musikliebhaber war. Mutter hatte es demzufolge nicht schwer gehabt, sie für ihre Pläne zu gewinnen, Vater hatte offene Türen bei ihr eingerannt und die alte Dame sozusagen direkt in Mamás Arme getrieben.

Elise mochte sie. Während der vergangenen Wochen war sie ständig im Haus zugegen gewesen, die früher nur lose geführte nachbarschaftliche Verbindung zwischen Mamá und ihr war im Verfolgen gemeinsamer Pläne enger geworden. Sonst war sie lediglich ab und zu zum Tee erschienen. Neuerdings aber gehörte sie sozusagen zum Inventar und Elise durfte sie »Tante Auguste« nennen.

»Warum nicht Wilhelmine oder Friederike?«, hatte Elise keck wissen wollen und sogleich ausführlich Antwort bekommen.

Überhaupt nichts hielt nämlich Tante Auguste von den Bemühungen Friedrich Wilhelms III., der im Rahmen der »Heiligen Allianz«, die ihn mit Seiner Herrlichkeit Alexander I. von Russland und Kaiser Franz II. von Österreich verband, alles dafür tat, jedwede Demokratiebestrebungen des Volkes im deutschsprachigen Raum im Keim zu ersticken. Schlicht und einfach, um eine todsichere monarchistische Ordnung wiederherzustellen. Auf derart »negative Konnotation« wolle sie liebend gern verzichten und so bestehe sie auf dem einzig frei gebliebenen Namen Auguste.

Sie bezog sich dabei auf August von Sachsen. »Der ist wenigstens«, so gab sie augenzwinkernd zu bedenken, »als beliebter Landesvater bekannt und stets der Liebe und fleischlichen Vergnügungen zugetan gewesen, was sich an der enormen

Zahl seiner Nachkommen leicht ablesen lässt und immerhin nichts Verwerfliches ist. Das Leben zu genießen und Kinder in die Welt zu setzen, liebe Elise, ist mir jedenfalls angenehmer, als alles, was sich regt oder gar widerspricht, vorsichtshalber totzuschlagen.«

Häufig war es Elise früher schon aufgefallen, wie gut die Gräfin Bresow Mutter immer getan hatte, denn jeder Besuch hatte Mamá etwas gelöster und fröhlicher zurückgelassen, ehe sie wieder in ihr selbstmitleidiges, schmerzvolles Dämmern geglitten war.

Dieses Dämmern, das gab es nicht mehr. Überhaupt nicht mehr! Elise war glücklich darüber. Elaine und Ferdinand waren munterer geworden, Vater strahlte sowieso. Trotz all der dramatischen Ereignisse: Welch positive Entwicklungen sich doch getan hatten, seit Großvater verschwunden war!

Einen weiteren Grund gab es, warum Elise gerade jetzt eine besondere Zuneigung zu der pommerschen Gräfin gefasst hatte. Wie Schuppen war es ihr von den Augen gefallen: Diesen Akzent, den sie bei Konrad von Radenau bemerkt und nicht hatte zuordnen können, den hatte auch sie. Ob es nun tatsächlich direkte Verbindungen zwischen den beiden gab, konnte sie nicht ermessen. Aber immerhin lagen ein langer gemeinsamer Reiseweg und ein mehrwöchiger Englandaufenthalt vor ihnen. Es würden sich schon Gelegenheiten ergeben, unauffällig etwas mehr über ihn herauszufinden.

* * *

Da stand Elise nun ganz allein an der Reling des Schiffes, das sie über den Kanal nach England bringen sollte. Die Sonne versuchte schon den ganzen Tag, des leichten Nebels Herr zu werden, ein rechter Durchbruch aber wollte ihr nicht gelingen. Frühherbstlich kühl und feucht war die Luft, Elise hatte einen

Wollmantel übergezogen und den pelzbesetzten Kragen hochgeschlagen. Langsam verblasste die Festlandküste hinter ihnen im Dunst, noch kam kein englisches Land in Sicht. Das Meer war ruhig, dennoch rollte das Schiff. Drunten in der engen Kabine war ihr übel geworden, Vater hatte geraten, an die frische Luft zu gehen, und tatsächlich, hier verflog das Grimmen schnell.

Fides saß dicht an ihr Knie gedrängt und zitterte ein wenig. Ihr war die Überfahrt sichtlich unheimlich. Dankbar schmiegte sie ihren Kopf in Elises Hand, ließ sich streicheln und lauschte den tröstenden Worten ihrer Herrin. Es hatte zur Debatte gestanden, den Hund daheim zu lassen, doch Elise hatte bekundet, nicht mitfahren zu wollen, wenn sie ihre treue Freundin würde zurücklassen müssen. Am Ende hatte sie sich durchgesetzt, war jedoch in diesem Augenblick nicht sicher, ob sie für den Hund die richtige Entscheidung getroffen hatte.

»Armes, kleines Mädchen. Wie dein Herz rast! Du bist eben keine Schiffskatze, nicht? Aber warte, sei geduldig … es sind nicht viel mehr als zwanzig Seemeilen, das Schiff ist schnell, also musst du nur wenige Stunden aushalten, bis du wieder festen Boden unter den Füßen spürst. Alles wird gut, Liebes, ich bin ja da, vertrau mir!«

Die Hündin schickte ihr einen zweifelnden Blick herauf, dann schloss sie wehleidig die Augen und fiepte leise.

»Och je, Fides!«

Verweilten sie hier, wo die Bugwelle das Wasser schäumend strudeln ließ, etwa zu dicht am Abgrund?

»Komm, wir setzen uns auf das Bänkchen dort drüben. Vielleicht ist es da besser für dich.«

Elise schlug die auf dem Sitz liegende karierte Decke auf, nahm den Hund neben sich, legte einen Zipfel über ihre Knie, hüllte mit dem anderen Fides ein, schlang einen Arm um sie und flüsterte liebevoll: »Manchmal bist du wirklich ein Angsthase, du stolzer, edler Wachhund. Eigentlich müsstest du *mir* Mut machen. Schließlich ist es nicht nur deine erste Seereise.«

Auch bei der Ehre war Fides nicht zu packen. Sie hatte einfach Angst. Und Elise eine Aufgabe, die sie vor dem eigenen leichten Unwohlsein ablenkte.

Dieses Unwohlsein entstand nicht allein aus der an sich doch geringen Unbill, die dieser Teil der Reise für eine Unerfahrene mit sich brachte. Sondern nährte sich überwiegend aus dem Wirrwarr an Gefühlen, die seit dem großen Fest in ihrem Innern rumorten.

Schließlich lag der Zweck dieser Unternehmung nicht allein darin, genaue Kenntnisse über die Einsetzbarkeit moderner Industrieanlagen zu sammeln und gegebenenfalls Wissen und Maschinen nach Schlesien zu importieren. Nein, Mutter hatte weiterhin keinen Zweifel daran gelassen, die gute Gelegenheit nutzen zu wollen, um auch intensiv nach einer geeigneten Partie für Elise Ausschau zu halten.

Dass sie diesen Plan verfolgte, passte Elise überhaupt nicht mehr, denn Elise war zum ersten Mal verliebt! Verliebt in Konrad von Radenau.

Schon die allererste persönliche Begegnung hatte sie beeindruckt. Sie hatte sich dabei ertappt, in jeder freien Minute immer wieder sein Bild heraufzubeschwören. Und sich dabei in einen Zustand versetzt gefühlt, den sie nie zuvor erlebt hatte. Anfangs hatte sie nichts Rechtes damit anfangen können, nur festgestellt, dass es ein aufregender, äußerst angenehmer Zustand war, dass es sich leicht und irgendwie wohlig anfühlte, dass man dabei heimlich kichern musste, als wäre man gekitzelt worden, dass man rosige Wangen und glänzende Augen davon bekam.

Dann hatte sie begonnen, ihn abzupassen, traf ihn ganz selbstverständlich beim sonntäglichen Kirchgang, wollte sich nicht entgehen lassen, wenn er ins Haus kam, suchte Kontakt, lief ihm »rein zufällig« über den Weg, nur um einen Blick zu erhaschen, einen Gruß, einige belanglose Worte zu wechseln.

Stets war er ihr mit ausgesuchter Höflichkeit und Liebenswürdigkeit begegnet, hatte ihr das eine oder andere kleine Kompliment dagelassen. Nichts Gewaltiges, nie etwas Anzügliches natürlich. Lediglich winzige Aufmerksamkeiten, manchmal Fides' außergewöhnlich glänzendes Fell oder ihre augenfällige Treue betreffend, ein andermal die herrlichen Rosen im frisch gepflückten Strauß, den sie gerade (wiederum »rein zufällig«) aus dem Garten in die Halle trug, als er gerade eintrat. Sie erinnerte sich, als wäre es gestern erst gewesen. »Was für ein herrliches Bouquet unterschiedlichster Schönheiten«, hatte er gesagt und niemand hätte bezweifelt, dass er sich selbstverständlich allein auf den Rosenstrauß bezog. Wäre da nicht der Nachsatz gewesen, der da gelautet hatte: »Weniger kundige Zeitgenossen hätten Schwierigkeiten, die kostbarste zu erwählen. Ich hingegen könnte mich sofort entscheiden.« Und dabei hatte er ihr mit einem entwaffnenden Zwinkern direkt in die Augen gesehen, das keiner außer ihr bemerken konnte.

Momente nur. Denen sie jedoch süßen Nektar abgewann, der noch immer auf der Zunge lag, wenn sie im Einschlafen Bilder und Emotionen aufrief. Ein herrlich schwebender Zustand! Was konnte all das anderes bedeuten als Verliebtheit?

Ausgerechnet Johanne war es gewesen, die eines Tages bitteren Wermut zur reinen Süße geträufelt hatte. Elise hatte dem Mädchen das Kaffeetablett abgenommen, das für die beiden Herren im großväterlichen Kabinett bestimmt war, um es selbst hineinzutragen. Und Johanne hatte das mitbekommen. Zugegeben, eine ungewöhnliche Handlung. Elise wusste das wohl. Die Tochter des Hauses tat so etwas normalerweise nicht, dafür waren die Dienstboten da. Wenn sie es aber doch tat, warum?

Exakt das fragte Johanne sie, als sie auf Zehenspitzen und mit einem glücklichen Lächeln auf den Lippen wieder herauskam, und unterzog sie einer hochnotpeinlichen Befragung unter vier Augen. Dass Johanne die Antwort längst kannte, wollte sie offensichtlich gar nicht verbergen, und Elise leugnete nichts. Dass Johanne ihr aber die Leviten lesen würde, hätte sie niemals geahnt.

»Der Mann ist dreißig Jahre alt und hat nichts, Kind! Er ist zu alt für dich und nicht die Partie, die deine Eltern sich wünschen. Er kann mit einem kleinen Mädchen wie dir nichts anfangen und dein Vater würde sowieso niemals einer solchen Verbindung zustimmen. Achenthal braucht auch in Zukunft frisches Geld. Große Pläne wollen verwirklicht werden. So ist das! Schlag ihn dir so schnell wie möglich aus dem Kopf und mach dich nicht lächerlich.«

»Aber ich mache doch gar nichts«, erwiderte Elise trotzig.

Johanne lachte nur und schickte sie weg. Sie habe zu tun.

Nichts hätte mehr verletzen können.

Ob Vater das wirklich genauso sah? Und Mamá? Schließlich hatte sich Elises zeitweiliger Eindruck, die beiden seien lediglich aus wirtschaftlichen Erwägungen ihrer Familienoberhäupter zum Paar geworden, spätestens seit dem Morgengrauen nach dem Ball verflüchtigt.

Ach, dieser Ball!

Elises vanillefarbene Kleid war gerade noch rechtzeitig fertig geworden. Wie gut in diesem Falle, dass Mutter für die Englandreise schon alles in Auftrag gegeben hatte. Ganz neu am Modehimmel war der gewagte Bertha-Ausschnitt erschienen, der viel Dekolleté zeigte und die Schultern frei ließ. Elise hatte sich damit ein wenig nackt gefühlt und das Kleid mit einer lose um die Ellenbogen geschlungenen, bauschigen, dabei hauchdünnen Stola ergänzt. Ja, so mochte es gehen, beschieden Mutter und Tochter vor dem großen Spiegel in Mamás

Ankleidezimmer. Nein. Es mochte so nicht nur »gehen«. Beide wussten, Elise sah bezaubernd aus. Mutters Augen leuchteten stolz, als sie ihr über die Schulter schaute, sie lief noch eilig davon, kam zurück mit einem zierlich gefassten, sicher unendlich wertvollen Brillanten an einer feinen goldenen Kette und legte Elise das Geschmeide um den Hals. Was funkelte mehr? Der Stein oder ihre Augen?

Natürlich wusste Elise, dass heute ein ganz bestimmter Gast anwesend sein würde. Konrad von Radenau, der von fast allen Verlegern zuvor stets geschnitten worden war, würde als Papás Freund selbstverständlich dabei sein. Sie kannte ihn nur im Alltagsanzug oder in Reitkleidung. Wie mochte er wohl aussehen in Abendkleidung? Ob er wohl wieder ohne Hut kam?

Sie jedenfalls wollte die Schönste sein. Und glaubte man Mamás Verzückung, rechnete Papás verblüfft offen stehenden Mund im Augenblick des Erscheinens seiner beiden ältesten Damen des Hauses auf der breiten Treppe in der Halle dazu, konnte man durchaus selbstbewusst werden.

Was machte es da schon, dass die Pariser Schneiderin für die Petticoats kiloweise Pferdehaar benutzt hatte, damit die gewaltig ausladenden Röcke sicher abstanden? Was machte es aus, dass das Korsett so eng war, dass man kaum Luft bekam? Was schadete schon der kühle abendliche Luftzug, der durch die sperrangelweit geöffneten Türflügel zog und Gänsehaut auf den kaum verhüllten Schultern verursachte? Wer schön sein wollte, musste eben ein wenig leiden. So!

Elise litt mit bezauberndem Lächeln, grüßte, das Champagnerglas in der Hand, nach allen Seiten. Ließ sich bewundern, heimste Komplimente wie nie zuvor ein und fühlte sich ungeheuer schön und erwachsen.

Konrad von Radenau war einer der letzten Gäste, die eintrafen, und er kam ohne Umhang. Und ohne Hut. Stattdessen im kordelgeschnürten krapproten Dolmar, den gleichfarbigen

Tschako unterm Arm, über der linken Schulter die pelzgefütterte Mente.

Jetzt war es an Elise, den Mund offen stehen zu lassen, denn diese Erscheinung war ebenso unerwartet wie umwerfend.

»Verehrte gnädige Frau«, sagte er zu Mamá, während er eine vollendete Verbeugung ausführte, und fuhr schmunzelnd fort: »Ich muss für meinen Aufzug um Verzeihung bitten. Ihre Einladung kam zu plötzlich, um einen neuen Frack schneidern zu lassen, und ich muss gestehen, der alte, der, wie Sie ja wissen, jahrelang wegen ausbleibender Einsatzmöglichkeiten im Schranke hing, ist mir ein wenig knapp um die Schultern geworden. Obwohl derzeit lediglich Reservist, blieb mir also nichts anderes übrig, als die Uniform zu wählen.«

»Aber mein lieber Rittmeister!«, erwiderte Mutter charmant. »Kein Mann sollte sich dafür entschuldigen müssen, eine Kleidung zu wählen, die ihn als Verteidiger seines Vaterlandes ausweist. Pommersches Husarenregiment Nr. 5, die berühmten Blücher'schen, liege ich richtig? Im Übrigen steht Ihnen die Uniform ganz ausgezeichnet. Seien Sie mir aufs Herzlichste willkommen!«

»Ich danke sehr für Ihre Nachsicht, gnädige Frau. Und muss schon sagen, Sie kennen sich aus! Jawohl, in Hinterpommern lag mein Standort.«

»Nun, dann bin ich froh, dass Sie heute nicht dort, sondern hier bei uns sind«, schmeichelte Mamá und wünschte ihm einen erquicklichen Abend.

Wie gut, dass Mamá auf dem gesellschaftlichen Parkett so sicher ist, dachte Elise. Einige Männer waren ebenso wie von Radenau in Uniform erschienen. Aber nur jene, und so war es an sich üblich, die momentan beispielsweise in der nicht weit entfernten Garnisonstadt Liegnitz stationiert waren. Genau besehen beging von Radenau also einen Fauxpas, den sie jedoch mit einem einzigen Wimpernschlag hinweggefächert hatte.

Und wie gut, dass die Unterhaltung mit Mamá ihr genügend Zeit gegeben hatte, sich ein wenig zu fangen.

Husarenuniformen machten noch aus dem harmlosesten, kleinwüchsigsten, unbedeutendsten, hässlichsten Kerlchen bemerkenswerte Mannsbilder. Kleideten sie jedoch einen wie von Radenau, konnte es einer jungen Dame schon einmal schwach um die Knie werden.

* * *

Und wie schwach es ihr um die Knie geworden war!

Der Abend war schon weit fortgeschritten gewesen und Elise hatte beinahe alle Hoffnung fahren lassen, dass von Radenau sie vielleicht doch noch auffordern würde. Abgesehen von einem einzigen Cotillon mit der Hausherrin hatte er überhaupt nicht getanzt. Hätte er es getan, wäre es ihr gewiss nicht entgangen, denn sie hatte ihn kaum eine Sekunde aus den Augen gelassen. Die längste Zeit hatte er plaudernd mit Papá verbracht und nicht einmal einen Blick zu ihr herübergeworfen. Abseits des Tanzrummels hatten die beiden Männer gestanden und meist sehr ernste Gesichter gemacht.

Eine Chance hatte sie noch. Ob er wohl vielleicht bei der Tombola zugreifen würde? Einer der Hauptgewinne war nämlich ein Walzer mit der Tochter des Hauses. Dieser würde nicht etwa aus der Lostrommel gezogen, sondern öffentlich versteigert werden. Papá hatte missbilligend die Augenbrauen hochgezogen, als er von Mamás Idee erfuhr. Aber Mutter hatte energisch auf den guten Zweck hingewiesen und schelmisch angemerkt, sie habe schließlich nicht die Absicht, die erste Nacht ihrer Tochter, sondern nur einen harmlosen Tanz mit einem besonders hübschen Mädchen zu versteigern, das zudem eine besonders gute Tänzerin sei. Zähneknirschend hatte Papá letztlich zugestimmt.

Um halb zwölf war es endlich so weit. Mutter hatte den Zeitpunkt absichtlich spät gelegt, weil sie hoffte, dass mit zunehmender Wirkung des ausgezeichneten Champagners die Spendierlaune bei den Herren deutlich steigen würde.

So war es dann auch. Elise stand an Mamás Hand am Rande der Tanzfläche und lächelte. Während die Gebote, begonnen bei einem Silbergroschen, in atemberaubender Geschwindigkeit in den Talerbereich kletterten, suchte sie mit den Augen die Menge ab. Von Radenau war nirgends zu entdecken. Enttäuscht lächelte Elise weiter. Schließlich ging es um den guten Zweck! Schwer fiel es dennoch.

»Zwanzig Taler«, rief Mamá. »Keiner mehr? Zum ersten, zum zweiten … wirklich keiner mehr, meine Herren? Dann geht der Tanz an den Grafen von Schweidnitz. Zum …«

»Dreißig Taler!«, erscholl eine Stimme aus dem Hintergrund und Elises Herz ging ein Takt verloren.

Applaus erklang, Raunen, dreißig Taler für einen Tanz, ein kleines Vermögen! Mamá drückte Elises Hand sehr fest. Die Menge teilte sich und er schritt auf sie zu.

»Dreißig Taler zum dritten. An den Rittmeister von Radenau!«, rief sie rasch und reichte ihm vergnügt Elises Hand.

Wie ihr Herz jetzt sprang, als er sie ergriff, sich tief verbeugte. Wie seine dunklen Augen funkelten. Konrad von Radenau lachte. Keine Spur von der gewohnten Melancholie. Und wie ansteckend sein Lachen war!

Die Musik setzte ein.

So sanft er sein Pferd geführt hatte, so führte er nun Elise. Sicher. Und doch ohne sie zu verbiegen, gar zu zwingen. Elise überließ sich. Ihre Blicke trafen sich, ließen sich nicht mehr los, versenkten sich ineinander. Sie sahen nicht, wer sich tanzend dazugesellte. Sprachen nicht, dachten nicht, planten nicht, achteten nicht. Auf nichts und niemand. Lauschten nicht, hörten doch. Träumten nicht. Und träumten doch. Erdverbunden abgehoben.

Fühlten nur.
Und wussten!

* * *

»Elise und ihr ängstliches Hundchen! Da seid ihr also …«

Frau von Bresow war unbemerkt neben sie getreten, schob ohne Umstände den immer noch bebenden Hund beiseite und ließ sich neben den beiden nieder. »Es rollt und rollt die See, nicht wahr? Ja, ja, der Ärmelkanal ist ein Gewässer, das jedem Seefahrer Respekt abnötigt. Dabei haben wir Glück heute. Spiegelglatt … dem Anschein nach zumindest. Doch die Nordsee drückt ihren Tidenhub mit Macht hinein, das bemerkt man die gesamte Themse hinauf bis nach London und überdies streitet sie sich auch noch mit dem Ansturm des wilden Atlantiks von Westen her. Ich sage dir, da drängt's und strudelt's in der Tiefe! Was meinst du, Elise, sind dort unten nur Fische?«

Elise schaute sie fragend an, zuckte die Schultern. Fast ein bisschen ärgerlich war sie, in ihren allerschönsten Erinnerungen unterbrochen zu werden, aber sie wusste, Tante Auguste hatte immer Interessantes beizutragen, und für schöne Gedanken war auch später noch Zeit. Fast immer war Zeit, sich an diesen einen Tanz zu erinnern. Es ging nie weg, es blieb, dieses Gefühl. Es war aufrufbar in jeder Minute des Tages, in jedem nächtlichen Traum. Die sachte Berührung seiner Lippen auf ihrer Wange. Ein Dank für den schönen Tanz. Ganz unverfänglich. Ganz unverfänglich? Herrgott, nein! Dieses Gefühl würde immer bleiben, egal, was kommen würde, egal, womit Tante Auguste jetzt aufwarten würde. Man legte es einfach sorgfältig gefaltet in das imaginäre Herzkistchen hinein, schloss den Deckel, um es zu jeder anderen günstigen Zeit wieder herauszuholen und erneut in den denkbar wunderbarsten Zustand versetzt zu werden. Ganz einfach.

»Erzähl, liebe Tante, was ist da unten?«, fragte Elise, ohne sich etwas anmerken zu lassen.

»Nicht nur Sand und lebendige Fische, Kind! Diese Meerenge ist ein Massengrab. Unzählige Seelen liegen da unten, die das Meer fest umarmt und nie wieder freigeben will. Zudem Unmengen gesunkener Schätze. Mit all den Kanonen und Feuerwaffen, all der Munition, den Bögen, Pfeilen, Schleudern … was weiß ich, welchem Kriegsgerät, das sich dort unten seit Hunderten von Jahren angesammelt hat, könnte man Schlachten schlagen, wie sie die Welt noch nicht gesehen hat. Seit die Menschheit zur See fährt, füttert sie den Meeresgrund mit allem, was man braucht, um Eroberungen zu vollführen. Wären nicht die Stürme, die Unberechenbarkeiten des Meeres, gäbe es nicht Riffs und Sandbänke, schroffe Felsen, die solide gebaute Schiffe wie Streichhölzchen zerbrechen lassen können, wer weiß, wie manch kämpferischer Plan ausgegangen wäre, wie die Weltordnung dann aussähe?«

»Ein interessanter Gedanke!«, bekundete Elise nachdenklich.

»Fürwahr! Denken wir allein an das, was sich exakt heute vor einhundert Jahren hier ereignete! Ein Jubiläum, ein Jahrestag, wie witzig, dass wir ausgerechnet heute … vielleicht sollte ich sogar eine Gedenkminute zur Würdigung einlegen oder ein Gebet sprechen … aber ach nein, das lasse ich … Denkwürdig jedenfalls, denkwürdig, Elischen! Es ist eine Geschichte, die in meiner Familie immer wieder erzählt wird, denn ein Cousin meines Großvaters war damals Offizier in der Royal Navy. Du hast es ja mitbekommen, auch die Bresows haben ihre Töchter von jeher hübsch vorteilhaft in die ganze Welt hinein verheiratet.«

»Oh! Und was ist damals geschehen?«

»Nun, an genau diesem Tag ging hier im Kanal *His Majesty's Ship Victory* unter. Flaggschiff der englischen Flotte zu Zeiten King Georges II. unter dem Kommando von Admiral Sir John

Balchen. An Bord 1150 Mann, soundso viele Schiffsratten und nicht zuletzt ein gewaltiges Vermögen. Du musst wissen, nicht nur die armen Fischer betätigten sich in kleinem Rahmen an den Küsten und auf den Kanalinseln als Piraten, indem sie beispielsweise Leuchtfeuer manipulierten und somit orientierungslose fremde Kapitäne auf die Felsen lockten. Die hohen Herren halten sich natürlich nicht mit solchen Kleinigkeiten auf, die betreiben Piraterie schon immer überall auf den Weltmeeren im ganz großen Stil. Und zwar sogar im Auftrag und mit vollstem Einverständnis ihrer jeweiligen Majestäten und durchaus nicht nur zu Kriegszeiten. Mit kostbaren Gütern beladene Handelsschiffe fahren mit königlicher Eskorte, und eine Seefahrernation setzt die andere mit größtem Vergnügen fest oder schießt sie kurzerhand manövrierunfähig, um sie auszuplündern. So hatte beispielsweise die *Victory* damals kurz vor ihrem Untergang eine bestimmte Mission zu erfüllen gehabt. In einem Geschwader aus fünfundzwanzig britischen und acht niederländischen Schiffen sollte sie einen großen Konvoi von britischen Handelsschiffen vor Lissabon freiboxen, der von der französischen Brest-Flotte festgehalten worden war. Das gelang wohl auch, und es folgten wilde Gefechte mit den Franzosen, die den Engländern fette Beute bescherten. Auf der Rückreise nach England kam dem ganzen Verband noch das eine oder andere einträgliche Handelsschiff vor den Bug, dessen Ladung man leicht beschlagnahmen konnte. Es hat sich gelohnt. Das Interesse der Kommandeure lag freilich nicht allein darin, ihre Herrschaften zu bereichern, denn ein ausgemachter Prozentsatz der sogenannten ›Prisen‹ durfte selbst behalten werden, was die Seefahrt ausgesprochen einträglich machen konnte.«

»Aber auch sehr gefährlich!«, warf Elise ein.

»Natürlich auch gefährlich. Aber kein Erfolg ohne Einsatz und eine gewisse Bereitschaft zum Risiko, Elise. Na, aber das Wetter und die Tücken der See sind eben nie genau vorhersehbar. Der damals aufkommende Sturm, der so stark gewesen sein soll, dass er sogar noch in London, also recht tief im Landesinneren, fürchterliche Verwüstungen anrichtete, erwischte den Flottenverband voll. Die meisten kamen mehr oder weniger angeschlagen davon oder konnten Häfen anlaufen. Die starke *Victory* jedoch verschwand spurlos. Tagelang suchten schnelle Fregatten ergebnislos nach ihr, erst lange Zeit später trieb hier und da ein Wrackteil an, das dem Schiff zweifelsfrei zugeordnet werden konnte, aber die genaue Position ihres Untergangs konnte nie ausgemacht werden.«

Beide blickten still auf die graue See hinaus, beide kraulten jetzt gedankenverloren Fides, die sich halbwegs beruhigt hatte, so gut beschützt und von zwei Seiten gewärmt.

»Man bezeichnet das britische Empire als stärkste Weltmacht«, überlegte nach einer stummen Weile Elise laut, »und fragt sich doch an dieser Stelle wirklich, inwieweit diese Macht mit lauteren Mitteln zustande kommt.«

»Ach, Elise!«, lachte Gräfin von Bresow bitter auf und begann zu Elises Erstaunen lauthals zu singen:

> »*To thee belongs the rural reign,*
> *Thy cities shall with commerce shine;*
> *All thine, shall be the subject main,*
> *And ev'ry shore it circles thine.*«

Elise versuchte sich mit einer Übersetzung, als Tante Auguste endete und sie geradezu triumphierend ansah: »›Dir gehört die Herrschaft über das Land, deine Städte sollen im Glanz des Handels strahlen, ganz dein soll das Meer sein als Untertan und jede Küste, die es umschließt.‹ So etwa? Ganz schön überheblich, finde ich.«

»Jawoll, gut erfasst, Elise! Du hörst es ja, Liebchen. Die Strophe stammt aus der inoffiziellen englischen Nationalhymne

157

›Rule Britannia‹ und wird schon seit über hundert Jahren gesungen. An Nationalstolz und einer gewissen Überheblichkeit mangelt es den Briten, ganz im Gegensatz zu unserem zerfaserten Deutschland, bestimmt nicht. Und, bitte, um auf deinen Vorwurf zurückzugreifen: Wann kommt Macht schon mal mit lauteren Mitteln zustande? Allein mit der eigenen Hände Arbeit bringt es doch keiner zu etwas. Entweder man wird hineingeboren in Rang, Ansehen und Wohlstand oder man muss die Ellenbogen ausfahren und sich rücksichtslos durchkämpfen. Das ist seit Menschengedenken so gewesen. Der Mensch ist ein Raubtier, und zwar eines von der allerübelsten Sorte. Ein Tier erjagt nur, was es zum Leben braucht. Für sich, bestenfalls noch für seine Nachkommen. Der Mensch hingegen ist maßlos und gierig.«

»Nicht alle!«, protestierte Elise. »Fahren wir nicht gemeinsam nach England, um zu schauen, wie wir die Lebensbedingungen unserer Weber verbessern können? Die englischen Fabrikanten machen uns doch da etwas vor, was wir abschauen können.«

»Sie machen uns etwas vor, ja! Aber glaube nicht, dass sie das tun, weil sie solche Menschenfreunde sind. Ich habe London bereits mehrfach besucht, um mich zu informieren, und Dinge gesehen …«

»Was für Dinge?«, fragte Elise verschreckt.

»Du bist alt genug, um dir selbst ein Bild zu machen. Wenn wir zurückreisen, können wir dieses Thema gern noch einmal aufgreifen. Dann wird es möglich sein, einen Austausch auf Augenhöhe zu führen. Ich möchte dich nur warnen: Du wirst in den Salons eine Gesellschaft erleben, die in Saus und Braus lebt und viel auf sich hält. Betrachte sie alle mit Vorbehalt und scheu nicht den Blick hinter die Kulissen!«

Elise nickte. Und ihr war mulmig. Was mochte sie da erwarten?

14

London, Oktober 1844 – Die Ankunft

Nach halbwegs bequemer Eisenbahnfahrt von Dover nach London in einem Coupé der *South Eastern Railway* und kurzer Kutschfahrt durch die nächtlichen Straßen empfing *Brown's Hotel* die müden Reisenden im Herzen der Stadt mit seinem gediegenen Komfort.

Ein ganzer Tross livrierter dienstbarer Geister bemühte sich schon am Portal rührend um die vier Neuankömmlinge, ein Page, den Elise etwa zwölfjährig schätzte, erbot sich sogleich, Fides ein wenig auszuführen. Elise zögerte, aber die Hündin schien eindeutig Vertrauen zu dem Jungen zu haben. So reichte sie ihm die Lederleine, schaute den beiden noch ein wenig hinterher, wie sie das Trottoir entlangtrödelten, der Page dem Hund die günstigsten Stellen für allerlei Geschäfte am Straßenrand zeigte, und wagte es eingedenk seiner eifrigen Versicherung, Fides spätestens binnen einer Viertelstunde wohlbehalten zurückzubringen, ihren besorgten Blick loszureißen, um mit den anderen in die hell erleuchtete Halle einzutreten.

Unaufdringlicher Luxus, eine Gastlichkeit, die es leicht machte, sich willkommen und fast ein wenig wie zu Hause zu fühlen, und ein Butler, der sich (wer hätte das gedacht?) als »James« vorstellte. Jeder Suite stand ein solcher Bediensteter rund um die Uhr zur Verfügung, um den Gästen alle Wünsche von den Augen abzulesen.

Im Salon brannte ein munteres Kaminfeuer, eine leichte Mahlzeit aus köstlich aussehenden Appetithäppchen, Sandwiches und bunt verzierten Petits Fours war vorbereitet, ein malerisch arrangierter Korb voll verschiedenster Früchte thronte auf der Anrichte neben einer zweifellos alten chinesischen Vase mit edlen Lilien. Tee stand auf einem Stövchen ebenso bereit wie eine Auswahl kühler Getränke in Karaffen. James zeigte Papá den Inhalt der kleinen Bar, mixte einen Cocktail für Mamá und goss goldgelben schottischen Whisky für Vater ein, ehe er sich in die Schlafräume zurückzog, um die Koffer auszupacken.

Der Page erschien mit einer gut gelaunten Fides. Papá drückte ihm ein Trinkgeld in die Hand, der Junge strahlte, lobte Fides in den höchsten Tönen und bat darum, man möge nur nach ihm, Franky, fragen und er stünde sofort wieder bereit, sie auszuführen. Elise konnte gerade noch rechtzeitig in Fides' Halsband greifen und die Tür schließen, sonst wäre sie ihrem neuen Freund hinterhergelaufen.

»Na, meine liebe, treulose Seele, an dem hast du anscheinend einen Narren gefressen, was?«, schimpfte Elise, tat das aber in einem derart vergnügten Ton, dass Fides begeistert wedelnd um sie herumsprang. Völlig selbstverständlich fraß sie ihre Abendmahlzeit, soff ihren Wassernapf leer und legte sich höchst dekorativ lang ausgestreckt vor den Kamin, um sofort einzuschlafen. Nur im Traume zuckten noch ab und zu ihre Pfoten.

Kaum hatte sich die Familie vor dem knisternden Feuer auf ausladenden Sofas niedergelassen, um die praktischen Canapés zu

160

kosten, klopfte Tante Auguste und trat im Gefolge ihres Butlers ein. Der stellte die Platte mit ihrem Imbiss auf den niedrigen Tisch vor dem Kamin, schenkte Tee ein und empfahl sich in tiefer Verneigung.

»Seht ihr, meine Lieben«, sagte Tante Auguste und schob sich ein Pastetenstückchen in den Mund, »es war die richtige Entscheidung, hier Logis zu nehmen. Ich habe die Stadthäuser meiner lieben englischen Verwandtschaft beim ersten Besuch in London erlebt und kann euch nur sagen: Kein Vergleich! Mich plagt ja, wie ihr wisst, bei feuchtkalter Witterung immer der Rheumatismus. Und wenn ich in diesen zugigen, schlecht geheizten Gemäuern (außen hui, innen na ja …) unterkommen muss, weil es die Etikette gebietet, gelingt es mir in der Früh kaum, ohne Schmerzensschreie aus dem Bett zu kriechen. Dabei soll man dann aber höflich bleiben, und mir gelingt das bisweilen nicht recht damenhaft. Hier hingegen hat man dafür gesorgt, dass es den Gästen an nichts fehlt. Abgesehen davon, dass es auch für jede noch so gastfreundliche englische Hausfrau eine gewisse Ravage darstellt, vier mehr oder weniger Fremde zu beherbergen, und man mir gar nicht böse war. So hoffe ich also, auch in eurem Sinne entschieden zu haben, indem ich die ausgesprochenen Einladungen höflich, aber bestimmt ausgeschlagen habe, um hier für uns zu buchen.«

»Die allerbeste Wahl, *ma chère*«, stimmte Mamá zu und biss herzhaft in ein winziges rosa Marzipantörtchen. »Mhm, Kinder, die müsst ihr probieren!«, schwelgte sie.

»Ja, meine liebe Florentine, englisches Essen hat an sich einen entsetzlich schlechten Ruf, aber hier gibt es kaum Anlass zur Beschwerde. Hört mal, ich dachte mir den Ablauf folgendermaßen: Morgen zeige ich euch zunächst einmal die Stadt. Wir sollten uns einen Tag zur Akklimatisierung gönnen. Solch eine Reise geht nicht einmal an einem jungen Hund spurlos vorbei, wie man sieht.« Lächelnd schaute sie zu der träumenden

Fides hinüber. »Und ab übermorgen werden wir uns in die professionelle Umsetzung unserer Anliegen stürzen. Allerhand ist bereits arrangiert, ich war eine fleißige Planerin und habe meine Beziehungen spielen lassen. Seid ihr einverstanden?«

»Wie gut, dich zu haben!«, erwiderte Mamá und legte ihr vertraulich eine Hand aufs Knie.

»Wie gut, dass wir dich haben«, sagte Papá fast gleichzeitig und legte ihr keine Hand aufs Knie.

Auf dem Sims schlug eine zierliche Uhr zur zwölften Stunde, als die Gespräche langsam träge zu werden begannen und alle, insbesondere Elise, nur noch mühsam ein Gähnen unterdrücken konnten.

»Gehen wir zu Bett und treffen uns gegen neun Uhr zum Frühstück!«, entschied Tante Auguste und erntete allseitige Zustimmung.

Zwei herbeigeklingelte Mädchen erschienen und räumten ab. Man wünschte sich eine gute Nacht, und nach einem kurzen Abstecher in das komfortable Badezimmer, das sogar über eine Wanne und wie von Zauberhand bereitgestelltes warmes Wasser verfügte, zog Elise sich in ihr Zimmer zurück.

Ein in Tücher gewickelter heißer Ziegelstein hatte ihr Bett vorgewärmt. Fides sprang neben sie und kuschelte sich in ihre Kniekehlen. Hach! England war einfach fabelhaft!

15

London, Oktober 1844 – Der Unfall

Bestens ausgeruht war die Familie erwacht, und Elise quietschte begeistert auf, als sie die duftend dampfende Wanne im Bad entdeckte. »Wie kann das sein, Mamá? Ich habe niemanden eintreten hören, um das heiße Wasser zu bringen.«

Mutter wies auf eine ganz unauffällig eingebaute kleine Tür, die zum Flur führte. »Wahrer Luxus ist eben diskret, Elise.«

Ebenso diskret war das Angebot herangetragen worden, eine Zofe für die Damen zur Verfügung zu stellen. Aber beide hatten abgelehnt und halfen sich lieber gegenseitig in die Kleider.

Der kleine Franky allerdings verdiente sich schon vor dem Frühstück seinen Obolus, indem er erneut Fides ausführte. An sich hätte Elise den Morgenspaziergang ganz gern selbst mit ihrem Hund erledigt, aber Vater hatte dringend geraten, das Anerbieten anzunehmen. »Eine junge Dame in dieser großen fremden Stadt ganz allein ... das ist nicht die beste Idee, Schatz!«, hatte er zu bedenken gegeben und diesem Argument hatte Elise letztlich nicht widersprechen können. Im Frühstückssaal lieferte Franky die Hündin zuverlässig wieder ab, dienerte tief, tat dasselbe, als er der just hereinkommenden Tante Auguste die Tür aufhielt, und verschwand wieder.

Großartig sah sie aus. Wie das dunkelfliederfarbene Kleid mit den silbergrauen Klöppelspitzenbesätzen zu ihrem immer noch so vollen, glänzenden Haar passte!

»Habt ihr wohl geruht, meine Lieben?«, fragte sie in die Runde, nahm lächelnd die allseitige Bestätigung entgegen und ließ sich elegant auf den vom herbeigeeilten Kellner zurechtgerückten Stuhl gleiten, um gleich einen eindringlichen Ratschlag zu erteilen: »Frühstückt gut und reichlich! Eine Stadtbesichtigung macht hungrig, und es ist nicht ganz einfach, in London ein Restaurant für eine anständige Mittagsmahlzeit zu finden. Man erzählte mir ja, die besten fände man im Chinesenviertel, hat allerdings durchblicken lassen, das sei ein Quartier, das man besser nur in ausgesprochen wehrhafter Herrenbegleitung aufsuchen sollte. Und ich glaube, mein lieber Arno, für solche Einsätze bist du einfach zu friedfertig.«

Vater hatte sich zwar auftragen lassen, als plane er, den ganzen Tag Kohle zu schippen, um Hochöfen zum Glühen zu bringen (Toast und Rührei zu knusprig gebratenem, durchwachsenem Speck und gebackenen weißen Bohnen in einer roten Sauce, glasig gedünstete Tomaten, im Fett geradezu schwimmende kleine Würstchen und Fischlein, eine Art Blutwurst, die *Black Pudding* genannt wurde), gab aber zu, nicht unbedingt der eingefleischte Raufbold zu sein, der es sich zutraute, drei Damen gleichzeitig verteidigen zu können.

Die Gräfin lachte ob seines Eingeständnisses und bekräftigte nochmals: »Esst, Kinder, esst!«

Elise versuchte es mit Porridge. Ihre Hoffnung, es würde ähnlich köstlich schmecken wie Johannes morgendlicher Haferbrei, wurde allerdings herb enttäuscht. Offenbar kochte man hier nicht mit Milch, sondern mit Wasser. Auch fehlten die gewohnten Gewürze wie Zimt und Vanille und süß war das

Zeug auch nicht. Verlegen schob sie das Schüsselchen von sich und begnügte sich mit Toast und einer Art Gelee, das sie für Quittenmarmelade hielt. Es schmeckte bitter und nach dem ersten Bissen gab sie auch diesen Versuch auf.

Tante Auguste hatte ihre Auseinandersetzung mit dem englischen Geschmack bemerkt. »Elise, das ist Orangenmarmelade. Nicht gerade jedermanns Lieblingsaufstrich und sehr ungewohnt für unsere kontinentalen Gaumen, nicht wahr? Versuch es vorläufig erst mal mit Honig, schau, hier …« Sie schob Elise ein Glasfässchen zu, ehe sie dem Kellner winkte, um ihm hinter vorgehaltener Hand etwas ins Ohr zu flüstern. Auf sein verständiges Nicken hin reichte sie ihm die verweigerte Porridgeschale.

Der Honigtoast war kaum verzehrt, als eine frische Schale dampfend vor Elise abgesetzt wurde. Haferbrei mit Milch, Zucker, Vanille und Rosinen, bestreut mit fein gemahlenem Zimt, dazu in Butter gebratene Banane.

Elise dankte, probierte und ein zufriedenes Lächeln glitt über ihr Gesicht.

Tante Auguste zwinkerte ihr zu. »Siehst du, es geht doch. Sei nicht so schüchtern! Wünsche muss man äußern. Mit verzagter Zurückhaltung kommt man zu nüscht. Nicht beim Essen und nicht im Leben. Merk dir das.«

Elise errötete ein wenig und Mamá gestand: »Mein Fehler, Auguste! Exakt dazu habe ich sie erzogen.«

»Dann muss ich dich tadeln, Florentine. Solange man immer höflich und charmant bleibt, kann man sogar die absonderlichsten Wünsche äußern und wird nur selten auf echten Widerstand treffen. Beim Haferbrei kann man getrost beginnen, ohne irgendjemandem auf die Füße zu treten. Deine Tochter ist kein kleines Kind mehr, sie muss üben, ihre Vorstellungen zum Ausdruck zu bringen und durchzusetzen. Aber mit Geschick! Beim nächsten Mal werde ich sie anhalten, es selbst zu tun, wenn du erlaubst.«

Papá, der sich, mit der *London Times* und seinem kräftigen Mahl beschäftigt, bisher herausgehalten hatte, schaute hinter den Zeitungsblättern hervor und grinste. »Auguste, Auguste, du hast keine Ahnung, wie durchsetzungsfähig meine Tochter sein kann. Du hättest sie erleben sollen, als es um den allseits bekannten Überfall im Wald auf die kleine Schmiedek ging. Elise ist zwar zur Höflichkeit erzogen und ich bin an sich der Auffassung, dass es ihr an Charme nicht mangelt, aber sie hat gelernt, selbst zurückzustecken und sich eher für das Wohl anderer als das eigene starkzumachen.«

»Donnerwetter, Arno, gut gesprochen!«, erwiderte die Gräfin, und Elise bemerkte eine leichte Süffisanz im Tonfall, gepaart mit einem listigen Zug um ihre Lippen, als sie fortfuhr: »Aber findest du nicht, dass gerade Frauen sich heutzutage in eben dieser Art und Weise geradezu aufrauchen? Erziehst du deinen Sohn auch zur Selbstlosigkeit? Oder darf der Knabe auch mal an sich zuerst denken? Ich wage zu behaupten, dass Eltern ihre Töchter immer noch in Rollen pressen, die ihnen eine eigene freie Entfaltung unmöglich machen. Nehmen wir doch dieses schlichte Beispiel hier. Wenn dir als Mann etwas nicht schmeckt, wirst du völlig selbstverständlich Nachbesserung fordern und könntest sicher sein, sie nicht nur zu bekommen, sondern auch niemanden verärgert zu haben. Florentine hingegen hätte Missfallen nicht etwa direkt geäußert, sondern mit einem Umweg über dich als Ehemann. Und Elise hätte ohne mein Eingreifen den Tisch hungrig verlassen, weil du den Kopf hinter deiner Zeitung versteckt hieltst und nichts mitbekommen hast. Ich bin eine alte Fregatte ohne Eskorte. Trotz abgeblätterten Lacks allerdings unübersehbar würdevoll. Mir nimmt man gemeinhin gar nichts übel. Aber es ist nicht richtig, dass Frauen im Allgemeinen nicht aufbegehren. Jede Frau sollte für sich sprechen und agieren dürfen, ohne einen männlichen Mittler zu benötigen. Das ist es, was ich meine!«

»*D'accord*, Auguste!«, applaudierte Mamá. »Sie hat recht, Arno!«

»Um ehrlich zu sein, meine Damen«, sagte Vater mit nachdenklichem Ausdruck, »so habe ich das noch nie gesehen. Ist es wirklich so?«

Drei Damen nickten.

Vater wandte sich an Elise, die gerade satt und zufrieden den Löffel in ihre leere Schüssel legte und sich die Mundwinkel mit einer Serviette abtupfte. »Dann wollen wir die gemeinsame Zeit hier auch nutzen, um dein Selbstbewusstsein zu stärken.«

Elise zog die Augenbrauen hoch. Sie fühlte sich unwohl damit, so im Mittelpunkt erzieherischer Experimente zu stehen. War doch alles gut so, wie es war.

* * *

Obwohl es recht kühl und leicht neblig war, hatte Tante Auguste eine offene, viersitzige Kutsche kommen lassen, denn selbstverständlich wollte sie die Stadt erfahren und insbesondere mit Rücksicht auf ihr Alter nicht erlaufen. Zwei muntere, wohlgenährte Braune glänzten unter blank geputzten Geschirren und zogen eifrig an. Im lockeren Trabtempo ging es zunächst vom im Stadtteil Mayfair gelegenen *Brown's Hotel* durch den Green Park zum *Buckingham Palace*.

»Warum ist die Stadt eigentlich so trüb, Tante Auguste?«, wollte Elise wissen. »Mir ist das gestern Abend schon aufgefallen. Es scheint hier immer ein bisschen neblig zu sein. Schau, die Sonne steht schon klar sichtbar hoch am Himmel, ich kann keine einzige Wolke erkennen, geregnet scheint es auch nicht zu haben, denn ich sehe keine einzige Pfütze. Es scheint so, als hätte irgendetwas eine Dunstglocke über London gesetzt. Wie kommt das?«

»Tja, Elise, das ist typisch für London. Es hat nicht unbedingt nur mit dem Wetter und der Lage zu tun, sondern vor allem mit dem, was die Industrie in die Luft bläst, und mit dem Rauch aus Hunderttausenden Kohlefeuerstellen. Man kann im Winter kaum atmen. Hier im Park hält man es noch aus, aber du solltest die eng bebauten Arbeiterviertel erleben, wenn es windstill ist und im schlimmsten Falle noch eine Inversionswetterlage wochenlang den ganzen Mief festhält und in die Häuserschluchten drückt. Da wird es den ganzen Tag nicht hell und jeder Atemzug schädigt die Gesundheit. Die Einwohnerzahl ist seit dem Beginn des Jahrtausends extrem gestiegen, sie liegt momentan etwa anderthalbmal höher als die schwache Million zur Jahrtausendwende. Also wurde in der Stadt auf engstem Raum hoch und höher gebaut, um die vielen Menschen irgendwie zu beherbergen. Ich habe einen solchen Stadtteil zu Gesicht bekommen und sage dir …« Sie zog in der Erinnerung an diese Erfahrung ihr Taschentuch aus dem Mantel und hielt es sich schützend vor Mund und Nase.

»So schlimm?«

»So schlimm!«, bestätigte die Gräfin.

»Nun gut … zweieinhalb Millionen … in so kurzer Zeit … Donnerwetter, das ist schon was. Und all die Zugezogenen sind nun Fabrikarbeiter?«

»Die meisten ja. Sie kamen aus Dörfern überall im Lande, weil sie sich bessere Lebensbedingungen erhofften. Im Grunde lauter Ungelernte, die früher Bauern waren und in der Landwirtschaft jetzt natürlich fehlen.«

»Ach, na ja«, sinnierte Elise fast ein wenig zynisch und machte eine lässige Handbewegung, »ich habe ja gelernt, dass die Lebensmittelbeschaffung für die englische Bevölkerung heutzutage von deutschen Junkern übernommen wird.«

»Das hat sie von dir, was, Arno?« Die Gräfin drohte Vater breit grinsend mit erhobenem Zeigefinger.

»Aber nein. Das muss sie irgendwo aufgeschnappt haben, Auguste«, verwahrte er sich mit unschuldiger Miene und gen Himmel gedrehten Augen.

»Na!? Ich weiß doch, wie du zum Junkertum stehst ...«, zweifelte Tante Auguste, ließ es aber dabei bewenden und wandte sich angesichts des vor ihnen auftauchenden Buckingham-Palasts der ersten nun erreichten Sehenswürdigkeit der Stadt zu. Ganz wie ein professioneller Fremdenführer verfiel sie dabei in einen dozierender Tonfall: »Hier also seht ihr den Sitz der Königin Victoria. Wenn sie nicht gerade wie jetzt auf Schloss Windsor weilt, wo sie den französischen König Louis Philippe empfangen wird. England und Frankreich streiten sich ja bekanntlich wegen des französischen Protektorats über Tahiti. Die Presse will Krieg. Aber ich glaube nicht, dass Victoria da mitspielt. Sie wird auf Diplomatie setzen, und das ist sicher besser, als wieder einmal Tausende arme Seelen zu verlieren.«

An dieser Stelle änderte sich Tante Augustes Diktion, sie senkte die Stimme ein wenig, schlug einen vertraulichen Ton an. »Ich bin ja glücklich, dass das arme Ding – denkt mal, so jung schon plötzlich und unerwartet in der Erbfolge hochgerückt – mit ihrem Albert einen so trefflichen Deutschen an ihrer Seite hat. Man munkelt ja, sie habe ihn zu Beginn der Ehe nach Kräften von den Regierungsgeschäften ferngehalten, was ihn sehr verdrießt haben soll.« Kurz schaute sie zu Papá hinüber. »Wie es sich anfühlt, intelligent und gut ausgebildet niemals zum Einsatz zu kommen, muss ich dir ja nicht erläutern, nicht wahr, Arno?«

Vater machte ein Gesicht wie ein geprügelter Hund, und die Gräfin fuhr fort: »Aber seit Victoria 1840 erstmalig Mutter wurde, ist sie doch etwas mürber geworden und lässt sich nun doch von ihm helfen, was zweifellos allen Seiten guttut. Albert – natürlich kannte ich ihn schon als Buben, ihr wisst, Verwandtschaft, Verwandtschaft – ist doch nun wirklich von seinem Onkel, dem belgischen König Leopold I., und dem famosen Baron Stockmar auf eine große politische Karriere hin erzogen worden. Ja, glaubt denn irgendjemand wirklich, dieser wahrhaft wohlgestaltete junge Mann hätte es nur auf das pummelige englische Mädchen abgesehen gehabt? Wo man doch den Engländerinnen alles Mögliche vorwerfen kann, beileibe jedoch keine außergewöhnliche Schönheit. Selten findet man eine mit wahrhaft weiblicher Figur. Es gibt zwei Sorten: Ladestock oder Stehaufmännchen. Erstere wirken vertrocknet, Letztere meist ein wenig lymphatisch, bisweilen sogar teigig. Ihre Augen stehen entweder zu weit auseinander oder zu eng beisammen, nie jedoch so, dass man es als harmonisch bezeichnen kann. Zudem neigen sie zur Glotzäugigkeit. Ihre Augenbrauen sind viel zu dünn und zu hoch angesetzt, was ihnen schnell einen dauernd erstaunten, wenn nicht gar etwas blöden Ausdruck gibt. Nun ja, vielleicht ist es tatsächlich sinnvoll, dass diese Inselbewohner einer fortschreitenden Inzucht so fleißig allerhand fremdblütige Sklaven aus aller Herren Länder beifügen. Womöglich wissen sie längst um ihre Probleme bei der Arterhaltung, und der britische Expansionswille resultiert nur aus dieser Erkenntnis. Na, Kinder, um es zusammenzufassen: In Coburg hätte Albert jedenfalls unter Tausenden Schöneren wählen können. Allerdings hätte er dort natürlich keine mit so viel Bedeutung und Geld gefunden wie Victoria. Da steckt man als Mann dann auch mal zurück.« Tante Auguste prustete und Mamá fiel ein.

»Ihr seid ja ekelhaft!«, schimpfte Elise.

Beide hielten kurz inne, schauten Elise an, dann wieder einander. Und prusteten weiter. Papá schüttelte indigniert den Kopf. »Also wirklich, meine Damen!«

»Aber Victoria geht wirklich auf wie ein schlesischer Hefekloß, Arno!«, warf Mamá ein.

»Sie kriegt ja auch ein Kind nach dem anderen und hat ordentlich was um die Ohren. Regier du mal ein Empire, da hast du auch keine Zeit mehr für Fastenkuren, stundenlange Ausritte und Turnübungen.«

»Auch wieder wahr«, gab Mutter kichernd zu, und die Gräfin lenkte ab, indem sie dem Kutscher Anweisung gab, nun den Weg zum Trafalgar Square einzuschlagen.

Der Mann drehte sich halb zu seinen Fahrgästen um. In seinem Gesicht zeichnete sich irgendetwas zwischen Missmut und Schmunzeln ab. Ganz offenbar verstand er mehr, als seine Fahrgäste glaubten, denn wie er über gewisse Teile der aufgeschnappten Unterhaltung dachte, verdeutlichte er im Weiterfahren, indem er ziemlich richtig die englische Nationalhymne pfiff und jeweils die Zeile »*God save the Queen*« in tiefem Bass aussang.

Tante Augustes Augen funkelten amüsiert, nah rückte sie an Elise heran und flüsterte ihr ins Ohr: »Niemals sollte man vor einem Engländer despektierlich über die Queen sprechen! Herrgottchen, wie konnte ich das vergessen? Aber es stimmt nun einmal, die englischen Frauen sind einfach nicht als schönste Blumen Europas bekannt.«

Elise flüsterte zurück: »Ich werde drauf achten. Aber eines muss ich wirklich mal anmerken: Im Grunde ist es doch egal, wie eine Frau aussieht, wenn nur ihr Charakter liebenswert ist. Eine einfache und dennoch kluge Frau hat mir einmal gesagt, Frauen müssten zusammenhalten, sie hätten es schwer genug in der von Männern bestimmten Welt. Wie könnt ihr nur als Geschlechtsgenossinnen über eine einzelne Frau so herziehen?«

Tante Auguste wirkte betroffen. Sie hatte keine Gegenrede zu bieten. Und das war äußerst selten.

* * *

Weit öffnete sich der Trafalgar Square. Inmitten des Platzes stand es, das Denkmal Lord Nelsons, direkt darunter hielt der Kutscher.

Die Gräfin hatte sich inzwischen von Elises Anwürfen erholt und kam erneut ins Dozieren. »Hier stehen wir also unter Nelson's Column. Errichtet vor etwa zwei Jahren zu Ehren Admiral Nelsons, der in einer spektakulären Seeschlacht vor Kap Trafalgar die miteinander verbündeten Franzosen und Spanier ein für alle Mal besiegte und Britannien die uneingeschränkte Weltmacht auf den Meeren eintrug. Mit seinem Schiff, der *HMS Victory* ...«

»Moment mal!«, unterbrach Elise. »Die ist doch mitsamt deines Großvaters Vetter 1744 im Ärmelkanal gesunken!«

»Na, die doch nicht, Elise! Hier handelt es sich natürlich um ihre Nachfolgerin, von der man sich als Flaggschiff wiederum den namensgebenden Sieg versprach.«

»Ach so.«

»Jedenfalls brachte man den Leichnam des Admirals nach London zurück und hier könnt ihr ihn nun in Sandstein gemeißelt bewundern. Übrigens ist das Monument exakt genauso hoch, wie es die Mastspitze seines Schiffes war. Ihr seht, die Tauben lieben es, das Ding immer zwischen zwei Regenschauern deutlich zu erhöhen, indem sie auf seinem Dreispitz rasten, um ihm auf den Kopf zu kacken. Hier sind es die Tauben, jetzt wollen wir nach den Raben Ausschau halten. Kutscher! Zum Tower bitte.«

»Ich sehe keine Raben, Tante Auguste, ich sehe nur ein paar Möwen und reichliche Mengen Besucher«, merkte Elise an, kaum dass sie vor der trutzigen mittelalterlichen Befestigungsanlage der Kutsche entstiegen waren.

»Ach, die Raben ... ja, ehrlich gesagt ist das nur eine Legende, Elise. Von Mund zu Mund weitergegeben. Man weiß ja, was bei so etwas herauskommt. Angeblich soll Karl II. so etwa um 1700 befohlen haben, alle Raben im Tower zu töten, nachdem sich sein geschätzter Astronom John Flamsteed über ihren

Kot auf seinem Teleskop geärgert hatte. Von dieser Idee ließ er sich dann aber wieder abbringen, als ihn irgendjemand warnte, das gesamte Königreich ginge zugrunde, wenn die Raben den Tower verlassen würden. Vermutlich war der Mann schwer abergläubisch. Man hört immer wieder, seither würden die Tiere nun absichtlich gehalten. Aber ich gestehe, Elise, ich habe auch noch keinen gesehen. Und was die Besucher angeht … da hast du recht, sie kommen aus aller Welt. Horch hin, du wirst viele Sprachen hören.«

Tatsächlich drangen Zungenschläge an Elises Ohr, deren Herkunft sie nicht genau bestimmen konnte. Zweifellos zu erkennen waren Italienisch, Deutsch, Holländisch und Spanisch. Offenbar also war dieses monumentale Bauwerk am Ufer der Themse ein mindestens ebenso beliebtes Ausflugsziel für Reisende wie der Buckingham-Palast. Den Auskünften der Gräfin zufolge hatte der Komplex über die Jahrhunderte zu verschiedensten Zwecken hergehalten. Als Residenz, Waffenkammer, Werkstatt, Garnison, Münzprägestätte, ja sogar als Lager und Zoo hatten die Mauern gedient. Und *last, but not least* auch als Gefängnis und Hinrichtungsstätte.

Elise empfand ein gewisses Gruseln am sogenannten *Traitors' Gate*. Das Tor der Verräter am Thomasturm führte durch ein eisernes Gitter auf glitschigen Stufen direkt in den Fluss. Herzöge, Könige, hohe kirchliche Würdenträger, manch hochgestellter Kriegsgefangener waren hier eingekerkert worden. Dieses Wassertor, so friedlich und pittoresk es heute auch scheinen mochte, war die Eintrittspforte zu Hölle und Tod für viele geworden. Die Liste der Häftlinge, welche diesen Weg in den Tower genommen hatten, war lang und eindrucksvoll. Sie reichte von dem ersten Insassen, einem Mörder namens Ranulf Flambard im Jahre 1101, über die unglücklich wegen Hochverrats hingerichteten Frauen Heinrichs VIII., Anne

Boleyn und Catherine Howard, bis zu Elisabeth I., die dem Tod in diesen Mauern entrann und später Englands Königin wurde.

Elise wandte sich mit gewissem Schaudern ab und schenkte ihre Aufmerksamkeit nun lieber den vielen findigen Händlern, welche allerlei Naschwerk und kleine Mahlzeiten von Eselskarren herab anboten. Es war schon auffallend, wie viele Transporte in dieser Stadt von den geduldigen, langohrigen Kerlchen bewerkstelligt wurden. In Schlesien gab es das gar nicht.

Was Elise bisher auch noch nie gesehen hatte, waren Hundegespanne. Sie blieb an einem Wägelchen stehen, vor das ein zottiger, rauhaariger, sehr großer und sehr, sehr dünner Hund gespannt war. Ein kleines blondes Mädchen von vielleicht acht Jahren in ärmlichem, sandfarbenem Leinenkleid stand daneben und bot Sträußchen mit kleinblütigen Astern feil.

Elises eben schon überwunden geglaubtes Schaudern kehrte um ein Vielfaches verstärkt zurück, als sie sah, dass das grobe Geschirr nicht nur das Fell des grauen Hundes über den Schultern abgerieben, sondern auch wunde Stellen vor der Brust verursacht hatte.

Fides betrachtete den Artgenossen skeptisch. Dann knurrte sie leise, als wolle sie ihn zum Spielen auffordern. »Lass das, Fides, ärger doch den armen Hund nicht!«, schimpfte Elise und zog sie an der Leine zurück. Der eingespannte Hund erwiderte Fides' Provokation nicht, sondern senkte nur demütig still den Kopf.

Das Mädchen sah währenddessen die Chance gekommen, Aufmerksamkeit für sein Angebot zu erlangen. »Blumen für die Damen! Schöne Blumen, frisch gepflückt«, rief sie und lächelte so strahlend, dass man meinen konnte, die Sonne sei durchgebrochen.

Elises Herz zog sich schmerzhaft zusammen. »Papá, sei so lieb, kauf uns Blumen, ja?«

Vater verstand ihren Blick und erstand für jede seiner Damen gleich zwei der winzigen Sträußchen. Tante Auguste steckte sich ihre ans Revers, und wirklich, die hell lilafarbenen Astern harmonierten wunderhübsch mit dem dunklen Fliederton ihres Kleides. Mamá und Elise befestigten sich ihre Blümchen gegenseitig an den Hüten.

»Heute Abend werden sie verwelkt sein«, raunte Mutter. »Aber das Kind … ach je, es tut mir so leid.«

»Mir auch! Und der Hund erst!«, flüsterte Elise zurück. »Hast du gesehen …?«

»Habe ich, Elise«, seufzte Mutter. »Sei gewiss, dein Vater war großzügig. Und so gern du auch würdest – ich sehe es dir an der Nasenspitze an –, aber du kannst nicht die ganze Welt retten.«

Elise drehte sich noch einmal um, weil Fides rückwärts zog, um sich anscheinend bei dem Karrenhund zu verabschieden. »Was machst du denn? Nun komm schon!«

Fides stand da und leckte dem Hund die Augen. In Elise stiegen Tränen auf. Eines dieser Hundeaugen war trüb und milchweiß.

* * *

Ein Labsal für die Seele war der stille herbstliche Hydepark. Die Ulmen hatten sich in herrliche Goldtöne gekleidet, mancher Baum reckte schon fast kahle Äste in den dunstigen Himmel, hatte dicke, weiche Teppiche im weiten Rund um seinen Stamm geschüttet. Andere hielten noch fest an letzten sommerlichen Erinnerungen, waren beinahe voll belaubt, suchten jeden noch so spärlichen Strahl der nachmittäglichen Sonne einzufangen. Ein Mal noch leuchten. Bis die ersten kalten Nächte auch sie zum Loslassen, ja, zur Nacktheit zwingen würden. Nur ab und zu begegnete ihnen eine Kutsche, hin und wieder wurden sie von einzelnen oder in Gruppen gemächlich einhertrabenden Reitern überholt.

Elise bat den Kutscher zu halten, um endlich der geduldigen Fides ein wenig Auslauf zu gönnen. Er schien dankbar für das Ansinnen, zog die Bremse, legte grobe, graue Woilachs auf die dampfenden Kruppen der Pferde, hängte ihnen Hafersäcke um. Mit halb gesenkten Köpfen begannen die Rösser sofort zu malmen. Der Kutscher zündete sich ein Pfeifchen an, blies blauen Rauch in den grauen Nebel, griff nach einem Ledereimer und strebte dem Seeufer zu, um Wasser für die Tiere zu schöpfen.

Stundenlang hatte Fides artig zu Elises Füßen gesessen, jetzt flitzte sie, kaum von der Leine gelassen, los, machte ihrem überschäumenden Temperament Luft, tollte über den kurz gemähten Rasen, durch dicke Laubhaufen, scheuchte am Ufer der *Serpentine* Möwen und Enten auf und soff aus dem klaren See.

Allen tat es gut, sich auf den befestigten Wegen die Füße zu vertreten. Elise bewunderte insgeheim die breiten, gepflegten Sandstreifen, die den Reitern vorbehalten waren, und dachte an die heimischen Wurzelpfade. Hier musste ein Ausritt das wahre Vergnügen sein! In dieser Hinsicht hatten die Engländer unbestreitbar Kultur.

Von Ferne sah sie einen Reiter auf einem großen, weiß gestiefelten Fuchs heranpreschen und erfasste sofort, dass mit seinem Pferd etwas nicht stimmen konnte. Im Krebsgang, fortwährend mit verdrehtem Hals den Kopf hochwerfend, näherte sich das Pferd in irrwitziger Geschwindigkeit. Im Näherkommen erkannte Elise einen jungen Mann, der verzweifelt versuchte, sein Reittier zu regulieren, und sich dabei wenig geschickt anstellte. Statt dem außer Rand und Band geratenen Tier freundlich beruhigend zuzusprechen und sich wenigstens zu bemühen, es gerade zu halten, zerrte er einseitig an den Kandarenzügeln, wohl, um eine Volte einzuleiten und das Tempo so zu mindern. Dabei erging er sich in derben

Schimpftiraden, die Elise geradezu abstoßend fand, und drosch mit einer kurzen Reitpeitsche auf die Kruppe ein.

Den Reitweg hatte er längst verlassen und hielt nun direkt auf die Spaziergänger zu. Nur noch wenige Meter … Wenn sie nicht hurtig beiseitesprängen, würde er sie allesamt über den Haufen reiten.

Was nun kam, geschah binnen Sekunden.

Vater griff beherzt nach Tante Augustes Arm und zog sie mit einem Ruck aus der Gefahrenzone, Mamá und Elise brachten sich mit einem behänden Satz in Sicherheit.

Elises Blick kreuzte den des Reiters und sie erkannte Panik. Nichts jedoch war diese Panik gegen den schmerzverzerrten Ausdruck in den Pferdeaugen.

Blitzschnell erfasste sie, was geschehen war, und schrie dem Reiter zu: »Das Gebiss! Sir! Lassen Sie die Zügel los, sonst geschieht ein Unglück!«

Noch einmal fing sie seinen Blick auf. Eine Frage mischte sich in seine pure Verzweiflung. Hatte er nicht verstanden? Mein Gott, ja, sie hatte deutsch gesprochen.

Dann war er vorbei und sie starrten ihm hinterher.

»Um Gottes willen, das kann nicht gut ausgehen!«, rief Elise. »Habt ihr es gesehen?«

»Was gesehen?«, fragte Vater.

Noch ehe Elise antworten konnte, erfüllte sich ihre Prophezeiung. Das Pferd, noch immer außer Kontrolle seitwärts galoppierend, strauchelte über seine eigenen Füße, kam zu Fall, rollte über die Schulter zu Boden und begrub seinen Reiter unter sich. Reglos blieb er liegen.

Der mächtige Fuchs rappelte sich auf, schüttelte sich so, dass die Zügel vorwärts über den Hals flogen, verhedderte sich und nahm stolpernd erneut Kurs auf die erschrockenen Spaziergänger – nun jedoch in deutlich gemäßigterem Tempo.

Elise warf Mamá einen Blick zu. Sie nickte. Und beide Frauen stellten sich der herantrabenden geschundenen Kreatur in den Weg. Beide streckten eine Hand aus, beide hielten ihr zerknülltes Taschentuch darin. Und tatsächlich! Der Wallach stutzte kurz, schien neugierig, erwartete sicherlich etwas Futter. Ehe er seinen Irrtum einsehen musste, hatte Elise schon nach dem Backenstück seines Zaumes gegriffen und sprach leise auf das Tier ein, während Mamá die entscheidenden Schnallen löste. Die dünne Kandarenstange fiel aus dem Maul, Blut und Speichel flossen. Umgehend beruhigte sich der Fuchs, stand nun ganz still zwischen den beiden Frauen und rieb den verschwitzten Kopf zutraulich an Elises Schulter.

»Du armer Kerl«, flüsterte Elise mitleidig.

Mutter nickte ihr zu, wandte die Augen gen Himmel, schüttelte verärgert den Kopf, murmelte: »Geschieht ihm recht!«

Ja. Sie hatten es beide gesehen. Dieser entsetzlich ungeschickte Mensch hatte offenbar nicht gespürt, dass das Gebiss unter die Zunge geraten war. Eine furchtbar schmerzhafte Position für ein Pferd! So etwas konnte passieren, wenn die Rösser allzu viel mit dem Eisen spielten. Aber ein guter Reiter hätte es sofort bemerkt und für Abhilfe gesorgt. Dieser Kerl jedoch schien roh und absolut unsensibel zu sein und hatte zu allem Übel auch noch feste an den Zügeln gezogen. Ein unverzeihlicher Fehler! Darüber musste keine der beiden ein Wort verlieren.

Während der Wallach sich die zärtlichen Bemühungen der Damen mit dankbarem Blick aus müden Augen gefallen ließ, der rote Fluss aus seinem Maul nach und nach versiegte, aus einem Zügel rasch ein Halfter geknüpft war, an dem er sich mit Fingerspitzen leiten ließ, war Papá zu dem am Boden Liegenden geeilt. Sie konnten sehen, wie er ihm wieder und wieder die Wange klopfte, bis der Mann endlich den Kopf hob und Vater ihm half, sich aufzusetzen. Die Ellenbogen auf die hochgestellten Knie gestützt, die Stirn in den Händen, hockte er nun da.

Das Pferd im Gefolge, näherten sich die drei Frauen langsam der Unfallstelle, hörten Vater sich nach seinem Befinden erkundigen.

»Ich weiß gar nicht, wie das passieren konnte«, sagte er kleinlaut, »eigentlich ist er ein ganz zuverlässiger Kerl.«

»Kann ich Ihnen sagen, Sir, wie das passieren konnte«, antwortete Elise in englischer Sprache mit nur mühsam unterdrücktem Zorn. »Das Ding hier …«, und sie warf ihm die Kandarenstange direkt vor den linken Stiefel, »gehört *auf,* nicht *unter* die Zunge. Sie können es ja zur Probe einmal selbst anlegen, dann wissen Sie, was Sie Ihrem Pferd angetan haben.« Sehr leise fügte sie noch das schöne deutsche Wort »Trottel« hinzu. Das tat gut! Aber nur für einen winzigen Moment, denn er schaute aus grünen Augen mit einem fragenden Blick zwischen so ehrlicher Betroffenheit und offenbar erheblichem Schmerz auf, dass es ihr sofort leidtat, ihn so schroff angegangen zu sein.

»O mein Gott«, sagte er. »Ich Trottel!« Und er sagte es auf Deutsch.

* * *

Fletcher Cunningham – so hatte er sich vorgestellt – benötigte ärztliche Hilfe. Dies erwies sich rasch, als er den ersten Versuch unternahm, auf die Beine zu kommen. Nun war er nicht unbedingt ein streichholzdünnes Männlein, sondern von beachtlicher Größe und durchaus stattlicher Statur. Niemand also, den man einfach so wegtragen konnte. Man hatte sich mindestens anderthalb Meilen von der Kutsche entfernt, sie stand nicht in Sicht, sodass es unmöglich gewesen wäre, sie so ohne Weiteres herbeizurufen. Elise, an der das unbedingte Gefühl nagte, dem armen Verletzten doch irgendwie unrecht getan zu haben, wollte ihren unwirschen Auftritt gutmachen. So ließ sie sich von Vater, dessen Einwände sie geflissentlich überhörte, in den Herrensattel helfen, pfiff kurz nach Fides, die sich entzückt an heimische Ausflüge erinnert sah, und war auch schon mit dem riesigen Fuchs unterwegs, um die Kutsche herbeizuholen. Ganz artig folgte das Pferd ihren leichten Hilfen, auch oder gerade wegen des fehlenden Marterinstruments im verletzten Maul. Herrlich, dieses Stückchen durch den gepflegten Park! So schnell hatte sich ihr Wunsch erfüllt. Nur … an sich wäre sie ganz gern auf andere Weise in diesen Genuss gekommen.

Rasch war der Verletzte, der ständig nach Luft rang und sich die Seite hielt, aufgeladen und zum am Rand des Hydeparks gelegenen *The Lanesborough Hospital* transportiert, wo alarmierte Krankenschwestern sofort nach Pflegern und Trage riefen und den jungen Mann erstaunlicherweise behandelten wie einen König: »*Sir … Mr Cunningham, Sir … Oh dear … Poor Mr Cunningham, Sir!*«

»Gott, was machen die für einen Wind um den Mann?«, äußerte Elise erstaunt. »Er scheint ja ziemlich bekannt zu sein.«

Alle zuckten die Schultern. Nur der Kutscher wusste offenbar Bescheid, klärte jedoch seine Fahrgäste nicht auf, sondern bekundete, sie nun nicht weiter herumchauffieren zu können, denn er müsse das Pferd bei den Cunninghams abliefern und die Familie informieren. Sie mögen sich doch bitte eine andere Fahrgelegenheit zum Hotel suchen, dort drüben, nur einige Schritte vom Hospital entfernt, stünden Droschken …

Dafür hatte man natürlich Verständnis. Tante Auguste entlohnte ihn großzügig, er dankte, verbeugte sich und zockelte mit seinem Gespann und dem angebundenen Fuchs, der nun auch noch eine leichte Lahmheit zeigte, davon.

16

Es folgten geschäftige Tage. All die Einladungen, die Zusammenkünfte, die Besichtigungen, die Gräfin Bresow vereinbart hatte, führten die Familie mit den verschiedensten Menschen zusammen. Teils waren die Unternehmungen anstrengend, manches außerordentlich spannend, manches erquicklich. Angenehme Teestunden in Tante Augustes weitläufiger Verwandtschaft – bei Kaminfeuer, Sandwiches und allerlei Leckereien zu vergnügtem Geplauder, herrlich kultivierte Diners bei anregenden Gesprächen, zu denen die Achenthal-Damen ihre viel bewunderte Pariser Haute Couture ausführen konnten – wechselten mit beeindruckenden Führungen durch riesige, zugige, witterungsbedingt unangenehm kalte Fabrikhallen.

Die allererste Besichtigung dieser Art bei einem gewissen Mr Bartnell, die den folgenden glich wie ein Ei dem anderen, sollte Elise unauslöschlich im Gedächtnis bleiben.

Kaum ein Wort konnte man verstehen, so laut ratterten, rappelten, kreischten und quietschten die modernen Webstühle. Elise hielt sich entsetzt die Ohren zu, fragte sich, wie die Arbeiter diesen Krach geschlagene zwölf Stunden am

181

Tag aushalten konnten. Fides drängte sich verschreckt an ihr Knie, wollte sogar rückwärts an der Leine zerrend schnellstens wieder hinaus und konnte nur mit sehr vielen guten Worten überzeugt werden, bei Fuß zu verharren.

Ja, natürlich, auch in Maries Vaterhaus klapperten die Webstühle. Aber das war kein Vergleich. Elise beobachtete die Menschen. Sahen sie glücklich aus? Weiß Gott nicht! Wirkten sie gesund, wohlgenährt? Bewahre, nein!

Sicherlich, aufgeräumt, durchorganisiert, automatisiert ging es zu. Das stimmte. Aber auch hier arbeiteten Kinder. Zwischen Wand und Maschine hockten die jüngsten. In gekauerter Haltung. Einzig zu dem Zweck, gerissene Fädchen wieder zusammenzuknüpfen.

Niemand sprach. Stumm führten die Menschen, und das offenbar Stunde um Stunde, Tag um Tag, dieselben Bewegungen aus. Aller Köpfe waren gesenkt, aller Stirnen wirkten konzentriert. Ja keinen Fehler machen! Im Abstand von mehreren Stunden, so berichtete Mr Bartnell, heule eine Sirene, die eine kurze Pause oder den Feierabend verkünde. Was geschah, wenn das Signal für Letzteres ertönte, konnten die Besucher auch sogleich miterleben, und fasziniert beobachtete Elise, wie durch den scheußlich grellen Misston auf einmal Leben in die Menschen kam, die bisher wie seelenlos, ihren Maschinen gleich, agiert hatten. Da lösten sich die Mienen, da erfüllte Stimmengewirr, sogar hier und da ein Lachen die Hallen. Dann strömten sie den Ausgängen zu, verschwanden, manche in Gruppen, manche ganz für sich allein im dunklen, spätabendlichen Londoner Dunst. Um noch lange vor dem ersten Tageslicht wieder zurück zu sein.

Wann mochten sie jemals die Sonne sehen? Wohin gingen sie? Wo lebten sie? Wie lebten sie?

Diese Fragen wollte weder hier und heute noch später irgendeiner der stolzen Fabrikeigentümer beantworten.

Achselzucken. Es schien ihnen egal zu sein. Arbeiter gab es reichlich. Wer unzufrieden war, konnte gehen, sich seine Papiere holen. Wer erkrankte, konnte gehen, sich seine Papiere holen. Austauschbare Arbeitswillige, die ihre Dörfer verlassen hatten für ein besseres Leben. Doch war dieses Leben wirklich besser? Vater hatte es gewagt – und er hatte es nicht nur heute, sondern sollte es ausgesprochen stur immer wieder wagen –, den einen oder anderen Arbeiter zu befragen. Eine Eigenmächtigkeit, die denjenigen, der sie herumführte, mürrisch machte und die Gefragten verlegen. Weiterarbeiten! Noch ehe sich Antworten formulieren ließen.

Alles, was interessierte, war der Ertrag, den sie erwirtschafteten. Danach gefragt, wurden die Fabrikanten munter, freundlich, zugänglich. Lobten die Fortentwicklungen der *Spinning Jenny*, einer Spinnmaschine, die so flink wie blöde war, spann und spann, ohne Ansprüche, ohne Nachdenken, ohne Fragen, eins zu eins so viel spann, wie ein Weber zu verarbeiten vermochte, während es vor ihrer Erfindung vierer bis achter Menschen bedurft hatte, um einem Weber das notwendige Vormaterial zu verschaffen. Das lohnte sich! Wer das Gerät bediente, war egal.

Mamá interessierte sich besonders für die vielen verschiedenen Muster, die auf den Maschinen voreingestellt waren. Spezielle Module waren eingebaut, die über die ihr aus Frankreich schon lange bekannten Jacquardmuster hinaus eine reichhaltige Bandbreite boten. Bewundernd äußerte sie sich über die fehlerlosen Ballen Stoff, hatte jedoch einen Einwand anzubringen: »Perfekt sind sie. Doch es fehlt natürlich die ideenreiche Vielfalt, mit der unsere schlesischen Heimweber jeden Stoff mit einer persönlichen Handschrift versehen und einzigartig machen.«

Mit einer lässigen Geste wischte der so angesprochene Mr Bartnell diese Kritik fort. »Wir benötigen zum Export viel und billige Ware, Mylady! Individualität ist teuer und rar. Was dabei herauskommt, auf solchen Luxus zu setzen, sehen Sie ja. Unsere Arbeiter können leben von dem, was sie tun. Ihre – darüber spottet ganz Britannien – verhungern an ihren Webstühlen. Suchen Sie sich aus, was Ihnen besser gefällt.«

»Er hat ja recht!«, hörte Elise Vater Mamá zuflüstern und sie nickte betreten.

»Wer stellt denn nun die Maschinen her, die Ihnen am fortschrittlichsten und geeignetsten erscheinen, Mr Bartnell?«, wollte Papá wissen und der Fabrikant wies auf ein geprägtes Kupferschild. Vater klemmte sich seinen Zwicker auf die Nase, beugte sich über die Maschine und machte »Oh«.

»Hier in London also, Mr Bartnell!«

»Hier in London! Wo sonst?«

Tante Auguste tat es Vater nach, hielt ihr Einglas ein wenig vom Auge weg, wirkte etwas verdutzt und sagte ebenfalls »Oh«.

Papá dankte für die Führung, man verabschiedete sich auf dem kahlen Fabrikhof.

»Was oh-t ihr denn?«, fragte Elise neugierig. »Wer stellt die Maschinen denn nun her?«

»*Cunningham & Sons*, Elise.«

»Oh!«

17

London, Oktober 1844 – Vive la Danse

Überall stießen sie auf diese kleinen Messingschildchen. Kaum jemand benutzte Maschinen von einem anderen Hersteller (und wenn, dann nur wenige, die allgemein als austauschwürdig und veraltet bezeichnet wurden). *Cunningham & Sons* schien ein Monopol zu haben.

»Das kann kein Zufall sein. Also müssen wir ran an unser ungeschicktes Reiterlein, was?«, scherzte Tante Auguste und wurde gleich wieder ernst. »Lasst mich nur machen! Persönliche Beziehungen schaden in Geschäftsdingen nur dem, der sie nicht hat.«

Keiner hatte Zweifel daran, dass die Gräfin Bresow wieder einmal ihre Geschicklichkeit ausspielen und Kontakte knüpfen würde, die über das gewöhnliche Verhältnis zwischen Produzenten und potenziellem Kunden hinausgingen. So wunderte sich denn auch niemand, als Tante Auguste schon nach wenigen Tagen triumphierend eine Balleinladung schwenkte.

»Wir werden also am Grosvenor Square dinieren und tanzen, Kinder!«, sagte sie und verlor allein bei dieser Aussicht beinahe ein wenig von ihrer sonst so unerschütterlichen Contenance.

»Was ist daran so besonders?«, wollte Elise wissen.

»Nun, Elischen, eine bessere Adresse wirst du in London, mal abgesehen vom Sitz der Königin, kaum finden. Dort wohnt der Adel … und … nun ja, eben solche stinkreichen Leute wie die Cunninghams. *Unsere* Cunninghams, möchte ich fast sagen, denn das Glück war uns hold, indem es uns ausgerechnet den Webstuhlfabrikanten-Sohn gewissermaßen vor die Füße fallen ließ.«

»Ausgerechnet den«, erwiderte Elise und verdrehte die Augen.

»Wir werden am Grosvenor Square tanzen«, so begann Elise denn auch den versprochenen und längst überfälligen Bericht an Johanne daheim in Schlesien und fasste all ihre bisherigen Eindrücke zusammen. Heiter, an manchen Stellen durchaus auch nachdenklich, aber alles in allem froh gestimmt fiel ihr Brief aus, enthielt jedoch auch erste Anklänge von Heimweh und Vermissen. Die herzlichsten Grüße »an alle« und insbesondere an Elaine und Ferdinand fügte sie an und endete mit der Beteuerung, doch sehr glücklich zu sein, dass sie bald, ganz bald wieder zu Hause sein würden.

An diesem Nachmittag gab es noch keine ernst zu nehmenden Sorgen. Wie hätte sie ahnen sollen, dass sich dieser Zustand so bald ändern sollte?

* * *

Das einzige kleine Problem, das es vorerst zu lösen galt, war Fides' Versorgung am Ballabend. Es hatte sich nämlich herausgestellt, dass die Hündin es sich angewöhnt hatte, vor lauter Kummer alles zu zerbeißen, was ihr zwischen die Zähne kam, wenn man sie allein in der Suite zurückließ. Einmal hatte sie

Elises Schlafzimmer in eine schneeweiße Federwolke gehüllt, indem sie sämtliche Kissen zerpflückt hatte. Ein andermal hatte sie sich an den teuren Polstermöbeln im Salon zu schaffen gemacht und einem kostbaren antiken Beistelltisch ein Beinchen zerlegt. Langsam ging es ins Geld, dem Hotel all diese angerichteten Schäden zu ersetzen.

»Ich bleibe hier, geht ihr allein am Grosvenor Square tanzen«, sagte Elise wehmütig und ein bisschen heroisch.

»Das kommt überhaupt nicht infrage!«, polterte die Gräfin. »Im Übrigen brauche ich dich, denn ich halte es für eine ausgesprochen gute Idee, wenn du ein paar reiterliche Erfahrungen mit Fletcher, dem jüngsten Sohn des Hauses, austauschst und deinen Charme ein wenig spielen lässt.«

»Wie bitte? Ausgerechnet bei dem?« Elise war gelinde gesagt empört.

»Na, hör mal, etwas Einsatz zum Wohle der wirtschaftlichen und persönlichen Beziehungen kann man doch wohl erwarten, Elise! Schließlich teilst du doch auch unsere Ziele, oder sollte ich mich etwa getäuscht haben?«

Das saß und Elise brachte nach kurzem Sich-Fassen den Pagen Franky ins Spiel.

»Da haben wir ja schon die Lösung!«, frohlockte die Gräfin. »Wir setzen den Jungen einfach für diesen Abend als Dogsitter ein.«

»Vertraust du ihm, Auguste?«, wandte Mutter ein. »Immerhin haben wir hier doch allerlei persönliche Wertgegenstände.«

»Er würde seinen Arbeitsplatz riskieren, vergriffe er sich, liebe Florentine«, erwiderte die Gräfin überzeugt.

»Ach, ich glaube auch, das wird das Beste sein«, sprang Elise ihr bei. »Fides mag ihn sehr, und ich denke, er ist ein ehrlicher Kerl. Außerdem kannst du deinen Schmuck bestimmt unten an der Rezeption abgeben. Im Hoteltresor ist er sicher. Und was wäre dann hier überhaupt noch, das dir so wert und teuer ist, dass du dir Sorgen machen müsstest? Ich meine … ich würde ihm meinen treuen Hund anvertrauen. Da musst doch du keine Angst um deine Zahnbürste haben, nicht wahr?«

Mutter hatte sich letztlich überzeugen lassen, Elise hatte Franky engagiert, der sich ausgesprochen begeistert davon zeigte, einen ganzen Abend lang in den gut geheizten, gemütlichen Räumen nichts anderes tun zu müssen, als dazusitzen, dem Hund der Herrschaft beim Schlafen zuzusehen, ihn ein-, zweimal aus-zuführen und dafür auch noch ein in seinen Augen offenbar königliches Honorar einstreichen zu dürfen.

So überschwänglich, wie der kleine Page reagierte, nahm Elise an, dass er daheim ganz bestimmt keine besonders komfor-tablen Lebensverhältnisse genoss. Ihr war aufgefallen, dass er in den blank geputzten Schuhen, die zu seiner Uniform gehörten, keine Socken anhatte. Daraus schloss sie, dass die schöne rote Livree mit den goldenen Tressen und blinkenden Knöpfen, wel-che er im Dienst tragen durfte, sicherlich in krassem Gegensatz zu seiner gewohnten Alltagskleidung stand.

Manchmal hatte Elise schon darüber nachgedacht, ihn zu fragen, wie und wo er lebte, war aber bisher davor zurück-geschreckt. Warum das vielleicht so war, wurde ihr bewusst, als sie dieses kleine, aber so entlarvende Detail der fehlenden Socken entdeckte. Sie wollte sich nämlich einfach die Illusion aufrechterhalten, dass englische Unterschichtkinder besser und glücklicher lebten als deutsche. Sonst hätte doch, so flüsterte das Unterbewusstsein ihr zu, diese ganze Reise mit ihren Zielen, auch daheim für Verbesserungen zu sorgen und dennoch wirt-schaftlicher produzieren zu können, gar keinen Sinn gemacht.

Es *sollte* aber einen Sinn machen!

Man ließ sich nicht gern von einem Weg abbringen, den man als richtig und zielführend für sich erkannt hatte. Möglicherweise hakte aus eben diesem Grunde auch Papá gar nicht recht nach, wenn ihm wieder einmal ein Fabrikant den direkten Kontakt zu seinen Arbeitern verwehrte? Vielleicht war auch Vater am Ende ganz froh darüber? Nicht genau hinsehen zu müssen, weil man überhaupt nicht genau hinsehen *wollte*? Für Elise blieb wieder einmal ein mulmiges Gefühl.

So richtig besser wurde das auch nicht, als Tante Auguste sie am Vormittag vor dem Ball bei den Cunninghams sozusagen ins Gebet nahm und mit einer Fülle von Benimmregeln aufwartete.

Elise schwirrte der Kopf nach dieser ausführlichen Einweisung. »Na, ich hoffe, ich gebe nicht doch den schlesischen Dorftrampel«, sagte sie etwas zweifelnd in Erinnerung an das inzwischen lange zurückliegende, amüsante Gespräch mit Vater zu Hause.

»Aber wo!«, beruhigte die Gräfin. »Halt dich einfach an mich, ansonsten im Hintergrund, red kein dummes Zeug, nimm jede Aufforderung zum Tanz an, lächle, sei so süß, wie du es irgend fertigbringst. Das wird schon!«

»Und die Cunninghams? Was muss ich wissen über die Familie, falls ich mit einem ins Gespräch komme?«

Nun folgte ein langer Vortrag über diese offenbar uralt eingesessene und über alle Maßen erfolgreiche Familie. Reeder und Kaufleute waren sie seit Generationen schon gewesen, hatten auf den Routen des atlantischen Dreieckshandels Geld wie Heu gescheffelt, waren bereits im vorigen Jahrhundert auf den anrollenden Zug der Industrialisierung aufgesprungen, verfügten über einen Sitz im Unterhaus und waren ausgesprochen angesehen. Zwei Söhne gebe es heutzutage. James, der ältere, bereits verheiratet und rechte Hand des Vaters namens Mortimer Cunningham. Nun ... und Fletcher, dessen Bekanntschaft Elise ja nun schon unrühmlich vergeigt habe.

»Aber bitte, Tante Auguste! Ist doch wahr gewesen ...«, verteidigte sich Elise.

»Ein etwas netteres und damenhafteres Gebaren hätte dir gut zu Gesicht gestanden, mein Kind«, tadelte die Gräfin. »Du darfst nie vergessen, es gibt keine zweite Chance für den ersten Eindruck.«

»Ich bin eben, wie ich bin. Und wenigstens bin ich ehrlich.«

»Bisweilen ist es besser, diplomatisch als ehrlich zu sein, so meine Erfahrung«, erwiderte Tante Auguste mit strenger Miene. »Ehrlich kannst du werden, wenn eine Vertrauensbasis geschaffen ist. Aber es ist unhöflich, derart mit der Tür ins Haus zu fallen. Egal, ob man recht hat oder nicht. Jetzt kannst du es üben. Vielleicht gelingt es dir ja, diesen hässlichen ersten Eindruck vergessen zu machen. Hübsch genug bist du jedenfalls.«

»Ist denn dieser Fletcher überhaupt schon genesen?«, fragte Elise.

»Zumindest konnte er aus dem Hospital entlassen werden. So viel habe ich herausgefunden. Tja … und man munkelt, er habe sich bei dem Sturz zwei Rippen gebrochen. Weil wohl eine in die Lunge zu piksen drohte, behielt man ihn ein paar Tage lang da, denn das hätte katastrophale Folgen haben können.«

»Oje!«

»Dafür hat er sich tapfer gehalten, nicht wahr?«

Elise nickte betreten.

So leicht war es, der Gräfin etwas über die Familie Cunningham zu entlocken! Und so unmöglich war es gewesen, Informationen über Konrad von Radenau zu erhalten. Nichts, absolut nichts hatte sie aus ihr herausbekommen. Lediglich die Auskunft, sie habe bereits seine Großeltern gekannt. Damals … in Pommern …

Dann hatte sie sich abrupt abgewandt und Elise hatte gedacht, sie traue ihren Augen nicht, denn unter Tante Augustes Wimpern – nein, da täuschte sie sich gewiss nicht – hatte eine Träne geschimmert und sie hatte das Thema unwirsch beendet: »Frag ihn selbst!«

* * *

Beinahe zwei Wochen lang hatte Elises Traumkleid nun im Schrank gehangen und so viel Platz in dem mächtigen Möbel eingenommen, dass Elises übrige Garderobe im Schrankkoffer hatte verbleiben müssen. Nun holte Mamá es heraus und hängte es vor den mannshohen Spiegel der geöffneten Tür. Es war überwältigend. Mutters Pariser Schneiderin hatte die Farbe »Rosenwasser« genannt und tatsächlich lag im Glanz der weiß changierenden Seide ein je nach Lichteinfall wahrnehmbarer Hauch Rosé. Eingewebt in den zarten Stoff erkannte man Hunderte feiner Teerosen. Aufgestickte Röschen von derselben Art fanden sich zusätzlich v-förmig angeordnet vom Mittelpunkt der Taille bis hinauf zum Dekolleté, wobei zur Krönung jede Blütenmitte eine winzige, schimmernde Perle trug.

»Es ist ein Hochzeitskleid, Mamá!«, sagte Elise zweifelnd.

»Aber nein, Liebling. Es ist genau das richtige Kleid für eine Debütantin auf einem großen Ball. Du wirst hinreißend darin aussehen.«

Bis Elise tatsächlich hinreißend aussah, verging beinahe der ganze Tag. Was für Vorbereitungen! Allein das Waschen, Trocknen und Frisieren ihrer fast hüftlangen dunklen Haare nahm Stunden in Anspruch. Da Mutter und Tochter auf eine Zofe verzichtet hatten, halfen sie einander. Mamá war zweifellos geschickter, als jede Zofe es gewesen wäre, aber Elise tat sich schwer, die mütterliche Pracht so aufzustecken, wie Mamá es wünschte.

Schließlich standen sie, so dicht es die ausufernden Reifröcke zuließen, nebeneinander vor dem Spiegel. Mutter hatte sich für ein Kleid aus dunkelroter Seide mit drei Volants entschieden, dessen Ausschnitt und kurze Puffärmel mit Goldfäden bestickter Tüll in derselben Farbe zierte. Dazu trug sie ein Collier aus goldgefassten, herrlich geschliffenen böhmischen Granaten und ein funkelndes Diadem, besetzt mit den gleichen Steinen. Mamá hatte die Wahl dieser Schmuckstücke ein *Statement* genannt, da sie ihrer Auffassung nach zweifelsfreie Auskunft über die Heimat ihrer Trägerin gaben. Heute wollte sie ganz fest an Papás Seite als Schlesierin gelten und »wenigstens für diesen Abend einmal die wahre französische Herkunft unter die dicken Perserteppiche im Salon kehren«, wie sie scherzhaft anmerkte.

Elise, von der Natur beschenkt mit demselben Porzellanteint, der gleichen langen, zarten Nackenlinie, dem üppigen ebenholzfarbenen Haar, den feinen Gesichtszügen und den großen, ausdrucksstarken Augen ihrer Mutter, betrachtete ausgesprochen wohlgefällig beider Spiegelbild, wandte sich mal nach rechts, mal nach links und seufzte lächelnd.

»Wir sehen fast wie Schwestern aus, Mamá. Wie gelingt es dir nur, so jung und schön zu bleiben?«

»Nur das Glück und die Liebe halten lange schön, Elise. Beide haben gewisse Eigenarten. Du kannst sie nicht herbeizwingen, sie kommen, wann es ihnen gefällt, und bleiben ungern, wenn man sie nicht besonders gut pflegt. Das macht bisweilen sehr viel Mühe. Nimmst du diese Mühe auf dich, musst du dir übers Altern keine Sorgen mehr machen, denn Liebesmüh' – aber das muss man erst mal begriffen haben – zehrt nicht an Jugend und Schönheit. Bist du dazu aber zu faul, nützen dir keine Schönheitsmittelchen und du wirst sehr schnell altern. Ich für meinen Teil finde, ich habe Glück im Übermaß und scheine sehr fleißig zu sein.«

Mamá lachte und hauchte Elise einen Kuss auf die Wange, zupfte ein letztes Mal an dem zarten Diamantdiadem, befand es als genügend fest sitzend, griff nach einem kristallenen Parfumflakon und sprühte ein wenig Duft hinter Elises Ohren, die winzige Brillantohrringe schmückten. Dann öffnete sie die Tür zum Salon, wo Vater bereits in Frack, Zylinder und über dem Arm getragenem Umhang wartete.

»Es verschlägt einem die Sprache, meine Damen! Und so viel Schönheit und Anmut gehört allein mir!«

»So soll das sein, *Chérie*«, erwiderte Mutter zwinkernd, ließ sich das Pelzcape um die Schultern legen und nahm seinen galant hingestreckten Arm.

»Bis nachher, Franky, pass gut auf meinen Schatz auf! Und du sei brav, Fides!«, verabschiedete sich Elise bei den Zurückbleibenden.

Fides schaute nur einmal kurz auf, dann legte sie ihren Kopf wieder auf die Pfoten und schloss zufrieden die Augen. Franky war gleich bei ihrem Erscheinen aus seinem Fauteuil am Kamin hochgeschossen, hatte Haltung angenommen, dienerte jetzt knietief, »selbstverständlich, Miss«, und nahm erst wieder Platz, als Elise die Tür fast geschlossen hatte.

Gut versorgt, der schöne Liebling. Ach, es würde ein wundervoller Abend werden!

* * *

Die geschlossene Kutsche wartete, es war eine kurze Fahrt zum Grosvenor Square. Ein weiter Platz mit gepflegter Grünanlage, die herrschaftlichen weißen Sandsteinbauten dreistöckig, hell erleuchtete Fenster, deren strahlendes Licht den kahlen Bäumen draußen einen goldenen Schein verlieh.

»Schaut, da drüben befindet sich die amerikanische Vertretung«, erklärte die Gräfin. »Und zwar schon seit 1785. Damals hat Präsident John Adams hier die erste amerikanische Mission am britischen Königshof eingerichtet. Und dort, Nummer 26! Für den Earl of Derby erbaut. Immer schon die begehrteste Wohnadresse Londons. Sehr bedeutend, Kinder, sehr bedeutend …«

Beeindruckend, ja. Aber das Haus der Cunninghams war zweifellos das größte und prächtigste. Sechs dorische Säulen zierten die hohe Fensterfront des mittleren Stockwerkes. Vor dem Eingang stauten sich die Kutschen, Livrierte öffneten Wagenschläge, klappten Trittchen herunter, boten weiß behandschuhte Hände zur Hilfe. Vorrücken, die nächsten Gäste. Lachen, Kichern, sonore Heiterkeit dazwischen.

Jetzt war der Achenthal-Wagen dran. Elise griff als letzter Passagier nach der hingereichten Hand, trat mit ihren dünnen Seidenschuhen auf kaltes Pflaster, spürte Tante Augustes sachte Berührung am Ellenbogen, hörte ihr Flüstern: »Bleib dicht neben mir«, und betrat eine neue Welt.

In zwei geordneten Reihe standen die Gäste im Vestibül, rückten genauso diszipliniert und geduldig der zweiläufigen, mit einem roten Teppich belegten Treppe zu, wie es draußen schon die Kutscher vorgemacht hatten. Elise ließ den Blick schweifen. Hier hatte ein gewiefter Innenausstatter für königliches Ambiente gesorgt. Ganz in Weiß und Gold öffnete sich der gewaltige, halbrunde Raum, bis hinauf in den ersten Stock, wo beide Aufgänge in eine säulengetragene Galerie mündeten. Über ihren Köpfen schwebte ein Kristalllüster von ungeheuren Ausmaßen, blinkte, gleißte, übergoss mit seinem vielfach gebrochenen Licht die Ankömmlinge. Gesprochen wurde nur flüsternd, von oben klang leise Musik. Elise meinte, eine Mozartmelodie zu erkennen.

An jedem Treppenfuß standen je zwei Mitglieder der Familie Cunningham mitsamt einem Lakaien, der die Aufgabe hatte, jeden Gast lautstark vorzustellen.

»Links Vater Mortimer und James, rechts Mutter Julia und Fletcher«, raunte die Gräfin Elise zu. Sie standen in der rechten Schlange.

»Die Gräfin von Bresow«, annoncierte wenig später der Diener ohrenfällig, senkte dann seine Stimme auf ausgesprochen gedämpftes Niveau und fügte hinzu: »Samt Anhang, die Familie von Achenthal.«

Samt Anhang. Aha! Elises Laune sank. Entsprechend mürrisch musste wohl ihr Gesichtsausdruck gewesen sein, denn Fletcher Cunninghams amüsierter Blick sprach Bände, als er ihre Rechte nahm, um einen angedeuteten Handkuss zu platzieren.

»Mein liebes Fräulein von Achenthal«, sagte er bedauernd, »werde ich Sie eigentlich jemals lächeln sehen?« Ohne Elises Antwort abzuwarten, wandte er sich gleich darauf an seine Mutter: »Darf ich dir vorstellen? Die Achenthals haben mich aus meiner prekären Situation gerettet und ins Hospital gebracht. Wären sie nicht gewesen, ich wage mir kaum vorzustellen, wie es mir an diesem Tag in dem ansonsten menschenleeren Park ergangen wäre. Ich bitte dich, liebe Mamá, gewähr mir die Gunst, Fräulein von Achenthal statt wie angedacht Lady Bornsworth zu Tisch führen zu dürfen. Würdest du das für mich arrangieren?«

Mrs Cunningham war eine dralle Dame mit fuchsiarotem Haar, das die Vererbung gnädig weitgehend herausgefiltert hatte, denn auf Fletchers dunkelblonden Schopf war davon lediglich ein kupferner Hauch übergegangen. Sie musterte Elise wohlgefällig und reichte ihr die Hand zur Begrüßung.

Elise senkte den Kopf, beugte sich über die behandschuhte Rechte der Hausherrin und knickste artig. »Ausgesprochen gern, mein Lieber!«, hörte sie derweil Mrs Cunningham ihrem Sohn antworten. Dann hieß sie Elise mit überschwänglich warmen Worten willkommen.

Höflich bedankte sich Elise für die Einladung, zwischen ihren Lippen ließ sie sogar kurz ein schneeweißes Lächeln blitzen. Sie wusste, es war diese Art von Lächeln, das pflichtschuldig produziert werden kann, aber keinen Spiegel in den Augen findet, weil es nicht aus dem Herzen kommt. Es gefiel ihr nämlich ganz und gar nicht, was just über sie verfügt worden war. Jaja, er sah schon gut aus in seinem Frack. Aber sahen im Frack nicht alle Männer gut aus? Ganz hinten in ihrem Kopf schickte sich diese Gefühlsmelange aus arroganter Herablassung und – später angesichts der offenbar gewordenen Notlage Cunninghams – beigemischter Scham wieder an, in den Vordergrund zu drängen. Keine erquickliche Mischung. Ausgerechnet mit dem also sollte sie den Abend verbringen? Artige Tischgespräche mit ihm führen? Liebe Güte, wie unangenehm!

»Sehr positiv, meine Lieben«, befand hingegen erwartungsgemäß die Gräfin, während sie nebeneinander die breiten, flachen Stufen hinaufschritten. »Besser hätte es gar nicht ablaufen können. Nun enttäusch uns nicht, Elise. Sei nett und umgänglich mit dem jungen Mann, bezaubere ihn. Ein gutes Verhältnis zu dieser Familie kann uns nur nützlich sein.«

Elise quittierte ihr Ansinnen mit einem leicht säuerlichen Blick. Erinnerte sich an das erste gemeinsame Frühstück, als doch die Gräfin sie geradezu dazu aufgefordert hatte, ihre Interessen selbstbewusst durchzusetzen. Aber dies hier schien wohl einfach was anderes zu sein. Weil nämlich sie, weil die Gräfin selbst bestimmte eigene Interessen mit Elises Hilfe durchzusetzen wünschte. Offenbar also gab es eine Rangordnung auch unter Frauen, die von alt und bedeutend hinab zu jung und unbedeutend verlief. Am untersten Ende dieser Pyramide fühlte sich Elise jetzt, da insistierte die Gräfin schon wieder: »Nun komm schon, Elise! Du wirst schließlich nicht gezwungen, den Abend mit einem Ungeheuer zu verbringen, sondern mit einem der begehrtesten Junggesellen Londons.«

»Ich werde mich zusammenreißen, Tante Auguste!«, sagte Elise ernst.

»Nein, nicht zusammenreißen. Du sollst fröhlich und möglichst intelligent plaudern und Spaß mit dem Burschen haben. Das dürfte dir doch nun nicht allzu schwerfallen.«

Elise verdrehte die Augen. Aber so, dass Tante Auguste es nicht sehen konnte.

* * *

Tatsächlich erwies sich Fletcher Cunningham während des exquisiten sechsgängigen Diners als äußerst angenehmer Tischherr. Aufmerksam war er darauf bedacht, dass es Elise an nichts fehlte. Seine Konversation war gepflegt und charmant, wobei er sich immer wieder der deutschen Sprache zu bedienen bemühte, während Elise beinahe stringent ihre Englischkenntnisse einsetzte und nur selten fehlende Vokabeln nachfragen musste. Angeregt und reibungslos erfolgte die Verständigung.

Offenbar war er ihr überhaupt nicht böse, schien sogar das dringende Bedürfnis zu haben, einen gewissen Misston zwischen ihnen beiden schnell und sehr klar ausräumen zu wollen. »Sie sind eine wahrhafte Pferdekennerin, Fräulein von Achenthal. Das gefällt mir sehr. England ist seit alters her eine Reiternation, wie Sie sicherlich wissen. Und wir Engländer vertragen durchaus auch scharfe Kritik, insbesondere dann, wenn sie gerechtfertigt ist und sich für das Wohl unserer Rösser einsetzt. Seien Sie also ganz beruhigt, ich nehme Ihnen keines Ihrer ehrlichen Worte übel. Im Gegenteil! Geradeheraus ausgesprochen ist mir solch ein Tadel tausendmal lieber, als hätten Sie mich hintenherum klammheimlich verspottet.«

Während er so sprach, sah er sie mit aufrichtigem Blick aus seinen wirklich schönen grünen Augen an, dem die Bitte um Verzeihung innelag. So interpretiert, fiel ihre Antwort entsprechend aus: »Nicht ich muss etwas entschuldigen, sondern Ihr Pferd, Sir!«

Er lachte kurz auf, ließ es aber sehr schnell sein und hielt sich mit der Hand die verletzte Seite. »Ich denke, der gute Samuel hat mir meine Ungeschicklichkeit inzwischen längst verziehen. Ich habe ihn mit Karotten bestochen und er schien's zufrieden. Aber Sie haben ganz recht gehabt. Er neigt dazu, sehr intensiv mit dem Gebiss zu spielen. Eigentlich hätte ich viel früher merken müssen, was passiert ist, dann hätte ich weder den armen Kerl so geärgert noch müsste ich mir immer noch das Lachen verkneifen. Das Reiten funktioniert schon wieder leidlich, wobei ich allzu schnelle Gangarten bisher zu vermeiden trachte. Aber Lachen und Husten sind noch ziemlich unangenehm.«

»Das tut mir leid«, sagte Elise und meinte es so, denn der Schmerz war ihm doch sehr deutlich anzumerken. Kurz überlegte sie, nahm einen Schluck von dem süßen Dessertwein, der zum Sorbet gereicht worden war, und schlug ihm vor, was ihr soeben eingefallen war: »Wissen Sie, ich denke gerade … nun, vielleicht mag er gerade dieses Mundstück nicht und Sie probieren einmal ein anderes.«

»Das wäre natürlich denkbar. Ja, sicher … darauf hätte ich längst selber verfallen sollen …« Er drehte den Stiel seines Glases, wirkte für einen Moment abwesend, dann schien ihm plötzlich eine Idee zu kommen. »Morgen werden wir alle vermutlich zu erschöpft für derartige Aktivitäten sein, aber was halten Sie davon, wenn ich Sie gleich übermorgen Vormittag in Ihrem Hotel abholen lasse und wir probieren einmal gemeinsam eine Alternative aus? Womöglich hätten Sie sogar Lust auf einen kleinen Ausritt im Hydepark? Geeignete Pferde stehen genügend in unseren Stallungen.«

»Stallungen? Hier? Wo denn? Ich habe nur ein vornehmes Wohnviertel gesehen«, erwiderte Elise erstaunt.

»Ja, das ist der Clou am Grosvenor Square. Nach vorne hin elegante Fassaden und hinten heraus Stallungen. So hat es der Namensgeber einst geplant. Der Mann war sehr praktisch veranlagt.«

Eine solche Einladung ausschlagen? Elise wäre nicht Elise gewesen, zumal sie sich einen Ritt durch diesen wunderbar weitläufigen Park sowieso gewünscht hatte und schon jetzt, nach gerade mal knapp drei Wochen auf Reisen, ein gewisses Maß an

Entzugserscheinungen bezüglich der gewohnten Reiterei verspürte. Jetzt nicht mehr nur vorgeblich vergnügt, stimmte sie also seinem Vorschlag zu.

»Wunderbar!«, freute er sich. »Dann haben wir eine Verabredung. Gegen elf Uhr? Ist Ihnen das recht?«

Elise nickte und gleich darauf hob Mrs Cunningham mit einer erfrischenden kleinen Rede die Tafel auf und bat ihre Gäste zum Tanz in den Saal.

Stühle wurden gerückt, die älteren Herren zogen sich in ein angrenzendes Rauchkabinett zurück, wo bestimmt erlesene Sorten hochprozentiger Alkoholika bereitgehalten wurden. Aber alles, was junge Beine hatte, strebte durch die nun aufgeschwungenen hohen Flügel in den hell erleuchteten Ballsaal.

»Schenken Sie mir einige Tänze, Fräulein von Achenthal?«, bat Fletcher.

»Bescheiden sind Sie ja nicht gerade. Gleich einige?«, tadelte Elise schelmisch und nahm dennoch bereitwillig seinen Arm.

»Wer den Ausgangspunkt eines Handels zu tief ansetzt, hat garantiert das Nachsehen«, gab er verschmitzt lächelnd zurück.

»Dann ist es wohl besser, wenn ich verschweige, dass mich außer Ihnen noch gar niemand um Tänze gebeten hat.«

»Das wagt auch keiner, solange ich an Ihrer Seite bin«, zwinkerte er ihr zu.

Und schon waren sie mittendrin.

* * *

Polonaise, Cotillon, La Boulanger, Regentschaftstanz, Quadrillen … und der Walzer. Jener Tanz, bei dessen Einführung selbst der eher leichtlebige Lord Byron hüstelnd den Kopf geschüttelt haben soll. Ein Tanz mit Umarmung? Also wirklich …

Und gerade der Walzer! Strauss. Herrlich! Wenn auch ganz bestimmt nicht wie vor wenigen Wochen mit Konrad! Aber doch

… Noch in der Chaise, die weit nach ein Uhr die Achenthals mitsamt der Gräfin zum Hotel zurückfuhr, wippte Elise mit den Zehen, summte sie Melodien, fühlte sich wie berauscht. Und dankte wieder einmal insgeheim ihrem Tanzlehrer, Monsieur Jacques, der sie monatelang streng unterrichtet hatte. Wie gut, dass Mamá diesbezüglich kein Pardon gekannt hatte! Ohne den Tanzunterricht wäre Elise daheim wohl noch zurechtgekommen, aber auf dem Londoner Parkett zweifellos völlig verloren gewesen. Mamá hatte es für eine Selbstverständlichkeit gehalten, und Elise hatte ihre Tanzstunden zunächst lustlos und zähneknirschend, später – mit zunehmenden Fähigkeiten – voller Begeisterung absolviert. Dabei hätte sie es nie für möglich gehalten, wie sehr sie eines Tages jemand dafür bewundern würde. Fletcher jedenfalls, den sie jetzt in Gedanken nur noch so nannte, hatte sie bewundert. Was allein schon die Tatsache bewies, dass er an diesem Abend keinen einzigen Tanz mit einer anderen getanzt hatte.

Und oh, diese Blicke, die ihr von allen Seiten zugeflogen waren! All dieses Lachen, diese fast leichtsinnige Leichtigkeit. Und all diese Komplimente! Nicht nur von Fletcher. Aber vor allem von Fletcher. Selten hatte sie sich so begehrt, beachtet und … – ach, verflucht, nein, eine Dame fluchte doch nicht! – … so selbstzufrieden und eitel gefühlt.

Nun war sie müde. Müde und glücklich. Übermorgen – o nein, morgen schon – würde sie mit Fletcher durch den Park reiten. Konnte es noch besser werden? Ach, England war einfach nur wundervoll!

Auf dem Hotelflur verabschiedeten sie sich von Tante Auguste. Die tätschelte Elise lächelnd die Wange, sagte: »Siehst du, Elischen, es war doch gar nicht so schlimm!«

Nein. Es war überhaupt nicht schlimm gewesen.

Schlimm sollte es erst jetzt werden. Als Papá die Tür zur Suite aufgeschlossen hatte.

Die Zimmer waren leer.

Kein Franky.

Keine begeistert wiffende, wedelnde, überschäumend glückliche Fides.

18

London, Oktober 1844 – Braun. Nicht grün

Dunkle Gassen, himmelhohe rote Mauern, nackte Beine, eiskalt.

Elise lief. Lief mit schmerzenden Füßen. Lief über hartes Pflaster, lief durch zähen Schlamm.

Elise fiel. Fiel. Fiel!

Schmerz im Kopf.

Stand auf. Unendliche Mühe.

Wohin?

Weiter.

Irgendwo …

Wo?

Ein Schrei.

Fides!

Wo? Wo bist du?

Da!

Der Karren!

Fides?

Nein! O nein, nein, bitte nein!

Geschunden die Schulter. Blut aus der Brust. Das Auge so weiß. Das Auge blind.

Sieh mich an! Heb den Kopf. Komm. Bitte!

Du kannst nicht die ganze Welt retten.

Doch, ich kann!

Alles dreht, dreht, dreht sich.

Vive la danse!

Dreht, dreht und dreht sich.

Rinnt durch die Finger.

Zeit?

Nein. Das Leben.

Bleib bei mir!

Nicht! Nicht! Nicht sterben!

Dunkel.

Allein.

So kalt. So kalt.

Hilft mir denn keiner?

Ein Licht.

Ein Gesicht.

Augen so warm.

Arme so stark.

Hände so zart.

Lippen so warm.

Aufgehoben.

Weggetragen.

* * *

Elise erwachte. Er war fort. Fides war fort. Sie war allein.

Allein auf einem Diwan vor einem verloschenen Kamin in einer noblen Londoner Hotelsuite. Der Kopf schmerzte, die Füße in den dünnen Strümpfen eiskalt, die Tanzschuhe ein Stück entfernt auf dem Boden, das Gesicht tränenfeucht, verquollen.

Irgendjemand, Mutter bestimmt, hatte ihr ein Wollplaid übergelegt. Es war verrutscht, die Schultern fröstelnd frei.

Elise stand auf. Schwankte. Champagner oder noch der Schock? Das Ührchen auf dem Kamin zeigte halb vier.

Langsam kam die Erinnerung wieder. Leise schob sie die nur angelehnte Tür zum Schlafzimmer der Eltern auf. Ein Bett war leer. Mamá schlief. Sie schloss die Tür wieder.

So war Papá also noch immer unterwegs.

Elise wankte ins Bad, drehte das schummrige Gaslicht neben dem Spiegel höher. Sah in ihr blasses Gesicht. Alle Fröhlichkeit verflogen. Fides war fort. Franky hatte kaum eine Stunde vor ihrer Rückkehr ins Hotel dem Nachtportier mitgeteilt, die Hündin noch ein Viertelstündchen ausführen zu wollen. Nichts hatte der sich dabei gedacht, ihn gehen zu lassen. Es war ja alles abgesprochen gewesen, das wusste er. Dass das Viertelstündchen sich etwas gedehnt hatte … nun ja, das hatte ihn nicht beunruhigt.

»Wo kann er nur sein?«, hatte Vater nervös gefragt.

Der Portier hatte nur die Achseln gezuckt.

»Hat er den Hund womöglich mit nach Hause genommen?«

»Das kann ich mir kaum vorstellen. Bisher war er stets im Green Park, um Ihre Hündin auszuführen. Bis zu ihm nach Hause … nun, das mögen anderthalb Stunden Fußweg sein.«

»Mein Gott, wo wohnt er denn? Ich könnte dort suchen.«

»Aber Sir!«

»Was?«

»Sie sollten nicht in eine solche Gegend gehen.«

Der Nachtportier schlug vor, die Polizei zu benachrichtigen. Vater stimmte zu.

Elise lief, während sie auf das Eintreffen der Ordnungshüter warteten, händeringend in der Lobby auf und ab. Mamá versuchte immer wieder, sie in den Arm zu nehmen, zum Niedersitzen zu bewegen, aber Elise konnte nicht stillsitzen.

Endlich erschien ein Bobby. »Verzeihung, Sir, Sie wollen uns nicht ernsthaft auffordern, nach einem Hund zu suchen?«

Wie er das Wort »Hund« ausspuckte!

»Doch, das will ich!«

»Wir haben weiß Gott anderes zu tun.« Kopfschüttelnd tippte er sich an den Helm und trat ab.

»Ich werde Fides suchen gehen. Sei ganz ruhig, Elise, ich finde deinen Liebling! Portier! Die Adresse bitte!«

Mit einem Gesichtsausdruck, der zwischen völligem Unverständnis und Verzweiflung einzuordnen war, kritzelte der Mann etwas auf einen Zettel, reichte ihn Vater.

»Ich gehe mit!«

»Du bleibst hier!«

»Du bleibst hier!«, sagte auch Mutter, griff sehr fest nach Elises Hand.

Und Vater verschwand in Frack und Zylinder in der Nacht.

Nichts tun zu können – das war das Schlimmste für Elise. Mutters mehrfache Aufforderung, ins Bett zu gehen, auf Vater zu vertrauen, hatte Elise wieder und wieder harsch zurückgewiesen. Sich immer weiter in einen Zustand hineingesteigert, der drohte, hysterische Züge anzunehmen. Immer schneller waren die Tränen geflossen, immer schneller war ihr Atem gegangen, Sterne blitzten vor den Augen auf, die Beine wurden weich, sie sank vor dem Kamin auf die Knie, barg die Stirn in den Händen.

Mamá sagte resolut: »Ich hole Auguste, die versteht sich auf Zustände«, und war weg.

Elises Atem raste, Elises Puls raste.

Tante Augustes Schlafrocksaum schob sich ins Bild. Schon griffen beide Frauen ihr unter die Arme und zogen sie auf das Kanapee. Die Tante stülpte ihr eine Papiertüte über Mund und Nase, sagte: »Atme! Atme ganz ruhig hinein.«

Elise schob die Tüte unwirsch weg. Die Gräfin blieb unerbittlich. Legte einen Arm um ihre Schultern, hielt mit einer Hand das Papier. »Atme, Elise. Ganz ruhig. Wir sind bei dir. Es ist nur eine Panikattacke. Du stirbst nicht. Gleich wird es besser. Atme nur. Ganz tief, ganz ruhig.«

Sie spürte: Von Atemzug zu Atemzug wurde es besser. Und sie wurde müde. Entsetzlich müde. Die letzte Erinnerung war ein unter den Kopf geschobenes Kissen und die geflüsterten Worte: »Lass sie hier liegen, Florentine. Sie muss schlafen.«

Dann war alles still gewesen.

Noch immer war es still. Totenstill. Das Mädchen mit den rot geweinten Augen sah sie aus dem Spiegel an. Alles hätte sie gegeben, wenn sie nur Fides wiederhätte. Was bedeutete schon das wunderschöne Kleid? Was bedeutete schon all dieser Luxus, in dem sie lebte? Was eine zauberhafte, durchtanzte Nacht? Wäre sie doch bei ihrem zunächst gefassten Entschluss geblieben und hätte auf den Ball verzichtet. Dann wäre das nicht geschehen. Verraten hatte sie Fides!

Umständlich pellte sie sich aus der Ballrobe, nahm den Schmuck ab, löste ihr Haar. Stand da, nackt, frierend, unglücklich wie noch nie im Leben. Nur ein Mensch. Ein Mensch, dem ein Stück aus dem Herzen gerissen war.

Elise goss Wasser in die Porzellanschale, tauchte ihre Hände ein, wusch sich das Gesicht. Griff nach dem Handtuch, tupfte die Haut trocken, sah sich selbst in die Augen und dachte an jene braunen Augen, die ihr gerade im Traum erschienen waren. Braun waren sie gewesen. Nicht grün. Und sie hatten die Rettung bedeutet. Wie konnten sie denn? Er war weit weg. War daheim in Schlesien.

Nach Hause! Oh, bitte, ja, ich will nach Hause. Aber nicht ohne Fides! Alles gäbe ich darum, sie wiederzuhaben.

Und dann auf dem schnellsten Weg nach Hause!

19

London, Oktober 1844 – Alles?

Mamá weckte sie zum Lunch. Traumlos hatte Elise den ganzen Vormittag verschlafen.

»Wo ist sie? Ist sie wieder da?«, waren ihre ersten Worte.

Mutter schüttelte traurig den Kopf. »Dein Vater ist erst gegen sechs Uhr zurückgekehrt. Drei Stunden hat er geschlafen, dann war er wieder auf den Füßen und hat ein weiteres Mal den Green Park abgesucht, alle Leute gefragt, die ihm begegneten. Niemand war letzte Nacht dort unterwegs. Niemand hat Franky oder Fides gesehen.«

»Und bei ihm daheim?«

»Davon lass Vater selbst erzählen. Komm, steh auf, zieh dich an.«

Todmüde sah er aus. Tiefe Schatten lagen unter seinen Augen, die Haut wirkte kalkweiß.

»Es tut mir so leid, Schatz«, sagte er betrübt, als Elise zusammen mit Mamá den Speisesaal betrat, wo er sie bereits am gewohnten Tisch erwartete.

Elise drückte ihm einen Kuss auf den Scheitel, streichelte sanft seine Schulter, nahm neben ihm Platz. Ihre Hand glitt seinen Arm entlang, sie fasste seine Rechte, drückte sie fest. »Danke, Papá! Mutter wollte sich nicht recht äußern. Hast du Franky gefunden?«

Vater seufzte schwer, nickte, schaute sie an mit einem so erschütterten Ausdruck, wie sie ihn nicht einmal nach der Glühwürmchennacht bei ihm gesehen hatte. »Ich habe mir eine Droschke genommen, nachdem ich im Park erfolglos gesucht hatte, und mich in dieses … Whitechapel chauffieren lassen. Immer an der Themse entlang, zunächst derselbe Weg, wie wir ihn letztens vom Tower aus zurück genommen haben, dann … ach, mein Gott … du machst dir keine Vorstellung, Elise! Ich glaube, jeder Quadratzentimeter Boden ist mit hohen Häusern aus ungebrannten Ziegeln bebaut. So hoch, so eng, dass du wahrscheinlich auch bei vollem Sonnenschein im Dunkeln stehst. Ein widerlicher Gestank steigt aus der Gosse auf. Und die Gosse, das ist die Straße. Es gibt keinerlei Befestigung, alles ist purer, zäher Schlamm voller Unrat und Exkremente. Der Kutscher konnte nicht einmal einfahren in diesen Weg, den mir der Portier als Wohnadresse Frankys bezeichnet hatte. Ich musste zu Fuß weiter, fand das Haus mit der richtigen Nummer dunkel vor. Trotz der späten Stunde klopfte ich und entging zunächst gerade noch mit knapper Mühe einem Eimer voll Fäkalien, der aus einem geöffneten Fenster auf mich heruntergeschüttet wurde.«

Elise verzog das Gesicht, machte »Ih! Du Armer!«, fragte: »Und dann? Ließ man dich ein?«

»Immerhin bekam ich Antwort. Franky? Ah, O'Dooley. Zweiter Hinterhof, Kellereingang.«

»Bitte?«

»Jawohl, Schatz! Ein schmaler, unbeleuchteter Durchgang, der erste Hinterhof, dasselbe Spiel noch einmal, dann der

zweite. Ich riss ein Hölzchen an, versuchte, diesen vermale-
deiten Kellereingang zu finden. Ein Hund bellte. Ich dachte
schon, es sei Fides. Aber es war nur irgendein aufgescheuchter
Pinscher, der einer Ratte nachjagte.«

Wieder machte Elise »Ih!«, rutschte ungeduldig auf ihrem
Stuhl herum, während die Kellner schon die Suppe auftrugen.
»Hast du Franky angetroffen?«

Er nickte und Elises Herz machte einen Hopser. »Was ist
passiert? War Fides dort? Warum hast du sie nicht mitgebracht?
Geht es ihr gut? Nun sag schon, Papá!«

»Eine Dame öffnete, in der Hand ein Talglicht. Nun …
ich denke, ich treffe nicht ganz die rechte Bezeichnung, wenn
ich sage, es war eine Dame. Jedenfalls war es Mrs O'Dooley,
Frankys Mutter, die mich schroff fragte, ob ich noch alle Tassen
im Schrank habe, mitten in der Nacht anzuklopfen. Ich fragte
nach Franky, erklärte in kurzen Worten, wer ich bin, was ich
will. Da schien die reine Wut nach ihr zu greifen. Sie knallte
mir die Tür vor der Nase zu. Und erschien nur Sekunden später
mit Franky am Ohr.«

»Am Ohr? Der arme Junge!«

»Allerdings. Du hättest ihn kaum wiedererkannt. Barfuß,
in Hosen, die kaum übers Knie reichten, eine schmutzige
Schafwollweste, nackte Arme, nackte Brust. Offenbar sein
Schlafanzug, seine Alltagskleidung. Seine Mutter hielt das
Ohr so fest, dass es offenbar schon eingerissen war, eine dünne
Blutspur rann den Hals entlang. Sie beschimpfte ihren Sohn in
Worten, die ich besser nicht wiederhole, setzte sogar noch den
Leuchter auf ein Sims und ließ die flache Hand fliegen, bis ich
dazwischenging. ›Nun lassen Sie es gut sein, Ma'am. Es nützt
doch nichts, wenn Sie ihn noch umbringen. Ich möchte doch
lediglich wissen, was passiert ist.‹«

»Was ist denn nun passiert? Vater, spann mich doch nicht
so auf die Folter!«, stöhnte Elise gequält.

»Irgendwo oben im Haus ging ein Fenster auf und jemand brüllte ›Ruhe!‹. Da hat sie mich reingebeten. Ein einziger Raum, vielleicht so groß wie unser Badezimmer hier. Auf Bodenmatten eng zusammengepfercht sechs schlafende Kinder. Eine Kochstelle, daneben, durch einen Vorhang abgeteilt, ein Bett, ach, was sage ich, ein Lager; ein Brett auf Ziegelsteinen, Strohsack, ein ziemlich dicker Mann. Schlief auch. Es roch nach Alkohol. Vermutlich war der Herr des Hauses so betrunken, dass sie nicht einmal die Stimme senken musste, um ihn nicht zu wecken. Was denn nun mit dem Hund des gnädigen Herrn passiert sei, wollte sie wissen und schüttelte Franky.«

»Und?«, fragte Elise.

»Er ist, wie es auch der Portier schon gesagt hat, gegen halb eins mit Fides aus dem Hotel gegangen und hat den Weg zum Green Park genommen. Wie immer, sagte er. Und ist dort auf einen Mann mit einem Ungeheuer getroffen. Jedenfalls muss es der größte, aggressivste Köter der Weltgeschichte gewesen sein, wenn man dem Jungen glauben darf. Augen wie glühende Kohlen, mindestens hundertdreißig Pfund schwer. Cerberus ist gar nichts gegen seine Beschreibung. Franky sagt, dieser Hund, eine Art Bulldogge wohl, habe sich losgerissen und auf Fides gestürzt!«

»Nein!«, brüllte Elise und Tränen schossen ihr in die Augen. »Und dann?«

»Dann sind beide Hunde in der Nacht verschwunden. Fides winselnd mit eingekniffenem Schwanz vorneweg, der Köter wutentbrannt hinterher. Franky ihnen nach. Meilenweit, sagt er, immer im Kreis. Bis er die Spur verloren hat und auch nichts mehr hörte.«

»Und Franky hat es gewagt, nicht wenigstens auf uns zu warten, uns Bescheid zu sagen? Uns oder dem Portier? Ist stattdessen einfach nach Hause gelaufen?«

»Anderthalb Stunden, nachdem er mit Fides das Hotel verlassen hatte, war er daheim, sagte seine Mutter. Er muss gerannt sein, als sei der Teufel hinter ihm her gewesen. Die guten Schuhe schmutzig, die Livree, ›die schöne Livree‹, ganz verschwitzt. Mehr hat sie wohl nicht interessiert, die Dame.«

Elise verfiel in tiefes Nachdenken. Vater und Mutter löffelten ihre Suppe, sie ließ ihre kalt werden. Plötzlich kam ihr ein Einfall: »Du hast heute Morgen erneut den Park abgesucht, nicht wahr, Vater?«

»Ja.«

»Wenn dieser Cerberus Fides dort umgebracht hätte, hättest du sie finden können?«

»Sofern sie sich nicht verletzt in ein Gebüsch verzogen hat und nichts mehr von sich geben kann. Natürlich habe ich ständig nach ihr gerufen.«

»Es hat nicht geregnet, oder? Dann müsste es doch wenigstens Blutspuren geben.«

»Ich habe nichts gesehen.«

»Aber so genau hast du nun auch wieder nicht darauf geachtet?«

»Der Park ist groß, Elise.«

»Dann werden wir genau nachsehen. Jeden einzelnen Stein umdrehen, hinter jeden Busch gucken. Gleich nach dem Essen. Begleitest du mich?«

»Selbstverständlich!«

Stunden verbrachten Vater und Tochter im Green Park. Suchten so lange, bis das Tageslicht verging. Und fanden nichts. Nicht die kleinste Spur, nicht den geringsten Hinweis.

Am Abend schienen die Eltern den Verlust hingenommen zu haben. Vater hatte keinen Zweifel an der Aufrichtigkeit von Frankys Schilderungen. An ihm schien vor allen Dingen zu nagen, welche Lebensbedingungen er in Whitechapel vorgefunden hatte. Immer wieder fing er mit dem Thema an, wiegte den Kopf, äußerte Bedenken, die er beim Dinner lang und breit mit der Gräfin und Mamá besprach. Das sei einer der Bezirke, in denen neben Hafen- auch Fabrikarbeiter aus der Textilindustrie wohnten. Er habe sich dessen versichert. Ob es denn nun richtig sei, dies alles weiterzudenken? Ob es wirklich Fortschritt, wirklich bessere Bedingungen für seine Arbeiter bringen würde, die Importpläne für die Maschinen umzusetzen, die mehr und mehr Gestalt annahmen? Am folgenden Tag, das hatte sich während eines intensiven Gesprächs mit dem alten Cunningham während des Balls so ergeben, wollte er sich mit ihm treffen. Wollte Nägel mit Köpfen machen. Die drei steckten wieder und wieder die Köpfe zusammen. Spitzten ihre Bleistifte, rechneten, wälzten Unterlagen, diskutierten.

»Es scheint mir nicht die Frage, ob, sondern wie wir es umsetzen, Arno«, sagte Mutter.

»Zweifellos müssen wir dann allerdings weitere Investitionen bedenken. Es genügt nicht, einfach die Maschinen zu erwerben und die Hallen zu bauen«, bestätigte Tante Auguste.

Wieder vertieften sie sich. Elise saß stumm daneben. Ihre Sorgen schienen sie vergessen zu haben, behandelten sie wie Luft. Wieder einmal fühlte sie sich entsetzlich alleingelassen.

Beim Zubettgehen nach diesem zermürbend erfolglosen Tag ließ Vater sich auch noch zu dem Trostversuch hinreißen, sicherlich fände sich im heimischen Zwinger doch ein Ersatz, der Fides' Platz an Elises Seite einnehmen könnte, denn soviel er wüsste, hätte doch Großvater eine Schwester aus demselben Wurf aufbewahrt. Da schlug Elise verzweifelt wütend ihre Zimmertür hinter sich zu, warf sich aufs Bett und heulte, bis die letzten Gedanken sie endlich gnädig in den Schlaf gleiten ließen.

Sie hatte ihre beste, treueste Freundin verloren. Und dieses England war einfach nur ekelhaft!

* * *

Die Nacht war unruhig gewesen. Immer wieder war Elise erwacht. Gequält von schrecklichen Träumen, in denen ein riesiger Höllenhund ihre geliebte Fides zu Tode hetzte. Und dieses Mal kam niemand zu Hilfe.

Hinter ihren Schläfen pochte es wie Schmiedehämmer. Am liebsten hätte sie einen Boten geschickt, um ihre Verabredung mit Fletcher Cunningham abzusagen. Doch Mutter ermahnte sie, sich zusammenzureißen, und legte ihr mokkabraunes Reitkostüm mit den cremefarbenen Spitzen heraus, das sie sehr gern trug, wenn sie Amabilé ritt, weil es so hübsch mit dem satten Kastanienton im Fell der Stute harmonierte.

»Es wird dir guttun und dich auf andere Gedanken bringen, Elise«, sagte Mamá. »Die Welt wird sich weiterdrehen, auch ohne Fides. Wir müssen den Verlust akzeptieren, so bitter er auch ist.«

Allein die Nennung von Fides' Namen trieb schon wieder die Tränen in Elises Augen. Nein. Abfinden konnte sie sich noch lange nicht. Sie war in tiefer Trauer. Aber vielleicht hatte Mamá nicht unrecht. Es half gewiss auch nicht, hier im Hotel sitzen zu bleiben und zu grübeln. Ein bisschen frischer Wind konnte keinesfalls schaden. Also ließ sie sich in ihr Reitkostüm helfen.

Als die beiden auf dem Weg in den Frühstückssaal die Hotellobby durchquerten, sah Elise eine Frau beim Portier stehen, die so gar nicht in das vornehme Ambiente passen wollte. Ihre Kleidung wirkte abgerissen, ihre Lippen waren grellrot, die Wangen übertrieben geschminkt. Auffallend chic und so gar nicht zu ihrer übrigen Kleidung passend war der nagelneue Hut, den sie trug.

Elise beobachtete aus dem Augenwinkel, wie sie ein in braunes Papier gewickeltes Paket auf den Tresen legte. Offenbar kannten die beiden sich, Gestik und Mimik wirkten vertraut.

Der Portier schnürte das Päckchen auf, lugte hinein und Elise erkannte eine goldbetresste Livree. Ob das Frankys Mutter war? Dass dem kleinen Pagen gekündigt worden war, hatte sich inzwischen herumgesprochen. So brachte sie also seine Dienstkleidung zurück. Einmal mehr bedauerte Elise den armen Jungen. Was mochte nun aus ihm werden? Doch gleichzeitig keimte ein schlimmer Verdacht in ihr auf.

Elise stieß ihre Mutter sanft an. »Schau, Mamá, das da drüben ist anscheinend Frankys Mutter. Sieh mal hin, fällt dir auch was auf?«

Ein flüchtiger Blick genügte Florentine von Achenthal. Sie runzelte die Augenbrauen und zog Elise den gedeckten Frühstückstischen zu.

»Vermutlich eine Dame aus dem horizontalen Gewerbe, Elise. Nicht unattraktiv, aber sehr gewöhnlich. So schminken sich nur solche Frauen.«

»Dachte ich mir auch. Aber hast du den Hut gesehen?«

Mutter nickte. »Gewiss das Geschenk eines zufriedenen Freiers.«

Diese Antwort passte nicht zu Elises Verdacht, aber sie behielt ihren Gedankengang zunächst für sich.

* * *

Es war ein ungewohnt heller Tag. Nach dem ständigen Nebel eine wahrhaft angenehme Überraschung, die Elises trübe Stimmung durchaus ein wenig zu heben vermochte. Fletcher Cunninghams ausnehmend liebenswürdiger Kutscher stand auf die Minute pünktlich vor *Brown's Hotel*, um sie abzuholen, nach kurzer Fahrt erreichten sie Grosvenor Square, wo der junge Mann sie bereits gestiefelt und gespornt auf den Stufen des Hauses empfing. Als hätte er Elises Farbwahl erahnt, hatte auch er sich für herbstliche Brauntöne entschieden. Ein schönes Reiterpaar würden sie abgeben, dachte sie flüchtig und blickte ihm freundlich entgegen.

»Sie sehen mich überglücklich, verehrtes Fräulein von Achenthal«, begrüßte er sie herzlich und half ihr aus dem Wagen. »Möchten Sie eventuell im Salon noch einen kleinen Stiefeltrunk nehmen, oder bevorzugen Sie es, sofort zur Tat zu schreiten?«

»Ach, am liebsten gleich in die Stallungen«, antwortete Elise. »Nutzen wir doch das schöne Wetter!«

»Das habe ich beinahe erwartet«, sagte er lächelnd, »und bereits satteln lassen. Nur aufgetrenst haben wir noch nicht, schließlich hoffe ich auf Ihre Expertise. Vielleicht gelingt uns ja gemeinsam eine gute Wahl für meinen Samuel. Kommen Sie, ich zeige Ihnen, wie man hier am Grosvenor Pferde unterbringt.«

In der Ballnacht war Elise der schmale Seitengang, der zwischen den angrenzenden Prachtbauten hindurchführte, nicht aufgefallen. Erstaunt war sie, wie großzügig die Stallgebäude mitsamt sandbestreutem Vorplatz doch waren. Äußerst komfortabel waren die bestens gepflegten Pferde untergebracht, alles blitzte vor Sauberkeit, es duftete nach würzigem Heu.

Langsam schlenderte sie dem Stalleingang zu und Fletcher sah sich offenbar bemüßigt, genauere Auskunft zu geben: »Natürlich halten wir hier nur die wenigen Tiere, die wir in der Stadt unbedingt brauchen, und tauschen sie alle paar Wochen aus. Draußen auf unserem Landsitz vor den Toren Londons können sie sich immer wieder von den Strapazen des Stadtlebens erholen. Manche taugen auch gar nicht dafür und bleiben hübsch daheim.«

»Ach, wissen Sie, ich bin auch gerade an einem Punkt, an dem ich mich eigentlich nur noch von den Strapazen des

Großstadtlebens erholen und am liebsten gleich wieder zurück aufs Land, zurück in die Heimat möchte«, entgegnete Elise, während sie just die säuberlich gefegte Stallgasse betraten und sich den angebunden wartenden Reitpferden näherten.

Forschend blickte er sie an. »Nanu? Was höre ich denn da? Da stimmt doch irgendetwas nicht!«

Elise war durchaus gewillt, ihre Sorgen mit Fletcher zu teilen, denn er wirkte heute mehr denn je verständnisvoll auf sie. »Nein«, seufzte sie und blieb vor dem wuchtigen Fuchs Samuel stehen, der ihr gleich vertrauensvoll die hingestreckte Hand beschnoberte. »Hallo, Samuel, du erkennst mich wohl?« Sie streichelte ihm den kräftigen Hals. »Da stimmt etwas ganz und gar nicht, Mr Cunningham.« Und dann erzählte sie ihm, was geschehen war.

»Herrgott!«, rief er aus. »Ihr herrlicher Vorstehhund? Ich hatte Sie die ganze Zeit fragen wollen, woher Sie dieses wunderschöne Tier haben. Meine Familie schwört ja immer schon auf Setter, aber Ihre Hündin, die ist schon etwas ganz Besonderes. Allzu gerne hätte ich solch eine traumhafte Begleiterin. Dieser Adel, diese eleganten, kraftvollen Bewegungen, diese stolze Haltung, diese Augen …«

Elise nickte heftig. Spürte einen wohltuenden Seelengleichklang. Endlich jemand, der sie ganz und gar ernst nahm. »Mein Großvater«, erklärte sie, »züchtet diese Rasse. Fides, meine treue Fides, war sein Geschenk zu meinem sechzehnten Geburtstag. Niemals waren wir auch nur einen Tag getrennt, und Sie werden sich vorstellen können, welche Vorwürfe ich mir mache, den ganzen Abend vergnügt mit Ihnen getanzt zu haben, während sie …«

»Oh, liebes Fräulein! Ich möchte nicht schuld an Ihrem Unglück sein!«

Hilflos stand er einen Augenblick da, als Elise in Tränen ausbrach. Dann wagte er eine reichlich übergriffige Geste und legte ihr einen Arm um die Schultern. Elise lehnte für einen Moment ihre Wange an, rückte aber sogleich wieder kaum merklich ab. Sofort ließ er höflich los, reichte ihr sein Taschentuch, sagte: »Verzeihen Sie, ich wollte Ihnen keinesfalls zu nahe treten, aber ich leide so entsetzlich mit Ihnen und wollte zumindest ein wenig Möglichkeit zum Anlehnen bieten.«

»Schon gut. Ich nehme es so, wie es gemeint war, und danke Ihnen. Es fällt mir einfach noch unglaublich schwer, zu akzeptieren, dass sie mich nie wieder mit ihren treuen Augen ansehen, nie wieder mein Bett vorwärmen wird, ich nie wieder in dunklen Nächten ihren beruhigenden Atem neben mir spüren soll, sie nie wieder mit ihrem fröhlichen Gebell neben meinem Pferd hersetzen, mich warnen, mich beschützen wird. Ich fühle mich, als hätte man mir ein Körperteil amputiert. Wahrscheinlich das Herz.«

»Aber, aber! Nicht gleich das Herz, ich bitte Sie! Doch ich kann Sie verstehen. Mir selbst erging es ähnlich, als ich meinen allerersten Hund gehen lassen musste, den ich als kleiner Junge bekommen hatte. Mein kleiner Sniff, so hieß er, starb einfach an Altersschwäche. Aber ich war fünfzehn, als das geschah, und seit ich denken kann, war Sniff dagewesen. Er war ein Bastard, vielleicht eine Mischung aus Dachshund und … ach, wer weiß, was noch. Mein Vater hatte den vollkommen verschnupften Welpen für ein paar Pennys einem Hundefänger abgekauft. So kam er zu mir und ich gab ihm, mit noch nicht allzu großem Sprachschatz ausgestattet, seinen äußerst passenden Namen.«

Elise gefiel, dass die Familie Cunningham offenbar tierlieb war. Ein ziemlicher Schreck mischte sich allerdings zu den positiven Gefühlen. »Ihr Vater hatte ihn von einem Hundefänger? Ja, gibt es denn so etwas heute noch?«

»Ich denke schon. In London laufen viele herrenlose Hunde herum. Sie vermehren sich natürlich unbotmäßig rasant. Das sucht die Stadt zu vermeiden.«

»Um Gottes willen, was geschieht mit ihnen?«

Fletcher zuckte die Schultern, schaute verlegen beiseite und Elises Kopf malte sich die schrecklichsten Szenarien um Fides aus.

Cunningham schien zu ahnen, was er mit seiner Erwähnung angerichtet hatte, und er suchte abzulenken: »Nun, es hat jedenfalls damals Monate gedauert, bis meine Eltern wieder etwas mit mir anfangen konnten. Genau gesagt, war ich ihnen wahrscheinlich dermaßen zu viel in meinem Leid, dass sie mich am Ende etwas früher als geplant nach Eton aufs Internat schickten, um das Elend nicht mehr mitansehen zu müssen. Dort habe ich übrigens meine Deutschkenntnisse erworben.«

»Ah, ich hatte mich schon gefragt, weshalb Sie so gut Deutsch sprechen. Aber sagen Sie, dort haben Sie dann Ihre Trauer überwunden?«

»Na ja, da war ja bereits mein älterer Bruder James, was tröstlich war. Und ich hatte viel um die Ohren. Es half ein wenig. Aber ich denke noch heute an Sniff. Zumindest hatte ich das Glück, ihn in seinen letzten Stunden halten zu dürfen. Ich war bei ihm. Und Sie sind völlig im Unklaren.«

Elise nickte heftig. »Ich glaube nicht, dass sie tot ist! Das habe ich im Gefühl. Ich glaube vielmehr, dass an der Geschichte des kleinen Franky irgendetwas faul ist.« Und sie erwähnte die Beobachtung, die sie vor dem Frühstück gemacht hatte.

Cunningham runzelte die Stirn. »Ich verstehe nicht ganz …«

»Nun, womöglich hat Franky diese Geschichte doch erfunden, die ich, wenn ich es recht bedenke, für etwas übertrieben halte, ich meine … ein Höllenhund, also bitte! Hat er Fides womöglich entführt und verkauft? Immerhin ist sie ein besonders schöner, kostbarer Rassehund und sollte einen gewissen Marktwert haben.«

Fletcher wiegte zweifelnd den Kopf. »Dann hätte er aber einen Auftraggeber gehabt. Ein Käufer für so ein Prachtexemplar findet sich nicht einfach so, schon gar nicht in seinen Kreisen. Und es muss sich für den Jungen gelohnt haben. Schließlich musste er sich bewusst gewesen sein, dass er seine Anstellung im Hotel aufs Spiel setzt.«

»Immerhin war er täglich mehrmals mit dem Hund im Park unterwegs. Da könnte sich so etwas doch ergeben haben …«, versuchte Elise zaghaft ihre letzte Hoffnung zu begründen.

Cunningham schüttelte bedauernd den Kopf und murmelte: »Ich glaube nicht.«

Samuel verhinderte einen neuen Tränenausbruch. Er hielt den Kopf ein wenig schief, streckte die Zunge ein paar Zentimeter heraus und bettelte.

Elise weinte nicht, sie lachte. Fletchers hilflose Anspannung wich, er steckte dem Pferd ein kleines Apfelstückchen zwischen die Lippen, das genüsslich gemalmt wurde.

»Eigentlich bin ich ja hier, um mit Ihnen zu reiten und möglicherweise ein anderes Mundstück für Ihr Pferd herauszusuchen, statt Sie mit meinen Sorgen zu quälen und Ihnen die gute Laune zu verderben«, sagte Elise.

»Solange Sie in meiner Nähe sind, kann meine Laune gar nicht verderben«, erwiderte er. »Aber kommen Sie, wir schauen mal gemeinsam in der Sattelkammer, ob wir nicht ein angenehmeres Gebiss für ihn finden.«

Säuberlich aufgereiht hingen Sättel und verschiedenste Kopfstücke, die Elise nun unter die Lupe nahm. Sie wählte zwei aus, doch beide Versuche misslangen gründlich. Unzufrieden rollte Samuel mit den Augen und wollte nur eins: die Dinger sofort wieder loswerden. Fletcher legte also die gewohnte Zäumung an und Samuel wirkte so weit einverstanden.

»Hm«, machte Elise. »Ich glaube dennoch, er wird es wieder tun. Sehen Sie, kaum nehmen Sie die Zügel in die Hand, versucht er schon wieder, die Zunge drüberzubringen. Reiten wir so los, werde ich die ganze Zeit Angst um Ihre Rippen haben.

Einen weiteren Sturz würden Sie sicherlich noch nicht wegstecken. Wenn nicht gar noch Schlimmeres passieren würde.«

Sie stand vor dem Pferd, legte eine Hand unter ihr Kinn, tippte mit dem Zeigefinger an die Wange und überlegte intensiv. Im Geiste ging sie durch, was sie in der Kammer hatte hängen sehen, und plötzlich kam ihr ein Einfall. Entschlossen ging sie zurück, griff nach dem Caveçon an der Wand und stand schon wieder bei Samuel.

»Lassen Sie mich mal probieren«, sagte sie zu Fletcher, der danebenstand und beobachtete, wie sie das Nasenband an Samuels Kopf anpasste. Es schien den Fuchs nicht zu stören. Vorsichtig zupfte Elise zur Probe an den Zügeln, und sofort gab der Wallach nach und nahm den Kopf gefällig in Position.

»Erstaunlich!«, rief Fletcher aus.

»Ich dachte schon, dass er das mögen wird«, strahlte Elise. »Sehen Sie, ich habe ihn doch nur mit einem verknoteten Zügel zu unserer Kutsche geritten, um Hilfe für Sie zu holen. Da hat er ganz fein reagiert. Versuchen Sie es einfach!«

»Nur damit?«, fragte Fletcher zweifelnd.

»Das würde ich beim ersten Mal nicht wagen. Nehmen Sie einfach zwei Paar Zügel. Probieren Sie, ihn nur auf das Nasenband zu reiten und sein Maul möglichst in Ruhe zu lassen. Funktioniert es zuverlässig, können Sie beim nächsten Mal die Kandare weglassen. Sollte er es heute wieder schaffen, sich das Eisen in verkehrte Position zu spielen, haben Sie so aber wenigstens noch Einwirkung, können zur Not den Kandarenzügel getrost fahren lassen, absteigen und in Ruhe alles wieder richten.«

»Ein kluger Rat, Fräulein von Achenthal! So wollen wir es halten. Mir sind die Schmerzen noch allzu gut in Erinnerung. Und ihm die seinen gewiss auch. Wissen Sie, dabei mögen wir uns und eigentlich will keiner dem anderen Leid zufügen.

Ich wäre wirklich glücklich, wenn auf diese Art unsere alte Freundschaft wiederhergestellt werden könnte.«

»Dann auf! Und haben Sie keine Angst, ich bin ja bei Ihnen!«, scherzte Elise.

* * *

Ja! Es tat gut. Für beinahe drei Stunden vergaß sie ihre Traurigkeit. Fletcher hatte ihr einen ausgesprochen brav wirkenden älteren Schimmelwallach satteln lassen. Nun, nicht unbedingt das Feuer und die Feinfühligkeit, die sie von Amabilé gewohnt war, aber zweifellos keine schlechte Wahl.

Schon beim Hinausreiten auf die Grosvenor Street, die zum Hydepark hinunterführte, kam ihnen die Kutsche mit den Eltern und der Gräfin entgegen. Natürlich! Sie hatten ja um zwölf Uhr mit Fletchers Vater einen Termin, der über die Zukunft der eigenen Weber entscheiden sollte.

Kurz hielten die beiden Reiter, grüßten, Vater bot an, Elise später mit ins Hotel zurückzunehmen, doch Cunningham wollte sich ungern auf eine genaue Uhrzeit für die Rückkehr vom Reitausflug festlegen und beteuerte, ganz gewiss dafür Sorge tragen zu wollen, dass das gnädige Fräulein unversehrt zurückgelangte.

Mamá blinzelte Elise aufmunternd zu. Fletcher gefiel ihr, das konnte sie nicht verbergen. Die Gräfin winkte, schickte ihnen in ihrer unnachahmlich direkten Art ein »Viel Vergnügen, Kinderchen, lasst euch ruhig Zeit!« hinterher.

»Sie ist ein Unikum«, sagte Elise grinsend, als der Wagen außer Hörweite war.

»Sie kann es sich leisten, dank ihres Standes und ihres Alters«, gab Fletcher zurück.

»Das muss ein herrlicher Zustand sein, wenn man auf keinerlei Konventionen mehr Rücksicht nehmen muss und einem trotzdem niemand das Verletzen der Etikette übel nimmt«, sinnierte Elise.

»Ich glaube, einerseits regelt die Etikette das Nötigste im menschlichen Umgang miteinander, andererseits verbraucht ihre stetige Einhaltung viel Atem, ich möchte sogar sagen: Lebenszeit.«

»Gälte die Etikette unter allen Schichten gleichermaßen, hieße ich sie herzlich willkommen«, bekannte Elise und erntete einen erstaunten Blick.

»Holla! Habe ich es mit einer Revolutionärin zu tun?«

»Nun, meine Mutter stammt aus Frankreich, mein Herr, und ich teile durchaus gewisse Ansichten der revolutionären Bewegung und wünsche mir etliche angestrebte Ziele, wenn nicht gleich für die ganze Welt, so doch wenigstens auch für Deutschland.«

»Wo ja nun nach dem Wiener Kongress zunächst alles mehr oder weniger im Keim erstickt ist.«

»Man kann nichts im Keim ersticken, das heute so wahr ist wie damals. Man kann es vielleicht an den Rand drücken, auf Eis legen. Mehr aber auch nicht. Man kann eine Wahrheit nicht einfach so umbringen.«

»Damit könnten Sie recht haben. Vergleiche ich die Zustände in Deutschland mit denen im Vereinigten Königreich, wirkt, mit Verlaub, Ihre Heimat auf mich wie ein Entwicklungsland. Und das in vielerlei Hinsicht. Nicht einmal mit Preußen eine geeinte Nation zu formen, sind die zahllosen Fürsten in ihrer lächerlich egoistischen Haltung fähig. Wirtschaftlich sehe ich das Empire hundertfach überlegen, die industrielle Revolution hat bei uns erheblich früher eingesetzt, wir sind schlicht viel weiter entwickelt und natürlich unumstrittene Beherrscher der Welt.«

Elise seufzte. »Es ist nicht angenehm, das eigene Land in diesem Licht von außen betrachtet zu sehen. Aber ich komme nicht umhin, Ihnen in vielem zuzustimmen. Alles andere wäre Augenwischerei. Wobei mir auch hier nicht alles gut gefällt, das muss ich anmerken dürfen.«

»Sie dürfen sowieso alles sagen, Fräulen von Achenthal. Aber ich glaube, wenn wir jetzt weiter ins Detail gehen, kommen wir nur ins Disputieren und gar nicht mehr zum Reiten. Was denken Sie? Wollen wir nicht ein Stückchen traben? Das Wetter lädt doch wirklich zum Naturgenuss ohne jedwede Anstrengung des Geistes ein.«

»Stimmt«, sagte Elise lachend. »Dieses Thema ist etwas für ein Kamingespräch. Von mir aus sehr gerne! Nur voran.«

Inzwischen hatten sie den Rand des Parks erreicht. Bisher waren sie nur im gemächlichen Schritt unterwegs gewesen, Fletcher hatte die Zügel lang gelassen, Samuel einfach seinen offenbar wohlbekannten Weg gehen lassen, ohne ihn zu stören. Der Wallach machte einen zufriedenen Eindruck. Jetzt aber beobachtete Elise, wie Cunningham beide Zügelpaare kurz nahm, um anzutraben. Sofort wurde augenfällig, dass dem Fuchs der Druck im Maul äußerst unbehaglich war. Sein Gesichtsausdruck änderte sich von sanft und freundlich zu einer beinahe ängstlich zu nennenden Miene. Er rollte die Augen, dass das Weiße sichtbar wurde.

»Mr Cunningham«, rief Elise ihm zu, »lassen Sie schnellstens den Kandarenzügel durchgleiten! Sonst haben wir binnen Sekunden wieder ein Drama.«

Er handelte unverzüglich wie geheißen. Und sofort veränderte sich Samuels Gesicht wieder zu Lammfrommheit.

»Sehen Sie? Das ist es!«, rief Elise zufrieden und trabte ganz nah an das Paar heran. Es war nicht nur Samuels Ausdruck, der sich blitzschnell verändert hatte, sondern auch der seines Reiters.

»Endlich verstehe ich ihn. Er mag diese Art von Druck nicht. Es ist ganz offenbar. Niemals wäre ich selbst darauf gekommen. Ich bin Ihnen sehr dankbar, verehrtes Fräulein«, sagte Fletcher und strahlte sie an. »Sehen Sie nur, wie zufrieden er ist, es ist ganz mühelos für uns beide. Aber sagen Sie, woher wissen Sie eigentlich so gut Bescheid?«

»Vieles ist sicher Gefühl und Beobachten«, erwiderte Elise. »Aber meine Mamá ist mir eine gute Lehrerin gewesen. Sie selbst hat in ihrer Mädchenzeit in Frankreich täglich Unterricht von einem sehr alten, sehr klugen Schüler des großen Meisters François Robichon de la Guérinière erhalten. Sein schriftliches Werk zur Ausbildung von Pferden vom Leichten zum Schweren, die *École de Cavalerie,* war Mutters Bibel und wurde auch meine.«

»Oh, dann haben Sie sich also mit der Reiterei als Kunst beschäftigt, wie sie früher an den Höfen geradezu zelebriert wurde. Uns Engländern geht es in dieser Hinsicht ja immer vor allem darum, schnell und, wenn es sich irgend anbietet, möglichst halsbrecherisch zu Pferde zu brillieren.«

Elise lachte aus voller Kehle. »Dann sind Sie bisher wirklich wie ein echter Engländer geritten. Um Kopf und Kragen hätten Sie sich wahrhaftig bringen können. Aber wissen Sie, ich möchte jetzt wenigstens etwas davon geboten bekommen. Wie wär's? Wollen wir schauen, ob es auch nicht-halsbrecherisch und dennoch schnell geht? Ein kleines Wettrennen bis zu dem großen Baum dort vorne?«

»Die Herausforderung nehme ich an.«

Schon galoppierten sie. Elise brüllte: »Kandarenzügel loslassen!«, sah ihn noch nicken und war schon davon.

Es steckte doch was in ihrem braven Schimmel! In gewaltigen, taktsicheren Sprüngen schaffte er Abstand zu Samuel, würdigte Elises Vertrauen, ließ sich mit feiner Hand dirigieren und entfaltete eine enorme Geschwindigkeit.

Sie erreichte das Ziel etliche Pferdelängen vor Fletcher, wendete den Schimmel, sah ihm entgegen. Weder Pferd noch

Reiter wirkten angestrengt. Hatte er sie absichtlich gewinnen lassen? Egal! Es war herrlich gewesen.

Ohne Umstände ließ sich Samuel nur am Nasenband parieren, verlor dabei nicht einmal die schöne Haltung in eleganter Beizäumung. Zu Elises Erstaunen sprang Fletcher vom Pferd und machte sich an Samuels Kopf zu schaffen. Er stand mit dem Rücken zu Elise, sie konnte nicht genau sehen, was er da tat.

Bis er sich umdrehte und mit einem verschmitzten Lächeln das entfernte Gebiss auf flacher Hand präsentierte. »Er braucht das nicht. Und ehe ich versehentlich in alte Gewohnheiten zurückverfalle, stecke ich es jetzt heroisch in die Satteltasche.«

Elise reckte einen Daumen in die Höhe. »Bravo!«

Er saß wieder auf und in harmonischem Gleichtritt trabten sie noch eine ganze Weile stumm nebeneinander weiter, wechselten nur ab und zu ein Lächeln. Genossen die Sonnenstrahlen nach den vielen Nebeltagen. Genossen den lauen Wind im Gesicht. Genossen die Ertüchtigung. Genossen das Einssein mit ihren Rössern. Und vielleicht sogar miteinander.

* * *

Erst als Elise mit Fletchers Hilfe vom Pferd gestiegen war, die Stalltüren hinter ihnen schlossen und sie dem Haus zugingen, kam die Traurigkeit zurück. Er bemerkte es schnell.

»Jetzt sind Sie wieder bei Ihrer Hündin, nicht?«

Elise nickte. »Ich danke Ihnen trotzdem für die schönen Stunden.«

»Wir könnten es jeden Tag wiederholen. Mir wäre es ein großes Vergnügen. Um ehrlich zu sein, ein größeres kann ich mir im Moment gar nicht vorstellen.«

»Das ist sehr nett von Ihnen, Mr Cunningham, und ich kann Ihnen nur sagen, auch mir würde das große Freude bereiten. Aber wenn ich es richtig verstehe, wollten meine Eltern, sofern sie mit Ihrem Vater geschäftlich übereinkommen, schon morgen England wieder verlassen.«

Fletcher verhielt im Schritt und fuhr herum. In seinen Augen lag tiefe Enttäuschung. »Morgen schon? Oh, wie äußerst bedauerlich! So war dieser Nachmittag womöglich wirklich unser einziger? Und der Ausritt das einzige Vergnügen, das ich die Ehre hatte, Ihnen zu bereiten? Als kostbaren Solitär also muss ich es betrachten? Ich bin untröstlich, Elise!«

Dass er sie beim Vornamen genannt hatte, schien Elise ein Zeichen für wirkliche Betroffenheit. Es war ihm herausgerutscht. Gehören tat es sich gewiss nicht, an einem solchen Punkt, der weit entfernt davon war, derartige Vertrautheit zuzulassen. »Es tut mir leid, Mr Cunningham«, hauchte sie.

»Dann werden Sie also tatsächlich fahren ... und mit Fides ein Stück Ihres Herzens in England zurücklassen ...«

Mein Gott, er wirkte den Tränen nah.

»Nichts Schlimmeres hätte geschehen können, Mr Cunningham. Alles, alles würde ich darum geben, sie wiederzubekommen.«

»Alles?«

»Ja. Alles!«

DRITTER TEIL

20

Schlesien, Dezember 1844 – Um zu geben

In der Nacht zum sechsten Dezember war der erste Schnee gefallen. Dem milden, stürmischen und sehr regenreichen November war zum Monatswechsel ein plötzlicher Witterungsumsturz gefolgt, der erst mit kühlen Tagen, dann sogar mit eisigen Nachtfrösten aufgewartet hatte. Trocken, wenn auch meist trübe war es dann bis gestern gewesen. Die aufgeweichten Böden waren obenauf schon knirschend zusammengefroren, aber dank der enthaltenen Feuchtigkeit noch so federnd geblieben, dass Elise einige kleinere Ritte mit Amabilé hatte wagen können. Ungestüm war die Stute gewesen, denn die vielen Stalltage hatten ihrem hochblütigen Temperament allzu viel Geduld abgefordert.

Gestern Nachmittag, als Elise mit ihr zurückgekehrt war, hatte der alte Jakub draußen beim Stallmeister Pjotr gestanden und beide hatten in den dunkelnden Himmel geblickt, die Luft geräuschvoll durch die Nasen gezogen und sich einander ein ums andere Mal mit wissenden Mienen zugenickt.

»Was guckt ihr, was schnuppert ihr?«, hatte Elise lachend gefragt.

»Es riecht nach Schnee, Fräulein von Achenthal«, hatte Jakub mit inbrünstiger Überzeugung gesagt.

»Ja, es riecht nach Schnee!«, hatte Pjotr bekräftigt und den Nacken so tief in seinen Kragen gezogen, als rieselten ihm da schon die dicken Flocken hinein.

»Ach, ihr alten Männer, ihr spinnt doch! Schnee kann man nicht riechen«, hatte Elise gezweifelt und beide hatten wie aus einem Mund »Doch, doch!« gesagt.

»Na, schauen wir mal, ob was kommt. Ich glaub's ja nicht, ehe ich's nicht sehe. Aber ihr seid so überzeugt ... Wenn ihr recht habt, bringe ich jedem von euch morgen zum Nikolaus einen Lebkuchenmann«, versprach Elise.

»Mit Pfeife aus Zuckerwerk?«, hatte Pjotr es genauer wissen wollen.

»Mit Pfeife!«

Tja, und heute Morgen würde sie also gleich nach dem Frühstück in die Küche gehen und zwei Lebkuchenmänner aus der bereits reichlich mit Weihnachtsbäckerei gefüllten Vorratskammer stibitzen.

Frau Holle hatte sich über Nacht offenbar die Arme müde geschüttelt, denn jetzt, im frühen Morgenlicht, hatte sie sich zurückgezogen und der Sonne die Aufgabe überlassen, ihr Werk auch richtig eindrucksvoll zu beleuchten. Wie das strahlte da drüben auf den höchsten Wipfeln des Eulengebirges! Nagelneue, saubere weiße Mützen hatte es gegeben. Wie hübsch die kahle Eichenallee jetzt bepudert war, wie märchenhaft der zugefrorene Teich nun jeden Lichteinfall reflektierte. Ganz nah am Ufer sah Elise die Schwäne und Enten in einem noch eisfreien Randstück paddeln. Täglich schlug ihnen Jakub das frei. Jetzt noch mit der scharfen Kante der Plattschaufel, später im Winter, wenn der See tiefer vereiste, würde er es allmorgendlich mit der Spitzhacke tun. Elise brauchte eigentlich in der Früh nie aufs Thermometer am Fenster zu sehen, denn Jakubs mehr oder weniger kräftige Schläge hallten bis zu ihrem Zimmer herauf und vermittelten schon vor dem Aufstehen einen ziemlich genauen Eindruck von den herrschenden Temperaturen.

Jetzt stand Jakub dort unten und warf den Wasservögeln Brosamen zu. Ja, jetzt konnte er Vögel füttern (und er fütterte an diversen Stellen genauso begeistert auch all die kleinen Gartenvögel), denn was hätte er sonst schon zu tun gehabt als Gärtner um diese stille Jahreszeit? Meist ging er aus lauter Langeweile Pjotr im Stall zur Hand. Dasselbe tat Pjotr sommers, wenn die meisten Pferde draußen waren und es im Stall wenig zu tun gab, dafür Park und Garten mehr als zwei Hände brauchten. Niemand musste das anordnen. Sie regelten das ganz selbstverständlich unter sich. Gute Freunde waren sie über die Jahrzehnte geworden, die sie beide schon auf Achenthal dienten, rauchten gern nach getaner Arbeit zusammen ihr Pfeifchen auf der Bank vor dem Stall, spielten hin und wieder Karten – in Ermangelung eines dritten, ihrer eingeschworenen Freundschaft würdigen Mannes meist *Siebzehnundvier*. Beide waren unverheiratet, beide kinderlos. Hatten nur dieses eine Leben, das ihnen Achenthal aus vollen Herzen war. Und waren zufrieden.

»Es hat geschneit«, rief Johanne schon beim Hereinkommen vergnügt. »Dein Badewasser wird kalt, husch, in die Wanne!«

»Habe ich längst gesehen, Johanne.« Elise wandte sich von der zauberhaften Zuckerbäckeraussicht ab. »Guten Morgen! Du, Johanne … ich brauche gleich nach dem Frühstück zwei Lebkuchenmänner.«

»Du wirst noch fett werden, wenn du so viel süßes Zeug isst«, tadelte Johanne mit einem Grienen, zog Elise das Nachthemd über den Kopf, betrachtete unverhohlen die Figur ihres Schützlings und korrigierte sich: »Ich glaube doch nicht. Iss ruhig zwei Pfeifenmänner.«

»Aber die will ich doch gar nicht für mich haben. Pjotr und Jakub haben gestern Abend behauptet, sie röchen Schnee, es gebe welchen in der Nacht, und ich habe ihnen nicht geglaubt und ihnen Lebkuchen versprochen, wenn es tatsächlich schneien würde.«

»Ach, den beiden kannst du trauen, Kind. Wenn die solche Prognosen stellen, kannst du sicher sein, dass du jede Wette dagegen verlierst. So alte Männer haben das nicht nur in der Nase, die haben das Wetter im Urin.«

Elise lachte. »Na, heute können sie jedenfalls ihre Namen in den Schnee pinkeln und dabei Zuckerzeug essen.«

»Die kriegen ihre Namen nie fertig. In dem Alter drippelt's bei den Männern schon nur noch.«

Kichern taten sie zusammen und Elise ließ sich in das duftende Badewasser gleiten.

»Viertelstunde nur, sonst wird das Wasser zu kalt. Aber dann bin ich auch zurück und helfe dir beim Ankleiden«, mahnte Johanne.

»Organisierst du mir ... oder muss ich nachher selber klauen gehen? Das müsste ich nämlich, denn Erna wird mir was erzählen, wenn ich um gleich zwei ihrer besonderen Kunstwerke bitte. Du hast bei ihr einfach die besseren Karten.«

»Lass mich mal machen ...«

Elise tauchte ganz unter, lauschte dem Platzen der aufperlenden Wasserbläschen, kam wieder hoch, seifte sich ab. Lavendel mischte sich mit dem leichten Maiglöckchenduft, den Johanne hinterlassen hatte.

Noch ein paar Minuten Schwerelosigkeit im Wasser genießen. Noch ein bisschen in Erinnerungen tummeln. Und noch einmal diese wundervolle, diese allerschönste, beglückendste von allen Revue passieren lassen!

* * *

Dem hellen Tag mit Fletcher Cunningham im Hydepark war ein regnerischer Morgen gefolgt. Es roch geradezu nach Aufbruch in der Achenthal'schen Suite. James, der Butler, half schon in aller Frühe beim Packen. Papá machte einen äußerst zufriedenen Eindruck.

»Alles in trockenen Tüchern!«, hatte er auf Elises Nachfrage am vergangenen Abend geantwortet. »Wir werden viel zu tun haben, wenn wir heimkommen, um alles vorzubereiten. Möglicherweise schaffen wir es, mit dem Bau der neuen Halle bis zum Frühjahr fertig zu werden, damit Cunningham liefern kann. Alles abhängig vom Wetter. Na, wir werden unser Bestes geben.«

»Wie immer«, hatte Elise geantwortet.

Nun würden sie also England verlassen. Und zurücklassen, was sie, ebenso wie Fletcher, als »Stück ihres Herzens« bezeichnet hatte. Sie würde weder ihn, den charmanten Begleiter, noch ihre Fides jemals wiedersehen. Schwer war es ihr ums Herz. Sie machte sich bittere Vorwürfe, Fides beim Aufbruch zum Ball nicht wenigstens ein letztes Mal gestreichelt zu haben und nun endgültig zu verraten, obwohl sie doch womöglich noch lebte. Entsprechend einsilbig war sie an diesem Morgen. Packte still und trübsinnig ihre Habseligkeiten zusammen, brach mit Fides' Wassernapf in der Hand in neue Tränenflut aus, wollte nicht einmal am gemeinsamen Frühstück teilnehmen.

»Aber Elise! Du musst etwas essen. Auf dem Schiff bekommt man doch nichts Vernünftiges«, sagte Mamá.

Elise zuckte nur die Schultern und wandte sich ab.

Darauf folgte eine zärtlich vorgetragene, klassische Fehlinterpretation durch Mutter.

»Ach, du armes Kind! Du bist ja ganz verliebt. Ich weiß genau, wie du dich fühlst. Als ich damals deinen Papá kennenlernte, konnte ich auch tagelang nicht essen.«

Elise zuckte zusammen.

Mamá fuhr in tröstendem Ton fort: »Es ist doch noch nicht aller Tage Abend. Wenn er sich genauso in dich verguckt hat wie du dich in ihn, dann wird er schon einen Weg zu dir finden. Lass ihm nur Zeit, wirf nicht gleich die Flinte ins Korn. Schau, ihr könnt doch zunächst einen regen Schriftverkehr aufnehmen. Da lernt ihr euch dann auch noch besser kennen, habt gar keinen Druck und könnt euch sacht aneinander annähern. Wenn der Frühling da ist und die Maschinen geliefert werden, vielleicht kommt er ja dann sogar einmal nach Achenthal.«

Elise hatte das Gefühl, ihre Nackenhaare würden sich widerborstig aufkräuseln. Sollte sie dieses Missverständnis schleunigst aufklären? Ja, sollte sie!

»Aber Mamá! Es geht doch gar nicht um Fletcher. Ein netter Kerl, ja. Aber …«

Über Mutters Züge flog Erstaunen. »Nicht? Ich dachte … ach was, ich war ganz sicher, zwischen euch die Funken fliegen gesehen zu haben.«

»Da hast du dich getäuscht, Mamá. Ich bin nur unendlich traurig, mit dem Verlassen Englands jede Hoffnung aufgeben zu müssen, Fides vielleicht doch noch wiederzufinden.«

»Der Hund«, hauchte Mutter perplex. »Nur der Hund?!«

»Nicht *nur*! Es ist nicht irgendein Hund. Es ist Fides. Meine liebste, treueste Freundin. Verstehst du mich denn gar nicht?«

Mamá zog die Augenbrauen zusammen, dass eine steile Falte über der Nasenwurzel entstand, schob die Mundwinkel abwärts, sagte: »Wahrscheinlich nicht. Wir werden einen Ersatz finden.«

»Für Fides gibt es keinen Ersatz!«, fauchte Elise, merkte sofort, dass ihr Ton nicht angemessen war, und entschuldigte sich.

Mutter begriff endlich, wie betroffen sie noch immer war, und schloss sie in die Arme. »Es tut mir so leid, Elise!«

Sie nickte. Nach kurzer Weile aber entwand sie sich, wischte mit einer harschen Handbewegung die Tränen aus den Augenwinkeln und fuhr damit fort, ihre Hemdchen zu falten. Niemand konnte sie trösten.

Reichlich vor der Zeit rollte die Kutsche heran, stapelten die Bediensteten das Gepäck hinein, reihten sich hernach auf der Treppe auf, um die Gäste zu verabschieden. Und die letzten Trinkgelder mit tiefen Bücklingen in Empfang zu nehmen. Dann trabten die Pferde dem Bahnhof zu.

Hässlicher als an irgendeinem Tag zuvor kam Elise London heute im Regen vor. Das war die Stadt, die ihr das Liebste genommen hatte. Sie wollte sie nicht mehr sehen. Nie wieder sehen. Mit den Tränen kämpfend legte sie die Hände in den Schoß, schaute fortan ihren Fingern beim Zerknüllen des Taschentuches zu und vermied weitere Blicke durch die beschlagenen Wagenfenster, bis sie angekommen waren.

Dort ging es auf den Perron, wo der Zug nach Dover bereits eingefahren war. Der Dienstmann übernahm die vielen großen Gepäckstücke, der Familie wurde das gebuchte Coupé zugewiesen, Tante Auguste machte es sich an einem Fensterplatz bequem, die Abfahrt stand unmittelbar bevor, der erste Pfiff würde in Kürze erklingen, dem ein zweiter und dritter, dann das Fauchen der Lokomotive unter weißem Dampf folgen würde.

Vater stand am heruntergelassenen Fenster, trachtete wohl danach, noch einmal ordentlich durchzulüften, vielleicht ein wenig Metropolenluft mitzunehmen.

Plötzlich rief er überrascht aus: »Elise, schau, wer da kommt!«

»Wer denn?«, fragte Elise betont uninteressiert und ahnte, dass womöglich Fletcher zur Verabschiedung erschienen sein könnte. Reichlich spät, der Herr. Na schön, sie würde ihm höflich winken. Er konnte ja nichts für ihre Grabeslaune und hatte sich ehrlich betroffen gezeigt.

»Elise, Elise, nun guck doch bloß mal!«, rief Vater ungeduldig.

Sie stand auf. Was freute ihn denn so?

Da sah sie Fletcher herangelaufen kommen. Und neben ihm lief Fides!

Elise stürzte aus dem Coupé. Im nächsten Moment war sie auf den Knien, Fides sprang ihr in die Arme, fiepte, leckte ihr quer übers Gesicht, über die Ohren, wedelte mit dem ganzen Körper.

Still und lächelnd stand Fletcher Cunningham daneben.

Der Schaffner pfiff zum ersten Mal. Kleine weiße Wölkchen stiegen aus dem Schornstein der Lokomotive.

Elise schaute zu Fletcher hoch. Ihr Herz schäumte über vor Glück. Er reichte ihr das Ende der Leine, das er noch immer in der Hand gehalten hatte. Elise griff zu. Ganz fest. Dann schnellte sie hoch und fiel ihm um den Hals.

»Danke, danke, danke! Sie haben mich zum glücklichsten Menschen der Welt gemacht«, schluchzte sie völlig überwältigt an seinem Ohr.

Er schlang ihr beide Arme um die Taille. »Wie schön, Sie endlich wieder glücklich zu sehen, liebe Elise!«

»Wo haben Sie sie gefunden? Wie ist dieses Wunder möglich?«

Der Schaffner pfiff zum zweiten Mal.

Aufgescheucht lösten sie sich voneinander, standen ein wenig verlegen da. Fletcher machte eine wegwerfende Handbewegung. »Fragen Sie nicht, Hauptsache, Sie haben sie wieder.«

Fides schob ihre Schnauze in Elises Hand, trippelte ein bisschen mit den Vorderpfoten, machte Männchen, legte den

Kopf schief, die Lefzen wie zum Lachen geöffnet, die Augen so strahlend, und fuchtelte bettelnd mit den Pfötchen.

Vater rief aus der geöffneten Wagentür: »Elise, so komm doch endlich! Sonst fahren wir noch ohne dich.«

»Sie müssen jetzt gehen, Fräulein von Achenthal. Ich wünsche Ihnen eine gute Reise!«, sagte Fletcher beinahe zu förmlich.

Elise fasste nach dem Türgriff. Auf ein »Hopp« sprang Fides hinauf. Elise setzte einen Fuß auf den Tritt.

Der dritte Pfiff erklang, lang gezogen das tiefe Signal der Lokomotive, nun voll unter Dampf.

»Ich würde alles tun, Mr Fletcher, um Ihnen gebührenden Dank für dieses allergrößte Glück zu erweisen«, sagte Elise und sah ein Leuchten über seine Miene huschen.

Vater griff nach ihrem Ellenbogen, zog sie ins Abteil, schlug die Tür zu.

Weißer Dampf hüllte den Bahnsteig ein, die Lok ruckte an, der Zug setzte sich in Bewegung. Elise blieb am Fenster stehen, sah auf die Gestalt im grauen Paletot und Zylinder hinunter. Reckte ihm die Hand entgegen. Die Fingerspitzen beider berührten sich für einen Moment, ein paar Schritte ging er noch mit, lief er noch mit, blickte zu ihr hoch, und ehe er zurückbleiben musste, fragte er ein letztes Mal: »Alles?«

»Aber ja. Ja!«, rief Elise.

Dann verschluckte der Dampf seine Umrisse.

* * *

Die Badezimmertür öffnete sich und im nächsten Augenblick erschienen Fides' Kopf über und ihre Pfoten auf dem Wannenrand.

»Na, warst du schon im Schnee, mein Liebling?«

»Ganz feucht war sie, hat sich in der weißen Pracht gewälzt und getobt wie eine Verrückte«, bestätigte Johanne. »Ich habe sie mit einem Handtuch abrubbeln müssen, ehe ich sie mit hinaufbringen konnte. Nun aber raus da, Elise! Pfeifenmänner liegen schon am Frühstückstisch.«

»Ach, ich danke dir. Du bist die Beste!«

Die Beste trocknete ihr den Rücken ab, hielt ihr Hemd, Untertaille, Bluse, lange, bauschige Unterhosen, wollene Strümpfe hin, schnürte das Korsett, schloss die zig winzigen Haken ihres Kleides am Rücken, band die Schärpe, half ihr in das kurze Walkjäckchen. »Kalt ist es auch noch geworden. Die Luft flirrt richtig. Heute ist ein Tag für Pelz und Muff«, sagte sie und klang dabei ausgesprochen zufrieden. Johanne, das war immer schon so gewesen, fand es äußerst angemessen, wenn in der Vorweihnachtszeit Schnee fiel. Gab es keinen, war sie mürrisch. Aber das war in den vergangenen Jahren, soweit sich Elise erinnern konnte, nur wenige Male vorgekommen. Die Gegend galt als relativ schneesicher.

Auch Elise liebte es, wenn das Wetter sich in dieser Zeit dem Innehalten, der stillen, freudigen Erwartung auf das Fest anpasste, indem es Geräusche dämpfte, Äcker, Wiesen und Wälder mit einem schützenden Federbett aus weichen, reinen Flocken zudeckte, die ganze Welt in friedvolle Stille hüllte. Schön würde es werden, denn gleich nach dem Frühstück würde sie mit Mutter und den Geschwistern einen Besuch machen, auf den sie sich freute.

* * *

Ja, der Schnee lag hoch genug, um den Schlitten zu nehmen. Pjotr hatte bereits angespannt und beladen. Genüsslich seinen Pfeifenmann mümmelnd, hockte er, die dicke graue Decke über den Knien, auf dem Bock. Die beiden Braunen standen ganz stille, aber allein ihr ruhiges Atmen sorgte schon dafür, dass die vielen kleinen Glöckchen am Geschirr ganz feines Klingen vernehmen ließen.

Ferdinand hatte sein Pony gesattelt, Pjotr hatte ihm ein weiches Schaffell zurechtgeschnitten und überm Sattel befestigt. »Damit ich keinen kalten Arsch kriege«, juchzte Ferdinand vergnügt beim Aufsteigen, Mutter schimpfte über seine Ausdrucksweise und ermahnte ihn, die Ohrenklappen festzubinden. Elaine grinste Elise an, Elise grinste zurück.

Langsam war mit der kleinen Schwester wirklich etwas anzufangen. Kürzlich hatte sie ihren dreizehnten Geburtstag gefeiert und schickte sich an, aus ihrem kindlichen Kokon zu schlüpfen. Richtig reden konnte man inzwischen mit ihr. Lange hatte sie mit Puppen gespielt, und wenn nicht gerade das, dann ständig die Nase in Bücher gesteckt, war in sich gekehrt, kaum ansprechbar und furchtbar langweilig gewesen. So langweilig, dass Elise sie bisweilen nicht einmal wirklich wahrgenommen hatte. Seit sie aus England zurückgekehrt waren, fiel Elise auf, was für ein hübsches, aufgewecktes Mädchen Elaine eigentlich war. Mehr und mehr Aufmerksamkeit hatte sie ihr gewidmet und festgestellt, dass sie die ganze Zeit nicht etwa verschlafen hatte, sondern, vielleicht dank ihrer Leseleidenschaft und Reflexionsfähigkeit, erstaunlich reif zu nennen war.

Diese Erkenntnis war Elise in einer einzigen Nacht erwachsen – als nämlich Elaine spätabends, während Elise sich wenige Tage nach der Rückkehr gerade anschickte, zu Bett zu gehen, schüchtern an ihrer Tür geklopft hatte. Wenig begeistert hatte Elise sie eingelassen, war unter ihre Decke geschlüpft. Zögernd stand Elaine inmitten des Zimmers, ihr Blick fragte: »Darf ich?«, Elise klopfte auf die Bettkante. Fides sprang hoch, rollte sich wie immer neben ihr zusammen und Elaine hockte sich ein wenig unsicher hin.

Dann formulierte sie erstaunlich kluge Fragen. Elise stutzte zunächst. Woher konnte ihre kleine Schwester zum Beispiel

Wissen über die Geschichte und den aktuellen Status des britischen Empire innerhalb der Weltgemeinschaft bezogen haben? Wieso wusste sie Hintergründe beizusteuern, die selbst Elise nicht geläufig waren?

Nun, es kristallisierte sich heraus, dass Elaine wie ein Schwamm gierig alles aufzusaugen pflegte, was ihr unter die Augen kam, sie täglich die Zeitungen las, die Vater nach der Morgenlektüre gemeinhin beim Salonkamin zum Anfeuern ablegte. Die Reihenfolge der englischen, spanischen und französischen Könige nebst ihren Frauen (ihr persönliches Steckenpferd!) konnte sie nicht nur herunterbeten, sondern sogar alle nackten Daten mit allerhand Anekdoten und Hintergründen zum Leben erwecken. So überrascht und fasziniert war Elise, dass sie nach kurzer Weile der zusehends fröstelnden Elaine ein Plätzchen unter ihrer warmen Decke zugestand und sie zum Weitererzählen ermunterte.

Vom Großen zum Kleinen waren sie gekommen. Drunten in der Halle hatte die Uhr zur zweiten Nachtstunde geschlagen, als sie endlich beim »Eingemachten« gelandet waren, wie Elise es kichernd nannte, und junge Herren der Schöpfung – im Allgemeinen und im Besonderen – durch den dunklen Raum zu geistern begannen.

Zunächst ein wenig stockend, dann, vielleicht dank der schützenden Dunkelheit, immer flüssiger vertraute Elaine ihrer großen Schwester die erste Verliebtheit an. Peter, dem Sohn des Verwalters, drei Jahre älter als sie, galt ihre frisch entfachte Zuneigung. Elise hörte ihrer entzückenden Schwärmerei lächelnd zu, warf nur hin und wieder eine nette Bemerkung ein, bis Elaine ihr kleines Liebesfeuerwerk fertig abgebrannt hatte.

»Ich kenne ihn ja, Elaine. Er ist ein feiner Junge. Und hübsch ist er auch. Ich kann dich verstehen«, urteilte Elise und drückte ihre kleine Schwester.

»Aber er hat Sommersprossen.«

»Na und? Dafür hast du die ersten Pickel«, konterte Elise lachend und riet: »Genießt es, nichts ist schöner als die erste Verliebtheit. Und lasst es in aller Ruhe angehen.«

»Natürlich! Was glaubst du denn? Nur …«

»Na?«

»Letztens haben wir einmal ganz kurz Händchen gehalten. Meinst du, das ist zu viel?«

Einen Moment überlegte Elise, hörte, dass Elaine gespannt die Luft anhielt. »Nein, ich glaube, das darf schon sein. Wenn es nicht mehr wird …«

Geräuschvoll atmete Elaine aus.

»Und bei dir, Elise? Du hast auf einem großen Ball getanzt. Allein dein Kleid! Hattest du viele Verehrer? Was war es mit dem Mann, der Fides für dich wiedergefunden hat?«

Ja. Was war es eigentlich damit?

Elise dachte so lange nach, dass Elaine ungeduldig nachfragte. »Nun erzähl schon! Ich habe dir schließlich auch alles anvertraut.«

Tief seufzte Elise. »Na gut. Weißt du, um ganz ehrlich zu sein: Ich habe jeden Gedanken an Fletcher beiseitegeschoben, sobald wir den Kanal überquert hatten. Ich glaube nämlich, ich habe einen bösen Fehler gemacht.«

»Ach du lieber Gott! Was hast du getan?«

Nun erklärte sich Elise. Gab zu, was sie ihm im Zustand unendlicher Traurigkeit über den Verlust der Hündin versprochen, welchen Schwur sie bekräftigt hatte, als die Wiedersehensfreude sie überwältigt hatte.

»Du hast ihm versprochen, jeden seiner Wünsche zu erfüllen? Ojemine! Und hat er etwas gefordert?«

»Bisher nicht. Ich habe lediglich einen freundlichen, aber ganz unverfänglichen Brief von ihm erhalten.«

»Den du natürlich beantwortet hast?«

»Nein. Noch nicht.«

»Jemine!«, machte Elaine noch einmal und es klang vorwurfsvoll. »Von wann datiert denn der Brief?«

»Von Anfang November.«

»Liebe Güte, Elise! Da musst du doch antworten!«

»Vielleicht hast du recht.«

»Vielleicht?«, schnaubte die Kleine.

»Na gut. Bestimmt hast du recht. Morgen mache ich das. Versprochen.«

»Na, was dabei rauskommt, wenn du etwas versprichst, haben wir ja gerade gehört.«

Verflucht, verdammt, verflixt, ja! Nein, nein, nein, das Fluchen hatte sie sich doch abgewöhnen wollen. Aber Elaine stieß sie gerade auf etwas, das sie am liebsten vollkommen dem Vergessen anheimgestellt hätte. In dem Moment, als sie ihm »alles« versprochen hatte, war es ernst gemeint gewesen. Auch war ihre überschwängliche Dankbarkeit nicht gespielt gewesen. Doch je weiter sie sich von London entfernt hatten, desto blasser war Fletchers Bild geworden. Sie würde ihm ewig dankbar bleiben. Die Beziehung jedoch mithilfe regen Briefaustausches zu vertiefen, wie Mutter es angeraten hatte, lag ihr absolut fern. Dennoch ... sie hätte ihm längst auf seine überaus freundliche, höfliche Nachricht antworten müssen und spürte, wie ihr jetzt Scham die Wangen erhitzte.

»Du machst es morgen und alles ist gut«, beschwichtigte Elaine in die Gesprächspause hinein.

»Ja, ich mache es morgen.« Elaines Worte beruhigten so sehr, als hätte sie ihre ausstehende Pflicht bereits erfüllt.

Dass im Austausch intimster Geheimnisse etwas unerwähnt geblieben war, weil Elaine Gott sei Dank gleich Elises Erlebnisse in England angesprochen hatte, war ihr sehr recht. Da war Unausgesprochenes. Da war etwas, das sie selbst noch gar nicht fertig gedacht, schon gar nicht weit genug erfühlt hatte. Wie hätte sie darüber sprechen sollen? Dennoch: Zwei beinahe Fremde, die jahrelang nur wie zufällig nebeneinander im selben Haus gelebt und kein großes Interesse aneinander gehabt hatten, waren Freundinnen geworden.

Elise erwachte am folgenden Morgen als Erste, hörte die zärtlich geflüsterten Worte der gemeinsamen Kinderfrau: »No, sieh mal einer an. Haben sie sich endlich doch gefunden, die beiden Schwestern!«, öffnete die Augen und lächelte Johanne zu.

Ja. An diesem Morgen war sie glücklich gewesen. Diese plötzlich und völlig unerwartet entstandene Einigkeit war ein Segen. Seit der Glühwürmchennacht, seit sie, so ihr tiefes Empfinden, »aufgewacht« war, hatte sich ihr Freundinnenkreis bis zur Neige geleert. Keine war übrig geblieben, denn alle entstammten Familien, deren Einstellung zu Großvaters, jedoch nicht zu jener passte, die der enge, junge Kreis der Familie Achenthal vertrat. Ob sie im Nachhinein die Bezeichnung »Freundinnen« überhaupt verdient hatten, stellte Elise inzwischen sogar infrage. Waren sie nicht im Grunde alle in Wirklichkeit nur »passende« Gesellschaft gewesen? Zu derart intimen Gesprächen wie mit Elaine war es mit ihnen nie gekommen. Und war es nicht gerade das, was man mit Freundinnen tun können musste? Mochten auch manche ihrer Familien vorgeblich edelmütig Mutters Stiftung unterstützen … abgesehen vom eingeschworenen, kleinen Bund der »Sänger« waren sie nicht zu überzeugen, nicht zu ändern, beruhigten lediglich eine winzige Spur schlechten Gewissens, zahlten Ablass für Sünden, die sie fortwährend weiter begingen. Und fühlten sich großartig und generös dabei. Insgeheim verachtete Mamá sie alle. Aber sie tat alles dafür, sie das nicht merken zu lassen, sondern sie mit ihrem Charme einzuwickeln und nach Kräften zu schröpfen. Wobei sie weiterhin stets geschickt den internen Wettkampf um die großzügigste Großzügigkeit befeuerte.

Das hatte sie auch während des gesamten Novembers äußerst erfolgreich getan. Deshalb trug ja nun auch der Achenthal'sche Schlitten weit mehr als lediglich die leichte Last der drei pelzverhüllten Damen.

Lustig klangen die Glöckchen. Im munteren Trabe ging es die Eichenallee hinunter der Landstraße zu. Der Schlitten bog nach rechts in Richtung Dorf ein. Warf man einen Blick nach links und halb hinter sich, konnte man die Baustelle für die neue Fabrikhalle erkennen. Noch im November, als das Wetter mild und trocken gewesen war, waren die Fundamente fertiggestellt worden und die Maurer hatten begonnen, die Wände hochzuziehen. Weit waren sie nicht gekommen, aber natürlich hatte Vater mit den Unbilden der Winterwitterung gerechnet und war nicht enttäuscht. Jetzt ruhte die Arbeit. Dennoch kein Grund, nervös zu werden. Alles war gut, alles würde seinen Gang gehen. Wenn der Frühling nicht allzu spät kam, der Frost frühzeitig aufbrach, sollten die Gebäude stehen, bis die Lieferungen aus England eintrafen.

Ferdinands Pony schnaubte vergnügt, Elise drehte sich um, warf dem rotbackigen kleinen Bruder unter der Pelzmütze ein Lächeln zu. Er strahlte zurück, und als der Schlitten ins Dorf einfuhr, blies er wie ein Postreiter Signal mit der nagelneuen, glänzenden Kindertrompete, die heute früh in seinem Nikolausstiefel gesteckt hatte. Das rief sämtliche Dorfhunde kläffend an die Zäune. Fides antwortete, mancher Gruß wurde der Familie entgegengewunken. Tief verschneit wirkten die Höfe wie aus einem Wintermärchen, hinter vielen Fenstern lugten Kindergesichter.

Sein Tröten wiederholte Ferdinand, als sie die Webersiedlung erreichten, und hier hielt es kein Kind hinter den Scheiben. Das Gefährt war kaum zum Stehen gekommen, da war es schon umringt. Was würde es heute geben? Wenn die Achenthals kamen, gab es immer etwas. Und heute war schließlich Nikolaustag.

Elise und Elaine sprangen vom Schlitten. Den ganzen gestrigen Nachmittag hatten sie damit verbracht, kleine Jutesäckchen für die Kinder zu füllen und mit Bastschleifen zuzubinden. Ein roter Winterapfel, eine Handvoll Hasel- und Walnüsse und sogar ein paar frisch gebrannte Mandeln, deren Duft gestern früh das ganze Haus durchzogen hatte, obenauf drei Pfeffernüsse zur Krönung. Jeder bekam gleichmäßig. Und alle strahlten mit dem Schneeglanz um die Wette.

Mamá ließ von der enormen Deckensammlung abladen, die sie aus allen möglichen Haushalten eingeheimst hatte. Sie dachte praktisch. Es wurde kalt, also sollten die Leute was Warmes haben. Wer etwas entbehren konnte, hatte abgeben müssen. Und viele hatten unter Mamás fordernder Liebenswürdigkeit etwas herschenken können. Mutter hatte nur genommen, was gut und heile war. »Kein Kodderwisch! So was will ich nicht, das legt euren Hunden in die Hütte«, pflegte sie empört zu sagen, wenn jemand mit fadenscheinigen oder gar löchrigen Stücken kam. Hatte einer es tatsächlich gewagt, sein minderwertiges, zerlumptes Zeug den Armen andrehen zu wollen, konnte er damit rechnen, dass Mamá die unangenehme Kunde über solche Form des Geizes rasant verbreitete, und so wagte es schnell niemand mehr. Was jetzt seinen Weg in die Weberkaten fand, war von guter Qualität. Schwere Wolle, einwandfreie Federbetten und sogar zwei edle Kamelhaardecken waren dabei.

Kaum aus England zurückgekehrt, war es Mutters Herzensanliegen gewesen, den desolaten Zustand der Dächer in Ordnung bringen zu lassen. Dasselbe hatte Tante Auguste für die Behausungen ihrer Weber angewiesen, und beide Frauen hatten überdies dafür gesorgt, genügend Holz aus den eigenen Wäldern zur Verfügung zu stellen. Ein Klafter für jede Hütte hatten sie anliefern lassen und waren sich einig: Diese Menge war genau betrachtet so gering, dass sie in den Ertragsbilanzen unterging, den Arbeitern jedoch die schlimmsten Winterkrankheiten ersparen würde.

Marie war nicht an den Schlitten herangetreten. Elise sah sie schüchtern im Hauseingang stehen. So schnappte sie sich ein Jutesäckchen und ging zu ihr hinüber. »Für dich, Marie«, sagte sie und reichte es ihr. Zögernd nahm sie es, flammende Röte schoss über ihre blassen Wangen. »Warum bist du nicht gekommen wie alle anderen Kinder auch? Wir haben doch für jeden von euch etwas eingepackt.«

»Ich bin doch jetzt kein Kind mehr«, erwiderte Marie verlegen. »Bald werde ich Mutter sein.«

»Ich sehe schon, dein Bäuchlein rundet sich. Trotzdem bist du erst vierzehn und damit noch ein Kind«, widersprach Elise voller Überzeugung. »Wie geht es dir? Isst du genug? Hast du ausreichend Ruhe? Ist es warm im Haus? Schaut die Hebamme ab und zu nach dir, wie ich sie gebeten habe?«

»Fünfmal, ja«, antwortete Marie und streichelte lächelnd über ihre Schürze.

»Dann bin ich zufrieden! Pass mal auf, wenn dein Kind das Licht der Welt erblickt, wird alles besser werden. Dann kommen die großen Webstühle aus England, nur noch Erwachsene müssen arbeiten und werden genügend Lohn erhalten, dass sie ihre Familien ernähren können. Für die Weberkinder plant Mamá eine eigene Schule. Ihr habt ja alle, wie ihr seid, die Dorfschule noch nicht von innen gesehen. Da kann man euch nicht hinschicken, ihr kämt nicht mit. Aber ohne Bildung habt ihr nie eine Chance, aus der Armut herauszukommen.«

Was für ein Leuchten jetzt über Maries Züge ging! Und wie schnell es wieder verlosch, um einem zweifelnden Ausdruck zu weichen. »Ihr wollt mich doch nur verulken, Fräulein von Achenthal, oder kann das wirklich sein? Eine Schule nur für uns? Wer will sich denn solche Mühe machen? Wir sind es gewohnt, nichts zu wissen, von früh bis spät zu arbeiten, wir werden so geboren und werden so sterben. Ist ja auch nicht schlimm. Und jetzt, wo nicht mehr ständig Hunger herrscht, ist das Leben doch herrlich!«

Sie deutete hinüber zum Kochhäuschen, wo Pjotr just einen Sack Mehl hineintrug. »Ansonsten haben wir keine Ansprüche, keine Forderungen, kein Streben nach Höherem.«

»Und gar keine Träume, Marie?«

Sie wiegte den Kopf, blickte in den klaren, hellen Himmel, überlegte. Dann sagte sie: »Wenn ich ganz ehrlich bin … manchmal träume ich doch.«

»Siehst du! Das kann einem nämlich niemand nehmen. Und es kommt vielleicht der Tag, an dem ein Traum wahr wird.«

Marie nickte, die beiden tauschten ein Lächeln, Elise streichelte ihr die Schulter. »Wir müssen weiter. Die anderen Weberkinder dürfen auch nicht zu kurz kommen. Lass es dir schmecken und gib auf dich acht!«

Weiter ging es über die hellen, schneebedeckten Flure. Freude bringen. Und Freude daran haben, Freude bringen zu können. Tante Auguste hatte gesagt: »Gott hat mich mit zwei Händen erschaffen. Nicht, um damit nur zu nehmen. Auch, um damit zu geben.«

Die Gräfin würde um diese Zeit ebenso unterwegs sein wie die Achenthals. Ob der großen Zahl von Anlaufstellen hatte man beschlossen, sich die freudige Arbeit zu teilen. Tante Auguste fuhr die nördlicher gelegenen Siedlungen an. Und sie hatte einen Begleiter. Einen, um den Elise sie beneidete. Sie fuhr mit Konrad von Radenau.

21

Schlesien, Dezember 1844 – Ein Adventsabend

Elise löste das Elaine gegebene Versprechen und schrieb endlich an Fletcher. Es wurde ein langer Brief. Munter berichtete sie von den Baufortschritten, nahm ihn zu Pferd mit in die Wälder, ließ Fides frisch und gesund nebenherspringen, machte ihn zum Beobachter ausgedehnter Vergnüglichkeiten während der Weihnachtsbäckerei, sandte sogar ihr Lieblingsrezept für schlesischen Mohnstriezel mit, beteuerte dessen Köstlichkeit, malte ihm das zauberhaft verschneite schlesische Winterwunderland in strahlenden Farben und betonte bei jeder sich bietenden Gelegenheit ihre grenzenlose Begeisterung für die Heimat (damit er nicht etwa auf dumme Gedanken kam). Zufrieden übergab sie Papá den dicken Umschlag mit der Bitte, ihn zur Post mitzunehmen. Damit war für Elise das Thema erledigt.

Für den Nachmittag des zweiten Advent hatte Mutter eine kleine Runde zum Kaffee geladen. Natürlich kam Tante Auguste, dazu der hagere, graubärtige Doktor Wilhelm Schneeweis aus der Kleinstadt, der Dorfpfarrer Karl Nöterich sowie der Gutsverwalter Oskar Breitscheid nebst Ehefrau

Helene und Sohn Peter. Und – in diesem Jahr zum ersten Mal – Konrad von Radenau.

Mamá hatte es zur Tradition gemacht, jedes Jahr an diesem vorweihnachtlichen Sonntag einige engere Freunde um sich zu scharen. Vor dem Eintreffen der Gäste, so war es üblich, legte jedes Kind seinen Wunschzettel unter den Kuchenteller: Kamen dann die Freunde, waren sie verschwunden. Früher hatten sie alle miteinander noch geglaubt, das Christkind habe sie mitgenommen, dem Mamá für seine Mühe ein Glas Milch auf den Tisch zu stellen pflegte, das immer restlos geleert war, wenn die Kinder den Salon wieder betraten. Darüber waren sie längst hinaus. Und trotzdem behielt Mutter das Ritual augenzwinkernd bei.

Der Kamin brannte hell, Tannenreiser dufteten, Kerzen schmückten den Raum, der Tisch war reich gedeckt mit den herrlichsten Köstlichkeiten, die Mädchen hatten sich hübsch gemacht, die Herren gute Anzüge gewählt. Alle kamen gern zu diesem Anlass, jeder war auf die Minute pünktlich eingetroffen. Die Türen zwischen Speisezimmer und dem großen Salon standen weit offen. Dort spielte Mamá wie jedes Jahr zur Begrüßung das uralte französische Weihnachtslied *Noël Nouvelet* am Pianoforte und ließ dazu ihren wunderschönen Sopran erklingen. Wie sie da saß, sang und ihren Gästen voller Grazie zulächelte! Als wäre sie einem Renaissancegemälde von Tizians Hand entsprungen. Stehende Ovationen waren ihr sicher. Anmutig dankte sie und bat zu Tisch.

Zunächst war die Stimmung so besinnlich wie federleicht. Kaffee wurde eingeschenkt, verschiedenste Plätzchen und Kuchen herumgereicht, genüssliche Behaglichkeit breitete sich aus. Elise hatte ganz selbstverständlich neben Konrad von Radenau Platz genommen. Eine gewisse Vertrautheit herrschte zwischen ihnen. Eine Vertrautheit, die unmittelbar an die Erinnerung des ersten Tanzes anknüpfte, bemerkenswerterweise

251

anscheinend von allen Anwesenden als völlig selbstverständlich betrachtet wurde und bei Elise beinahe den Eindruck erweckte, man würde sie beide schon als Paar wahrnehmen. Selbstverständlich waren sie davon weit entfernt. Aber es fühlte sich wunderbar an und keiner der beiden hatte ein Interesse daran, diesem Eindruck entgegenzuwirken. Erquickliche Gespräche zwischen ihnen drehten sich um die Rösser, um den Englandaufenthalt (von Radenau hatte die Insel noch nicht besucht und war wissbegierig), um das herrlich winterliche Wetter, das bevorstehende Weihnachtsfest. Nette, unverfängliche Konversation. Weniger unverfänglich waren die Blicke, die sie sich zuwarfen, war die Körpersprache, das Einander-Zuneigen, flüchtige Berührungen, die sich für Elise wie kleine Blitze anfühlten und ein angenehmes Britzeln auf der Haut hinterließen.

Zwischendurch beobachtete Elise angelegentlich ihre kleine Schwester Elaine. Sie saß Peter gegenüber, und wären die Tannenzweiglein auf der Kaffeetafel nicht so frisch gewesen, hätten die zwischen den beiden sprühenden Funken sie zweifellos in Brand gesetzt. Wie es Elaine gerade ging, konnte Elise bestens nachvollziehen und lächelte still in sich hinein.

Nun saß allerdings Elise zwischen Tante Auguste und Konrad von Radenau, und der Platz sollte sich dank der aufkommenden Diskussion im Fortlaufe des Nachmittags als wirklich höllische Position erweisen, als sich beide mit dem gegenübersitzenden Pfarrer ein zwar freundschaftliches, aber doch emotionsgeladenes Streitgespräch zu liefern begannen.

»Seit Jahren bleiben die Weber sämtlichen Gottesdiensten fern«, jammerte der Pastor gerade anklagend, kreiselte mit beiden Daumen der vorm enormen Bauch zusammengefalteten Hände umeinander und zog sein Doppelkinn tief ins Kollar. »Die Weber sind gottlos geworden, Gräfin!«

»Sind sie nicht!«, bestritt Tante Auguste entschieden, und von Radenau sprang ihr zur Seite, indem er mit Grabesstimme Heinrich Heine zitierte: »›Ein Fluch dem Gotte, zu dem wir gebeten / In Winterskälte und Hungersnöten; / wir haben vergebens gehofft und geharrt, / er hat uns geäfft und gefoppt und genarrt.‹«

Überrascht blickte der Pfarrer von Radenau an, wirkte, als hörte er dies zum ersten Mal. Konrads Stimme wurde sanft und entwickelte gerade in ihrer Sanftheit Schärfe: »Lieber Pastor Nöterich, spüren Sie nicht aus diesen Zeilen, wie verraten sich unsere Weber fühlen? Wenn den Menschen über Generationen hinweg jede Hoffnung genommen wird, wie sollen sie da noch glauben können?«

»Recht hat der Rittmeister«, bekräftigte Tante Auguste. »Und etwas ganz Relevantes kommt noch hinzu! Der gute Anzug, den man nur für den Kirchgang an hohen Feiertagen aufbewahrt hat, der vom Großvater auf den Vater, vom Vater auf den Sohn vererbt worden ist, weil seit Jahrzehnten schon kein Groschen für Neues übrig war … diesen Anzug, bester Nöterich, den hat man schon lange versetzt. Um Brot zu kaufen, ein paar billige Viehkartoffeln, ein bisschen Milch für die Kinder. Da ist das Hemd näher als die Hose, da schreit der leere Bauch lauter, als Gott rufen kann. Und keiner geht, um Gott in seinem herrlichen, großen, kostbar geschmückten Haus zu ehren, wenn er nichts als Lumpen am Leib hat. Da schämt man sich nämlich.«

»Und vielleicht sind gerade die die besten Christen«, gab Konrad zu bedenken, »die in aller Stille das letzte Stück Brot brechen und teilen, statt in der Messe heuchlerisch Gott zu danken. Für was, frage ich Sie. Ihr habt sie vergessen. Nichts tut die Kirche für diese ihre Kinder.«

Nöterichs Gesichtszüge waren längst entgleist. »Aber was kann ich tun?«, fragte der Pastor mit weinerlicher Stimme.

Alle Gespräche verstummten am Tisch. Nöterich in seiner Not, in seiner Betroffenheit war um Antwort verlegen. Dass ihm nicht Zustimmung, sondern Anklage wider seine Vorwürfe entgegenschlug, hätte er vermutlich niemals für möglich gehalten. Dass er nicht selbst hingeschaut hatte, sondern in der heutigen Runde drauf hatte gestoßen werden müssen, schien ihm den Boden unter den Füßen wegzuziehen. Diese Gesprächspause, diese von allen Seiten gespannt auf ihn gerichteten Augenpaare! Gott würde doch Lösungen haben! Sein Vertreter auf Erden musste Lösungen haben. Resigniert schüttelte der Pfarrer seinen Kopf.

Diesen Moment passten Elaine, Peter und Ferdinand ab und baten darum, aufstehen und nach oben in ihre Zimmer gehen zu dürfen, was Mutter verständnisvoll gewährte.

Natürlich, dachte Elise, solche Gespräche sind nichts für die Kleinen. Dann atmete sie tief ein und wagte etwas, das sie nie zuvor gewagt hatte, mischte sich in ein Erwachsenengespräch von elementarer Bedeutung ein, sprach den Pastor direkt an: »Wir tun doch auch etwas, verehrter Herr Pfarrer. Alle gemeinsam haben wir für ein wenig Linderung sorgen können. So tun doch Sie einfach dasselbe mit all jenen Christenmenschen, die Sie von der Kanzel aus erreichen können. Es sind viele. Wenn jeder nur ein wenig ...«

Elise senkte den Kopf und spürte Konrads Blick auf sich ruhen. Unter den halb niedergeschlagenen Wimpern fing sie seine Anerkennung auf.

»Tja, Nöterich«, ließ sich Tante Auguste vernehmen, »Elise hat ausgesprochen, was Ihnen längst hätte einfallen können. Schließlich sind Sie der Hirte dieser Gemeinde und sollten zusehen, dass Ihnen keine Schäfchen verloren gehen. Lassen Sie sich was einfallen. Dann kommen die Leute auch wieder und hören Ihnen zu. Und eins kann ich Ihnen sagen: Ich sehe ehrlich gesagt keine Veranlassung, alle naslang Geld für die Renovierung Ihres Kirchendachs zu spendieren, unter dem dann nur die Hälfte der Gemeindemitglieder trocken hocken und beten kann. Wir verstehen uns, ja?«

Nöterich zuckte unter dem letzten Satz der Gräfin zusammen, als hätte sie ihm eine kräftige Ohrfeige verpasst. Dann schien er sich ein Herz zu fassen und schaute Tante Auguste hilfesuchend an. »Aber … wie?«

»Ach Gottele, guter Mann, da kommen Sie doch gleich morgen, sagen wir um drei Uhr, zu mir zum Tee. Ich werde Sie schon mit den richtigen Ratschlägen ausstatten. Wo ein Wille ist – und ich sehe mit Vergnügen, da ist ein Wille … –, nun, da ist auch ein Weg. Einverstanden?«

Pastor Nöterich blühte auf. »Jawoll, Gräfin. Ich werde da sein.«

»Fein. Dann haben wir das ja vom Tisch. Und nun reich mir doch bitte mal die Oblatenlebkuchen, liebste Florentine … ja, ja, die mit den Mandeln! Ist es nicht schön, dass wir hier so zusammensitzen und zu Ergebnissen kommen können, Kinder?«

Als hätte nur das Drüberreden schon alles ins Lot gebracht, dachte Elise und fühlte sich in ihrem Zweifel bestätigt, als gleich darauf Vater dem Rittmeister erzählte, was ihm kürzlich zu Ohren gekommen war.

»Zwanziger drückt die Löhne seiner Weber immer tiefer und seine Garnqualität soll inzwischen so schlecht sein, dass man damit normalerweise nicht mal mehr Mehlsäcke zubinden würde. Tausende arbeiten für ihn. Er behauptet dreist, sie würden es noch für eine Quarkschnitte tun. Sein Assistent geht noch weiter und empfiehlt den Leuten höhnisch, Gras zu fressen.«

»Ich hab's auch läuten hören, Arno«, bestätigte von Radenau. »Und fürchte, so viele werden wir nicht auffangen können, auch wenn unsere Kräfte noch so gut gebündelt gegen die Not anzugehen versuchen. Mir scheint aber, sie haben vorläufig aus Angst vor den Preußischen resigniert, denn inzwischen herrscht Ruhe unter den Webern.«

»Tödliche Ruhe!«, sagte Elise tonlos und die Augen der Männer ruhten auf ihr.

Mamá, die sich gerade im Gespräch mit dem Verwalterehepaar und dem Doktor befunden hatte, wo es um die ersten Typhusfälle des Winters gegangen war, schaltete sich dazwischen: »Wir werden nicht alle retten können.«

Das entsprach dem, was Mutter zu solch mehr oder weniger ausweglosen Situationen immer beisteuerte. Elises Widerstand rumorte. Hinnehmen? Das konnte sie nicht.

»Ich ertrage das nicht!«, platzte es aus ihr heraus.

»Das wirst du lernen müssen«, sagte Tante Auguste streng.

Elises Widerspruchsgeist rückte so weit von der Gräfin fort, wie es die Polsterfläche des Esszimmerstuhls hergab. Sie ballte die Hände neben ihrem Kuchenteller derart fest zu Fäusten, dass die Haut über den Knöcheln weiß wurde.

Konrad von Radenau legte für einen winzigen Moment sanft seine Hand über ihre Linke und schüttelte entschieden den Kopf. »Das lernt niemand, dessen Herz am rechten Fleck sitzt, Gräfin. Nähmen wir solches hin, lernten wir zu ignorieren, nur damit wir unserem Seelenfrieden nicht schaden. Und dann wären wir nicht besser als jene, die wir kritisieren. Wir müssen es wagen zuzulassen, dass dieser unser Frieden empfindlich gestört wird. Sonst stumpfen wir ab und berauben uns selbst unseres Kampfgeistes.«

Tante Auguste rieb sich die Stirn ob dieser Widerrede, überlegte ein Weilchen. Dann sah sie ihn direkt an und nickte. »Sie haben recht, Rittmeister. Manchmal vergesse ich, dass Elise kein Kind mehr ist, man folglich nicht versuchen sollte, sie zu schonen, und ihr nicht die falsche Denkrichtung aufzeigen darf.«

»Nein«, sagte Konrad mit einem Lächeln, das vielleicht nicht einmal der Tante galt und Elise ein warmes Gefühl im Bauch vermittelte. »Nein, sie ist kein Kind mehr. Und ich glaube ehrlich gesagt auch nicht, dass sie so wenig zu reflektieren in der Lage ist, um jeden Rat einfach so anzunehmen. Nicht einmal, wenn er von Ihnen kommt, was bekanntlich in den allermeisten Fällen eine Garantie für Gutes und Richtiges ist.«

»Sie sind mir ein Schlingel, Rittmeister«, grinste Tante Auguste und drohte ihm mit erhobenem Zeigefinger. »Aber ein gewitzter! Kritik unter dem warmen Mäntelchen des Kompliments zu verstecken, versteht nicht jeder.«

Elise war stolz. Auf seine Schlagfertigkeit der eigentlich unangreifbaren Tante gegenüber; und seine offenbar gute Meinung zu ihrer Person.

Papá trug die Schnäpschen heran, schenkte ein. Und heute bekam auch Elise ein Gläschen vom weihnachtlichen Kräuterschnaps, dessen eigenhändige Herstellung in verschiedenen Varianten sich Vater noch in keinem Jahr hatte nehmen lassen. Anders als der leichte großväterliche Champagner (der einzige Alkohol, den Elise zuvor, wenn auch nur in winzigen Mengen, genossen hatte) handelte es sich um Hochprozentiges. Angenehm rann es durch die Kehle, im Magen angekommen, entfachte es dann aber ein richtiges Feuerchen, um gleich darauf wohlige Wärme und Entspannung in alle Glieder zu schicken.

»Was ist dadrin, Vater?«, fragte Elise.

»Geheimnis, Schatz«, zwinkerte Papá. »Aber nur gute Sachen aus Garten und Wäldern. Na ja, und ein bisschen Alkohol, damit es sich hält. Mach dir keine Sorgen, es ist reine Medizin.«

»Ich mache mir keine Sorgen«, gniggerte Elise. »Du musst übrigens jetzt auch kein Holz mehr nachlegen, mir ist schon warm.«

Die ernsthaften Themen gerieten in den Hintergrund, Zimt, Kardamom, Nelken und Geheimnisse übernahmen die weitere Gestaltung des Zusammenseins, Elise und Florentine brachten abwechselnd einige Weihnachtslieder auf dem Pianoforte zu Gehör, und irgendwann setzte sich Konrad zu Elise auf das schmale Klavierbänkchen und gemeinsam spielten sie nach Mutters Noten Schuberts *Fantasie in f-Moll zu vier Händen.* Nur wenige Patzer passierten ihnen, was Tante Auguste am Ende zu dem begeisterten Ausruf veranlasste: »Donnerwetter, Kinder, ihr harmoniert!«

Es ging schon auf zehn Uhr, als die Runde sich aufzulösen begann. Für Dr. Schneeweis schellte ein aufgeregter Junge mit der inständigen Bitte, seiner Mutter bei der Geburt des Geschwisterchens zu helfen. Er habe schon so viel Zeit verloren, weil der Doktor nicht zu Hause gewesen sei, seine Haushälterin habe ihn hierhergeschickt, es sei größte Eile geboten, denn das Kind läge quer, habe die Hebamme gesagt, und allein wär's nicht zu bewerkstelligen.

»Na, dann will ich mal neues Leben in die Welt holen«, sagte der Arzt gelassen, Vater schickte eilig nach seinem Gespann, Schneeweis bedankte sich für die schönen Stunden, lud den Kleinen zum Mitfahren ein und ließ den Schnee aufstieben.

Seinen Aufbruch nahmen alle anderen Gäste zum Anlass, sich anzuschließen. Gemächlicher natürlich!

Die Familie stand in der geöffneten Haustüre, reichte Mäntel, Muffs und Mützen, winkte den Scheidenden hinterher. Als Letzter strebte Konrad von Radenau seinem einspännigen Schlitten zu. Es hatte wieder leicht zu schneien begonnen, ab und zu trug eine Bö etwas frisches Weiß in die Halle. Dennoch war Konrad wie üblich ohne Hut, wiewohl sein Pferd einen Woilach auf dem Rücken trug. Elise fiel das auf. Sonst wahrscheinlich niemandem. Von Vater verabschiedete er sich in der gewohnten Manier, wie sie unter guten Freunden geläufig war, mit einer flüchtigen Umarmung und kräftigem Rückenklopfen. Für Mamá fand er elegante Worte zum Dank.

Elise reichte er die Hand und sagte ganz selbstverständlich, wie nebenbei: »Wir sollten öfter zusammen spielen. Die Gräfin hat recht, es harmoniert so wunderbar.«

Sein sehr spezielles Schmunzeln hatte niemand sonst gesehen, da war Elise sicher, denn Vater achtete auf so etwas nicht und Mamá war damit beschäftigt, das Mädchen herbeizuklingeln, damit sie den schmelzenden Schnee im Eingang auffeudelte.

Er hatte sein Gefährt schon bestiegen, da bemerkte Elise, dass ihm ein Handschuh aus der Manteltasche gefallen war. »Warten Sie, Rittmeister!«, rief sie ihm zu und lief die Treppe hinunter, ehe sein Schlitten anrucken konnte. Papá winkte noch einmal dem Freund, dann schob er die Tür zu, damit das Mädchen wischen konnte.

Elise reichte ihm den Handschuh. »Den haben Sie auf der Treppe verloren.«

»Danke schön, Elise. Ich glaube allerdings, ich habe mehr als nur einen Handschuh in eurem Haus verloren.«

Elises Herz setzte einen Moment aus, erschreckt legte sie ihre Rechte auf die Brust, dann fand es seinen Rhythmus wieder und entschied sich, den verlorenen Schlag mit besonders kräftigem Eifer wettzumachen.

Konrad hatte ihre Geste gesehen. »Ja, Elise, du verstehst mich ganz richtig. Aber das will ich nicht wiederhaben.«

Im milden Schein der Hauslaterne trafen sich ihre Blicke. Er beugte sich vor, nahm sanft ihre Rechte von dem Platz, den sie nicht mehr verlassen hatte, legte - nur für den süßen Bruchteil einer Sekunde - die Innenfläche an seine Wange und setzte einen Kuss hinein. »Du musst gehen, Liebes, sonst holst du dir noch den Tod in dem dünnen Kleid. Nichts wäre schlimmer. Gute Nacht, Elise!«

Er schien keine Antwort zu erwarten, wandte sich abrupt den Zügeln zu, schnalzte und schon trat sein Pferd an.

Elise fühlte keine Kälte, keinen Wind, spürte nicht, wie Schneeflocken, immer dichter, den ebenholzdunklen Scheitel weiß färbten. Sie stand wie angewurzelt, starrte auf die Schlittenspuren, die langsam zuschneiten, und hatte das Gefühl, innerlich zu glühen. Tausend Worte, die sie hätte aussprechen wollen, gingen ihr durch den Kopf. Dass sie es hüten würde, dieses verlorene Herz. Dass sie erwiderte. Dass sie sich sehnte. Glücklich war. Dass sie liebte.

»Elise! Bist du verrückt? Ohne Mantel! Komm endlich herein, du wirst dich verkühlen!«

Das war Mamá.

Langsam drehte sie sich um, stieg bedächtig, wie im Traum, die Stufen hinauf. Mutter griff ungeduldig nach ihrem Ellenbogen, zog sie ins Warme, schnippte ihr das Schneehäubchen vom Kopf, wischte die Flocken von ihren Schultern.

Elise lächelte.

»Guck mich mal an, Kind!«, befahl Mutter.

Elise blickte auf. Und lächelte.

Mamá lächelte auch und schüttelte leicht den Kopf. »Ach, du liebe Güte! Ich ahne.«

Elise stand da und lächelte.

Mutter rief nach Johanne. Blitzschnell rauschte sie in ihren weiten Röcken heran.

»Johanne, bitte diese junge Dame schnellstens trocknen und ins Bett verfrachten. Nicht wundern. Sie ist nicht ganz bei sich. Geh behutsam mit ihr um.«

Elise kicherte.

Johanne nickte wissend, drehte dann die Augen gen Himmel, zwinkerte Mamá zu, nahm Elise um die Taille und schob sie behutsam die Treppe hinauf.

22

Schlesien, Dezember 1844 – Schneezauber

Es war eine wundervolle Zeit, diese Weihnachtszeit des Jahres 1844.

Nie zuvor hatte Elise dem dunkelsten Monat des Jahres mehr Licht, mehr Fröhlichkeit abgewinnen können. Und das, obwohl sie die Adventszeit mit all ihrer Erwartung und Vorfreude von Kind an immer geliebt hatte. Der Schnee blieb liegen und alle paar Tage gab es ein wenig neuen dazu. Nie so viel, dass es hätte lästig werden können, nie so viel, dass Pjotr und Jakub mit dem Freihalten der Wege und Einfahrten nicht leicht nachgekommen wären. Nur eben so viel, dass die Landschaft immer hübsch sauber und weiß, wie frisch gestrichen aussah.

Über dieser zauberhaft weißen Landschaft schwebte Elise auf ihrem ganz eigenen Wölkchen aus Glück und Freude. Gelegentlich schwebte unter ihr Amabilé, voll winterlichem Übermut neben dem unübersehbar von ihr angebeteten Almanzor, fast immer schwebte Fides nebenher.

Niemand erhob Einsprüche. Weder Vater noch Mamá hatten irgendwelche Vorbehalte gegen die sich zart anbahnende Liebesbeziehung. Fletcher Cunningham schienen sie als wünschenswerte Partie für Elise jedenfalls nicht mehr in Betracht zu ziehen. Wozu auch? Die englischen Webstühle waren bestellt und man hatte einen sehr annehmbaren Preis ausgehandelt. Sogar Johanne gab sich geschlagen (»Wenn es denn so sein soll, dann soll es eben so sein. Es hätte am Ende schlimmer kommen können als mit dem Rittmeister.«). Und selbst Elaine, die naseweis behauptete, »älteren Männern stets kritisch gegenüberzustehen«, hatte nichts gegen Konrad einzuwenden. Schließlich sei er Papás bester Freund, da könne Elise nichts verkehrt machen, und hübsch sei er auch. Natürlich nicht so hübsch wie ihr Peter, aber wie sie ja gerade gesagt habe, ältere Männer und so ...

* * *

Eine ganze Woche musste vergehen, bis sie sich wiedersahen. Am Vormittag des dritten Advents ritten sie zusammen aus und Konrad schlug einen Elise unbekannten Weg in Richtung Gebirge ein.

»Wo willst du hin?«, fragte Elise.

»Ich möchte dir zeigen, wie ich lebe«, antwortete er.

Am Rande des Ortes, den sie links liegen ließen, vorbei am eichenumstandenen Friedhof, stieg die schmale Landstraße gegen die waldigen Hänge des Eulengebirges hin an, um schnurstracks in eine Kastanienallee zu münden, die sich bis zu Konrads Haus schlängelte.

»Wie hübsch es anzusehen ist!«, rief Elise aus, als es hinter der letzten Windung schließlich vor ihnen auftauchte.

Eine hellrote Ziegelfassade ruhte auf einem soliden Fundament aus hellem Naturstein, einem Baustoff, der auch an den Fassadenkanten in Form von Schmuckelementen verwendet worden war. Das verschneite Schieferdach zierten neben einem spitzen Ecktürmchen mehrere Gauben, deren Fenster ebenso weiß gefasst waren wie jene in den beiden Stockwerken darunter. Zarte Rauchfähnchen stiegen aus zweien der vier Schornsteine. Ein kleiner Portikus, getragen von vier schlichten Säulen, schützte die Eingangstür, darüber lag ein Balkon vor einem hohen Rundbogenfenster, das ein hübscher Giebel krönte. Viel weniger protzig als Achenthal, aber gewiss nicht weniger charmant, dachte Elise.

»Nicht so großartig wie dein Zuhause, Elise«, sprach Konrad ihre Gedanken aus, als sie auf dem von Kastanien und Lärchen umstandenen Vorplatz eingeritten waren. »Und dabei immer noch viel zu groß für einen Mann allein. Manchmal habe ich schon überlegt, ob ich es gegen eine bescheidenere Bleibe tauschen sollte. Schau, da hinten liegen zum Beispiel die Wohnungen der Stallburschen …« Er wies weit über den Hof, wo sich offenbar auch Stallungen, Remise und Scheunen befanden.

»Aber es ist ein Zuhause, das einen sehr anheimelnden Eindruck macht, und es muss ja nicht für immer die Klause eines Eremiten bleiben«, erwiderte sie lächelnd. »Ich finde es jedenfalls entzückend.«

Konrad legte die Zügel auf den Hals seines Pferdes und glitt aus dem Sattel, dann half er Elise beim Absteigen. »Es ist schön, dass es dir gefällt. Ich hatte mir damals, als ich herkam, gewünscht, es bald mit Leben, mit viel Kinderlachen füllen zu können. Aber das Schicksal hat es anders gewollt.«

Sie schaute zu ihm hoch und entdeckte wieder diese Melancholie, die ihr beim ersten Treffen im Wald aufgefallen war. Er sah sie nicht an, blickte an ihr vorbei ins Ungewisse. In den vergangenen Wochen schien dieser trübsinnige Ausdruck verschwunden gewesen zu sein. Nun war er wieder da und es tat ihr weh, ihn so zu sehen. Es erschien ihr einfühlsamer, nicht nur nicht nachzufragen, sondern ihm deutlich zu machen, dass sie nicht glaubte, Anspruch auf genauere Erläuterungen erheben zu dürfen. »Ich weiß nichts von damals, Konrad«, sagte sie deshalb vorsichtig und setzte zur Bekräftigung hinzu: »Und ich will auch gar nichts wissen, wenn du es mir nicht aus freien Stücken entdecken magst.«

Er löste seine angespannte Haltung und schaute liebevoll auf sie hinunter. »Irgendwann, Elise … Ich danke dir für dein Feingefühl. Aber jetzt …« Er straffte sich, ein Lächeln ging über seine Züge, er schien sich gefangen zu haben. »Jetzt zeige ich dir zunächst einmal alles.«

Der erste Gang führte sie in den Stall, wo beide Pferde ihnen von einem Stallmeister abgenommen wurden, der aus demselben Holz wie der gute Pjotr geschnitzt wirkte. Anders als auf Achenthal standen bei Konrad nur die schweren Ackerpferde angebunden in hoch eingestreuten Ständern, während jene, die er als seine Zuchtpferde vorstellte, in geräumigen Boxen logierten. Viele runde Bäuche kündeten von zu erwartendem Nachwuchs im Frühling. Einige abgesetzte Fohlen kauten im Laufstall duftendes Heu. Almanzor residierte fürstlich hinter kunstvoll geschmiedeten Gittern, eine goldbekrönte Ahnentafel gab Auskunft über seine Vorfahren. Kein einziger Name sagte Elise etwas, aber dieses Pferd schien zweifellos etwas ganz Besonderes zu sein.

Fragend sah sie ihn an und er erklärte: »Seit dem fünfzehnten Jahrhundert widmeten sich Kartäusermönche in Almanzors Heimat Jerez de la Frontera der Pferdezucht. Hier stehen nur die ersten fünf Generationen gelistet, aber so weit kann man seine Abstammung zurückverfolgen. Es sind die Edelsten, die Spanien hervorgebracht hat. Ich bin sehr stolz, ihn besitzen zu dürfen, und gespannt auf seinen ersten Fohlenjahrgang bei mir. Nur mit der Hilfe eines guten Freundes, den du sicher irgendwann einmal kennenlernen wirst, ist es mir gelungen, ihn zu bekommen.«

So schlenderten sie weiter von Gebäude zu Gebäude. Konrad erläuterte, Elise hörte ihm interessiert zu, stellte nur ab und an eine Frage, bis sie das Fabrikgelände mit seinen großen Hallen und in direkter Nachbarschaft gelegenen Weberunterkünften erreicht hatten, das nur ein kurzes Stück außerhalb des Gutshofes lag. Zu Elises Erstaunen grenzte noch nicht einmal ein Zaun den landwirtschaftlichen und privaten vom Produktionsbereich ab. Ganz natürlich floss eins ins andere. Auch wirkte der ganze Komplex nicht kahl und unwirtlich, sondern aufgelockert durch alte Bäume und akkurat beschnittene Hecken. Hier und da stand sogar eine Bank, die zum Sitzen und Ausruhen einlud.

Luxuriös konnte man die in Gruppen angeordneten Wohngebäude sicherlich auch hier nicht nennen, aber soweit Elise sehen konnte, verbargen sich zumindest keine schadhaften Dächer unter der Schneelast, über allen stand ein zartes Rauchfähnchen in der stillen Luft, was von geheizten Öfen kündete, auch wirkte alles aufgeräumt und solide.

Abgesehen von einer großen Gruppe Kinder, die abwechselnd und ausgelassen juchzend mit einem Schlitten den winzigen Hügel neben einem Kontorgebäude herunterrodelten, herrschte feiertägliche Ruhe.

»Sag mal, mir scheint, die Webstühle stehen still. Arbeiten denn deine Weber sonntags nicht?«, zeigte sich Elise überrascht.

»Nein, am Sonntag sollen sie sich erholen.«

»Langsam beginne ich zu begreifen, Konrad. Ich habe mich im Juni während der Aufstände gefragt, weshalb deine Leute sich der Rebellion nicht angeschlossen haben. Aber wie fängst du die fehlenden Produktionszeiten denn auf?«

»Dazu müsste ich ein wenig ausholen. Wenn es dich interessiert, will ich das gerne tun. Aber jetzt schlage ich vor, wir werfen noch einen Blick in die kleine Schule, die wir vor zwei Jahren eingerichtet haben, dann gehen wir ins Haus und trinken eine Tasse Tee. Im Warmen lässt es sich doch angenehmer plaudern, nicht?«

»Aber sicher interessiert mich das! Ich bin perplex, wie weit du uns voraus bist. Wir planen ja auch, die Kinder zu unterrichten, hinken da jedoch noch deutlich hinterher.«

»Die Kinder sind das Zukunftskapital eines jeden Volkes, Elise. Lässt man sie außer Acht, schenkt man ihrem Fortkommen, ihrer Bildung keine Beachtung, wird man schnell das geistige Verarmen einer ganzen Nation konstatieren müssen. Wer das nicht sieht, wer auch keine Aufstiegschancen und nicht die geringste Durchlässigkeit in die nächst höhere Gesellschaftsklasse ermöglicht, hat den drohenden Untergang zu verantworten.«

Wie er das Kinn kämpferisch vorreckte, wie er die Schultern zurücknahm, sich aufs Äußerste straffte!

»Starke Worte, Konrad!«, sagte Elise beeindruckt. »Du handelst längst, während ich erst versuche, konkrete Gedankengänge für mich selbst zu formulieren.«

»Immerhin tust du das. Vielleicht kann ich dir helfen, zu guten Schlüssen zu kommen. Ich würde es gerne tun.«

»Ich bitte darum«, antwortete sie lächelnd, er nickte, offenbar zufrieden, und führte sie zu dem einstöckigen Gebäude, über dessen Eingangstür das Wort »Schule« zu lesen stand. Im Obergeschoss bewegte sich eine Gardine, ein hübsches, nicht mehr ganz junges Frauengesicht erschien, auch Konrad bemerkte sie und winkte hinauf. »Das ist Fräulein von Velten. Eigentlich keine Lehrerin, sondern eine Gouvernante aus verarmtem Adel, aber sie verfügt über ein hohes Bildungsniveau und war eben zur Hand. Sie wohnt dort oben. Mit ihrer zugewandten und doch genügend strengen Art hat sie einen guten Einfluss auf die Kinder. Ich habe den Eindruck, sie verehren sie und wollen ihr gefallen«, erläuterte er und schloss die Schultür auf.

Es gab nur einen einzigen Klassenraum. Kleine und etwas größere Bänke, etwa dreißig an der Zahl, waren säuberlich ausgerichtet vor der Tafel aufgereiht, ein schlichtes Regal beherbergte Bücher und einige Atlanten, in einer Ecke stand ein großer, geflochtener Korb, der mit allerlei Handarbeitsutensilien angefüllt war, in einer anderen ein altes Spinett. Eine farbige, kleinteilig gezeichnete Karte Deutschlands hing an einer Seitenwand, während die gegenüberliegende von Unmengen kindlicher Zeichnungen geschmückt wurde. Sogar ein Ofen war vorhanden, damit die Kinder jetzt im Winter nicht frieren mussten.

»Ungefähr so hatte ich es mir bei uns auch vorgestellt«, rief Elise begeistert aus. »Einfach, aber zweckvoll. Ich werde Mamá davon berichten.«

»Sie wollte sowieso demnächst einmal herüberkommen, um es sich anzusehen«, erwiderte Konrad. »Ich glaube, es wird ihr nächstes Herzensanliegen. Und wie ich sie kenne, wird sie es bald umsetzen.«

»Es ist eigentlich eine Schande, dass private Bemühungen statt staatlicher Fürsorge sich darum kümmern«, schimpfte Elise.

Konrad machte eine wegwerfende Handbewegung. »Von dieser staatlichen Führung ist nicht viel Gutes zu erwarten. Es wird Zeit für Umbrüche. Die werden aber nicht von oben, die müssen von unten kommen. Friedrich Schiller hat es vor langer Zeit schon ungefähr so formuliert: ›Die Großen hören auf zu herrschen, wenn die Kleinen aufhören zu kriechen.‹ Und ich sage dir, Elise, es rumort im Volk. Lange wird es nicht dauern, bis es zu einer wirklichen Revolution kommt.«

Elise seufzte tief. Aber ja! Wenn es denn schon der große Schiller so gesagt hatte! Noch fehlte ihr die konkrete Vorstellung, noch war es lediglich ihr Gefühl, das ihm recht gab, aber die Bestätigungen mehrten sich.

Sie verließen das Schulgebäude. Die Mittagssonne stand strahlend am winterblauen Himmel, schweigend schlugen sie den Weg durch knirschenden Schnee zum Hause ein.

Es war merkwürdig. In gewisser Weise, dachte Elise, gab es zwei völlig unterschiedliche Ebenen zwischen ihnen beiden. Eine, die sich auf sehr vorsichtige, zarte Annäherung im Tändelspiel der Geschlechter konzentrierte. Und eine, die sich auf der Basis intellektueller Inhalte abspielte. Auf letzterer ging es vollkommen anders zu als auf ersterer. Da sprach Konrad mit ihr so, wie er auch mit Vater redete. Schien ganz auszublenden, dass er es mit einer Frau, zumal einer sehr jungen, als Gesprächspartnerin zu tun hatte, der er immerhin kürzlich gestanden hatte, sein Herz an sie verloren zu haben. Für Elise war dieser Umgang mit ihr ein wenig verwirrend. Nach und nach jedoch begann sie zu schätzen, wie er trennte, wie er die Sache handhabte.

Er nahm sie ernst. Das tat auch Vater. Aber der tat es auf eine gewisse Weise von oben herab. Wie eben ein Vater mit seiner Tochter redete. Konrad schien keinen Unterschied zwischen oben und unten, Mann oder Frau zu machen. Er nahm sie für voll. Ihn nicht permanent im Balzmodus zu erleben, nicht ständig selbst das Weibchen geben zu müssen, nicht jedes Wort auf die Goldwaage legen und auf ausreichende weibliche Niedlichkeit prüfen zu müssen, das tat unendlich gut.

Trotzdem waren da ja diese kleinen Aufmerksamkeiten, die zärtlichen, flüchtigen Berührungen, das Umgarnen, die Komplimente. Immer aber auch dieses Achten auf sie, auf ihre Stimmungen, ihre Befindlichkeit. Viel feiner schien sein Gespür zu sein als beispielsweise Papás, dem man manchmal erst mit dem Holzhammer kommen musste, ehe er begriff, dass dringender Gesprächsbedarf herrschte oder auch mangelnde Zuwendung Elise quälte.

Das Haus empfing sie mit wohliger Wärme und einem Johanne-Pendant, das Konrad als Erdmine vorstellte. Sie schien die gute Seele seines Haushaltes und sehr mit ihm vertraut zu sein.

Herzlich begrüßte sie Elise und schimpfte mit dem Herrn des Hauses: »Missen Se de junge Frau so lange in der Kälte rumfiehren, Herr Konrad?«, fragte sie vorwurfsvoll und schüttelte ein ums andere Mal den Kopf, während sie Elise den Reitmantel abnahm, auf eine der schweren Eichentüren wies und Elise anempfahl: »Stube ist bestens jeheizt. Machen Se sich's jemietlich, stecken Se de Fieße annen Kamin, dasse auftaun. Tee kommt jleich.«

»Sie stammt nicht von hier, nicht wahr, Konrad?«, fragte Elise, nachdem sie am Kamin Platz genommen hatte.

»Nein, ich habe sie von daheim aus Pommern mitgebracht. Sie ist meine Kinderfrau gewesen, und obwohl sie sich schwer damit getan hat, entwurzelt und umgepflanzt zu werden, hat sie, denke ich, allein aus Liebe zu mir ihren Frieden damit gemacht.«

»Aber sie siezt dich.«

»Ja, das hat sie für sich so beschlossen. Seit ich beim Militär einrückte, war's vorbei mit dem Jungelchen. Davon ist sie auch nicht mehr abzubringen.«

Elise lachte. »Sie erinnert mich an unsere Johanne. Ist es nicht unglaublich, dass es Frauen gibt, die zugunsten fremder Bälger alle persönlichen Träume aufgeben?«

Konrad nickte lächelnd. »Na, wenn die Bälger keine allzu großen Ekel sind – und ich behaupte, wir sind beide keine –, lässt es sich doch offensichtlich so auch ganz glücklich leben.«

Erdmine rauschte mit einem Tablett voller Köstlichkeiten herein, deckte auf und fragte: »Soll ich's Hundchen reinlassen, Herr Konrad? Er mecht so gern.«

»Lass ihn rein, den Guten!«

Sehr langsam, sehr bedächtig schlich gleich darauf ein braun-weiß gefleckter Jagdhund herein, den Konrad als Attila vorstellte. Nur seine Rute ging munter, ansonsten war alles an ihm vom Alter gezeichnet.

»Komm, mein Junge, leg dich zu uns«, forderte Konrad ihn liebevoll auf und erklärte Elise, er sei nun im dreizehnten Jahr, zwar schon ein wenig behäbig, aber noch immer gesund.

Vorsichtig beschnupperte Attila Elises Hände, schenkte ihr einen freundlichen Blick aus bernsteinfarbenen, klaren Augen, nahm huldvoll ihr sanftes Streicheln entgegen und rollte sich dann auf einem großen, braunen Fell vor dem Kamin zusammen.

»Ich habe mich eigentlich schon öfter gewundert, dass dich gar kein Hund begleitet. Ein Mann wie du hat doch einfach immer einen Hund«, meinte Elise.

»Ich kann keinen anderen neben meinem Hunnenfürsten haben«, erwiderte er ernsthaft. »Es käme mir wie Verrat vor. Solange er bei mir ist – und ich hoffe, es geht noch ein Weilchen –, erspare ich ihm das fürchterliche Gefühl der Eifersucht. Das hätte er nicht verdient.«

Warm wurde es Elise ums Herz. Solch rührende Worte sprach nicht jeder Mann. »Es ginge mir mit Fides ganz genauso, Konrad. Vielleicht gut, dass ich sie heute daheim gelassen habe, nachdem du angedeutet hattest, wir hätten einen weiten Weg zu reiten. Sie war mir gram, als ich sie ins Körbchen zurückgeschickt habe, das muss ich ja zugeben. Aber so lange durch den Schnee … das bekommt erfahrungsgemäß ihren empfindlichen Pfoten nicht. Ich werde nachher Abbitte leisten und mich sehr intensiv um sie kümmern müssen, damit sie nicht tagelang beleidigt ist. Darin kann meine kleine Diva nämlich ausgesprochen ausdauernd sein.«

Konrad lachte. »Na, ich bin jedenfalls sehr froh, dass sie dir jemand zurückgebracht hat. Ohne Fides kann ich mir dich gar nicht vorstellen. Das war ja ganz schön knapp ... Weißt du denn inzwischen überhaupt, wie es tatsächlich zu ihrem Verschwinden kam? Die Geschichte mit der mörderischen Bulldogge war doch offenbar von dem Pagen erfunden. Fides war unverletzt, richtig?«

Elise hatte das Gefühl, es befände sich plötzlich etwas, nein, *jemand* im Raum, der hier in ihrer trauten Zweisamkeit nicht nur nicht hingehörte, sondern sogar einen gewaltigen Störfaktor darstellte. Schnell wollte sie diese Figur verscheuchen, machte eine entsprechende Handbewegung und sagte nur: »Ich habe keine Ahnung. Es ist schon eine merkwürdige Geschichte. Aber Gott sei Dank ist alles gut ausgegangen und das ist nun Schnee von gestern und vergessen. Erzähl mir lieber mehr von all dem, das du vorhin draußen angedeutet hast.«

Ein wenig entlarvend wirkte Konrads Blick, es erschien eine zweifelnd aufgestellte Falte zwischen seinen zusammengezogenen Brauen. Als ahnte er, dass da mehr war, dass sie ihm etwas verschwieg, etwas Unangenehmes für sich behalten und nicht zwischen sie stellen wollte. Für einen Augenblick spürte sie eine kleine Irritation, dann entspannte sich sein Gesichtsausdruck, als habe er eingesehen, dass weiteres Insistieren unangemessen wäre. Er schwenkte zur Sachlichkeit und erzählte.

»Als ich den Betrieb übernahm, wurde er ganz ähnlich geführt, wie es hier seit Generationen üblich ist. Schau dich bei Zwanziger um, dann weißt du, was ich meine ...«

»Danke, nein!«, warf Elise dazwischen. »Ich war bis zu den Ereignissen im Juni mit seiner Tochter befreundet. Damals war ich noch ein Schaf und ahnte nichts. Uns Kindern und jungen Leuten hat man doch immer nur die glanzvolle Seite vorgeführt. Du kannst mir glauben, ich bin aus allen Wolken gefallen, als es mir zu dämmern begann, wie unsere heile Mädchenwelt finanziert wurde. Aus meiner persönlichen Dämmerung wurde schnell die hellste Mittagssonne. Und ich habe mir nicht die

Hand vor die Augen gehalten, um das Licht der Erkenntnis abzuschirmen. Du merkst, ich sagte, sie *war* meine Freundin. Und das aus gutem Grund. Abgesehen davon, dass ich den Begriff Freundschaft inzwischen unter etwas anspruchsvolleren Vorzeichen benutze, musste ich feststellen, dass an ihr dank fest verankerter Scheuklappen jede gute Einsicht vorbeigegangen ist. Da half kein Aufrütteln. Sie wollte einfach nichts hören und sehen, das ihre Bequemlichkeit gestört hätte. Folglich beendete ich diese Beziehung aus Mädchentagen. Wie so viele andere übrigens auch. Irgendwann stand ich allein da.«

Konrad nickte. »Das kenne ich. So wie du habe auch ich empfunden. Ich stamme aus eingesessenem Junkerstand. Da ist weiß Gott nicht alles Gold, was glänzt, und es gibt auch dort schwarze Schafe. Aber es existiert ein gewisser Ehrbegriff, der es uns verbieten würde, mit den uns anvertrauten Menschen so umzugehen, wie es sich die neue Elite der Bourgeoisie erlaubt. Sehr intensiv habe ich mich mit den Ideen Robert Owens beschäftigt, nachdem ich hier plötzlich das Zepter allein in die Hand nehmen musste.«

Da war sie wieder, die Lücke in seinem Lebenslauf. Die Lücke, die er offenbar nicht zu füllen bereit war. Der Lebensabschnitt, über den niemand, er offensichtlich am allerwenigsten, sprechen wollte. Jene Lücke, die Elise sich geschworen hatte, nicht mit herausgelockten Inhalten beleben zu wollen. Was war gewesen zwischen seiner Militärzeit und heute? Manchmal fiel es schwer, ihn ganz zu verstehen. Dennoch: Sie würde bei ihrer Haltung bleiben und ihm Zeit lassen. Folglich begehrte sie jetzt nur, Genaueres über diesen Owen zu wissen.

Nun begann Konrad mit glühendem Eifer, von dem Waliser Owen zu berichten. »Kurz vor der Jahrhundertwende heiratete er eine Schottin und begann sogleich die schwiegerväterliche Textilproduktion zu revolutionieren. Im Geiste ein Frühsozialist, dem die Lebensbedingungen der

272

Arbeiter unerträglich erschienen, führte er ein besonderes Experiment durch. Sein Ziel war es zu beweisen, dass lukrative Produktionsergebnisse nicht nur unter menschenunwürdiger Lohnsklaverei und Unterdrückung zu erzielen seien. Damals war die tägliche Arbeitszeit auf dreizehn bis vierzehn Stunden ausgelegt. Ich weiß, viel besser sieht es auch heute noch nicht aus in den meisten Weberkaten. Das Begrenzungsmoment mag lediglich eine Frage der Tageslichtdauer oder des Vorrates an Talglichtern sein. Robert Owen jedenfalls legte die Arbeitszeit kurzerhand auf nur zehneinhalb Stunden fest. Zudem erfand er eine Art Krankenversicherung und erreichte damit, dass erkrankte Arbeiter nicht sofort am Abgrund standen, sondern sich auskurieren konnten, um gesundet ihren Broterwerb wieder aufzunehmen. Sogar eine Altersrente lobte er aus. Sieh dich hier in Schlesien um! Heute, beinahe ein halbes Jahrhundert später, noch undenkbar. Owen ließ menschenwürdige Unterkünfte bauen, sorgte dafür, dass seine Arbeiter Lebensmittel zu vergünstigten Preisen erwerben konnten, kümmerte sich um die Grundbildung der Kinder und reichte mehrmals Eingaben zu Parlamentsgesetzen ein, die Kinderarbeit für unter Zwölfjährige wenn nicht zu verbieten, dann wenigstens auf sechs Stunden täglich einzuschränken.«

»Und sag, das hat funktioniert? An diesem Konzept hast du dich orientiert? Klappt das denn?«

»Daran habe ich mich orientiert, jawohl. Frappierend war nämlich, dass die Produktivität in Owens Fabrik sich enorm erhöhte. Niemand musste mehr stehlen, niemand mehr bestraft werden, die Zufriedenheit der Arbeiter stieg unglaublich, der Krankenstand sank. Jeder wollte in Owens Fabrik arbeiten. Vielen Ausgebeuteten erschien sie wie das Paradies. Allerdings muss man zugestehen, dass Owen etliche neue Techniken einführte, die das Wunder freilich erst möglich machten. Auch ich handhabe gewisse Dinge diesbezüglich anders als andere Verleger. Deine Eltern springen ja gerade auf denselben Zug auf.«

»Aber wie konntest du das finanzieren, Konrad?«

Er lachte und es schwang ebenso viel Stolz wie Bitterkeit mit. »Ich musste mich entscheiden, auf welches Pferd ich setzen wollte. An sich hätte ich von der Landwirtschaft hier recht behaglich leben können. Landbesitz ist etwas, das meine Ahnen stets über alles geschätzt haben. Mir liegt es eigentlich im Blut, ein großes Gut zu betreiben. Aber ich hatte nun mal mehr als nur ein paar Pachthöfe mit übernommen. Fast zweitausend Menschen haben befürchtet, ohne Aussichten dazustehen, wenn ich mich anders entschieden hätte. Da schlugen schon zwei Seelen in meiner Brust, das kannst du dir sicher vorstellen. Behalten habe ich nur die hausnahen Wiesen für die Fütterung des kleinen Viehbestandes, der uns allen hier die Lebensmittelgrundlage sichert, und ein ordentliches Stück Wald, denn wir benötigen schließlich Holz. Außerdem liebe ich meine kleine Jagdhütte da oben im Gebirge. Dorthin ziehe ich mich gelegentlich für ein paar Tage zurück, wenn ich ein wenig allein sein will. Nun ja … am Ende habe ich jedenfalls den größten Teil meines Landbesitzes verkauft, um das gewonnene Geld in die Fabrikation zu stecken.«

»Deshalb sagte Johanne mal, du hast nichts«, rutschte es Elise heraus.

»Siehst du«, erwiderte er grinsend, »deine alte Johanne denkt auch junkersch. Aber ganz so ist es nicht. Meine Leute sind ziemlich zufrieden mit mir. Und ich selbst bin relativ bescheiden. Mir liegt nicht viel am Konsumismus. Ich halte es diesbezüglich mit Owen, der ihn nur als ein System zur Vermehrung künstlicher Bedürfnisse ansah. Übrigens machte sein Konzept Furore. Die Fabrik wurde zum Musterbetrieb. Politiker und Fürsten, bis hin zu Zar Nikolaus I. und den österreichischen Prinzen Johann und Maximilian, zählten zu seinen Besuchern.

Owen kann man sogar in gewisser Hinsicht zum Wegbereiter des Genossenschaftswesens erklären. Das nun noch genauer auszubreiten, würde hier allerdings doch zu weit führen. Ich denke, du kannst dir jetzt schon ein ganz gutes Bild machen.«

»Und ob! Ich bin fasziniert, Konrad. Und hoffe sehr, dass uns auf Achenthal ein ähnliches Kunststück glückt. Du berätst Vater, nicht? Ich habe so oft gesehen, dass ihr die Köpfe zusammengesteckt habt.«

Konrad nickte. »Wäre dein Großvater nicht wer weiß wo untergetaucht, hätte dein Vater nicht endlich die Chance bekommen, ihr wäret letzten Endes irgendwann auf eine Katastrophe zugesteuert. Erst auf eine humanitäre, dann auf eine persönliche. Man darf sich nicht ewig auf Althergebrachtem ausruhen, wenn die Zeichen der Zeit derart deutlich auf Wandel stehen. Das Industriezeitalter ist nun einmal in der zivilisierten Welt angebrochen, und wer zu spät aufwacht, wird das Nachsehen haben.«

Draußen begann es sich einzutrüben, die Schatten wurden tiefer.

»Wir werden neuen Schnee bekommen«, prophezeite Konrad mit Blick auf den Himmel vorm Fenster. »Ich glaube, es wäre gut, wenn ich dich zurückbrächte.«

»Pjotr hat es heute früh auch schon gesagt«, stimmte Elise zu und stand auf. Ein Streicheln beider noch über den weichen Jagdhundkopf.

»Komme gleich wieder, mein Alter, ich bringe nur die Dame heim«, flüsterte Konrad ihm zu und er schien zu nicken.

Flugs waren die Pferde wieder gesattelt. Die ersten Flocken fielen, als sie Achenthal erreichten.

»Kommst du Heiligabend zu unserer Mitternachtsmette oder wirst du sie in eurer Dorfkirche feiern?«, fragte Elise.

»Ich komme. Unsere Pfarrstelle ist nach dem Tod des alten Pastors noch nicht wieder besetzt. Wir haben also nur den

Abendgottesdienst mit einem fremden Pfarrer aus der Stadt für die Kinder. Aber das ist nicht dasselbe.«

»Dann freue ich mich umso mehr auf die Christnacht!«

Elise war schon abgestiegen, stand neben Almanzors Kopf. Konrad zog seinen Handschuh aus und strich ihr zärtlich über die Wange. Sie schmiegte sich an. Nur ein flüchtiger und doch unvergesslicher Moment.

»Seht zu, dass ihr nach Hause kommt«, lächelte sie verlegen und gab Almanzor einen Klaps auf den Hals.

Amabilé rief dem Rappen nach, als er davonstob.

23

Schlesien, Dezember 1844 – Eine Rose im Winter

Drunten in der Halle stand er nun. Ragte in all seiner geschmückten Herrlichkeit bis fast an die Galerie im ersten Stock hinauf. Den goldenen Engel mit seinem glänzenden, fein gefältelten Kleid, den hauchdünnen Flügeln, dem schimmernden Feenhaar trug er auf der Spitze. Schmuck aus vielerlei Materialien, gefertigt von so vielen Generationen fleißiger Hände – eine Sammlung, die man hütete und der jedes Jahr einige neue Teile hinzugefügt wurden –, lud zum Schauen, Entdecken, Staunen, Erinnern ein. Polierte rotbackige Äpfel lachten aus tiefem Tannengrün, weil sie wussten, niemand durfte sie anbeißen. Die dicksten Walnüsse hingen an feinen Bändchen dazwischen, weiße Kerzen warteten aufs Anzünden.

Entlang des Geländers hatte Johanne zusammen mit den Hausmädchen sattgrüne Fichtenästchen festgebunden, ein paar Zweige der Winterbeere schenkten ihr leuchtendes Rot zwischen piksig glänzenden Blättern dazu. Durchs ganze Haus schickte der Baum, der gestern noch unter schwerer Last aus frischem Schnee im Wald gestanden hatte, seinen Duft. Mischte ihn mit all den Düften, die aus der Küche heraufstiegen.

Machte das, was alle Weihnachtsbäume immer, seit Elise sich erinnern konnte, gemacht hatten. Machte Weihnachtsduft. Diesen unverkennbaren, immer gleichen, unvergleichlichen, einprägsamen, beständigen, den man nie vergaß.

Geschäftigkeit herrschte im ganzen Haus. Bis zur letzten Minute gab es etwas zu tun. Etwas zu putzen, abzustauben, zu dekorieren, zu brutzeln, zu backen, zu verpacken. Heimlichkeiten. Spannung. Nicht mehr so kindliche Spannung wie früher, als sie noch klein gewesen war. Aber immer noch dieses ganz bestimmte Gefühl freudiger Erwartung.

* * *

Am frühen Morgen war Elise mit Vater zur Webersiedlung hinübergefahren. Als sie eintrafen, hatten die Männer schon den Baum aufgestellt, den Vater hatte fällen lassen, damit er inmitten des Platzes vor den Häuschen allen eine Freude bereiten sollte. Hoch beladen war er wieder, der Schlitten. Mamá hatte dafür gesorgt, dass für jeden etwas dabei war. Warme Winterkleidung! Das war ihr Aufruf an alle Spender gewesen. Und es hatte sich gelohnt.

Die Küche bekam heute Fleisch. Dazu ein Fass Sauerkraut aus dem Achenthal'schen Keller, gute Kartoffeln, Mehl, Backobst und alle weiteren Zutaten für ein feines Festmahl.

Zu Elises Erstaunen waren sie heute nicht allein gekommen. Pastor Nöterich höchstselbst traf fast zeitgleich mit den Achenthals ein und er hatte drei Frauen aus dem Dorf bei sich. Neugierig schlenderte Elise zum Pfarrer hinüber.

»Guten Morgen, Herr Pastor«, entbot sie ihren Gruß. »Was haben Sie denn Schönes mitgebracht?«

»Oh«, sagte er, lachend über beide runde Backen, »ich habe mich doch mit der Gräfin besprochen und … schauen Sie!«

Elise lugte in eine der Korbtruhen, deren Deckel er lupfte. Sie war voll bunter Strickstrümpfe.

»Die Frauen meiner Gemeinde waren emsig«, flüsterte er ihr vertraulich zu. »Und ich habe sogar *noch* etwas bewerkstelligen können. Heute Abend in der Mette … Sie werden sehen!«

»Dann freue ich mich heute ganz besonders darauf«, erwiderte Elise vergnügt, stupste ihn mit dem Ellenbogen leicht an und raunte verschwörerisch: »Wollen Sie mir nicht schon etwas verraten?«

»Nein, nein, es soll doch eine Überraschung werden!«

* * *

Der Abend kam, das Vieh war gefüttert, eine Extraration für jedes Tier, alle Arbeit erledigt, die Halle war zum Speisesaal geworden, man hatte sich in die Festtagstrachten geworfen. In die Kirche gingen alle, auch die Achenthals, in den traditionellen schlesischen Gewändern. Auf gewisse Weise machten sie alle gleich, egal ob Gutsherr, Pächter, Küchenmagd, Dame von hohem Stand oder Lohnarbeiter. Es mochte Unterschiede in der Qualität der Stoffe, in der Wertigkeit der schmückenden Elemente geben. Aber jede Frau, jedes Mädchen trug den gestreiften oder geblümten leinenen Trachtenrock zum geschnürten schwarzen Samtmieder. Dem Anlass entsprechend kam an diesem hohen Feiertag das handgestickte Weißzeug aus Schultertuch und Schürze dazu.

Johanne steckte Elise das Tuch in der vorderen Taillenmitte zusammen, wo eine Brosche es am Platz hielt, und schnürte ihr die schwarz glänzenden Halbschuhe über den weißen Strümpfen zu. Später erst, wenn sie in die Kirche fuhren, würde noch die schwarzsamtene, spitzenbesetzte Haube dazukommen.

»Fertig!«, sagte Johanne zufrieden und gemeinsam gingen sie hinunter in den geschmückten Festsaal, der sich langsam füllte. Überall das gleiche Bild. Die Männer in schwarzen Kniebundhosen zu weißen Strümpfen, Tuchjacken über geblümten Westen und weißen Hemden, deren Kragen schwarze Schleifen hielten. Die Buben mit der charakteristischen gelben oder grünen Weste. Einheitlich. Schlesisch!

So fasste nicht nur die Weihnacht alle in Gottes Hand zusammen, so bügelten auch die gemeinsame Herkunft und Tradition Unterschiede einfach fort.

Die unzähligen Lichter am Baum flackerten jetzt und tauchten die Szene in festliches Licht. Mama saß am Pianoforte, das für diesen Heiligen Abend extra aus dem Salon in die Halle geschleppt worden war, und spielte Weihnachtslieder, während Papá die hereinströmenden Mitarbeiter und Pächter des Gutes samt ihren Familien empfing.

Pünktlich war man vollzählig, jeder hatte seinen Platz gefunden, nur die Stühle des Küchenpersonals waren noch unbesetzt. Mamá spielte und sang *Adeste fideles* und im vielstimmigen Chor fielen alle ein. Lateinisch, ja. Aber das kannten sie ebenso auswendig wie so viele Kirchenlieder. Als sie geendet hatte, stand Mutter auf, verneigte sich, nahm huldvoll lächelnd den Applaus entgegen, setzte sich neben Papá. Der brachte sich in Position, klimperte an sein Glas, bis jedes Murmeln erstarb, entbot mit seiner Begrüßungsrede allen ein herzliches Willkommen, erhob sein Glas.

Unter großem »Oh« und »Ah« wurden die Speisen aufgetragen, servierten die Mädchen und durften sich endlich auch setzen.

»Fröhliche Weihnachten!«, rief Papá. »Lasst es euch schmecken!«

»Fröhliche Weihnachten!«, kam die Antwort aus allen Kehlen.

Es war das erste Mal, dass es diese Form der Feier auf Achenthal gab. Es war Vaters Art. Nicht Großvaters. Der wäre im Traum nicht auf die Idee gekommen, mit all den Menschen zu feiern, die tagtäglich für ihn schufteten. Der hatte den kleinen Familienkreis in Esszimmer und Salon vorgezogen und nie seine Gänse, Kapaune und Fasane mit ihnen teilen wollen. Vater aber hatte die Familie zusammengerufen und den Vorschlag gemacht, das Fest so zu begehen, wie es jetzt stattfand. Und dafür auf allzu großartige Geschenke zu verzichten. Um allen eine Freude zu machen. Ohne auch nur das kleinste Murren, ohne eine Sekunde überlegen zu müssen, hatten sie unisono zugestimmt.

Und wie wunderbar war es!

Fides lag mit den beiden Hütehunden des Schäfers unterm Baum. Eine genauso freundliche Gastgeberin wie Mamá. Nicht mal Geknurre gab es, als jedem Hund eine Beinscheibe gereicht wurde. Friedlich nagten sie alle drei.

Elise beobachtete die Kinder. Wie ihre Augen leuchteten! Eine Kleinigkeit würde nachher jeder unter dem Tannenbaum finden. Elise hatte Namensschildchen beschriftet und an den Päckchen befestigt. Keiner sollte leer ausgehen.

Das Wichtigste aber, so empfand sie es, war das Beisammensein. Gemeinsam essen, trinken, singen, miteinander sprechen, fröhlich sein. Nachher gemeinsam zur Christmette fahren. Das Herz ging ihr auf. Und wie sie so nach Elaine und Ferdinand schaute, Blicke mit den Geschwistern tauschte, spürte sie: Da musste man gar nicht reden. Die beiden sahen es ganz genauso.

* * *

Später, die Kinder ganz selig mit einer Puppe, einem Holzspielzeug, einem Ball, Kreisel oder Hampelmann, die Mütter stolz in akkurat gebundenen Hauben, fuhr Achenthal gesammelt zum Kirchgang ins Dorf.

Die Nacht war kalt und still, der Himmel übersät von blinkenden Sternen, der volle Mond ließ den pulvrigen Schnee zauberhaft glitzern. Niemand sprach jetzt, nur die Schlittenglöckchen schickten ihre zarte Melodie über Wald und Feld.

Hell leuchtete ihnen St. Marien entgegen.

Schon von Weitem erkannte Elise Konrads Schlitten. Nicht anders als alle Männer war er gekleidet. Und trug keinen Hut.

Warm waren seine Hände, die sich um Elises schlossen. »Fröhliche, gesegnete Weihnachten, liebe Elise«, sagte er und sie spürte, dass er etwas Kleines zwischen ihre Handflächen geschoben hatte.

»Fröhliche Weihnachten«, erwiderte sie leise. Versuchte zu erfühlen, was es war, schloss ganz fest die Faust darum, nahm seinen selbstverständlich angebotenen Arm und schritt mit ihm hinter den Eltern dem weit geöffneten Kirchenportal zu.

Ebenso selbstverständlich ging hinter ihnen Elaine an Peters ritterlich gereichtem Arm. Beide machten feierlich ernste Mienen.

Pfarrer Nöterich empfing seine Schäfchen in der Pforte. Den Mittelgang entlang konnten sie noch gemeinsam gehen, direkt auf den Altar, den herrlich strahlenden Baum, die handgeschnitzte Krippe zu, dann trennten sich ihre Wege. Elise schloss sich Vater und Mutter an, nahm neben ihnen vorne im Familiengestühl Platz, während Konrad sich auf einer Bank weiter hinten im Kirchenschiff niederließ. Sehen konnte sie ihn noch. Aber nicht mehr fühlen. Verstohlen öffnete sie ihre Handfläche. All das sanfte Licht fingen die tiefroten Granate ein, die, in Form einer voll erblühten Rose angeordnet, auf der kleinen goldenen Brosche gleißten. Die Ränder der äußeren Blütenblätter schmückten dicht an dicht winzige Splitter, die

Diamant sein mochten, und gaben der Rose den Anschein, von Raureif überfroren zu sein. Mein Gott, wie schön! Und oje! Sie hatte nichts für ihn.

Mamá hatte mitbekommen, was sie gefunden hatte. »Von Konrad?«, fragte sie lächelnd.

Elise nickte.

»Entzückend, ganz außergewöhnlich! Soll ich sie dir schnell anstecken?«

»Ja, bitte!«

Direkt über der Kehlgrube platzierte Mamá das wunderschöne Schmuckstück am Stehkragen. Sehen konnte Elise es selbst nun nicht mehr. Aber sie wusste, es würde auf dem blütenreinen Weiß ihrer Bluse wundervoll wirken. Und unübersehbar sein. Vorsichtig berührte sie es mit den Fingerspitzen und blickte zu Konrad hinüber. Sofort wandte er den Kopf und lächelte ihr zu. Leicht neigte sie den Oberkörper vor, verbeugte sich zum Dank.

Hinter Pfarrer Nöterich schlossen sich vernehmbar die schweren Türflügel, er schritt den Gang entlang auf den Altar zu, eine Begrüßung, einige Geleitworte der Freude darüber, dass so viele gekommen waren, da setzte schon die Orgel ein, ein Vorspiel, während oben im Chor leichte Unruhe zu vernehmen war. Dann sangen sie:

> *Transeamus usque Bethlehem*
> *et videamus hoc verbum quod factum est.*
> *Mariam et Joseph et Infantem positum in*
> *praesepio.*
>
> *Gloria in excelsis Deo,*
> *et in terra pax hominibus*
> *bonae voluntatis.*

Transeamus, et videamus multitudinem
militiae caelestis laudantium Deum,
Mariam et Joseph et Infantem positum in
praesepio.

Transeamus et videamus quod factum est.

So viele Stimmen? Kinderstimmen! Ostern noch war doch der Chor so schwach besetzt gewesen! Elise wandte den Kopf. Und erspähte Gesichter, andächtige, konzentrierte Gesichter, von denen sie einige ganz gut kannte. Weberkinder!

Donnerwetter! Wie hatte Nöterich das so schnell fertiggebracht? Das also war seine Überraschung. Jetzt schaute Elise sich unauffällig weiter um. Ja, die Kirche war voll bis auf den letzten Platz. Ja, da waren Menschen dabei, denen die Tracht zweifellos zu kostspielig war. Doch keiner, keine war in Lumpen gehüllt. So hatte er tatsächlich weit mehr bewirkt, als nur ein paar Socken stricken zu lassen.

Gemeinsam beteten sie, sangen sie, lauschten Pfarrer Nöterichs Predigt, hörten am Ende das Festgeläut der neuen Glocken, die Ostern geweiht worden und ebenso wie das instandgesetzte Dach der Großzügigkeit Tante Augustes zu verdanken waren. Himmlisch klangen sie!

Beim feierlichen Auszug der Gemeinde entdeckte Elise Marie. Ein ganz ordentliches Bäuchlein wölbte sich schon unter ihrem Wollmantel. Die Blicke kreuzten sich, sie lächelten einander zu. Ein bisschen runder war Maries Gesicht geworden, stellte Elise zufrieden fest.

Eisige Winterluft empfing sie draußen, Tante Auguste hatte sie gefunden, Konrad stieß zu ihnen. Man plauderte, äußerte Bewunderung für den Pfarrer und seine Leistung, derart viele Schäfchen zurückgewonnen zu haben.

Unbemerkt konnten sich Elise und Konrad ein paar Schritte aus dem Grüppchen zurückziehen.

»Schau, Konrad, Mamá hat sie mir schon angesteckt«, sagte Elise und wies auf die Stelle, an der sein Geschenk nun fest und sicher saß. »Ich danke dir! Sie ist unbeschreiblich schön.«

»Erst du bringst sie zum Strahlen, die Winterrose«, erwiderte er zärtlich. »Insofern hat sie viel mit mir gemeinsam.«

»Aber ich habe gar nichts für dich, Konrad«, sagte Elise traurig.

Er lachte. »Gar nichts für mich? Aber doch! Deine Freude und dein Strahlen, das hast du doch für mich. Was könnte ich wohl noch haben wollen, damit ein Weihnachtsabend endlich mal wieder glücklich ist?«

Scheu blickte Elise sich zu den anderen um. Niemand achtete auf sie beide. Da wagte sie es. Ergriff seine Hände, flüsterte verschmitzt: »Ja, wenn das so ist, dann hätte ich vielleicht doch eine ganz kleine Kleinigkeit für dich«, und gab ihm einen Kuss. Mitten auf die Lippen.

24

Schlesien, Winter/Frühjahr 1845 – Das neue Jahr

Schon zwischen den Jahren begann der Wettergott mit Schlesien Ernst zu machen und schüttete Unmengen Schnee über das Land. Wer jetzt keine Vorräte in Kellern und Kammern hatte, dem blieb kaum noch eine Möglichkeit, sich etwas zu besorgen.

Pjotr war es wieder einmal gewesen, der geahnt hatte, was kommen würde, und er hatte mit seiner Befürchtung nicht hinterm Berg gehalten. Vater hatte ihm Glauben geschenkt, denn er wusste sehr genau um die Wetterfroschqualitäten des alten Stallmeisters. So hatte er nicht nur reichlich Vorräte zur nahen Webersiedlung hinüberkarren lassen, sondern auch all jene Weberfamilien nicht übergangen, die in den etwas entlegeneren Dörfern für Achenthals Produktion arbeiteten. Da niemand wissen konnte, wie sich die Lage entwickeln würde, hatte Papá vorsichtshalber für vier Wochen geplant. Und ein gutes Maß an Garnrollen auf Vorschuss ausgegeben. Zufrieden mit dem Gefühl, nun gewiss auf der sicheren Seite zu sein, kehrte er gegen Mittag zurück.

Wie klug diese Lieferung am Silvestermorgen gewesen war, stellte sich bereits gegen Abend heraus. Der Himmel öffnete alle Schleusen. Stunde um Stunde wehte und schneite es. Unaufhörlich. So, dass man draußen die Hand nicht mehr vor Augen sah. Der Wind frischte mehr und mehr auf, erhob sich am Morgen des Neujahrstages zum Sturm. Wege und Straßen erwiesen sich im ersten Tageslicht schon als unpassierbar, die Tore des Pferdestalls waren anderthalb Meter hoch zugeweht, auf manchen Dächern lag überhaupt nichts, dafür türmten sich auf anderen regelrechte Schneebretter, die herunterzustürzen drohten und abgeräumt werden mussten. So kalt war es, dass der Schnee ganz fein war und in jede Ritze drang. Sogar auf den Strohboden war er eingedrungen, was bei Tauwetter unweigerlich dazu führen musste, dass alles nass werden und verderben würde. Also ein weiterer Schauplatz, an dem angefasst, heruntergeschippt, umgestapelt, mit Segeltuchplanen abgedeckt, jede noch so kleine Ritze abgedichtet werden musste.

Jeder, der kräftige Arme hatte, fasste mit an. Am Neujahrstag waren noch alle ausgeruht und hatten sogar Spaß am gemeinsamen Kampf gegen die Unbilden der Natur.

Als es aber auch am zehnten Januar noch immer nicht aufgehört hatte zu schneien – mal mehr, mal weniger intensiv –, begann sich zusehends Missmut breitzumachen. Vater wirkte erschöpft, Ferdinand, der anfangs tüchtig mitgeholfen hatte, war von Johanne mit Wärmflasche, Hühnerbrühe, Tee und Honig ins Bett verfrachtet worden, denn er hustete fürchterlich und hatte zu fiebern begonnen. Johanne, Elise und Mamá teilten sich die Wache an seinem Bett, legten Wickel an, flößten dem matten Buben Flüssigkeit ein, maßen wieder und wieder seine Temperatur. Drei Tage lang stieg sie bedenklich.

Elise hatte die Nachtwache übernommen, als das Thermometer schließlich über die Vierzig-Grad-Marke kletterte. Normalerweise hätte man spätestens jetzt nach dem Doktor geschickt. Doch es gab kein Durchkommen. Sie musste alleine handeln. In kurzen Abständen wechselte sie die

Umschläge. Lauwarm aufgebracht, glühten die Tücher schon nach zehn Minuten beim Abnehmen. Ferdinand sprach wirres Zeug, wälzte sich unruhig, ohne wach zu werden. Mal schwitzte er die Laken durch, feuerrot seine Wangen, dann wieder erfasste den zarten Knabenleib ein erbarmungswürdiger Schüttelfrost und er wirkte schon wie der bleiche Tod selbst.

Elise hatte Angst. Überlegte immer wieder, ob sie Johanne oder Mutter wecken sollte. Beide hatten den Schlaf nötig. Sie musste durchhalten. Noch war nicht einmal Mitternacht.

Auf den Nachttisch hatte Johanne ein kleines braunes Fläschchen gestellt. »Bitte nur, wenn die Temperatur weit über vierzig Grad steigt«, hatte sie eindringlich gewarnt. »Und nur drei Tropfen, keinesfalls … wirklich, Elise, keinesfalls mehr! Belladonna ist ein wirksames Heilmittel, dosiert man es richtig. Aber starkes Gift, wenn du zu viel gibst.«

Elise nahm das Fläschchen in die Hand, beäugte es misstrauisch, drehte es unentschlossen zwischen den Fingerspitzen. War dies jetzt der Moment?

Noch einmal schüttelte sie das Thermometer herunter, maß erneut. Wieder um mehr als ein halbes Grad gestiegen! War das »weit über vierzig Grad«?

Sie griff nach dem Löffel, setzte die winzige Nase im Flaschenhals akkurat an den Rand. Ihre Hände zitterten. Zitterten so sehr, dass flugs viel zu viel der bräunlichen Flüssigkeit auf das Löffelchen schwappte. Seufzend goss sie es zurück, setzte neu an, brauchte drei Versuche. Dann hockte sie sich auf die Kante des Krankenlagers, umschlang den Kopf des kleinen Bruders, öffnete vorsichtig seine Lippen und träufelte die Medizin hinein. Ferdinand stöhnte kaum vernehmlich, seine Zungenspitze erschien, er nahm auf, was sie ihm gegeben hatte.

Keine Sekunde ließ sie ihn aus den Augen, bis der Morgen graute. Fühlte immer wieder nach seiner Stirn. Seine Atemzüge waren ruhiger, ja, tiefer geworden. Bildete sie es sich ein oder kamen die heißen Phasen jetzt seltener? Elise betastete wieder das Laken. Es fühlte sich trocken an. Das war ein gutes Zeichen.

Fahles Frühlicht fiel durch einen Spalt zwischen zugezogenen Gardinen. Im Haus begann sich etwas zu regen. Das leise Knarren der Kammertür am Ende des Flurs, Parkett, Läufer, Parkett. Die unverkennbaren Schritte Johannes, leise aufgeklinkte Zimmertür.

»Wie geht es ihm, Elise?«

»Ich habe ihm aus dem Fläschchen gegeben. Bei vierzig Komma neun habe ich die Nerven verloren und wagte nicht mehr abzuwarten.«

Johanne nickte, befühlte die bleiche Knabenstirn, wiegte den Kopf, griff nach dem Thermometer, maß.

Maß und maß und maß.

Ungeduldig blickte Elise auf das Instrument zwischen den zarten Pobacken, wartete, ob die silbrige Flüssigkeit heraufklettern würde.

Sie kletterte bis siebenunddreißig Komma drei.

»Du hast es geschafft, kleiner Mann!«, seufzte Johanne aus tiefstem Herzen. »Und du hast das gut gemacht, Elise! Geh frühstücken und dann leg dich hin. Ich übernehme jetzt.«

Erleichterung, Glück, bleierne Müdigkeit und trotzdem ein so aufgekratzter Zustand, dass Elise erst Stunden später endlich in den Schlummer fand. Dann aber schlief sie bis zum frühen Abend. Als sie aufstand, führte ihr erster Weg, noch im Schlafrock, zum Zimmer des Bruders. Ferdinand saß beinahe schon wieder putzmunter im Bett und löffelte seine Suppe selber, Johanne hockte auf der einen, Mamá auf der anderen Kante, Elaine stand am Fußende.

»Danke, Elise!«, sagte er, als sie eintrat.

»Ach, bitte, gern doch«, schmunzelte sie. »Aber mach so was bloß nicht wieder. Draußen schuften, bis du schwitzt, ohne

289

Schal, Mütze und Jacke, das ist bei der Kälte einfach unvernünftig. Ich hatte Sterbensangst um dich.«

»Weiß gar nicht, was ihr Frauen habt. Geht mir doch prächtig«, gab er forsch zurück und griente.

* * *

Ferdinand erholte sich schnell. Gegen den hartnäckigen Husten, der ihm noch etwas erhalten blieb, kochte Johanne Zwiebeln in Zuckerwasser, versetzte das Gebräu zusätzlich mit Fenchelhonig und gab ihm so oft davon, dass er nach einer Woche schon flüchtete, wenn die Kinderfrau nur mit ihrer Flasche anrückte. Dennoch … sie blieb unerbittlich, bis er vollständig genesen war. Da war es schon Februar. Noch hielt der Dauerfrost an, manchmal rutschte die Nachttemperatur unter minus zwanzig Grad. Manchmal schneite es. Aber bisweilen gab es Tage, an denen um die Mittagszeit schon ein leiser Hauch von Frühling in der Luft hing. Hin und wieder kleckerte dann der eine oder andere Tropfen von der Spitze eines Eiszapfens an der Dachrinne. Um gegen Spätnachmittag dann doch wieder festzufrieren und die Zapfen länger und länger zu machen. Manchmal brach einer unter seinem zunehmenden Gewicht ab und sauste in den tiefen Schnee, der rund um Haus und Ställe aufgetürmt lag. Noch immer versagte man sich unnötige Wege. Die Post hatte ihre Zustellungen noch nicht wieder aufgenommen. Es war eine in mancher Hinsicht schöne ruhige Zeit. Und in mancher Hinsicht eine beängstigend ruhige Zeit …

Zu Weihnachten war für Elise noch einmal Post aus England eingetroffen. Fletcher hatte ein wenig über die Weihnachtsvorbereitungen im Allgemeinen und im Hause Cunningham im Besonderen geschrieben und ein gesegnetes Fest gewünscht. Letzteres hatte auch Elise pflichtschuldig getan, die Briefe mochten sich unterwegs gekreuzt haben. Neue

Nachrichten jedoch hatte sie seither nicht verfasst und es drängte sie dazu auch überhaupt nicht. Es war eine Korrespondenz, die sie gern langsam, aber sicher einschlafen lassen wollte.

Schmerzhaft war dagegen die Tatsache, dass sie Konrad seit der Christnacht nicht mehr gesehen hatte. An sich wäre er an Silvester herübergekommen, Vater hatte einen kleinen Umtrunk vorgesehen gehabt, aber dieser Plan hatte sich natürlich wetterbedingt zerschlagen. So blieben ihr vorläufig nur Träume aus schönen Erinnerungen, und seit es die Sonne schaffte, wenigstens mittags ein bisschen an der mittlerweile nur noch als lästig empfundenen weißen Pracht zu lecken, befragte sie Pjotr tagtäglich über seine Einschätzung der weiteren Entwicklung.

Es musste später Februar werden, ehe er endlich etwas Hoffnung verbreitete. »Jetzt ist es bald vorbei, Fräulein Elise«, sagte er und schnupperte in gewohnter Weise in die Luft. »Riecht nach Frühling. Kann aber sein, dass noch mal was nachkommt, kann man nicht genau wissen.«

»Komm' Se mal mit, ich zeig Ihnen was«, meinte Jakub und machte ein geheimnisvolles Gesicht.

Elise runzelte die Stirn, aber sie folgte ihm an eine geschützt liegende Stelle im Garten. Da hatte er ein wenig von der schweren Schneeschicht beiseitegeschoben, Gras schimmerte und er forderte Elise auf, doch mal genau zu schauen. Sie bückten sich beide. Und tatsächlich! Da steckten die ersten Schneeglöckchen ihre grünen Blattspitzen aus dem Boden und an einem Pflänzchen war sogar schon das weiße Glöckchen zu erkennen.

Jakub kam hoch, stieß einen kurzen Schmerzlaut aus, griff sich ins Kreuz, fluchte kurz etwas wie »Scheiß-Schneeschipperei«. Aber er strahlte über beide Wangen und stupste Elise kumpelhaft an. »Sehen Sie? Es kommt!«

»Ach, schön, Jakub!«, freute sich Elise und erwiderte sein Strahlen. »Jetzt kann es nicht mehr lange dauern. Die Natur ist ja nicht dumm, die weiß, was sie tut.«

»O ja, das weiß sie! Und die ersten Lämmer sind auch längst da.«

Lämmer waren gut. Aber die lagen gemütlich bei ihren Müttern im weichen Stroh und mussten nirgends hin. Elises Geduld mit dem Winter jedoch war langsam zu Ende. Konrad konnte nicht zu ihr kommen, Elise nicht zu ihm reiten. Die Sehnsucht wuchs ins Unermessliche. Festgefroren unter einer weißen Decke das Land, festgefroren, hungernd nach Bewegungsfreiheit, Sonne, Licht und Liebe auch sie.

Erst Anfang März setzte endlich Tauwetter ein. Doch es kam nicht in aller Ruhe mit warmen Sonnenstrahlen und *peu à peu* steigenden Temperaturen, es kam mit Sturm und sintflutartigem Regen. Der tauende Schnee schoss die Abhänge des Eulengebirges herunter, riss Erde, Geröll, manchen Busch und Baum auf seinem Weg in die Täler mit, ließ friedliche Bächlein zu reißenden Strömen anschwellen, überschwemmte die Ebene, hinterließ Schlamm, Dreck und Verwüstung, machte Straßen und Wege erneut unpassierbar. Zwei volle Wochen dauerte das Spektakel an. Dann schien Petrus ein Einsehen zu haben. Langsam trockneten Wiesen, Felder und Wälder ab, die Bäche zogen sich in ihre Betten zurück, vergaßen das anstrengende Tosen der letzten Wochen, murmelten wieder leise, erstes Grün wagte sich aus den satt getränkten Böden, in der Mittagszeit sah man schon die Mücken tanzen.

Eine volle Tasche Post brachte der Bote. Für Elise waren Neujahrsgrüße aus England dabei. Einen seltsamen Ton schlug Fletcher an. Zu Elises Entsetzen klangen seine Zeilen wie die eines verliebten Gockels. Obendrein schrieb er auch noch von der Absicht, gegen Ende März Achenthal besuchen zu wollen, um sich einen Eindruck von den Baufortschritten zu verschaffen. Aber nein! Das sei ja nur der Aufhänger, vor dem Vater eine Erklärung für eine »dringliche Geschäftsreise« zu finden, deren

Ziel in Wirklichkeit nur ein heiß ersehntes Wiedersehen mit Elise sei.

Du liebe Güte!

Was bildete er sich ein? Und so bald schon? Ach, bitte, nein! Gründlich verdorben war Elises Stimmung.

Kaum weniger verdorben als Papás. Die Wetterkapriolen hatten natürlich seit Wochen jede Stoffproduktion vereitelt. Längst musste den Webern das Garn ausgegangen sein. Diesen Ausfall wieder auszugleichen war unmöglich. Ein enormes Loch in der Kasse, reichlich Ärger mit den Abnehmern!

Zudem überhaupt kein Fortkommen bei den Bauarbeiten. Es würde knapp werden, wie geplant bis Ende Mai fertige Räumlichkeiten zur Verfügung zu haben, um die eintreffenden Maschinen unterbringen und baldigst in die Produktion einsteigen zu können. Mehr und mehr Kopfzerbrechen bereitete ihm der von vornherein eng gesteckte Liefertermin. Blauäugig nannte er sich inzwischen, bezichtigte sich bisweilen eines verantwortungslosen Optimismus. Mit der Lieferung gingen selbstverständlich Zahlungsziele einher. Diese einzuhalten würde unter den momentanen Gegebenheiten schwierig werden, das zeichnete sich immer klarer ab. Selbstverständlich war er nicht verblendet genug gewesen, dies nicht früher erkannt zu haben. Doch es hatte keine Möglichkeit gegeben, sich Cunningham mitzuteilen und rechtzeitig eine Verschiebung zu vereinbaren. In Kürze würde sein Schreiben zwar in London eintreffen, aber natürlich, wie man es auch drehte und wendete, viel zu spät.

Elise hatte begriffen, dass Vaters Pläne nur aufgehen konnten, wenn alle Zahnrädchen reibungslos ineinandergriffen. Gelang das nicht – und bei der momentanen Lage musste eigentlich ein Wunder geschehen, um die ganze Sache noch zu retten –, würde er in ernsthafte Zahlungsnöte geraten. Dass dies auch den Verlegerkollegen nicht entgangen war, pfiffen inzwischen die Spatzen hämisch von den Dächern. Und die noch im

Dezember mit der Aussicht auf sichere neue Arbeitsplätze so freudig gestimmten Weber durften wohl zweifellos genauso viel Interesse an den Entwicklungen haben wie Vater selbst.

Unheil lag in der Märzluft.

* * *

Elises erster, vorsichtiger Ausflug zu Pferd über noch aufgeweichte, schmierige Böden führte sie zu Marie.

Der Platz vor den Weberkaten war eine einzige Schlammpfütze, in der sich die Sonne eitel spiegelte. Der vom Sturm umgeblasene Weihnachtsbaum lag darin. Ein trauriges Überbleibsel aus fröhlichen Tagen.

Marie sah elend aus, wiewohl ihr Bauch gewaltig gewachsen war.

»Wie geht es dir?«, fragte Elise besorgt.

Leise stöhnte Marie, schüttelte matt den Kopf. »Der letzte Monat war hart. Unsere Vorräte waren Anfang Februar aufgebraucht, obwohl wir gespart haben, wo wir nur konnten. Arbeit hatten wir keine mehr und erst vorgestern kamen neue Lebensmittel an. Ich glaube, ich hatte nicht genug zuzusetzen, um sowohl das Kind als auch mich halbwegs satt zu kriegen.«

»So siehst du auch aus«, bekannte Elise mitleidig. »Jetzt hast du gegessen?«

»So viel, dass mein Magen rebelliert hat«, gestand Marie lächelnd. »Wenn ich aber daran denke, wie es ohne Hilfe bisher jeden Winter zugegangen ist, will ich mich überhaupt nicht beschweren. Wir sind alle sehr dankbar. Eigentlich sind wir es ja auch gewöhnt, immer mal wieder ein Weilchen zu hungern. Nur ... das Kind zehrt eben doch.«

»Es müsste bald so weit sein, nicht?«

»Gesenkt hat es sich schon. Heute früh war die Kaczmarek hier. Sie sagt, es ist alles in Ordnung.«

»Dann musst du jetzt tüchtig essen und dich ausruhen, damit du bei Kräften bist, wenn es kommt. Nun sind ja die Wege wieder frei, es kann gar nichts mehr schiefgehen.«

»Euer Wort in Gottes Ohr! Ich habe ein bisschen Angst.«

»Ich glaube, vor der ersten Geburt hat jede Frau Angst, Marie. Die Hebamme wird dir zur Seite stehen. Alles wird gut.«

Marie seufzte. Elise hatte kein gutes Gefühl.

* * *

Als Elise zum heimischen Stall zurückkehrte, vernahm sie von drinnen schon Almanzors unverkennbares herrisches Hengstgebrüll. Amabilé antwortete ihm geradezu hysterisch und Elises Herz machte einen Freudensprung. Endlich war Konrad gekommen!

In Windeseile saß sie ab, drückte Pjotr die Zügel in die Hand, rief ihm noch zu: »Gib acht, stell den Hengst nicht zu dicht neben sie, sie rosst«, und lief auch schon aufs Haus zu. Fides, angesteckt von Elises überschäumender Freude, sprang wie ein Irrwisch neben ihr her. Die Treppen hinauf, in die Halle. Niemand zu sehen. Sicher war er bei Vater. Außer Atem blieb sie vor der Tür zum Arbeitszimmer stehen, lauschte, hörte beide Männer sprechen. Klopfte.

»Herein«, sagte Papá. Es klang unwirsch.

Fides quetschte sich an Elises Knien vorbei, begrüßte Konrad mit frenetischem Jubel. Er bückte sich, kraulte die Hündin, aber er wirkte ernst. Ebenso ernst wie Papá, der sie mit den Worten empfing: »Ach, du bist es, Elise. Setz dich ruhig zu uns. Wir halten Krisensitzung.«

Konrad stand auf, trat auf sie zu, begrüßte sie mit einem Handkuss. »Auch wenn es etwas spät kommt und die Lage schwierig zu sein scheint … liebe Elise, ich wünsche dir ein gutes, gesundes neues Jahr!«

»Das wünsche ich dir auch, Konrad! Ist denn bei dir wenigstens alles in Ordnung?«

»Alles bestens. Wir haben gerade darüber gesprochen, was mein Konzept dem euren so deutlich überlegen macht.«

Elise sah ihn an, schaute zu Vater hinüber, der zerknirscht und zusammengesunken in seinem Sessel saß und deprimiert nickte.

»Dass du uns insgesamt weit voraus bist, Konrad, ist uns doch vollkommen klar. Aber was meinst du im Besonderen?«, fragte Elise.

»Nun, das Entscheidende ist: Ich bringe nicht den Menschen die Arbeit, sondern habe die Menschen zu ihrer Arbeit geholt. Wir hatten während der vergangenen Wochen keinerlei Produktionsausfälle. Etliche Verleger im ganzen Eulengebirgsbezirk hingegen, die auf dieselbe Weise gewirtschaftet haben wie ihr, verzeichnen Ausfälle, die sich gewaschen haben. Kaum einer war in der Lage, seine Weber weiterhin mit Garn zu versorgen. Überall standen die Webstühle still. Die Leute haben weder arbeiten noch liefern können, folglich keinen Groschen verdient. Sie haben gehungert. Und jetzt sollen sie aufholen. Unmöglich! Die Nachfrage ist riesig. Die Preise sind ob des herrschenden Mangels derart gestiegen, dass es mir sogar möglich war, die Löhne anzuheben. In Konkurrenz zu den britischen Stofffabrikanten stehen wir jetzt allerdings noch kläglicher da. Die Kunden erwarten nämlich zuverlässige Lieferanten. Wer nicht genügt, ist schneller aus dem Geschäft, als er auch nur einmal husten kann. Da fragt niemand, wie das Wetter in Schlesien war. Da kennt man kein Verständnis, keine Gnade.«

Elise sah im Augenwinkel, wie Vater unter Konrads Erläuterungen mehrmals schmerzhaft zusammenzuckte.

»Hör auf«, flehte Elise leise. »Du reibst nur Salz in Vaters Wunden. Papá weiß ganz genau, was die Stunde geschlagen hat.«

Vaters Blick war nicht anders als dankbar zu nennen. Er machte einen Versuch, sich zu straffen. »Natürlich hat Konrad vollkommen recht. Es bleibt uns jetzt nur, alles zu versuchen, um die Engpässe schnellstmöglich zu beseitigen. Ein Weilchen halten wir schon noch durch, ganz blank sind wir so schnell nicht. Nur … bei Florentines sozialen Vorhaben werden nun doch noch gewisse Aufschübe zustande kommen. Alles zusammen wird nicht möglich sein, wenn wir nicht ohne Hemd dastehen wollen. Ich hoffe, unsere Leute sind bereit, sich noch in etwas in Geduld zu üben.«

»Wenn alle Stricke reißen, Arno, bin ich ja auch noch da«, beruhigte Konrad und Elise fuhr ihm dazwischen: »Wie das? Du hast doch nuscht!«

»Sagt Johanne!«, grinste Konrad.

»Sagt Johanne!«, wiederholte Elise.

»Na ja, bisschen was wird schon gehen. Momentan stehen wir glänzend da. Wenn jetzt bei euch nicht noch irgendwelche weiteren Unwägbarkeiten hinzukommen …«

Konrads Zwinkern beruhigte. Überhaupt hatte er so eine Art an sich, die bei Elise ein Gefühl tiefen Vertrauens hinterließ.

»Wir waren fertig, Arno?«, wandte er sich an Papá. »Ich müsste dann wieder reiten …«

Vater stand seufzend auf, die Männer umarmten sich, Konrad hielt Papá kurz auf Armeslänge von sich, schüttelte ihn ein wenig, schaute ihn aufmunternd an.

»Kopf hoch, mein Freund! Es wird alles werden. Eine Durststrecke noch, dann seid ihr auf dem besten Wege in die Zukunft. Und wo wir gerade dabei sind, an Zukunft zu denken … erlaubst du deiner Tochter, mich in den Stall zu begleiten?«

»Ich könnte sie sowieso nicht daran hindern. Und ich will es auch gar nicht. Da gäbe es weiß Gott andere Dinge, die ich dringend verhindern möchte«, erwiderte Vater mit halb resignierter, halb amüsierter Miene.

Ein Schulterklopfen noch, dann waren Elise und Konrad auf dem Weg nach draußen.

Der Zufall wollte es, dass ihnen keine Zeit allein blieb. Genau genommen war es nicht der Zufall, sondern die junge Liebe. Nicht ihre Liebe. Sondern die der Stute Amabilé zu dem prächtigen Spanier Almanzor. Alle Hände voll hatte Pjotr, sogar mit der Unterstützung des Stallburschen, zu tun gehabt, die liebestolle Amabilé und den sich äußerst männlich gebärdenden Hengst auseinanderzuhalten. Angebunden stand er auf der Stallgasse, brüllte, piaffierte, kratzte mit den Vorderhufen, hüpfte abwechselnd vorn und hinten hoch, zerrte am Strick, während Amabilé nur mit völlig entrücktem Gesichtsausdruck und hoch erhobenem Schweif dastand und ihm äußerst provokant sehr verliebte Blicke zuwarf.

Konrad schüttelte den Kopf, trat an sein Pferd heran und flüsterte ihm etwas ins Ohr. Elise schaute fasziniert zu, wie Almazor plötzlich sein ganzes Gehabe einstellte, sich nur noch auf seinen Herrn konzentrierte und wie ein Lamm aus dem Stall führen ließ. In aller Ruhe saß Konrad auf.

»Kannst du zaubern? Was hast du ihm gesagt?«, wollte Elise wissen.

»Dass man seine Zeit abwarten muss.«

»Und das hat er verstanden?«, fragte sie ungläubig.

»Siehst du doch!«

Elise musste lachen. »Wie der Herr, so's Gescherr, ja?«

»Vielleicht. Aber ich will unsere Geduld nicht überfordern und reite jetzt heim. Nachher überlegen wir es uns noch anders und drehen gleich wieder auf dem Absatz um.«

»Ich verstehe!«, behauptete sie kichernd. »Wenn Madame Amabilé ihren Zustand überwunden hat, kommen wir euch besuchen, ja?«

Almanzor ließ ein leises Gnuckern hören, Konrad und Elise schauten sich sehnsüchtig an, Elise legte eine Hand an den muskulösen Hals des Rappen, Konrad legte seine darüber.

»Wir bitten darum und erwarten euch.«

Dann wendete er sein Pferd. Ein letzter, zärtlicher Blick und sie verschwanden in der hereinbrechenden Dämmerung.

25

Endlich ging es wieder voran. Das Wetter zeigte sich in den Folgewochen stabil, sacht stiegen die Temperaturen, der Frühling erwachte. Umgehend ließ Vater die Bauarbeiten wieder aufnehmen. Voller Tatendrang machten sich die Handwerker an das gewaltige Vorhaben, hatten doch auch sie erhebliche Einkommenseinbußen hinnehmen müssen. Tagtäglich waren erfreuliche Fortschritte zu bestaunen. In den Weberhütten klapperten wieder munter die Webstühle. Jeder war angespornt, die quälend stille Zeit schleunigst wettzumachen.

Elise stand mit Vater eines sonnigen Mittags am Rande der Baustelle, fand ihn bestens gelaunt und nutzte die Gelegenheit, um ihre gelinde Verwunderung über den angeschlagenen Ton in Fletchers letztem Brief mit ihm zu bereden.

»Vater, ich müsste dir mal das neueste Schreiben zu lesen geben. Mir drängt sich nämlich ganz fürchterlich unangenehm der Eindruck auf, Fletcher bilde sich ein, dass in unserer Familie mehr als nur eine gute geschäftliche Beziehung anknüpfbar wäre. Natürlich, bei mir hat er wegen Fides etwas gut ... aber ... ach, bitte, sag es mir ehrlich ... gab es während unseres

Aufenthaltes in London seinerseits womöglich irgendwelche Absichtsbekundungen, mich zur Frau zu nehmen?«

Papá reagierte merkwürdig, fand Elise. Er tat nicht, was sie auf diese Frage hin erwartet hätte, schüttelte nicht etwa vehement den Kopf. Lachte auch nicht aus vollem Halse. Er wirkte im Gegenteil plötzlich nervös. Trat von einem Fuß auf den anderen, schaute sie gar nicht an.

»Papá! Warum antwortest du nicht?«, wollte Elise mit aufsteigender Panik wissen.

»Weil es ganz so einfach nicht ist, Schatz …«

»Was heißt das?«

»Nun …«, tief seufzte er, machte eine bedeutungsschwere Kunstpause und sah sie endlich an. »Nun, ich hielt es damals nur für eine Grille …«

»Eine Grille wäre mir jetzt recht, aber wir haben erst Frühling. Nun sprich schon mit mir.«

Scharf sog Vater die Luft ein. »Der junge Mr Cunningham hat sich mir gegenüber schon bei der ersten Begegnung ausgesprochen begeistert über seine, wie er es ausdrückte, ›Lebensretterin‹ geäußert. Das erschien mir zwar übertrieben, aber angesichts deines doch eher geringen Einsatzes zu seiner … na, nennen wir es ruhig Rettung, hielt ich seinen überschäumenden Enthusiasmus nur für eine nette Geste. Während unserer Verhandlungen mit seinem Vater war er auch mal dabei und nahm mich beiseite, um sich zu erkundigen, ob es mir als Vater recht sei, dass er um dich werbe.«

»Ach, du ahnst es nicht!«, schimpfte Elise. »Und? Was hast du ihm geantwortet?«

»Dass du erst im April achtzehn Jahre alt wirst und dieses Thema von meiner Seite aus vor deinem Geburtstag auf gar keinen Fall nähere Betrachtung erfahren wird.«

»Damit hat er sich zufrieden gegeben?«

»Ja.«

Einen Moment dachte Elise nach. Dann fiel ihr ein, was Mamá damals kurz vor der Abreise zu ihr gesagt hatte. Ein eisiger Schauer später Erkenntnis lief ihr über den Rücken. Im irrigen Glauben, Elises Traurigkeit hinge weniger mit dem Verlust ihrer Hündin als vielmehr mit der Tatsache zusammen, sich von Fletcher Cunningham trennen zu müssen, hatte sie versucht, sie zu trösten: »Wenn er sich genauso in dich verguckt hat wie du dich in ihn, dann wird er schon einen Weg zu dir finden. Lass ihm nur Zeit, wirf nicht gleich die Flinte ins Korn. Schau, ihr könnt doch zunächst einen regen Schriftverkehr aufnehmen. Da lernt ihr euch dann auch besser kennen, habt gar keinen Druck und könnt euch sacht aneinander annähern. Wenn der Frühling da ist und die Maschinen geliefert werden, vielleicht kommt er ja dann sogar einmal nach Achenthal.«

O ja, sie erinnerte sich genau. Das hatte sie ihr gesagt, irgendetwas im selben Tenor hatte sie womöglich auch Fletcher gesagt und der hatte sich getreulich an Mamás Rat gehalten.

Und das sagte Elise jetzt Vater. Dabei schwoll ihr Tonfall, wurde schrill, vorwurfsvoll, mündete in ein wahres Crescendo. »Dann bist womöglich gar nicht du jetzt mein Ansprechpartner, sondern vor allem Mamá? Hat sie ihm etwa empfohlen, mich mit Liebesbriefchen sturmreif zu schießen? Damit er hier gleich zu meinem bevorstehenden Geburtstag oder kurz danach anrücken und um meine Hand anhalten kann? Wird die alte Tradition des Hauses, die ›richtigen‹ Ehepartner aufeinanderzupfropfen, jetzt weiter fortgesetzt? Findet ihr, ich soll ihn heiraten, damit wieder einmal Geld auf Geld gehäuft wird? Verdammt noch mal, wie konnte ich das vergessen? Es war doch ursprünglich sogar Mutters erklärter Plan gewesen, in London nach einem passenden Ehemann für mich zu suchen. Und nun, wo die Lage womöglich schwierig wird … jetzt wird mir alles klar. Der soll es also sein, ja? Verflucht, Vater, ich liebe ihn nicht. Ich liebe Konrad! Niemals werde ich einwilligen, Fletchers Frau zu werden, niemals werde ich meine Heimat verlassen. Da könnt ihr euch auf den Kopf stellen. Nicht mit mir!«

Eine Antwort wartete Elise gar nicht erst ab. Hörte nicht auf Vaters hinterhergerufene Worte: »Aber Elise, so ist es doch gar nicht, warte!«, denn längst hatte sie sich auf dem Absatz umgedreht und floh.

Floh hinüber zu den Stallungen, herrschte Pjotr in viel zu harschem Ton an, er möge ihr sofort die Stute satteln und dann den Hund ins Haus zurückbringen. Sie müsse weg. Und zwar schleunigst.

Wie ein aufgescheuchtes Huhn folgte der verdatterte Mann ihren Anweisungen. Auch Amabilé spürte die Hektik, sie tänzelte, ließ Elise kaum in den Sattel kommen, musste einen Schlag der Gerte ertragen, der ungerecht war, sprang sofort in Galopp, den Schweif hocherhoben, in höchster Erregung.

Es war heute nicht der Fahrtwind, der Elise Tränen in die Augen trieb. Es waren Tränen der Wut, der bodenlosen Enttäuschung, der Verzweiflung, des puren Unglücks, die ihr wildes Herz angeordnet hatte.

Kaum war sie aus jedem Blickbereich heraus, ließ sie sie ungehemmt laufen, schluchzte laut, völlig unbeherrscht. Jetzt wollte sie sich nicht beherrschen. Immer musste man sich beherrschen. Verfluchter, verdammter, verschissener Mist. Jetzt wollte sie fluchen!

Und sie wollte zu ihm. Ihm ihre Liebe endlich und unmissverständlich gestehen, von ihm aufgefangen, beschützt werden. Von ihm vereinnahmt, versteckt, verteidigt werden, gegen alles und jedes und jeden. Schluss mit dem Geplänkel! Wenn dieser Fletcher auf Achenthal ankam, sollte er eine verheiratete Frau vorfinden. Und am besten in Zukunft bleiben, wo der Pfeffer wuchs!

* * *

303

Je näher sie Konrads Gut kam, desto ruhiger wurde sie, desto ruhiger galoppierte auch Amabilé. Die Stute keuchte, sie war verschwitzt. Konrad würde sie mit Recht rügen. Also parierte sie zum Schritt, sprach nun besänftigend und in gewohnt liebevoller Manier mit ihr.

»Verzeih mir, mein Schätzchen«, bat sie und schaute auf das aufmerksame Ohrenspiel der Stute. »Ich muss wirklich Abbitte leisten. Du hast es nicht verdient, so schlecht behandelt zu werden. Aber bitte, versuch mich zu verstehen. Stell dir vor, sie planen, mich mit einem zu verheiraten, den ich nicht will. Was würdest du sagen, wenn ich dir einen englischen Vollblüter statt deines geliebten Spaniers andrehen wollte?«

Amabilé schnaubte. Elise nahm das als verständiges Zeichen.

»Siehst du, das würdest du auch nicht mit dir machen lassen. Und ich sage dir, ich würde es auch verhindern. Mit Zähnen und Klauen und mit meiner Reitpeitsche würde ich auf jeden losgehen, der das tun wollte.«

Wieder schnaubte die Stute. Elise strich sanft ihren schweißfeuchten Hals. »Dann wollen wir uns jetzt beide ein wenig herunterkühlen, damit wir nicht ganz derangiert bei unseren Liebsten ankommen!«

Leise lachte Elise. Bei unseren Liebsten. Wie schön das klang! Euphorie erfasste sie. Bei unseren Liebsten!

Sie hatten den Friedhof am Rande des Dorfes erreicht. Nun waren sie bald da. Tief atmeten Pferd und Reiterin durch. Die Luft war lau und klar, erstes Erwachen der Vegetation zeigte sich überall. Gänseblümchen reckten ihre unschuldig weißgelben Gesichter der Sonne entgegen, der Seidelbast blühte schon und verströmte seinen intensiven Duft, den man mögen oder nicht mögen konnte. Manche Menschen fanden, er würde stinken. Elise aber verband dieses Aroma mit der schönen Gewissheit, dass der Winter endgültig seine Kraft verloren hatte. Weidenkätzchen zeigten ihr silbriges Fell, hier und da konnte man schon die flauschigen Blütenstände erkennen. Erste Nahrung für erwachende Bienen. Selbst das Gras unter Amabilés Hufen war nicht mehr winterbraun, sondern schob grüne Spitzen ans Licht.

Plötzlich wieherte die Stute leise.

»Was hast du denn? Freust du dich schon so?«

Amabilé blieb stehen, blickte zwischen den dicht stehenden Friedhofsbäumen hindurch. Da erkannte Elise Almanzors Kruppe, die hinter einem marmornen Grabmal hervorlugte. Allein würde er dort nicht sein. Zweifellos war Konrad bei ihm. Was tat Konrad dort? Ein Besuch an den Gräbern seiner Ahnen? Er stammte doch nicht von hier. Hier lagen keine seiner Ahnen.

Elise fühlte sich verunsichert. Was tun? Absitzen und zu ihm gehen? Nein. Das machte man nicht. Man störte nicht, die verliebte Stute an der Hand, wenn jemand in stiller Einkehr an einem Grab stand.

Die Euphorie kroch höflich in die Tiefen ihres Seins zurück. Bereit, jederzeit wieder hervorzukommen, erneut zu strahlen.

Elise wendete Amabilé, ritt wieder ein Stückchen den Weg hinunter, bis sie außer Sichtweite war. Amabilé war unzufrieden mit ihr. Wollte nicht recht stille stehen. Elise versuchte ihr zu erklären, was sie tat. Ganz zu begreifen schien sie nicht.

Sie wartete. Wartete mindestens zehn Minuten mit dem ungeduldig zappelnden Pferd. Dann tastete sie sich langsam den Weg wieder hinauf. Schrittchen für Schrittchen.

Almanzor war weg.

Dann würde Konrad jetzt daheim sein. Vielleicht erzählte er ihr, wem er Ehre erwiesen hatte. Elise hielt die Stute in ruhiger Gangart und nur wenige Minuten später ritt sie auf Konrads Gehöft ein.

Noch ehe sie vor dem Stallgebäude absitzen konnte, kam ein Stallbursche heraus und fragte höflich nach ihrem Begehr.

»Ich möchte zu Herrn von Radenau. Er ist doch sicherlich gerade mit Almanzor nach Hause gekommen.«

Der Bursche schüttelte den Kopf. »Vor etwa einer Stunde ist er mit dem Hengst los. Keine Ahnung, wohin. Aber ich kann für Euch im Haus nachfragen, Erdmine müsste da sein.«

Elise bat ihn, dies für sie zu tun, begleitete ihn bis vor die Stufen des hübschen roten Gutshauses. Der Junge musste gar nicht schellen, da erschien auch schon Konrads guter Geist, kam die Stufen herunter, begrüßte Elise freundlich lächelnd. »Se möchten zu Herrn Konrad, Freilein von Achenthal? Das tut mir leid, er ist nicht da.«

Erstaunt erwiderte Elise: »Aber ich habe ihn gerade beim Herreiten am Friedhof gesehen. Kann ich warten? Ich habe es ja doch recht lang nach Hause.«

Erdmines Züge verfinsterten sich. Sie schüttelte den Kopf. »Er ist droben in der Waldhütte.«

»Ach so«, meinte Elise fröhlich, »das ist ja kein Problem, dann reite ich dorthin. Wären Sie so lieb, mir den Weg zu beschreiben? Ist es sehr weit?«

Wieder schüttelte sie, jetzt deutlich ablehnender, den Kopf. »Lassen Sie ihn, Freilein von Achenthal. Ich denke, er mecht jetzt allein sein. Jedes Jahr um diese Zeit verschwindet er für paar Tage dorthin. Daran wird sich wohl nie was ändern. Komm' Se wieder nächste Woche, da freit er sich sicher.«

Elise runzelte die Stirn. Was hatte das zu bedeuten? Ungewöhnlich verschlossen wirkte die alte Kinderfrau auf einmal, so, als würde sie höchst ungern dieses Gespräch fortsetzen. Dabei war sie doch so vergnügt und aufgeschlossen gewesen: Bei Elises erstem Besuch hatte sie sie wie eine vertraute Freundin des Hauses behandelt.

»Es tut mir leid«, wiederholte Erdmine noch einmal leise und wirkte nun ausgesprochen traurig. »Reiten Se heim, is besser.«

Da half kein Widerspruch, kein Bohren. Elise fühlte sich auf unerklärliche Weise nicht willkommen, ja, geradezu abgewiesen.

»Dann danke ich für die Auskunft. Bitte richten Sie schöne Grüße aus.«

»Das mach ich.«

Es klang richtig erleichtert, Erdmines Züge schienen sich zu entspannen.

Elise verabschiedete sich und ritt vom Hof.

Was hatte das alles zu bedeuten? Er verschwand also jedes Jahr um diese Zeit für ein paar Tage im Wald. Wollte ungestört sein. Warum? Sie grübelte, während Amabilé sich anschickte, ganz ohne Elises Hilfe den Heimweg unter die Hufe zu nehmen. Er hatte selbst so etwas gesagt, als sie bei ihm gewesen war, erinnerte sie sich. Die Waldhütte habe er behalten, um sich ab und zu für ein paar Tage zurückziehen zu können. Nun gut, vielleicht brauchte er Ferien. Hm … aber jedes Jahr zur selben Zeit? Schön, wenn Mamá früher zur Kur nach Karlsbad fuhr, tat sie das auch immer im August. Trotzdem komisch.

Sie hatte die dichte Buchenhecke erreicht, die den Friedhof umgab. Ob dort eine Antwort zu finden war? Kurz entschlossen parierte sie, glitt aus dem Sattel, nahm Amabilé am Zügel.

Knarrend öffnete sich das schmiedeeiserne Friedhofstor. Sie war allein.

Zögerlichen Schrittes näherte sie sich der Stelle, wo sie den Hengst hatte stehen sehen. Im weichen Boden des Friedhofsweges die Abdrücke von Almanzors Eisen, Stiefelspuren. Und Hundepfoten. So waren sie also zu dritt hier gewesen. Der Mann, sein Pferd und sein Hund.

Eine Grabstätte, fast doppelt mannshoch. Schlichte Säulen flankierten die helle marmorne Grabplatte, zwei in feiner Steinmetzkunst herausgearbeitete Wappen zierten die oberen

Ecken. Frische Narzissen standen direkt davor. Ein riesiger Strauß voll erblühter Blumen.

Elise las die Inschriften.

Unvergessen und ewig geliebt

Friedrich von Westenhoff
Geboren 9. Oktober 1756. Gestorben 27. Februar 1839.

Elisabeth von Westenhoff
Geboren 5. August 1758. Gestorben 1. Februar 1837.

Friederike von Radenau, geborene von Westenhoff
Geboren 7. Juni 1817. Gestorben 12. März 1839.

Falk von Radenau
Geboren 12. März 1839. Gestorben 12. März 1839.

Elises Knie versagten ihren Dienst. Still stand Amabilé mit gesenktem Kopf über ihr und ließ sie weinen.

Heute war der zwölfte März.

26

Schlesien, März 1845 – Am Boden

Frag ihn selber!

Das hatte Tante Auguste damals auf der Reise über den Ärmelkanal gesagt. Und wenn man es genau betrachtete, hatte Erdmine dasselbe durchblicken lassen: Frag ihn selber!

Was war es mit dieser Melancholie, die Elise so oft an Konrad entdeckt hatte? Die sie in den vergangenen Wochen und Monaten gänzlich vertrieben geglaubt hatte?

An diesem zwölften März hatte sie die Antwort gefunden. Unglücklich, voll widerstrebender Gefühle war sie nach Achenthal zurückgeritten. Langsam, im schleppenden Schritt, wie ein geschlagener Held, kam sie aus dieser ihrer bisher schwersten persönlichen Schlacht zurück. Vorbei war es gewesen mit der euphorischen Stimmung, ja, mit jeder Sicherheit.

Da lagen eine Frau und ein Kind. Seine Frau. Sein Kind. Das den ersten Lebenstag nicht überlebt und seine Mutter mitgenommen hatte. Er hatte sie nicht vergessen. *Unvergessen und ewig geliebt.* Er hatte ganz still mit seinem Pferd und seinem alten Hund dort gestanden und ihrer gedacht. Mit jenem Hund, den sie noch gestreichelt hatte.

Kein Tag, an dem man einen Menschen stören ging, da hatte Erdmine recht. Egal, wie es einem gerade selbst zumute war. Egal, ob man Fragen hatte, die endlich gestellt werden wollten, endlich Antworten verlangten. Und sogar egal, ob man glaubte, die neue, junge, hoffnungsvolle, die alles wieder heilende Liebe zu sein, die die Schatten der Vergangenheit würde vertreiben können. Damit neues Licht, neue Freude in ein trauerndes Herz einziehen konnten.

Kein Mensch begegnete Elise bei ihrer Rückkehr ins Haus. Nur Fides kam ihr wedelnd entgegen, ließ jedoch gleich die Rute sinken, als sie Elises betrübter Stimmung gewahr wurde, und begleitete sie nur still. Müde und nun auch noch von Schuldgefühl geplagt zog Elise sich am Geländer die Stufen hinauf.

Amabilés Hufschlag nämlich hatte auf den ersten Tritten, die sie auf das Pflaster vor dem Stall setzte, klirrend geklungen. Untrügliches Zeichen für ein loses Eisen. Hoffentlich keine nachfolgende Lahmheit! Auf den weichen Wegen war es nicht zu hören gewesen. Hätte sie es mitbekommen, wäre sie abgestiegen und hätte die Stute zur Schonung geführt. Pjotr hatte mürrisch zugesagt, schnellstens nach dem Schmied zu schicken, und kein Hehl aus seinem Entsetzen über das zwar inzwischen wieder getrocknete, aber verräterisch wellige Winterfell der Stute gemacht. Ihm konnte man nichts vormachen. Er wusste, sie hatte das Pferd überfordert; und so etwas konnte Pjotr auf den Tod nicht ausstehen. Elise war die ganze Geschichte einerseits abgrundtief peinlich. Andererseits empfand sie die Ursache für ihr unbeherrschtes Verhalten vorhin als derart ungeheuerlich und für jeden vernünftig denkenden, normal fühlenden Menschen so nachvollziehbar, dass sie als Rechtfertigung einfach gelten *musste*.

Mit jedem Schritt treppauf begann sich nun ein Szenario in Elises Kopf aufzubauen, das all ihren vertrauten Mitmenschen bestimmte Rollen aufzwang und jeden einzelnen von ihnen in ein schlechtes Licht rückte. Fürs Erste wollte sie alleine sein. Zeit haben, nachzudenken. All das, was heute auf sie eingestürmt war, in Reihe und Ordnung bringen.

Folglich verweigerte sie die Teilnahme am gemeinsamen Abendessen, schickte alle weg, die sich Sorgen zu machen begannen. Elaine, Johanne, Mutter und am späten Abend auch Vater ließ sie vor verschlossener Tür stehen und teilte lediglich mehr oder weniger schroff mit: »Ich will in Ruhe gelassen werden!«

Man ließ sie in Ruhe. Vorläufig jedenfalls. Und in Elises Kopf hatte jenes scheußliche Szenario Zeit und Muße, sich zu einem monströsen Gebilde aufzubauschen. Elaine war ein Backfisch, der davon nun wirklich Ahnung haben konnte. Was sollte sie mit ihr schon reden? Vater und Mutter verfolgten den denkbar schlimmsten Plan über ihren Kopf und ihr Herz hinweg. Fletcher war nichts als ein berechnendes Ungeheuer, das seinen versprochenen Lohn für eine Gefälligkeit einforderte.

Konrad, mein Gott, der arme Konrad würde niemals über seine verlorene Liebe hinwegkommen und sie höchstens als wohlfeilen Seelentröster haben wollen, weil sie eben gerade mal da war. Was für ein schreckliches Schicksal war ihm widerfahren! Wie hatte sie nur glauben können, diesen Platz in seinem Herzen erobern zu können, der – jedes Narzissengesicht hatte eine deutliche Sprache gesprochen – einer anderen gehörte. Seine Haltung am Grab, den alten Hund, sein Pferd ... seine einzigen treuen Freunde bei sich ... und jetzt allein im Wald! Mein Gott, mein Gott!

Und Johanne? Die hatte es ja immer schon gesagt!

Finsterer Pessimismus feierte gehässige Urstände in Elises Kopf. Mehr noch: All das, was sie sich in düstersten Farben ausmalte, konnte nicht anders als selbstzerstörerisch genannt werden, und darüber war sie sich sogar voll und ganz im Klaren. An jeder Stelle, bei jeder ihrer Betrachtungen ging sie vom Schlimmsten aus, steigerte sich in eine regelrechte Hysterie. Und setzte sich selbst die Märtyrerkrone auf.

Auf ihrem Nachtkästchen lag die Winterrose. Strahlte, funkelte unter dem sanften Licht der Lampe in sattem Blutrot. Wehmütig schaute Elise sie an, strich sacht mit den Fingerspitzen über die Steine. Und fand doch keine neue Hoffnung.

Hungrig, verzweifelt, hilflos wütend, deprimiert, am Boden zerstört, ohne auch nur den schmalsten Ausweg erkennen zu können und in dem vernichtenden Bewusstsein, den eigenen Wert weitestgehend eingebüßt zu haben, weinte sich Elise in den Schlaf.

Bei ihr war niemand als Fides, die Treue. Die nicht einmal klagte, als sie ihre Abendmahlzeit nicht bekam, sondern sich still und mitleidig neben ihrer Herrin zusammenrollte und zuverlässig Wärme spendete.

* * *

Es war schon weit nach Mitternacht, als Fides dann doch um Aufmerksamkeit bat und ihre Herrin vorsichtig weckte.

»Ach, du armes Mädchen, du musst mal raus, ja?«

Elise zog sich ihren Schlafrock über und stieg die Treppe hinab. Still war es im Haus. Fides strebte sofort der Eingangstür zu, Elise öffnete ihr, stand auf der obersten Stufe, den Morgenmantel eng um sich gezogen, die Arme um die Taille verschränkt. Eine kühle Nacht, die in Erinnerung rief, dass der Winter noch nicht vorbei, der Frühling längst nicht angebrochen war. Fides verschwand im dunklen Park. Irgendwo schrie ein Käuzchen. In weiter Ferne bellte ein Hund. Hauchzarte

Nebel lagen überm Teich, aus denen schwaches Mondlicht Feenschleier webte.

Nur Minuten brauchte die Hündin, dann stand sie schon wieder schwanzwedelnd neben ihr. Elise nutzte die Gelegenheit, ging in die dunkle Küche hinunter, entzündete ein Talglicht, das mitsamt den Schwefelhölzchen wie immer auf dem blank gescheuerten Tisch stand. Dann öffnete sie die Tür zur Kühlkammer und fand Fides' Fleischration. Hungrig verschlang die Hündin ihre Mahlzeit, soff aus dem dargebotenen Wassernapf. Und folgte Elise wieder nach oben.

So ging es drei Tage und drei Nächte.

Wieder und wieder versuchten alle Familienmitglieder, Elise aus ihrem selbst gewählten Eremitendasein hervorzulocken, aber ihre Antwort war immer ablehnend. Johanne stellte ihr die Mahlzeiten vor die Tür. Elise rührte sie nicht an. Alles, was sie zu sich nahm, war ab und zu ein Glas Wasser.

Schwach und schwächer fühlte sie sich, das musste sie zugeben. Aber auch auf seltsame Weise schwebend und unverwundbar. Das Hungergefühl des ersten Tages war am zweiten schon verschwunden gewesen. Es spielte keine Rolle mehr. Es spielte sowieso alles keine Rolle mehr. Auch nicht, wenn sie, ganz ähnlich wie ein liebendes Glühwürmchen, langsam vergehen, verlöschen, verglühen würde. Mamás Flehen an der Tür klang von Tag zu Tag ängstlicher. Umkommen würde sie noch! Aber komischerweise war es genau das, diese unüberhörbare Sorge in ihrer Stimme, was Elise neue Kraft gab. Kraft auch, um Papás zunehmend herrischer werdenden Aufforderungen, doch endlich da rauszukommen, widerstehen zu können.

Manchmal diskutierten sie alle miteinander vor ihrem Zimmer. Vater verkündete am dritten Tag, wenn sie nicht morgen aufmache, würde er die Tür aufbrechen.

Es sollte nicht dazu kommen. Denn eine Nachricht bewegte Elise, die Tür selbst zu öffnen. Johanne war es, die sie überbrachte. Und sie handelte nicht vom Tod, sondern vom Leben. Von neuem Leben, das das Licht der Welt erblickt hatte.

»Die Kaczmarek hat geschickt, Elise! Es ist ein Junge. Stramm und gesund. Marie hat ihn Eliseus genannt und bittet dich, ihn anzusehen.«

27

Schlesien, März 1845 – Aufgetaucht

Elise bat den Stallmeister, den leichten Einspänner anzuschirren, denn Mutter und Johanne hatten ein ordentliches Päckchen voll nützlicher Säuglingsausstattung für Marie geschnürt. Amabilé stand tatsächlich mit einem dicken Polsterverband ums Vorderbein. Sie nahm zwar huldvoll den angebotenen Apfel, tat aber ansonsten ungewohnt distanziert. Elises Raserei hatte Folgen hinterlassen, für die sie sich hätte ohrfeigen können. So sagte sie es auch dem muffig dreinblickenden Pjotr, aber der hatte lediglich noch einen weiteren Vorwurf zu machen und brummte: »Und dann drei Tage lang nicht mal nach dem armen Tier sehen! Nur mit sich selbst beschäftigt, die Dame. So was hab ich gern!«

Er traute sich was. Es ziemte sich wahrhaftig nicht, dass ein Stallmeister seine Herrschaften kritisierte. Aber Elise war weit davon entfernt, sich auf solche Hierarchien zu berufen. Er hatte recht und sie war eine dämliche, verantwortungslose Ziege. So war das, und neues Vertrauen würde sie sich schwer erarbeiten müssen.

Zwar spannte Pjotr ein, aber er konnte sich nicht verkneifen, ihr beim Losfahren noch das Versprechen abzunehmen, nicht gleich das nächste Pferd zuschanden zu machen.

Sie fuhr langsam und außerordentlich umsichtig. Gleich gegenüber der Ausfahrt der Achenthaler Allee fiel ihr eine unbekannte Kutsche auf, die ein wenig zurückgesetzt in einem Waldweg stand. Irgendetwas blendete für den Bruchteil einer Sekunde Elises Augen. Ein Effekt, wie er eintrat, wenn sich die Sonne in einem Spiegel fing und das Licht vielfach verstärkt zurückwarf. Kurz wunderte sie sich, ein misstrauisches Gefühl beschlich sie. Aber dann stellte sie fest, dass ihr immer wieder alle möglichen fremden Fuhrwerke, schwer beladen mit Baustoffen, entgegenkamen, und ordnete ihre Beobachtung diesem Zusammenhang zu. Die milde Witterung hatte Bestand, unaufhaltsam drängten die Arbeiten der Fertigstellung entgegen. Den Baulärm hatte sie während der vergangenen Tage sogar durch ihre geschlossenen Fenster vernommen.

Vater war ihr noch gar nicht begegnet, Mamá hatte kurz erwähnt, er verbringe jetzt den ganzen Tag drüben auf der Baustelle, damit dort bloß nichts schiefging. Weder Johanne noch Mutter oder Elaine hatten bisher irgendwelche Nachfragen zu Elises Verhalten gestellt. Offenbar hatten sie sich verabredet zu warten, bis sie selbst damit herauskam, sie lediglich verstohlen prüfend angesehen und sich erleichtert gezeigt, dass sie ihre Einsamkeit aufgegeben hatte. Ansonsten aber so getan, als wäre überhaupt nichts gewesen.

Natürlich war was gewesen. Und natürlich war sie allen eine Erklärung schuldig, denn schließlich hatten sie sich tagelang Sorgen gemacht. Fürs Erste war Elise ihnen dankbar für ihr Einfühlungsvermögen. Und Marie war sie dankbar für den willkommenen Grund, ihr Schneckenhaus ohne Gesichtsverlust endlich wieder verlassen zu können.

* * *

Maries Vater verwies sie mit geschwellter Brust nach oben, wo Marie nun »ein eigenes Zimmer« habe. Das Mädchen schlief, den schlummernden Säugling im Arm, als Elise leise in das winzige Dachstübchen eintrat. Ein schmales Bett passte gerade so hinein, am Fußende ein Schemel, auf welchem Elise ihre Mitbringsel ablegte. Spärliches Licht fiel durch ein Fensterchen im Maße einer Schießscharte über dem Kopfende. So schlecht war es eingepasst, dass Elise den blauen Himmel durch die Laibungen betrachten konnte. Es zog wie Hechtsuppe. Kalt war es. Zu kalt jedenfalls für eine Wöchnerin und ihr Neugeborenes!

Marie wurde wach, setzte sich vorsichtig auf, um das Kind nicht zu wecken, und strahlte Elise aus ihren blauen Augen an, die in tief verschatteten dunklen Höhlen lagen. »Wir beide sind jetzt hier ganz für uns, ist das nicht wunderbar? Großmutter hat mir ihr Bett überlassen. Sie schläft nun unten in der Küche im Schaukelstuhl. Ich bin so froh, dass sie dieses Opfer bringt! Und seht nur, da ist er, gnädiges Fräulein! Ich habe ihn nach Euch benannt.«

Wie eine so zarte Mutter einen derart strammen Säugling zur Welt bringen konnte, fragte sich Elise, als Marie ihr das Bündel stolz in die Arme legte. Ein rohes Ei hätte sie nicht vorsichtiger behandeln können, so hielt sie ihn, bewunderte leise, aber wortreich seine feinen Züge, die entzückende Nase, das Mündchen, die glatte Stirn, stieß einen unterdrückten Begeisterungsquietscher aus, als der Bub im Schlaf zufrieden gähnte und sein Gesichtchen einfach zu putzig verzog. Allerdings entgingen ihr bei aller Bewunderung auch nicht die bläulich verfärbten, eiskalten Fingerchen des Säuglings.

»Darf ich seine Patin sein?«, fragte Elise völlig hingerissen von so viel lebendiger Niedlichkeit und gleichzeitig alarmiert in aufkeimender Sorge.

»Oh … oh, das würdet Ihr wirklich wollen? Meiner Seel! Nichts könnte mich glücklicher machen.«

»Sag, Marie …«, überlegte sie laut, »ich finde ja, es ist viel zu kalt und muffig für euch beide hier oben. Im Wochenbett fehlst du doch sowieso als Arbeitskraft. Ob ich dich wohl überreden könnte, ein Weilchen mit meinem Patensohn auf Achenthal zu Gast zu sein? Ich würde mich so freuen, seine erste Zeit miterleben zu dürfen.«

Marie war überwältigt. »Ob ich das möchte? Einmal nur in diesem wunderschönen Haus schlafen dürfen! Das ist mein Traum gewesen, seit ich es als ganz kleines Mädchen zum ersten Mal gesehen habe. Niemals hätte ich mir ausgemalt, dass dieser Traum einmal wahr werden würde. Ich darf wirklich? Ihr wollt mich nicht narren?«

Elise lachte. »Aber nein! Schau, wir haben unsere Kinderfrau Johanne, die ist so erfahren und hat schon lange kein Neugeborenes mehr hätscheln dürfen, weil wir alle längst groß sind. Wir haben viele leere Gästezimmer. Gut geheizt wird bei uns, du kannst ein Bad ganz für dich allein benutzen. Ich bin sicher, es wird dir gefallen und du kannst dich gut erholen. Außerdem hättest du in mir etwas Gesellschaft. Am liebsten würde ich euch beide gleich mitnehmen. Willst du?«

Plötzlich verfinsterte sich Maries Ausdruck. »Ich würde ja sofort. Aber Vater wird mich nicht gehen lassen. Morgen will er mich wieder in der Webstube sehen. Ich glaube, es wird nichts werden«, sagte sie traurig.

»Ich rede mit ihm«, erklärte Elise entschlossen und legte das Kind wieder in Maries Arme.

Auf ihr Klopfen reagierte unten niemand, zu laut klapperten die Webstühle. Noch einmal zur Haustüre und die tönerne Glocke läuten? Ach wo! Die paar Stufen die enge Stiege herab hatten ihr genügt, sich zurechtzulegen, wie sie mit ihm reden wollte. Ihre ursprüngliche Eingebung, das Mädchen lediglich aus Mitleid ein Weilchen daheim aufzupäppeln, hatte sie sofort wieder aufgegeben. Es hätte den Stolz des Familienvaters allzu sehr beleidigt. Sie wusste, dass Schmiedek tatsächlich keine Einbußen in Kauf nehmen und seine Tochter demzufolge natürlich nicht lange genug würde schonen können. Sie wusste auch genau, dass sie mit dem Angebot, das sie ihm zu machen beabsichtigte, ein wenig über dem lag, was Marie würde erwirtschaften können. Es konnte nur klug sein, Maries Salär dem Vater gegenüber niedrig anzusetzen und ihr lieber einen gewissen Anteil persönlich in die Hand zu geben, von dem der Vater nichts wissen musste, denn ihre Kenntnis über Schmiedeks Alkoholkonsum führte Elise ein absehbares und unbedingt zu vermeidendes Szenario vor Augen. Also trat sie nun einfach in die Webstube ein, legte Maries Vater eine Hand auf die Schulter und sagte: »Herr Schmiedek, auf ein Wort bitte!«

Halb wandte er sich ihr zu, ohne seine Arbeit zu unterbrechen. Zu seinen Füßen saß das ungefähr einjährige letzte Kind seiner ermordeten Frau und spielte still mit einer zerbrochenen Spule.

»Herr Schmiedek?«

Nun stand er doch auf, schaute Elise fragend an und sie trug ihm ihr Begehr vor.

»Ich habe Marie nicht nur die Patenschaft für Ihren Enkel angetragen, ich möchte Sie auch bitten, mir Ihre Tochter mitsamt dem Kinde mitzugeben nach Achenthal. Ich benötige dringend eine junge Zofe. Ich weiß, Marie fällt Ihnen dann hier als Arbeitskraft aus, aber ich denke, wir beide werden uns über den Lohn schon einig werden. Ich beabsichtige sieben Gute Groschen die Woche zu zahlen. Kost und Logis sowie Einkleidung frei. Würde das genügen, Ihren Verdienstausfall wettzumachen?«

Elise beobachtete ihn genau. Sie wusste, ihr Angebot war gut. Dennoch erwartete sie, dass er versuchen würde, sie hochzuhandeln. In seinem Gesicht bildete sich der Widerstreit zwischen Freude, Schlitzohrigkeit, Habgier und Vernunft ab. Erstaunlicherweise siegte die Freude.

So zog dann also Marie mit ihrem kleinen Eliseus noch am selben Tag auf Achenthal ein. Über Elises kleine Schummelei dem Vater gegenüber, die sie dem Mädchen während der Fahrt auseinandersetzte, lachte Marie herzlich. Dass Elise ihr allerdings erklärte, sie brauche eigentlich überhaupt keine Zofe, machte sie traurig.

»Aber ich bin nicht faul, gnädiges Fräulein! Ich möchte sehr gern Eure Zofe sein und für meinen Lebensunterhalt tüchtig arbeiten.«

Elise biss sich auf die Unterlippe. Nichts hatte ihr ferner gelegen, als sie zu kränken. Wie herauskommen aus dieser Bredouille? Einen Wimpernschlag lang überlegte sie und erwiderte: »Aber das kannst du doch auch, sobald du wieder bei Kräften bist. Ich investiere nur sehr gern in die Gesundheit meiner Dienstboten!«

»Ach so!«, gab Marie sich verständig. »Dann ist ja alles gut. Nur … von Almosen zu leben ist entwürdigend.«

»Das finde ich auch!«, bestätigte Elise fest. »Und den Vater des kleinen Eliseus, den wird sich mein Papá noch vorknöpfen. Der Mensch muss geradestehen für das, was er angesetzt hat.«

So waren sie sich einig, und fröhlich fuhren sie an der Villa vor. Dass die fremde Kutsche noch immer dastand, nahm Elise wahr. Und hatte es im nächsten Augenblick vergessen.

28

Schlesien, später März 1845 – Dann kam Fletcher

Wäre Elise daheim gewesen, hätte sie Konrad gesehen. Dann hätte er nicht eine solche Enttäuschung erlebt, als Marie, die sich selbstbewusst als »Fräulein von Achenthals neue Zofe« bei ihm vorstellte, ihm mitteilte, das gnädige Fräulein sei vor nicht einmal einer Viertelstunde ausgeritten und werde kaum vor Ablauf zweier Stunden zurückkehren.

Er hatte so lange nicht warten können. Stattdessen um Feder, Tinte und Papier gebeten und eine Nachricht niedergeschrieben. Diese Nachricht hatte er Marie in die Hand gedrückt. Und pflichtbewusst hatte Marie sie auf Elises Nachttischchen gelegt.

Hätte Marie ein wenig mehr über ihre neue Herrin gewusst, wären ihr Konrads Besuch und Brief sicherlich einer Erwähnung wert gewesen. Aber sie konnte ja nichts ahnen. Und hätte Fides das Briefchen nicht mit ihrer Rute heruntergewedelt, als sie, wie üblich, an diesem Abend zum Vorwärmen in Elises Bett sprang, dann wäre die Nachricht zweifellos auch nicht unter das Nachtkästchen gerutscht und Elise hätte sie, ebenso zweifellos, gelesen. Dann hätten die Dinge nicht den Lauf genommen, den sie nun nehmen sollten.

Elises dreitägiger Rückzug hatte sie zu dem Entschluss geführt, abwarten zu wollen, wie sich Konrad in nächster Zeit ihr gegenüber verhalten würde. Keinesfalls wollte sie jetzt den ersten Schritt machen. *Er* sollte kommen! Es war durchaus nicht so, dass sie nicht jeden Tag gehofft hätte. Auch hätte sie, zumal jetzt, nach Amabilés vollständiger Genesung, nichts abgehalten, einen neuen Besuch zu wagen. Aber sie hätte es als allzu demütigend empfunden, womöglich ein zweites Mal umsonst auf seinem Gut vorzusprechen. Niemand durfte den Eindruck gewinnen, sie liefe ihm nach, denn das verbot ihr Stolz.

Dieser getroffene Entschluss verdiente sicherlich nicht das Prädikat hundertprozentigen Durchdacht-Seins. Schließlich war er sozusagen zwischen Tür und Angel gefallen. Ein Ergebnis unfertiger Findungsprozesse, geschuldet den plötzlichen Aufregungen um Marie und ihren kleinen Sohn. Und damit ließ sich so wunderbar alles Mögliche überdecken.

Elises eigenmächtige Entscheidung, die junge Mutter und ihren Säugling aufzunehmen, war von Mamá nicht kritisiert worden. Sie hätte dasselbe getan, bekannte sie unumwunden, als Elise ihr schilderte, wie sie die beiden vorgefunden hatte. Insofern erhielt sie vollständige Rückendeckung. Auch verwischte die Anwesenheit der neuen Hausbewohner zumindest kurzfristig Mutters Interesse an der Aufklärung der Beweggründe, die zu Elises tagelangem merkwürdigen Verhalten geführt hatten. Elise war das nicht unrecht.

Der Alltag überrollte Gestriges. Dachte Elise. Aber so, wie sich vom Wagenrad in den weichen frühlingshaften Erdboden gepresste Grashalme schon bald wieder mit grünen Spitzen ans Licht zurückdrängten, so kam dann letztlich doch noch auf den Tisch, was Elise drei Tage lang für sich allein auszustehen versucht hatte. Ganz offenbar hatten die Eltern sich abgesprochen, denn eines Abends nach dem Nachtmahl schickten sie Elaine und Ferdinand hinaus und hielten Elise, die den Geschwistern allzu gern gefolgt wäre, zurück. Natürlich ahnte sie, was kommen würde, hatte die allergrößten Befürchtungen.

»Du hast etwas gründlich missverstanden, mein Schatz«, begann Vater und Mamá nickte heftig dazu. »Was ich dir zu Fletcher Cunningham gesagt habe, entsprach vollkommen der Wahrheit. Tatsächlich hat der junge Mann mich in London gefragt, ob er um dich werben darf. Damit ging er einen absolut gesellschaftskonformen Weg. Und selbstverständlich habe ich ihm keine abschlägige Antwort gegeben, denn sowohl ich als auch deine Mutter hatten durchaus den Eindruck, du könntest dich für ihn mehr als nur ein wenig erwärmen …«

Mutter ließ wieder ihr bestätigendes Nicken sehen, Elise wartete ab, Papá fuhr fort: »Dass ich ihm eine Wartefrist bis zu deinem achtzehnten Geburtstag auferlegte, ist ebenso selbstverständlich, und wenn ich das richtig beurteile, hat er sich an alle Regeln gehalten. Du wirst dir vorstellen können, dass es dem Familienunternehmen durchaus nicht schaden würde, wenn du einen Mann mit Vermögen ehelichst. Zumal wir uns jetzt recht nach der Decke strecken müssen, nach diesem furchtbaren Wintereinbruch und den daraus resultierenden pekuniären Folgen. Aber! Und hier kommt ein wirklich großes Aber: Niemals würden wir dich zwingen, einen Mann zu heiraten, den du nicht willst. Wir halten es für mittelalterlich, junge Frauen zu einer Ehe zu zwingen. Es mag ja sein, dass du auf deine Fragen von mir andere Antworten erwartet hast. Natürlich habe ich mir darüber Gedanken gemacht, was so verkehrt bei dir angekommen sein konnte, dass es derartige Folgen nach sich zog. Aber ich bin ein Mann. Und Männer denken und reden meist schlicht und geradeaus.«

Mamá lachte. »Allerdings, Elise, das tun sie. Du bist kaum achtzehn Jahre alt, erwachsen kann man dich weiß Gott noch nicht nennen, obwohl du im Verlauf des letzten halben Jahres einen enormen Entwicklungsschub hinter dich gebracht hast. Wir sind sehr stolz auf dich, *ma petite*!«

Elise spürte eine kleine Röte in ihre Wangen aufsteigen. »Hätte ich besser gleich mit euch gesprochen …«, murmelte sie.

»Hättest du besser!«, bestätigte Mamá. »Und wo warst du, als du wie eine Verrückte geflüchtet bist?«

Eine Sorge hatten sie ihr genommen. Aber sollte sie jetzt wirklich vor ihren Eltern ausbreiten, was sie am meisten umtrieb? Elise hielt den Kopf gesenkt, doch sie spürte genau, beider Augen waren auf sie gerichtet. Nein. Diesen Mut brachte sie nicht auf. Zweierlei Katastrophen waren an jenem furchtbaren Tag auf sie eingeprasselt. Die Versicherungen der Eltern hatten eine Sorge im Nu weggewischt. Aber sich jetzt, zumal in Vaters Anwesenheit, ganz und gar zu öffnen, das wollte ihr einfach nicht gelingen. Also antwortete sie unbestimmt: »Ich bin einfach nur durch die Gegend geritten«, und fügte mit der Hoffnung, ein Ablenkungsmanöver durchführen zu können, in Selbstanklage hinzu: »Und habe zu sehr auf mich und zu wenig auf mein Pferd geachtet. Amabilé kam lahm nach Hause. So etwas ist unverzeihlich!«

Vater schaute sie eindringlich an. Elise blinzelte zu ihm hoch und begriff, dass ihr Schachzug nichts genützt hatte, denn er fragte: »Und was ist mit Konrad? Habe ich etwas falsch verstanden, oder wolltest du ihn nicht eigentlich heiraten, ehe Mr Cunningham eintrifft?«

»Konrad habe ich ewig nicht zu Gesicht bekommen, Vater«, wich Elise aus.

»Na, er wird zu tun haben«, entgegnete Papá überzeugt.

Mutter lächelte zuckersüß, zwinkerte Elise zu und sagte: »Typisch, Arno! Er wird zu tun haben. Aber ja, das wird er. Siehst du, Elise, das ist es, was ich meine mit den Männern. Und dennoch werde ich das Gefühl nicht los, dass da etwas zwischen dir und ihm ist, das dringend einer Aussprache bedarf. Immerhin erinnere ich mich, ganz *femme*, an einige entzückende Szenen zwischen dir und ihm, die uns allen den Eindruck vermittelten, ihr seid bald ein Paar.«

Jetzt flammte die Röte ungehindert auf und Elise stieß hervor: »Er verschweigt mir vieles. Ich musste selbst herausfinden, dass er Frau und Kind verloren hat.«

Mutter legte ihr sanft eine Hand aufs Knie. »Elise, du musst Geduld haben. Viel mehr Geduld. Mir scheint, Ungeduld ist das unglückseligste Päckchen, das die Jugend tragen muss.«

»Warum erzählt ihr mir denn nichts?«, fuhr sie auf.

»Weil wir keine Schwätzer sind, mein Schatz«, erklärte Vater. »Im Leben meines Freundes Konrad von Radenau sind Dinge geschehen, die ihn bis heute quälen. Ich bin nicht der Mann, dir sein Schicksal auszubreiten. Das müsste er schon selber tun. Was ich im Vertrauen erfahre, bleibt bei mir. Du hättest die Möglichkeit, einen Zugang zu ihm zu finden. Wenn du geduldig genug bist, findest du ihn. Wenn nicht, hast du ihn verloren. Konrad braucht kein schwärmerisch verliebtes Mädchen. Er braucht eine Frau, die ihn wirklich liebt, und die wünsche ich ihm. Verwechsle nicht Verliebtheit und Liebe. Liebe ist nicht nur ein Wort, Elise, nicht nur ein aufregendes Gefühl. Sie steht dir nicht einfach zu, weil du hübsch und nett und charmant bist. Du musst dich ihrer würdig erweisen und um sie kämpfen.«

Hilfesuchend sah Elise ihre Mamá an und seufzte tief. Aber auch von dieser Seite kam nicht die einfache, klare Erleuchtung. Wieder einmal war sie genauso schlau wie zuvor. Niemand von den offenbar Wissenden wollte ihr helfen zu verstehen.

* * *

Kalendarisch war es nun Frühling geworden, Elises achtzehnter Geburtstag stand kurz bevor. Noch immer hatte sie Konrad nicht wiedergesehen. Immer wieder ging ihr die Frage durch den Kopf, ob sie ihm schreiben sollte. Aber was hätte sie schreiben sollen? All ihre Überlegungen steckten voller Wenn und Aber. Solche Gedanken konnte man nicht formulieren, ohne Schritt für Schritt vorzugehen und bei jedem die Reaktion des Gegenübers abzuprüfen, um weiteres Voranschreiten der Situation anpassen zu können. Die ganze Geschichte verlangte einfach nach einem persönlichen Gespräch. Manchmal fand sie stundenlang nicht in den Schlaf, zermarterte sich Herz und Kopf.

Bei Johanne hatte sie vor ein paar Tagen einen Vorstoß gewagt. »Sag mal, Johanne, was weißt du über Konrads Frau und Kind?«

Johannes Miene hatte einen zutiefst mitleidigen Ausdruck angenommen, als sie antwortete. »Ach, Kind! Damals hatten wir hier auf Achenthal noch nicht viel mit dem Rittmeister zu tun. Seine Freundschaft mit deinem Vater begann sich erst viel später zu entwickeln. Aber ich weiß noch, was man sich unter Dienstboten von Haus zu Haus erzählte. Sie waren ja noch nicht lange verheiratet gewesen. Es muss eine große Liebe gewesen sein. Die junge Frau soll irgendeine Unpässlichkeit gequält haben. Was es war, weiß ich nicht. Aber er stand zu ihr wie ein Fels. Dann war da, wohl deswegen, noch irgendwas in seinem Elternhaus. Ich glaube, man hat ihn nicht im Guten nach Schlesien gehen lassen. Nach dem Tod der Schwiegereltern hat er ja alles da drüben umgeschmissen und neu organisiert. Soll eine ziemliche Ravage gewesen sein. Manche Leute hielten ihn für verrückt und dachten, es könne nie gelingen, was er da vorhatte. Andere haben ihn bewundert. Als das Schlimmste im Betrieb überstanden war, kam das Kind, und am Ende waren Mutter und Säugling tot. Der Mann hat unendlich gelitten, Elise. Ich glaube, die Gräfin weiß Genaueres. Frag sie doch mal.«

»Das habe ich längst, Johanne. Sie hat gesagt, ich soll Konrad selber fragen. Und ungefähr dieselbe Antwort bekomme ich von Mamá und Papá.«

»Und warum tust du das nicht?«

Elise wand sich ein bisschen, dann sagte sie: »Weißt du, ich finde, wenn er wirkliches Interesse an mir hat, müsste er es mir freiwillig selbst erzählen.«

Johanne wiegte den Kopf, überlegte ein Weilchen. »Da hast du wahrscheinlich recht. Es könnte einen seltsamen Eindruck bei einem Mann hinterlassen, zumal dann, wenn das Verhältnis noch so frisch ist wie bei euch. Dann musst du eben Geduld haben.«

Auch von Johanne hatte sie kaum mehr erfahren, als sie schon wusste. Und Johanne hatte ihren Entschluss abzuwarten nur noch einmal bekräftigt. Und lag doch damit genau auf derselben Linie wie Vater und Mutter. Also blieb sie bei ihrer Haltung. Und fühlte sich trotzdem nach wie vor unwohl damit.

Noch unwohler dann drei Tage vor ihrem Geburtstag, als Vater beim Mittagessen verkündete, die Ankunft des jungen Cunningham sei übermorgen zu erwarten.

»Es wird ihm gefallen, was er schon vorfindet«, ergänzte Vater höchst zufrieden und Elise blieb ein Stück Hähnchenbrust im Halse stecken. Sie hustete dermaßen, dass ihr die Luft wegblieb und Mamá eilte, ihr den Rücken zu klopfen, bis es quer über den Tisch auf Elaines Schoß flog. Die pickte es mit ihrer Serviette auf, hielt es triumphierend in die Höhe und sagte: »Du kannst weiteratmen, ich hab's!«

Alle lachten. Nur Elise nicht.

* * *

Papá holte Fletcher Cunningham frühmorgens am Liegnitzer Bahnhof ab. Mutter hatte die große Begrüßung geplant, und so standen alle Dienstboten und die versammelte Familie auf der Freitreppe vor der Villa, um den englischen Gast mit allen Ehren zu empfangen.

Leichtfüßig sprang er aus dem Wagen. Elise musste zugeben, er sah großartig aus. Nach neuester Mode gekleidet, den hohen, glänzenden Zylinder schwenkend, eilte er schon die Stufen hinauf, ehe Vater überhaupt ausgestiegen war, nickte dem Personal rechts und links gewinnend zu und begrüßte zunächst Mamá mit einem riesigen Blumenstrauß, ehe er sich freudestrahlend Elise zuwandte und ihr ein entzückendes Bouquet aus frischen Frühblühern überreichte.

»Ich bin so unendlich glücklich, Sie wiederzusehen«, sagte er halb, na, vielleicht viertel an Mutter, überwiegend aber – und überschwänglich – an Elise gewandt.

»Hatten Sie eine gute Reise? Wie geht es dem guten Samuel?«, fragte Elise und lächelte dieses spezielle, gut geübte Lächeln, das in Wirklichkeit nur wie ein Lächeln aussah.

»Ausgezeichnet! Dank Ihrer Hilfestellung sind wir jetzt in jeder Hinsicht beste Freunde. Und du, du kleiner Ausreißer …?« Er beugte sich zu Fides hinunter, die neben Elise stand, und wollte sie streicheln, aber Fides zog den Kopf weg und rückte ein wenig hinter Elises Röcke zurück. »Nanu? Du kennst mich doch …«, sagte er enttäuscht.

»Ach, sie kann sich wahrscheinlich nicht mehr erinnern. Fremden gegenüber ist sie immer etwas zurückhaltend.«

»Wird schon wieder werden«, antwortete Fletcher zuversichtlich.

Mamá und Papá übernahmen nun zu Elises Erleichterung die Konversation und sie durfte sich in der folgenden Stunde während eines kleinen Umtrunks nebst raffiniert angerichteten Appetithäppchen zum Willkommen des besonderen Gastes ganz darauf beschränken, als schmückendes Beiwerk zu fungieren. Natürlich fing sie immer wieder Fletchers glühende Blicke auf und erwiderte mit schamhaftem Neigen des Kopfes. Ganz, wie es sich gehörte. Ebenso verhielt sie sich bei der gemeinsamen Besichtigung der Baustelle, die dem Richtfest in Kürze entgegensehen würde.

»Äußerst praktisch, gut durchdacht und solide«, urteilte Cunningham und fragte: »Behausungen für die Arbeiter sind für später geplant, Mr Achenthal?«

»So ist es«, bestätigte Vater. »Ein guter Freund des Hauses, der uns häufig berät, hält es für das Beste, die Leute zur Arbeit zu holen, statt ihnen die Arbeit nach Hause mitzugeben. Ich sehe, wie gut das bei ihm funktioniert. Wir leben eben nicht wie Sie in einer Stadt, wo es Straßen gibt, die normalerweise immer begehbar sind, sondern auf dem Land mit weiten Entfernungen und teils unwegsamem Gelände. Wir hatten einen bösen Winter. Nichts ging hier mehr, es gab kein Durchkommen. Wochenlang saßen meine Weber ohne Garn, meilenweit entfernt. Scheußliche Situation, die zu erheblichen Produktionseinbußen führte. Das will ich nicht noch einmal erleben.«

Fletcher schaute Vater prüfend an, runzelte die Stirn. »Und? Ich hoffe, Ihre Liquidität hat dadurch nicht gelitten?«

»Nein, nein!«, beeilte sich Vater zu beschwichtigen.

Elise bemerkte das Flackern in seinen Augen. Cunningham offensichtlich nicht, denn aufgeräumt antwortete er: »Sehr gut! Und dieser Freund des Hauses …?«

»Wenn Sie möchten, fahren wir mal hinüber zu ihm. Er führt einen regelrechten Musterbetrieb nach neuesten technischen und betriebswirtschaftlichen Erkenntnissen.«

»Das interessiert mich sehr!«

»Dann schlage ich vor, ich schicke einen Boten mit der Bitte um einen Terminvorschlag zu Herrn von Radenau.«

Elises Herz schlug schneller. Sicherlich, ein Zusammentreffen in großem Gefolge war nicht genau das, was sie sich für die nächste Begegnung mit Konrad wünschte, aber immerhin. Sofort warf sie ein, gern dabei sein zu wollen. Vielleicht ergab sich ja doch eine Gelegenheit …

* * *

Gemeinsam hatte die Familie beschlossen, keine große Geburtstagsfeier ausrichten zu wollen. Einsichtig hatte Elise mit Verweis auf die nicht allzu berühmte finanzielle Lage selbst vorgeschlagen, Verzicht zu leisten. Wer zum Gratulieren kam, musste selbstverständlich bewirtet werden. Erna solle ihren unvergleichlichen schlesischen Streuselkuchen gleich blechweise backen, Kaffee könne man reichen, damit müsse es genug sein, einen großen Rahmen müsse es von ihr aus nicht geben. Selbstverständlich hoffte sie, Konrad wenigstens an diesem Tag zu sehen. Auch da aber würde vermutlich Trubel herrschen und die Gelegenheit zu einer richtigen Aussprache kaum gegeben sein.

Fletcher ließ sich nicht entlocken, wann seine Abreise zu erwarten war. Er machte es sich gemütlich im Haus, genoss die schlesische Gastfreundschaft, steckte seine Nase überall hinein und belegte Elise ständig mit Beschlag. All das tat er stets mit überschäumend vergnügtem Temperament, plakativ zur Schau getragener Dankbarkeit, unwiderstehlicher Liebenswürdigkeit. Allerdings auch mit allergrößter Selbstverständlichkeit.

Johanne sagte grinsend hinter vorgehaltener Hand: »Solche Gäste sind wie der Fisch. Der fängt auch nach drei Tagen an zu stinken.«

Nun konnte Elise Fletcher alles Mögliche vorwerfen, aber gewiss nicht, dass er stank. Im Gegenteil! Immer umwehte ihn ein Hauch eines holzig-moosigen Wohlgeruchs, er achtete sehr auf sein Erscheinungsbild, war immer korrekt und elegant, dabei nie überkandidelt gekleidet, hatte mindestens so gepflegte

Manieren wie Hände. Und er war, das musste man ihm wirklich lassen, ein äußerst amüsanter Gesellschafter. Häufig brachte er sie zum Lachen, obwohl ihr im Grunde wirklich nicht danach war, aber man konnte sich seiner ansteckenden Lebensfreude einfach nicht entziehen.

Schnell war das Du zur Normalität zwischen ihnen geworden. Es ergab sich anscheinend ganz natürlich. Langsam, aber sicher – sie spürte es manchmal ganz deutlich, manchmal realisierte sie nur überrascht, fast empört die Ergebnisse seiner Bemühungen – wickelte er sie mit seinem zweifellos vorhandenen Übermaß an Charme ein.

Mehrmals unternahmen sie gemeinsame Reitausflüge in die nähere Umgebung. Pjotr hatte Fletcher den artigen, aber nicht unbedingt hochbegabten hellen Fuchs Franziskus zugedacht und flüsterte Elise beim Auftrensen grinsend zu: »Der passt. Allein schon der Haarfarbe wegen.«

Durch Wälder und Felder ritten sie, machten den einen oder anderen Abstecher in die pittoresken Dörfer, wo Elise überall bekannt war und entsprechend freundlich gegrüßt wurde. Fletcher wurde nicht müde, die reizvolle Gegend zu loben, und äußerte sich begeistert über Amabilés Schönheit und ihren exquisiten Ausbildungsstand.

Einmal schlug Elise spitzbübisch lachend vor, das Hydepark-Wettrennen mit entgegengesetzter Anforderung zu wiederholen.

»Wie meinst du das?«, fragte er irritiert.

»In London ging es um Schnelligkeit, jetzt soll es um Langsamkeit gehen. Schau, da vorn steht eine einzelne alte Blutbuche am Wegesrand. Wer als Letzter dort ankommt, hat gewonnen.«

»Pah«, sagte er, »das ist ja einfach! Da bleibe ich einfach hier stehen und warte ab, bis du das Ziel erreicht hast. Schon gewonnen, meine Liebe!«

Belustigt schüttelte Elise den Kopf. »Das hast du dir so gedacht! Nein, nein, die Strecke ist im Trabe zu absolvieren. Nun denn, zeig, was du kannst«, und sie ließ Amabilé anpassagieren.

Minimal war der Raumgewinn der edlen Stute, ihre tief gesetzte Hinterhand arbeitete wie ein Uhrwerk, keinen Moment fiel sie aus dem Takt, wölbte den Hals so, dass ihre Stirnlinie von der Seite betrachtet vielleicht noch drei Fingerbreit vor die Senkrechte geriet, und erledigte all das bei kaum wahrnehmbarer Hilfengebung und minimalem Zügelkontakt. Sie tanzte förmlich und gewann eine Ausstrahlung, die jeden Maler verzückt und sofort zu Pinsel und Leinwand hätte greifen lassen.

»Was für ein herrliches Bild!«, rief denn auch Fletcher voller Bewunderung aus. Und mühte sich unendlich, den guten Franziskus überhaupt im Zweitakt des Trabes zu halten, während Amabilé zielsicher im Zeitlupentempo der Buche zuschwebte und Elise vor lauter Glückseligkeit und Begeisterung beinahe geweint hätte. Ach, sie war einfach ein Schatz, diese schöne Französin!

Elise wusste, was sie ihrem Begleiter da abverlangte, war unfair. Franziskus konnte das nicht leisten, was Amabilé so leichtfiel. Aber sie fand, Fletchers enorm ausgeprägtes Selbstbewusstsein durfte ruhig mal einen kleinen Dämpfer bekommen.

Natürlich gewann sie. Fletcher stand längst mit hochrotem Kopf unter der Buche, als Elise ihrer Vorstellung noch eins draufsetzte, indem sie Amabilé in höchstem Versammlungsgrad die letzten Meter piaffieren ließ.

Was Elise als Dämpfer geplant hatte, verfehlte allerdings, das begriff sie schnell, vollkommen seine Wirkung. Fletcher nämlich erwies sich als wahrer Sportsmann und Gentleman, indem er seine Niederlage nicht nur unumwunden eingestand, sondern Pferd und Reiterin mit einem liebenswürdigen Schwall aus Anerkennung und Bewunderung geradezu überschüttete.

Er war nicht einmal ein schlechter Verlierer. Das hatte sich schon bei ähnlicher Gelegenheit in London gezeigt und erwies sich erneut. Ja, gab es denn überhaupt nichts an diesem Mann auszusetzen?

Mehr und mehr gelangte Elise zu der Erkenntnis, dass dem offenbar tatsächlich so war. Untadelig. In jeder Hinsicht!

Insgeheim begann sie, ihn neben Konrad zu stellen und die beiden Männer zu vergleichen. Konrad war kompliziert. Er gab wenig von sich persönlich preis. Schwer fiel es ihr, ihn wirklich richtig einzuschätzen. Bisher hatte sie im Zusammenhang mit Konrad kaum auf ihren Kopf, nur auf ihr Herz gehört. Schaltete sie den Kopf ein, kam wenig bis gar keine Erkenntnis, sondern nur Leid dabei heraus. Aber war es klug, was sie tat? Hängte sie womöglich ihr Herz völlig unvernünftig an den Falschen? Oder machte sie es sich zu einfach? Vielleicht stimmte es ja ganz genau, was alle sagten. Dass man Geduld haben, dass man für die Liebe kämpfen musste. Es war anstrengend. Furchtbar anstrengend sogar, geradezu zermürbend, wenn man so gar keine Ansatzpunkte fand.

Fletchers Charakter hingegen, seine Lebensverhältnisse, seine Familie, seine Eigenschaften … all das schien wie ein offenes Buch vor ihr zu liegen. Egal, welche Seite sie anblätterte, es gab präzise Auskunft. Und jede Auskunft war angenehm. Sollte sie ihm doch eine Chance geben? Es fühlte sich an wie Verrat. Herrgott, warum war das so schwierig? Ach, versuchen konnte sie es doch einfach. Aber wachsam, das wollte sie unbedingt bleiben!

* * *

Ob es mit der Wachsamkeit so gelang, wie sie es sich an diesem hellen Nachmittag unter der mächtigen Buche vorgenommen hatte, bezweifelte sie immer mal wieder. Häufig beschlich sie das

Gefühl, viel mehr von sich preiszugeben, als sie es gewollt hätte, viel zu häufig für den Geschmack ihres inneren Wachpersonals ließ sie sich von ihm aufs höchstpersönliche Glatteis führen. Manchmal hörte sie die inneren Stimmen, die sie warnten, dann ärgerte sie sich im Nachhinein fürchterlich. Häufig genug aber gebot sie ihnen zu schweigen. So konnte es Fletcher sogar leicht gelingen, Elise ihre intimsten Zukunftswünsche zu entlocken, um gleich darauf weit auszuholen und ihr die seinen darzulegen.

Ihren Höhepunkt fand die ganze Sache nämlich, als sie sich am Vorabend ihres Wiegenfestes nach dem Essen zu einem Spaziergang im langsam dämmrig werdenden Park entschlossen. Fides tollte neben ihnen her, konnte es wieder einmal nicht lassen, die Schwäne zu ärgern, fing sich die übliche Rüge von Elise ein. Halb hatten sie den Teich umrundet, als Fletcher zum ersten Mal ungeheuer konkret wurde.

»Elise, wenn ich an die Zukunft denke, sehe ich dich nicht, womöglich bis ans Ende deiner Tage, hier in Schlesien. Ich sehe dich im Mittelpunkt der Londoner Gesellschaft in den kostbarsten Kleidern tanzen, sehe dich neben mir über die sanften Hügel unseres Landsitzes vor den Toren der Stadt galoppieren, sehe dein Lachen, deine Freude. Sehe Kinder spielen. Zwei Buben und ein Mädchen vielleicht? Ganz wie du möchtest! Sehe uns gemeinsam über die Ozeane zu den schönsten, exotischsten Plätzen auf dieser Erde segeln. Sehe uns fremde Menschen und Kulturen kennenlernen. Sehe uns in glasklaren, azurblauen Lagunen schwimmen, wo das Wasser flach und warm ist. Sehe uns süße Früchte kosten. Sehe Leidenschaft. Und unendliche Liebe. Ich gestehe es freiweg: In dem Moment, als ich nach meinem Sturz damals halbwegs zu mir gekommen war und du mir – ich fühle es noch heute schmerzhaft – Sams Kandare gegen die Zehen gepfeffert hast, war es um mich geschehen. Ein einziger Blick hat genügt, mich unsterblich zu verlieben. Von dem

Augenblick an war mir klar, dass ich dich gewinnen musste. Meiner tiefen Zuneigung darfst du jedenfalls sicher sein. Alles, was fehlt, ist deine Zustimmung zu meinem Traum. Dann könnte ich darangehen, ihn umzusetzen. Du musst dafür gar nichts tun, einfach nur du sein. Ich aber gäbe alles dafür.«

Elise war nicht nur erschüttert über seine ungemein konkrete Fantasie. So, wie er das Wort »alles« betont hatte, konnte sie auch ganz bestimmt nicht überhören, worauf er anspielte. Mal ganz davon abgesehen, war sie ungeheuer geschmeichelt. Letztlich legte er ihr nicht weniger als die ganze Welt zu Füßen. Ein wenig unsicher lächelnd antwortete sie ihm.

»Fletcher, das klingt wie eine Liebeserklärung.«

»Das sollte es auch sein. Aber mehr noch …« Er ergriff ihre Hände, beugte ein Knie zu Boden und schaute zu ihr hinauf. »Du darfst es getrost als das betrachten, wonach es klang: Ich möchte um deine Hand anhalten.«

Sie senkte den Kopf, schüttelte ihn leicht. Überrumpelt hatte er sie. Dabei war sie doch noch lange nicht fertig mit der Analyse ihrer Gefühle. Wie jetzt die richtigen Worte finden? Heiser räusperte sie sich, sagte: »Du musst mir Zeit geben. Ich habe damit nicht gerechnet.«

»Aber natürlich!«, rief er vergnügt aus und sprang auf. »Dafür habe ich jedes Verständnis. Ich werde dir so viel Zeit geben, wie du brauchst, und erst abreisen, wenn du zu einer Entscheidung gelangt bist. Prüfe mich auf Herz und Nieren, prüfe dein Herz. Und dann komm mit mir nach England!«

Dieser Gesichtsausdruck! Meine Güte, woher nahm er nur diese Selbstgewissheit? Anscheinend hatte er nie erlebt, dass sich irgendwer oder irgendetwas seinen Wünschen entgegensetzte. Na schön, sie bekam Zeit. Aber natürlich nur, um letztlich zu der guten Einsicht zu gelangen, dass sie ihm im Grunde gleich hier und jetzt das Jawort hätte geben können. So weit war sie nicht. Irgendetwas fehlte. Wenn schon ihr Herz nicht zu ihr sprach, so musste doch wenigstens der Kopf noch Gelegenheit bekommen, gute Gründe auf sein Konto zu buchen.

»Lass uns ins Haus gehen, es wird kühl«, sagte sie und pfiff Fides zu sich. Wie musste es wohl aussehen, wie sie hier standen? Der Mann auf den Knien, dieser offenbar vertraute Umgang miteinander. Jeder neutrale Beobachter hätte keinen Zweifel gehabt, es mit einem Liebespaar zu tun zu haben. Aber es war ja niemand in der Nähe, beruhigte sich Elise. Und ahnte nicht, dass sie sich täuschte.

29

Schlesien, Ende März 1845 – Mit Speck fängt man Mäuse

Elise begrüßte ihre Gratulanten in einem sandfarbenen Kostüm, das am Rocksaum, Mieder und den Ärmelaufschlägen mit floraler St. Gallener Stickerei in einem satten Schokoladenbraun verziert war.

Schon gegen Mittag zog sie das kurze Jäckchen über der weißen Bluse aus, denn die Sonne schenkte ihr alles Strahlen, dessen sie um diese Jahreszeit schon fähig war. Kein Wölkchen trübte den blauen Himmel. Ein richtiger Märzsommertag!

Früh um neun Uhr schon erschienen die ersten Gäste und den ganzen Tag über strömten sie nach. Elise hatte keine ruhige Minute, nahm voller Freude die Glückwünsche, Blumen und kleinen Geschenke entgegen. Besonders rührte sie das Präsent, das aus der Webersiedlung von einem Mädchen im Namen aller herübergebracht wurde. Ein fein gewebtes baumwollenes Schultertuch in den schlesischen Landesfarben Weiß und Gelb.

Gegen drei Uhr am Nachmittag (in der Küche spuckte der Backofen immer noch Blech um Blech des berühmten Kuchens aus, der neben zahllosen Kannen frisch gebrühten Kaffees reißenden Absatz fand) stand Elise noch immer im Gartensalon, wo sich der Tisch bereits unter den Präsenten zu biegen drohte. Fletcher scherzte mit ihr, Elise lachte aus vollem Hals.

Da erschien Konrad.

Elise fand, er sah abgehetzt aus. Sein Blick ging unstet zwischen ihr und Fletcher hin und her. Seine Glückwünsche klangen förmlich. Kein Strahlen in seinen Augen. Misstrauen, Enttäuschung, Hoffnungslosigkeit – das war es, was sie las. Und es passte so gar nicht zu der vergnügten Stimmung, die Fletcher sich ständig erfolgreich zu verbreiten bemühte.

Elise stellte die Männer einander vor.

»Hochinteressant! Ich freue mich schon darauf, mir Ihre Produktionsstätten ansehen zu dürfen, Rittmeister«, sagte Fletcher höflich und verbeugte sich.

»Bekommen wir hin«, erwiderte Konrad knapp. »Nett, Sie kennenzulernen, Sir.«

Dann bestätigte er Elises Eindruck. »Die erste Stute fohlt jeden Moment von Almanzor, Elise. Ich habe schon etliche Nächte gewacht. Seit heute früh tropft Milch. Ich darf mich nicht lange aufhalten, muss gleich zurück, konnte es mir aber natürlich nicht versagen, dir meine herzlichsten Glückwünsche und eine Kleinigkeit zu überbringen.« Damit griff er nach einem Päckchen, das er zunächst neben Elise auf einem Stuhl abgelegt hatte, und reichte es ihr. »Ich hoffe, ach nein, ich denke, du kannst bestimmt etwas damit anfangen. Mach es ruhig später auf und entschuldige mich jetzt bitte. Vielleicht sehen wir uns bald und du kannst schon Nachzucht bewundern. Wünsch mir Glück. Ich wünsche es dir jedenfalls.«

Und wieder seine bedeutungsschweren Blicke zwischen Elise und Fletcher hin und her.

»Danke, Konrad! Alles Glück und bestes Gelingen!«, sagte Elise in warmem Tonfall und versuchte, seinen Blick einzufangen, alle Fragen, die sie in dieser Gesellschaft nicht stellen konnte, und wenigstens ein Signal hineinzulegen, das er verstehen musste.

Es gelang ihr nicht. Ein unendliches Bedauern vermeinte sie zwischen zwei Wimpernschlägen zu entdecken. Dann wandte er sich um, hob noch einmal die Hand zum Gruß und eilte hinaus.

Elise spürte einen scharfen Schmerz in der Brust. Nur mühsam gelang es ihr, Tränen zurückzuhalten. Fletcher bemerkte nichts von ihrem Zustand. Forderte sie auf, doch gleich nachzusehen, was der Rittmeister ihr gebracht hatte, faselte munter, stellte Frage um Frage zu Konrads Pferden, flocht eigene Erfahrung mit der Zucht englischer Vollblutpferde ein, redete Elise jeden klaren Gedanken aus dem Kopf, bis sie schließlich vorschützte, Kopfweh zu haben und sich einen Augenblick zurückziehen zu wollen. Konrads Päckchen ließ sie auf dem Geburtstagstisch liegen. Gern hätte sie danach gegriffen, es allein in ihrem Zimmer ausgewickelt, aber Fletcher schob sich derart ungünstig in den Weg ... ach, verdammt!

* * *

Gegen Abend wurde es ruhiger. Gekommen, um ein Weilchen zu bleiben, war Tante Auguste – samt einem ebenso fürstlichen wie praktischen Geschenk, das aus mehreren Kisten bestand und umständlich hereingeschleppt wurde. Es war ein komplettes Service für zwölf Personen aus der schlesischen Manufaktur Krister, die sich seit einigen Jahren Ruf und Namen in Konkurrenz zu Meißen im nahe gelegenen Städtchen Waldenburg zu erarbeiten suchte.

»Du wirst es brauchen können für deine Aussteuer und egal, wohin dein Weg dich führen wird, meine liebe Elise ...«

Schon wieder ertappte Elise jemanden bei diesen bedeutungsschweren Blicken zwischen Fletcher und ihr, ehe sie fortfuhr: »Egal, wohin dein Weg dich führen wird, es soll dich immer an deine Heimat erinnern. Magst du es?«

Vorsichtig nahm Elise ein Mokkatässchen aus einem der Kartons. Hauchzart, mit geschwungenen Rändern, weißgrundig und zart in Blau und Gold bemalt, präsentierte sich das kleine Kunstwerk.

»Entzückend!«, rief Elise aus. »Wenn ich die Wahl gehabt hätte, liebe Tante Auguste, hätte ich genau diese Serie ausgesucht. Ach, du bist so lieb zu mir! Tausend Dank!«

»Fein, dass es dir gefällt! Bekomme ich jetzt von Ernas unübertrefflichem Kuchen?«

»Aber natürlich! Setz dich bitte, ich glaube, sie haben gerade noch ein Blech herausgezogen.«

»Wollen wir gemeinsam nachschauen gehen, Elise?«, fragte Tante Auguste zwinkernd und schloss Fletcher eindeutig aus dem vertrauten Zweigespann aus.

»Wir sind gleich wieder da«, sagte Elise und machte damit zusätzlich klar, dass die Damen allein zu sein wünschten.

»Ich werde mich zu beschäftigen wissen«, erwiderte er liebenswürdig und steuerte schon auf Mamá zu.

Kaum außer Hörweite, kam die Gräfin auf den Punkt. »Sag mal, meine süße Elise, es geht mich zwar nichts an, aber mir scheint, du hast dich im Handumdrehen umverliebt? Es wird ja schon überall erzählt, dass man euch höchst vertraut miteinander gesichtet hat. Bin ich von Blindheit geschlagen gewesen oder gehörte dein Herz nicht noch bis vor Kurzem Konrad?«

»Das erzählen die Leute?«, fragte Elise baff.

»Aber ja! Überall. Nun sag doch schon, was ist denn nun mit dem Rittmeister?«

»Der will mich nicht!«, sagte Elise resigniert.

Abrupt blieb Tante Auguste auf den Stufen hinunter ins Souterrain stehen und sah sie mit gerunzelten Brauen an. »Nicht? Das überrascht mich jetzt aber. Habt ihr euch gestritten?«

»Nein, gar nicht. Ich habe ihn nur am Todestag seiner Frau und seines Kindes auf dem Friedhof gesehen, als ich ihn gerade besuchen wollte. Ich hatte ja keine Ahnung. Du hast mir nichts erzählen wollen. Papá und Mamá schweigen sich genauso aus. Danach ist er in seiner Waldhütte verschwunden und ich habe nichts mehr von ihm gehört. Soll ich ihm etwa nachlaufen?«

»So weißt du es nun also. Ich dachte, er würde es dir eines Tages von sich aus erzählen. Unschön, es auf diese Weise zu erfahren. Das tut mir leid. Aber hör mal, Kind, merkwürdig ist das alles schon …«, sagte die Gräfin nachdenklich. »Zu Weihnachten dachte ich noch, wir feiern hier bald eine schöne schlesische Hochzeit. Na …«, ihre Züge erhellten sich wieder, »wenn du dir jetzt den jungen Engländer nimmst, machst du jedenfalls unbedingt den besseren Schnitt. Besonders rosig sieht es ja nicht aus bei euch, jetzt, nachdem dein Großvater die Geschäftskonten eingefroren hat. Weiß der Kuckuck, wer ihn auf dem Laufenden hält und von wo aus er agiert. Dein Vater ist jedenfalls ziemlich durch den Wind, das hast du bestimmt bemerkt.«

Elise hatte das Gefühl, der Schlag habe sie getroffen. Sie machte den Mund auf und wieder zu, bekam vor Entsetzen kein Wort heraus.

Tante Auguste tätschelte ihr die Wange. »Du triffst sicherlich eine gute Wahl, der junge Mann ist kultiviert, humorvoll, scheint dich ja wirklich anzubeten und eine Verbindung täte natürlich aus pekuniärer Sicht der ganzen Familie gut. Bessere Grundlagen für eine gelungene Ehe kann man nicht finden. Nimm ihn ruhig, auch wenn dein Herz alberne Purzelbäume schlägt. Ich habe da Erfahrung, weißt du? Meinen Kullakowski, Gott hab ihn selig, habe ich auch nicht gleich vom ersten Moment an geliebt und am Ende doch große Zuneigung entwickelt. Nun schau mich an! Heute bin ich eine wohlsituierte, lustige alte Schachtel. Es hätte schlimmer kommen können.

Eines Tages wirst du feststellen, dass der junge Cunningham deine Erwiderung verdient hat. Manchmal ist das Leben eben kein Wunschkonzert.«

»Aber … Konrad!«, hauchte Elise.

»Tja!«, sagte die Gräfin. Und weiter nichts.

War das, was Elise da soeben erfahren hatte, der entscheidende letzte Faktor, den ihr Kopf noch gebraucht hatte? Was bedeuteten die Informationen, die Tante Auguste gerade wie nebenbei fallen gelassen hatte? Hängen geblieben war bei Elise vor allem: Die Familie brauchte Geld, sonst würden alle wundervollen Pläne den Bach hinuntergehen. Das Bild der verwahrlosten Weberkaten erschien vor Elises innerem Auge. Die Leiche im See, die hoffnungslosen, elenden Antlitze im Fackelschein, die barfüßigen Kinder, die blinde Alte, wie sie sich gefreut hatte über die paar ollen Pilze, die vor Hunger schreienden Säuglinge, die buchstäblich wie die Fliegen starben. Das alles sollte doch endlich vorbei sein! Und jetzt drehte Großvater den Geldhahn ab? Was, wenn sie sich nun Fletchers Werben widersetzte? Nur, um einem Liebestraum mit Konrad hinterherzujagen? Um ihm die geliebte verstorbene Frau zu ersetzen und für immer die Nummer zwei zu bleiben? Würde der alte Cunningham mit sich über Aufschübe verhandeln lassen, wenn sie seinem Sohn einen Korb gab? Mein Gott! Eigentlich hätte sie wieder einmal Zeit benötigt, um sich darüber klar zu werden. Aber es schien so, als sei ihr Zeitkonto nun endgültig leer.

* * *

An diesem Abend, als nur noch die Familie und die Gräfin um den festlich gedeckten Tisch versammelt waren, bekam Elise ihr Geschenk von Fletcher. Er brachte sein Weinglas zum Klingen, erhob sich, zog ein Schächtelchen aus der Jackentasche, klappte

es auf und überreichte es ihr mit den Worten: »Meinen aller-
herzlichsten Glückwunsch zu deinem Geburtstag, meine liebe
Elise. Möge er dir Freude bereiten und mir vielleicht sogar jenes
Wort einbringen, das ich mehr als alles auf der Welt von dir
ersehne.«

Er lag gebettet in nachtblauem Samt. Seine Farbe glich dem
Tiefblau des Meeres, und er schien schwerelos in seiner zarten
Fassung zu schweben, die aus nichts anderem als Platin sein
konnte.

Mamá entwischte ein spitzer Schrei.

Elaine flüsterte: »Ui, mindestens drei Karat.«

Ferdinand sagte: »Guck einer an!«

Tante Auguste sagte tonlos: »Donnerwetter!«

Vater riss die Augen auf und sagte nichts.

Elises Wachpersonal gackerte hämisch: »Mit Speck fängt
man Mäuse!« Statt hinzuhören, gebot sie Schweigen, statt sich
einfach nur zu bedanken, verfing sich ihr Blick in Fletchers bittenden Augen.

Und Elise hauchte: »Ja.«

30

Schlesien, 1. April 1845 – Und dann …

Mamá entwischte ein weiterer spitzer Schrei.

Elaine flüsterte noch mal: »Ui!«

Ferdinand sagte: »Guck einer an!«

Tante Auguste sagte erneut tonlos: »Donnerwetter!«

Vater riss wieder nur die Augen auf und sagte nichts.

Und Fletcher warf die Arme hoch, schaute, als habe er gerade die letzte Schlacht gegen den Korsen gewonnen, nahm Elises Gesicht in beide Hände, küsste ihr Stirn, Nase und Lippen und jubelte: »Elise, meine liebe, süße, einmalige Elise! Ich bin der glücklichste Mann der Welt!«

Es bestand kein Anlass, ihm das nicht abzunehmen.

Elise ließ sich anstecken von seiner überschwänglichen Freude. Ihr Lächeln war nicht das gut geübte, sondern echt, ein Stein fiel ihr vom Herzen. Sie hatte klare Verhältnisse geschaffen! Dass die Vertreter der Wachsamkeit ihr buchstäblich gegen den Magen traten, wollte sie jetzt nicht wahrnehmen.

Der Ring passte wie angegossen, strahlend zeigte sie ihre nun so kostbar geschmückte Hand herum, ließ sich ganz selbstverständlich von Fletcher um die Taille nehmen. Eine besitzergreifende Geste, keine Frage. Aber immerhin hatte sie ja auch gerade einer Verlobung zugestimmt und er hatte jedes Recht dazu.

Vater schickte das Mädchen in den Keller, ließ die beste von Grand-Pères Champagnersorten heraufholen, füllte die kristallenen Kelche und hob sein Glas zur kleinen, improvisierten Rede.

»Möge euch beiden Glück auf allen Wegen beschieden sein, möge sich die Verbindung unserer Familien zu aller Wohl dies- und jenseits des Kanals entwickeln. Alles Liebe, Kinder! Und nun Prost, auf euer Wohl!«

Mamá schloss Elise in die Arme, drückte sie, hielt sie dann ein Stückchen von sich weg, nickte mit einem vergnügten Zwinkern, drückte sie wieder, flüsterte: »Das hast du wunderbar gemacht. Ich freue mich so!«

Elaines Glückwünsche waren backfischtypisch ehrlich heraus und ebenso flüsternd angebracht: »Alles Gute, Elise. Aber ehrlich … ich finde den anderen hübscher.«

»Wirst du wohl!«, fauchte Elise scherzhaft.

»Na, ist doch wahr«, grinste Elaine.

Tante Auguste tätschelte ihr wieder einmal die Wange, konstatierte, Elise sei »ein gutes Kind«, und hauchte ihr beim Umarmen ins Ohr: »Wirst sehen, mit dem Kerl bekommst du eine Menge Spaß.«

Vater gab raunend preis, dass ihm soeben ein Stein vom Herzen gefallen war: »Schatz, du hast keine Ahnung, was deine Entscheidung für uns alle bedeutet.«

»Doch!«, sagte Elise ernsthaft, Vater runzelte überrascht die Stirn und Elise deutete mit einer verstohlenen Kopfbewegung zur Gräfin hinüber. Da zogen sich Vaters Falten glatt, ein verständiges Aufleuchten ging über seine Züge.

»Eigentlich verlangt der Anlass wirklich mehr als nur ein schlichtes Anstoßen«, bekundete Mamá vergnügt, setzte sich an ihr Pianoforte und spielte zum Tanz auf. Sie konnte weiß Gott nicht nur Klassisches oder Weihnachtslieder zum Besten geben. O nein, jetzt bewies sie ihr Können mit schmissigen Melodien, die allen in die Beine gingen. Selbst Tante Auguste machte sich prächtig in Vaters Armen, Ferdinand stieg der immer wieder aufquiekenden Elaine ungeschickt auf die Füße, Elise tanzte sich mit Fletcher in einen himmlischen Rausch.

Aus dem ausklingenden Geburtstagsabend war eine champagnerselige Verlobungsfeier geworden, die erst weit nach Mitternacht endete.

* * *

Der Kater kam am nächsten Morgen.

Pünktlich zum Monatsanfang schickte der April erste schwere Wolken über das Land. Früh war es kühl und düster, regnete wie aus Kübeln, am Spätvormittag riss der Himmel auf, die Sonne trocknete den Dunst, der aus dem noch von den Vortagen warmen Boden aufstieg, die Luft wurde schwül.

»Lasst uns jetzt zu von Radenau hinüberfahren, solange es trocken ist«, empfahl Vater. »Wer weiß, was das Wetter am Nachmittag bringt.«

Fletcher war sofort dabei. Elise aber kniff. »Ich komme nicht mit, Papá. Mir brummt noch immer der Kopf vom vielen Champagner, ich möchte mich ein wenig hinlegen. Bestellt bitte Grüße, entschuldigt mich bei Konrad und schaut mal, ob die Stute inzwischen gefohlt hat, ja? Sagt ihm, ich schaue mir das Fohlen demnächst an.«

Schade fanden es die Männer. Aber sie zeigten Verständnis und fuhren kurz darauf ab. Elise winkte ihnen nach. Dann, endlich, griff sie nach Konrads Päckchen, das noch immer unangerührt auf dem Geburtstagstisch lag, und ging in ihr Zimmer hinauf.

Fletcher hatte ihr einen kostbaren blauen Brillanten geschenkt. Ein Vermögen an den Finger gesteckt, so wertvoll, dass eine arme Weberfamilie ein ganzes Leben lang vom Erlös hätte herrlich auskommen können.

Konrads Geschenk hatte praktischen Wert. Persönlichen sicherlich, denn offenbar hatte er es selbst angefertigt.

Es war eines dieser Gürteltäschchen, die sich Damen zur Jagd oder zum Reiten auf die Hüfte oder um die Taille binden konnten. So eins, wie es sich Elise schon immer gewünscht hatte. Aus weichem, hellbraunem Hirschleder gefertigt, leicht und anschmiegsam, mit handgeschnitzten Hornknebeln verschließbar und mit allerhand wunderbar geschickt gegeneinander abgegrenzten Fächern für alle erdenklichen nützlichen kleinen Utensilien. Ein feines, außerdem besonders hübsches Geschenk, freute sich Elise. So etwas war doch wirklich typisch für ihn. Sie würde es ausgiebig benutzen und stets in Ehren halten. Mit den Fingerspitzen befühlte sie die samtig weiche Lederoberfläche, erschnupperte den unvergleichlichen Duft, ehe sie das Innenleben genauer erkundete, um zu überlegen, was sie demnächst in welchem Abteilchen verstauen würde.

Kurz nur stutzte sie. Dann zog sie ein zu winzigem Format gefaltetes Briefchen heraus.

Liebste Elise,
was hält uns nur voneinander fern?
Wieder und wieder.
Komm, sobald Du kommen kannst.
Nichts darf mehr zwischen uns stehen!
In Liebe
Konrad

Konrads Geschenk hatte praktischen Wert. Persönlichen. Und wie! Es stürzte Elise in die größte denkbare Krise. »Mein Gott!«, flüsterte sie und verlor den Kampf um das Zurückhalten der Tränen. Hätte sie es doch nur gestern schon geöffnet! Dann wäre nie geschehen, was am Abend geschehen war, dann hätte sie sich nicht überrumpeln, nicht hinreißen lassen. Jetzt war bereits der Hochzeitstermin festgelegt worden. Auf Mitte Mai hatten sich Fletcher und Mamá fröhlich geeinigt. Auf Achenthal sollten die Feierlichkeiten stattfinden und dann ... dann sollte es in die Flitterwochen gehen. Venedig. Selbstverständlich! »Das Licht Italiens ...«, hatte Fletcher kundig auf den deutschen Dichterfürsten angespielt. So. Und nun?

Elises Wachpersonal marschierte auf und grölte gehässig: »Siehste! Man muss eben seine Zeit abwarten! Das hat er doch gesagt, das hat er gesagt!«

Aber warum kam Konrad erst jetzt damit? Warum hatte er sich wochenlang nicht blicken lassen? Kein Brief, keine Einladung, keine noch so kleine Nachricht! Erdmine hatte ihm garantiert nicht verschwiegen, dass sie bei ihm gewesen war an diesem unseligen zwölften März, dass sie unverrichteter Dinge wieder nach Hause geschickt worden, abgewiesen worden war. Was hätte sie denn denken sollen? Und gestern? Was war denn das für ein Auftritt gewesen? Der Auftritt eines Mannes, der vorgab, sie zu lieben? Also bitte! Distanziert. Einverstanden mit dem, was so offenkundig vor seinen Augen lag. Elise und Fletcher. Fletcher und Elise. Kein Interesse mehr. Was Besseres zu tun. Aufgegeben!

»Trotzdem!«, gackerten Elises Wächter.

Was hieß denn »trotzdem«? Wie sollte sie aus dieser Sache herauskommen, die sie gestern besiegelt hatte? Selbst dann, wenn es plausible Erklärungen für Konrads merkwürdiges Verhalten gab, war sein Zug abgefahren. Eingedenk all dessen, was sie von Tante Auguste hinsichtlich ihrer sich offenbar anbahnenden finanziellen Notlage erfahren hatte, gab es auch gar keine andere Lösung mehr. Außerdem war Fletcher einfach ein feiner Kerl. Andererseits ... Feingefühl gehörte gewiss nicht zu seinen herausragendsten Eigenschaften. Jetzt befand er sich gemeinsam mit Papá bei Konrad. Sein Herz, das trug er gern auf der Zunge. Gewiss würde er sich nicht verkneifen können, mit den neuesten Neuigkeiten herauszuplatzen. Warum auch nicht? Er freute sich wie ein Schneekönig und ahnte nichts von Konrads Beziehung zu ihr. Welch eine entsetzliche Situation aber für Konrad! Und keine Gelegenheit, mit ihr persönlich wenigstens das Wie und Warum zu klären. Schließlich war sie nicht da, hatte feige beschlossen, bei dieser seiner Niederlage nicht dabei sein zu wollen. So bildlich konnte Elise sich vorstellen, intensiv emotional nachvollziehen, was dort drüben exakt in diesem Moment passierte, wie schwer sich Konrad damit tun würde, Contenance zu bewahren, sein Gesicht nicht zu verlieren, während er trotzdem verbindlich bleiben musste, dass sie sich innerlich krümmte.

Herrgott, wie furchtbar! Bei all den tatsächlich nachvollziehbaren Versäumnissen, die sie ihm vorwarf ... das hatte er nun wirklich nicht verdient. So etwas gönnte man niemandem, schon gar nicht dann, wenn man ihn eigentlich so lieb hatte. Warum eigentlich »eigentlich«? »Eigentlich« war ein dummes Wort. Eines, das Wenn und Aber implizierte. Aber da war nie welches gewesen. Da war nur ihre eigene Einbildung gewesen. Jetzt hatte sie es schwarz auf weiß, dass sie sich getäuscht hatte. O ja! Reden musste sie mit Konrad. Und zwar schleunigst!

»Fein, fein!«, fanden ihre speziellen Freunde. Und grinsten ziemlich unbotmäßig.

31

Schlesien, 3. April 1845 – Zwischen zwei Welten

Wieder war das gesamte Personal auf der Treppe versammelt. Dieses Mal, um Fletcher zu verabschieden. Marie, den kleinen Eliseus auf dem Arm, stand hinter Elise. Gut hatte sie sich erholt, die Augen der jungen Mutter leuchteten, ein rosiger Schein lag auf ihren einst so hohlen Wangen. Und auch das Kind gedieh, war rund geworden. Ob das gnädige Fräulein sie wohl nach England mitnehmen werde, hatte Marie gestern gefragt, und Elise hatte ihr geantwortet, sie wolle es sich wohlwollend überlegen.

In diesem Augenblick stellte sie allerdings überhaupt keine Überlegungen an, die auch nur in irgendeiner Weise mit einer Zukunft in England zu tun hatten. Seit sie Konrads Zeilen gelesen hatte, trat sie sozusagen innerlich nervös von einem Fuß auf den anderen und hatte nur noch einen Gedanken: Fletcher schnellstmöglich elegant zu verabschieden und sich auf den Weg zu Konrad zu machen.

Da hatte sich Fletcher doch gestern, nach seinem Besuch bei Konrad, auch noch in einer Art und Weise geäußert, dass es Elise das Blut in den Adern hatte stocken lassen. Ein bemerkenswerter Mann sei der Rittmeister. Es wundere ihn wirklich, dass sich Elise nicht glatt in ihn verliebt habe. Dabei hatte er sich köstlich amüsiert und außerordentlich vertraulich getan. Gott sei Dank war ihm Elaines unterdrücktes Prusten entgangen.

Überhaupt: Elaine!

Elise hatte bis zum Wiedereintreffen der Männer mit sich gerungen, ob sie sich jemandem, und wenn ja, dann wem, anvertrauen sollte, hin und her abgewogen und sich am Ende für die kleine Schwester entschieden. Das Geburtstagsgeschenk samt Briefchen in der Hand, hatte sie bei ihr geklopft, sie lesend vorgefunden und ihr wortlos beides gereicht.

»Du liebes bisschen!«, hatte Elaine ausgerufen. »Seit wann hast du das?«

»Seit gestern. Aber ich habe das Päckchen eben erst aufgemacht.«

»Und nun?«

»Das frage ich dich!«

»Du musst zu ihm.«

»So weit war ich auch schon. Sobald Fletcher weg ist.«

»Also morgen. Fletcher wird ganz gewiss rumposaunen, dass er sich gestern Abend mit dir verlobt hat. Herrje, Konrad tut mir leid. Ich habe ehrlich gesagt sowieso nicht begriffen, warum du dich gleich mit Fletcher verlobt hast. War das nötig? Ich dachte eigentlich, du liebst Konrad. Also ich … na, mir könnte einer die englischen Kronjuwelen schenken und ich würde ihn trotzdem nicht gegen meinen Peter tauschen, weißt du?«

»Du hast ja auch das Glück, noch nicht im heiratsfähigen Alter zu sein.«

»Was hat das damit zu tun, Elise?«

Nun rückte Elise unter dem Siegel der Verschwiegenheit mit dem heraus, was sie von Tante Auguste erfahren hatte. Elaines Gesicht bekam einen verschreckten Ausdruck.

»Das bedeutet, wir wären womöglich bald bankrott, wenn du Fletcher nicht nimmst?« Ein paar Sekunden wechselte ihre Gesichtsfarbe immer wieder von Rot zu Bleich. Dann blieb sie bei Rot und das Temperament ging mit ihr durch. »Was fällt Großvater eigentlich ein? Wo treibt er sich überhaupt rum? Was soll das, sich ein dreiviertel Jahr um nichts zu kümmern und, wenn endlich alles in trockenen Tüchern ist, alles zu zerschießen, was Papá aufzubauen im Begriff ist? Reicht denn Mutters Geld nicht? Kann man nicht Grand-Père fragen? Oder Großvater finden und ihm alles erklären? Irgendjemand muss doch was von ihm wissen, wenn er offenbar über alles Kenntnis hat, was hier passiert. Wer ist sein Informant? Können wir das nicht herausfinden? Gibt es wirklich nur diese eine Lösung, dass du dich opferst? Und konntest du nicht all diese Fragen klären, bevor du womöglich dem Verkehrten dein Herz schenkst und lebenslang unglücklich bist?«

Elise lächelte. »Du stellst genau die Fragen, die ich mir gern gestellt hätte, wäre ich nicht so sicher gewesen, dass ich für Konrad *perdu* bin.«

Elaine stand aus ihrem Sessel auf und nahm Elise in die Arme. »Eine schöne Verkettung von lauter Missverständnissen. So ein verdammter Scheißdreck!«, schimpfte sie.

»Wir sollen nicht fluchen, sagt Mamá!«

»Ich fluche, wann ich will. Außerdem ist Mamá nicht da und flucht selbst immer wie ein Kutscher, wenn es mit ihr durchgeht. Sag lieber: Wie fühlst du?«, fragte Elaine.

»Fletcher ist ein feiner Kerl«, wiederholte Elise ihre Einschätzung.

»Das genügt?«

»Jetzt stellst du die falschen Fragen, denn es sind die richtigen«, antwortete Elise mit einem gequälten Lachen.

Elaine schob sie von sich, hob den Zeigefinger und stupste Elise auf die Nase. »Du reitest da morgen hin! Und dann sehen wir weiter. Red nicht mit Fletcher drüber. Reiß dich zusammen, tu so, als wäre nichts. Verstanden?«

»Jawohl, Frau Feldmarschall!«

* * *

So ernst die Lage auch war, sie hatten beide gelacht. Und nun standen sie nebeneinander auf dem obersten Treppenabsatz und verabschiedeten mit allen Achenthalern zusammen den verliebten Bräutigam, der sich erst trennen konnte, als Vater auf seine Taschenuhr tippte und mahnte, man werde den Zug nicht mehr pünktlich erreichen, wollte man die Pferde nicht zuschanden fahren.

»Bis bald, meine Liebste!«, sagte Fletcher und umarmte Elise ein letztes Mal.

»Bis bald! Hab eine gute Reise. Wir werden dich alle vermissen«, heuchelte Elise.

Dann, endlich, war er fort.

»Du warst gut«, flüsterte Elaine ihr zu. »Und jetzt mach, dass du wegkommst!«

Die Kutsche war noch nicht ganz außer Sicht, da flitzte Elise schon in ihr Zimmer hinauf, zog den Diamantring vom Finger, verwahrte ihn im Schmuckkasten und band sich Konrads Geschenk an den Gürtel ihres Reitkostüms. Es war ihr, als wechsle sie in diesem Augenblick zwischen zwei Welten. Die Regeln der einen bestimmte der Kopf und es war eine kalte Welt, wenn sie auch voller Glanz, Wohlstand und Abenteuer zu sein schien. In der anderen herrschte das Herz. Diese Welt war unsicher, voller Unwägbarkeiten. Aber sie versprach Glück und Wärme.

Obwohl Elise heute sehr darauf achtete, die Stute nicht wieder zu überfordern, und es deshalb bei einem flotten Trab beließ, lief

Amabilé wie der Wind. Fides galoppierte behände nebenher. So freundlich auch der Morgen gewesen war, jetzt schien sich über dem Eulengebirge etwas zusammenzubrauen. Aprilwetter eben. Gestern Abend hatte es zunächst geregnet und später sogar noch einmal etwas Schneegriesel gegeben. Momentan wusste man nie, was man in der nächsten Stunde erwarten konnte.

Rasch erreichte Elise Konrads Gut, ritt im Schritt auf den Hof und hatte das Glück, gleich auf Erdmine zu treffen.

»Herzlichen Glückwunsch zur Verlobung«, entbot sie mit etwas süßsäuerlicher Miene.

Elise ging nicht darauf ein, fragte, wo sie Konrad finden könne.

Erdmines Geste wies den Berg hinauf.

»In der Hütte?«

Sie nickte. »Das Fohlen ist da, die nächsten kommen erst in zwei Wochen. Er hat gesagt, vorher erwartet er nüscht Gutes mehr.«

Elise schluckte. Dann hatte er abgeschlossen mit ihr. Es würde schwer werden, aber sie würde es jetzt durchstehen, egal, mit welchem Ergebnis. »Wo muss ich lang?«, fragte sie.

Der gute Geist des Hauses zeigte unwillig auf den Feldweg, der am Gut vorbei geradeaus in den Wald zu führen schien.

»Und wie dann weiter?«

»Immer der Nase nach, Freilein. Der Hund wird's schon finden.«

Elise bedankte sich und nahm den Weg unter die Hufe. Zu beiden Seiten säumten ihn rosa blühende, bienenumsummte Mandelbäumchen. Honigsüßer Duft lag in der Luft. Steil ging es bergan, bis sie den Waldrand erreicht hatten, dann etwas weniger anstrengend weiter. Zunächst zwischen Laubbäumen und dichtem Unterholz, je höher sie gelangten erst über von Lärchennadeln weich gepolsterten Boden, dann auf einen wieder erheblich steileren Wurzelpfad zwischen dunklen Tannen.

Immer der Nase nach. Fides schien keine Zweifel an der richtigen Richtung zu haben. Amabilé keuchte ein bisschen. Elise hielt und ließ sie ausruhen. Ritt weiter, als die Atmung sich normalisiert hatte. Bis zu einer Gabelung. Schräg nach rechts zweigte genauso ein Weg ab wie schräg nach links.

Wie weiter? »Fides?«

Elise suchte mit den Augen den Boden ab, die Hündin schnüffelte. Es hatte gestern Nachmittag Niederschläge gegeben. Da mussten doch eigentlich Hufspuren von Almanzor zu sehen sein. Eigentlich. Aber hier musste es regelrecht geschüttet haben, denn der Boden wirkte wie ausgewaschen. Elise entschied sich für den rechten Weg. Fides folgte ihr, schien aber nicht recht zufrieden zu sein. Und richtig! Nach etwa einer weiteren halben Meile stellte Elise fest, dass er offenbar nur dazu diente, einen Ansitz zu erreichen, und als Sackgasse endete.

Wie im wahren Leben, seufzte sie und kehrte um. Amabilé wirkte verdrossen und begann zu zackeln. Das tat sie immer, wenn sie den Eindruck gewann, ihre Reiterin wüsste nicht genau, wohin es gehen sollte. Unangenehm zu sitzen war diese hektische Gangart zwischen Schritt und Trab. Und nun kam auch noch Bewegung in die bisher ganz ruhigen Baumwipfel. Ein Rauschen, Knacken, Knistern, wie es nur kräftige Windböen verursachen konnten. Viel zu schnell versuchte die Stute bergab zu kommen, rutschte ein paarmal auf halb eingewachsenen Wurzeln aus und schüttelte über ihre Ungeschicklichkeit selbst unwirsch den Kopf. Immer wieder parierte Elise sie zum Halt, um sie zu beruhigen. Das gelang. Solange sie stand. Und in einem solchen Moment hörte Elise dann auch den ersten Donnerschlag. Gar nicht weit weg.

Nur einen Moment später begann es zu gießen. Hätte sie doch bloß den neuen Reitmantel mitgenommen, den Mamá ihr zum Geburtstag geschenkt hatte! Aber ganz andere Gedanken hatten sie umgetrieben und es war so warm und sonnig gewesen vorhin …

Endlich hatten sie die Wegkreuzung wieder erreicht. Es regnete Bindfäden, Blitze zuckten, gar nicht mehr aufhören wollte das Donnergrollen. Die Tannen schüttelten sich, als hätte sie etwas beim Kragen gepackt, und warfen kleine Ästchen nach Pferd und Reiterin. Längst waren beide vollkommen durchnässt.

Unbedingt wollte Amabilé jetzt heim, am liebsten in rasendem Tempo. Elise hatte alle Hände voll zu tun, sie davon zu überzeugen, eine andere Richtung einzuschlagen. Schließlich gelang es doch. Aber jetzt schlich sie geradezu, rollte den Hals ein, legte die pitschnassen Ohren an, dass ihr bloß kein Wasser hineinlaufen konnte, versuchte immer wieder, die Kruppe gegen den Wind zu stellen und stehen zu bleiben, um das Himmelsspektakel bewegungslos über sich ergehen zu lassen. Auch die allerliebsten, aufmunternden Worte hielten sie nicht davon ab, sich regelrecht zickig zu betragen, bei jedem Blitz und Donner zusammenzuzucken und immer neue Ansätze zu machen umzudrehen. Bis sie am Ende schließlich ganz stehen blieb und keinen Schritt mehr weiterwollte. Seufzend stieg Elise ab und nahm sie am Zügel. Da folgte sie auf einmal brav.

Fides, an der das Wasser nur so herunterlief, schmutzig schlammigen Dreck von ihrem Bauch mitnahm, schien jetzt zu wissen, wohin es gehen sollte. Sie lief voraus, wartete immer wieder ungeduldig, bis Elise sie mit Amabilé eingeholt hatte.

Der Pfad machte eine sachte Biegung. Und tatsächlich, da schien Licht, jetzt hatten sie die Hütte erreicht. Aus mächtigen Bohlen gebaut, eine Tür, rechts und links davon ein Fenster, eines noch im Giebel, ein kleiner Anbau. Amabilé wieherte schrill. Von dort kam Antwort, und sogleich sah Elise, dass sich ein Vorhang bewegte. Dann stand Konrad in der offenen Tür. Eine Bö wollte sie ihm aus der Hand reißen, ein Blitz erhellte sein über alle Maßen erstauntes Gesicht.

»Ihr habt Sinn für dramatische Auftritte«, sagte er, griff nach einem Mantel, der dicht bei der Haustür hing, und nahm Elise die Zügel aus der Hand. »Rein mit dir! Ich versorge sie«, wies er knapp an und verschwand mit Amabilé hinter der Ecke des Anbaus.

Elise tat, wie er ihr geheißen hatte, schloss die Tür und fand sich in einer lupenreinen Männerwelt. Eine offene Feuerstelle, in der dicke Scheite glühten, darüber aufgehängt eiserne Pfannen, ein Topf, ein Kupferkessel, eine Kelle, mehrere sehr scharf wirkende Messer an ledernen Bändern, einige grob getöpferte Becher, in einem steckte Essbesteck. Ein schmales Regal mit ein paar Tellern und Gewürzdosen. Ein Tisch, auf dem ein aufgeschlagenes Buch neben einer Pfeife lag, ein blakender, dreiarmiger Kerzenleuchter bei einem halbvollen Becher stand. Zwei Stühle, ein breites, unordentlich gemachtes Bett, darauf Felle und raue Wolldecken. Ein abgewetzter Ledersessel, auf dem sich Kleider türmten. Eine Waschschüssel im Gestell an der Wand, daneben Handtuch und Seife. Und Attila, der Fides freundlich begrüßte.

Elise fasste nach dem Handtuch, trocknete sich Hände, Gesicht und Haar, so gut es eben ging, und es ging nicht sehr gut. Dann stellte sie sich vors Feuer, in der Hoffnung, die vollgesogenen Röcke könnten wenigstens etwas antrocknen. Kalt war ihr, ein inneres Schaudern ließ sie zittern.

Eine ganze Weile stand sie so. Fides hatte sich neben ihr auf dem glatt gehobelten Holzfußboden niedergelassen, schien ganz zufrieden in ihrem feuchten, sich langsam erwärmenden Fellumschlag und stank nach nassem Hund. Unter Elises Rocksaum entstand ein Kreis aus Tropfen. Sie rührte sich nicht, wartete. Was machte er nur so lange da draußen? Das Feuer sank knackend, funkenstiebend in sich zusammen. Elise drehte sich um, legte zwei Scheite nach. Gleich flammte es auf, griff gierig nach dem trockenen Nachschub.

Wohl eine halbe Stunde stand sie so. Im Rücken begann es allmählich wärmer zu werden. Viel trockener jedoch nicht. Sie hätte die Kleider ausziehen müssen. Aber was hätte das für einen Eindruck gemacht? Sie entschied sich, lieber weiter zu frösteln.

Trat stattdessen an den Tisch heran, nahm das Buch hoch, drehte es herum, las den Titel *Neue Gedichte*, dann die aufgeschlagene Seite 279:

Caput I.

Im traurigen November war's,
Die Tage wurden trüber,
Der Wind riß von den Bäumen das Laub,
Da reist' ich nach Deutschland hinüber.

Und als ich an die Grenze kam,
Da fühlt ich ein stärkeres Klopfen
In meiner Brust, ich glaube sogar,
Die Augen begunnen zu tropfen.

Und als ich die deutsche Sprache vernahm,
Da ward mir seltsam zu Muthe;
Ich meinte nicht anders, als ob das Herz
Recht angenehm verblute.

»So wird es dir auch gehen!«

Elise hatte ihn nicht kommen gehört, sie schoss herum, legte das Buch sorgfältig wieder auf den Tisch, nickte. »Heine.«

Konrad bejahte und sein Ausdruck war bitter und zynisch. »*Deutschland, ein Wintermärchen.* Eine der wenigen Ausgaben, die überhaupt zu bekommen sind. Unter der Hand natürlich! Der Zensur ist es zunächst nur entgangen, weil Werke mit mehr als dreihundertzwanzig Seiten nicht vor Veröffentlichung vorgelegt werden müssen und es dank der Einbettung in zahlreiche zusätzlich hinzugefügte Gedichte nicht gleich auffiel. Anfang Oktober letzten Jahres wurde es allerdings schon verboten und beschlagnahmt, und im Dezember hat unser lieber preußischer Souverän Friedrich Wilhelm einen Haftbefehl gegen Heine erlassen. Du darfst eben in Deutschland nicht die Wahrheit sagen. Ich schätze allerdings, das wirst du in deinem neuen Heimatland auch nicht dürfen.«

»Ach, Konrad«, seufzte Elise. »Hör mir bloß damit auf.«

»Du hast es dir, so vernahm ich die Botschaft, ganz freiwillig so ausgesucht. Dein Verlobter, ein ganz reizender Geck übrigens, hat es voller Freude und mit ausgeprägtem Besitzerstolz kundgetan, kaum dass er mein Haus betreten hatte. Ehrlich gesagt, Elise … ich hätte es lieber von dir selbst erfahren. Wie ein Tor kam ich mir vor, denn ich glaubte ja …«

»Aber ja, Konrad! Ja, ja, ja! Wenn doch nur nicht alles so abgelaufen wäre!«

»Was meinst du? Ich habe auf dich gewartet, aber entgegen deiner Ankündigung kamst du nicht. Unsere letzte Begegnung ließ für mich keinen Zweifel daran, dass wir zusammengehören.«

»Für mich auch nicht. Aber dann habe ich dich auf dem Friedhof gesehen. Zusammen mit deinem Pferd und deinem Hund. Ich wollte dich in deiner Einkehr nicht stören, ahnte nicht, wem sie galt. Habe gewartet, bis du weg warst, dann bin ich zu dir geritten und habe von Erdmine lediglich erfahren, du seist hier und wolltest nicht gestört werden. Erst auf dem Heimritt habe ich herausgefunden, um wen du trauertest. Und dann wieder gewartet. Aber du warst nicht da, du warst nie wieder da. Ich weiß doch so wenig von dir! Was sollte ich denn denken?«

Konrad runzelte die Stirn. »Verzeih mir. Du hast ja recht. Ich hätte dich längst in so vieles einweihen müssen. Ich will es nachholen, das verspreche ich dir. Aber … natürlich war ich bei euch. Nur wenige Tage später. Sobald ich von Erdmine erfahren hatte, dass du umsonst gekommen warst, habe ich mich auf den Weg gemacht und deine kleine Zofe Marie angetroffen, die mir sagte, du seist ausgeritten. Ich habe dir eine Nachricht hinterlassen. Hast du die denn gar nicht bekommen?«

Elise machte große Augen. »Die einzige Nachricht, die ich fand, war jene in meinem Geburtstagsgeschenk.« Sie wies auf ihre Hüfte, er schaute hin und ein doppelter Schreck durchfuhr ihn.

»Mein Gott, du bist ja noch nasser als dein Pferd! Amabilé ist längst trocken gerieben und steht bei gutem Heu unter einer Decke, aufgepolstert mit frischem Stroh. Und du tropfst! Zieh dich aus, um Gottes willen, du holst dir sonst den Tod.«

»Einen Teufel werde ich tun, hier vor dir alle Kleider abzulegen!«

»Sei nicht albern, Elise. Ich drehe mich um. Wir sind erwachsen.«

»Eben!«

Konrad lachte. Dann durchwühlte er den Kleiderstapel auf dem alten Sessel, zog ein langes, weißes Hemd heraus, reichte es Elise, drehte seinen Stuhl am Tisch herum, setzte sich so, dass sie nur noch seinen Rücken sah, und sagte: »Bitte! Am Waschtisch hängt ein Handtuch.«

»Das habe ich schon durchnässt.«

Er stand nochmals auf, suchte und fand ein weiteres Tuch, setzte sich wieder.

Zaghaft begann Elise, sich zu entkleiden. Wie nasse Lappen fielen Jacke, Röcke, Bluse, Unterwäsche, Hemdchen, Mieder, polterte das Fischbeinkorsett zu Boden.

Notdürftig rubbelte sie den Leib trocken, schlüpfte in das viel zu große Hemd, stand da, barfüßig, frierend, mit halb aufgelöstem Haar, sagte: »Fertig. Du kannst dich umdrehen«, und klapperte mit den Zähnen.

Er drehte sich um, betrachtete das zitternde Gespenst, sagte grinsend: »Ich hoffe, du zitterst nur, weil dir kalt ist.«

»Müsste ich aus anderem Grund?«, fragte sie.

Konrad räumte sämtliche Kleidungsstücke vom Sessel, schob ihn ans Feuer, gebot ihr, Platz zu nehmen, wickelte sie, die sich nicht wehrte, in Wolldecken, fragte mit prüfendem Blick: »Besser so?«

Elise nickte.

Er füllte den Kupferkessel aus dem Wasserkrug neben dem Waschgestell, hängte ihn übers Feuer, nahm einen Becher, gab aus einer der Dosen irgendein Kraut hinein, übergoss mit siedendem Wasser und reichte ihr das dampfende Gebräu.

»Was ist das?«, fragte sie.

»Liebestrank, ist doch selbstverständlich. Ehe ich dich dem Engländer an den Hals schmeiße, muss ich doch die Gelegenheit noch mal nutzen.«

Elise schnupperte, lächelte. »Pfefferminztee!«

Er nickte.

»Konrad, wie konnte es nur so weit kommen? Ich hätte doch nie und nimmer Fletchers Antrag angenommen, wenn ich gewusst hätte, wie du wirklich zu mir stehst. Aber mir blieb der Eindruck, du wolltest mich aus irgendeinem Grund nicht mehr. Dazu nun noch das, was mir Tante Auguste geflüstert hat.«

Fragend sah er sie an.

»Großvater hat die Geschäftskonten eingefroren.«

Entsetzen zeichnete sich in Konrads Gesicht ab. »Wie bitte? Davon hat Arno kein Wort gesagt. Und deshalb hast du …?«

»Beides zusammengenommen sah ich keinen anderen Ausweg. Bis ich gestern endlich einen unbeobachteten Moment ohne Fletcher hatte und dein Geschenk auspacken konnte, fehlte mir doch jede Gewissheit, dass ich mich in meiner Liebe zu dir nicht völlig verrannt hatte. Dazu die drohende finanzielle Katastrophe! Denk doch, wie viele Menschen von uns abhängig sind! Meinst du vielleicht, die Cunninghams würden uns auch nur den kleinsten Aufschub gewähren, wenn ich Fletchers Antrag abgelehnt hätte?«

Er stand auf, ging vor ihr in die Knie, legte seinen Kopf in ihren Schoß, umschlang mit beiden Armen ihre Taille, stöhnte gequält: »Mein Gott, Elise! Wie unrecht habe ich dir getan! Und mein dummer Kopf wollte mir einreden, du gehörtest zu jenen Frauen, die sich mit einem kostbaren Edelstein einfach so einfangen lassen. Mein Herz wollte es nicht glauben, deshalb bin ich gestern Abend hierher geflüchtet, um zu prüfen, wer von beiden auf dem richtigen Pfad ist. Aber je länger ich in meiner Enttäuschung darüber nachgedacht habe, desto plausibler erschien mir diese ekelhaft profane Erklärung. Sie gewann Oberhand und mein Herz drohte zu zerbersten. Ich kenne doch dieses Gefühl. Es ist schon einmal schiefgegangen. Wenn ich erst mal Zutrauen gefasst habe und denke, das Leben schenkt mir Glück, dann kommt irgendwas und nimmt es mir wieder weg. Wenn du jetzt nicht hier wärst … ich hätte für mich keine Hand mehr ins Feuer gelegt.«

Elise zuckte unter seinen Worten zusammen. Nein! So durfte es nicht sein! Zärtlich strich sie durch sein Haar, dann ließ sie ihre Hand in seinem Nacken liegen, versenkte ihr Gesicht im dunklen, zerzausten Braun, legte fest den Arm um seine Schultern. »Wir hätten früher miteinander reden sollen, Konrad, das hätte uns beiden viel Schmerz erspart, obwohl ich keinen Ausweg sehe und fürchte, wir werden noch viel mehr ertragen müssen.«

Er sah zu ihr hoch und in all dem Unglück entdeckte sie ein hoffnungsvolles Leuchten. »Morgen vielleicht, Elise. Wenn wir keine Lösung finden. Aber nicht heute! Heute gehört uns.«

Endlich trafen sich ihre Lippen. Draußen fuhr Sturm um die Hütte, riss und rüttelte an den offenen Fensterläden. Ab und zu ließ sich noch ein Donnergrollen vernehmen, zuckte ein Blitz in der Ferne.

Doch nichts davon drang mehr zu ihnen.

Quellenverzeichnis

Heinrich Heine »Deutschland ein Wintermärchen«, erschienen 1844 bei Hoffmann&Campe, Hamburg, verwendete Text-Quelle private Bibliothek sowie: https://www.projekt-gutenberg.org/heine/wintmrch/wintmr01.html

Heinrich Heine »Weberlied«, Erstabdruck in dem von Karl Marx redigierten »Vorwärts! Pariser deutsche Zeitschrift« (Nr. 55 vom 10.7.1844) unter dem Titel »Die armen Weber«, verwendete Text-Quelle private Bibliothek sowie: https://www.deutsche-digitale-bibliothek.de/item/EAEZ5 6P4H2AIBXD5HY4N4UXYFO5NL27P

»Das Blutgericht«, entstanden 1844. Verwendete Textquelle private Bibliothek: »Illustrierte historische Hefte Nr 27« , Titel: »Weberaufstand im Eulengebirge 1844«, Autor Dr. phil Wolfgang Büttner. Herausgeber: Zentralinstitut für Geschichte der Akademie der Wissenschaften der DDR, 1982

FSC
www.fsc.org

MIX

Papier | Fördert
gute Waldnutzung

FSC® C083411

Zeitfracht Medien GmbH
Ferdinand-Jühlke-Straße 7
99095 Erfurt, Deutschland
produktsicherheit@kolibri360.de

Druck:
CPI Druckdienstleistungen GmbH
im Auftrag der
Zeitfracht Medien GmbH
Ein Unternehmen der Zeitfracht - Gruppe
Ferdinand-Jühlke-Str. 7
99095 Erfurt